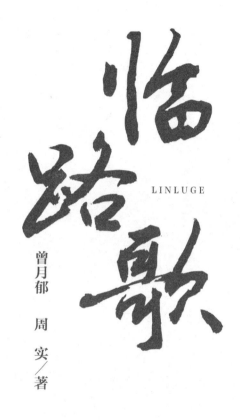

临路歌

LINLUGE

曾月郁　周　实／著

中国文史出版社

目录

大鹏飞兮振八裔，中天摧兮力不济。
余风激兮万世，游扶桑兮挂石袂。

——李白《临路歌》

第 一 章

1

离开长安，李白一直向东行，他打算上华山去找元丹丘。

没走多远，天就完全黑了，李白只好在路边的一家小客店里借宿。谁知，第二天早起，店家告诉李白，他的马昨晚挣脱缰绳跑了。

"二更天时，我起来给牲口喂料，还见它好好地站在马厩里。"店家说，"待五更天我再去马厩，它就不见了，只剩下一根缰绳系在柱子上。我连忙骑马四下去找，方圆至少寻了二里多地，不见它的踪影。担心大人您起来后着急，我才赶回来报信。"

李白没开口，店家又说："大人，我看这马不像是盗贼偷了。要是人偷了，缰绳不会留在柱子上。不过牲口自己挣脱缰绳又实在不容易，我开店也有十几年了，从来没遇到过这种事情。"

"你知道这是什么马？"李白口气平稳，不紧不慢地说，"它是养在皇宫里的御马。想是留恋它生活惯了的御马厩，才挣脱了缰绳，自己回去了。"

"御马？"店家惊讶道，"是皇上的龙马？难怪如此神通！"

马上，店家又着急道："这——走了皇上的御马，可怎么是好！大人，您……小人我……"店家说着，就要往地上跪下来请罪。

"不妨事，不妨事。"李白拦住要下跪的店主，宽容地说，"它是皇上赐予我的，既然它不愿跟我，我也随它去好啦。只是，我今日还要赶路，没有坐骑，路上不大方便。"

1

"这个……"店家犹豫了一下，说，"大人，我这店小，底子薄，只有一匹老马，平日全靠它去京城进货。这里离京城有二三十里地，要是路途近一点，用毛驴拉货也行……"

"你这儿有毛驴吗?"李白被店家提醒了。他想，以毛驴代步也未尝不可。

"小人店里没有，"店家说，"不过，附近村里会有人家愿意出卖。大人想买的话，小人愿为大人效力。"

李白从来不看重钱财，店主不说赔偿，他也不与店主一般计较，自己掏了钱，让店主替他买来一头青灰色的小毛驴。

店家为李白提供了一餐免费的早餐。吃过这顿简易的早餐，李白披上他的紫色官服，骑着小毛驴走了。

李白走后，店主一家猜测了好一会儿，弄不清他的身份。

来往于小客店的官人很多，店家往往一眼便能看出这些官人的处境，是被贬出京城的，还是迁除、调任，或是外出公干的，各种情况，从官人的打扮、神态都能分辨得出来。而这位客人有些奇怪，他肯定不是外出公干的官人。说他是迁除、调任的官人也不像。有官职在身的人，不会像他那样官服不整。他把紫色的官袍当作披风，把象征着权贵的金玉腰带挂在驴耳朵上，没见过哪位三品以上的朝廷大官似他这般行事。说他是被贬出京城的官人也不对。被贬的官人，通常一脸的晦气，穷极潦倒，哪会有金鞍御马，哪能随便掏出银两?

"管他是什么人，丢了御马，不找我们的麻烦，也没让我们赔，就是好人。"店主最后说，"我要祝他一路顺利才好。"

然而，李白骑着小毛驴，路上走得很不顺利。

小毛驴腿短，李白跨坐在它的背上，两只脚几乎拖在地上，一路磕磕碰碰，他只得尽量抬起脚来。时间长了，腿脚很是酸痛。这还不要紧，更倒霉的是，小毛驴体弱，驮着李白，走起来十分吃力，它走得慢，走不多远，又要找水给它喝。要不，它就干脆站住不走了。任你怎样拖它、赶它，毛驴脾气发了，人是拿它没办法的。

走在塬上，没有河水，也没有山泉，几十里地不见人家，小毛驴让李白为难得没办法。好几次，他想丢下它不管，自己一走了之。可回头看看这头青灰色的小毛驴，独自站在一望无边、没有任何绿色的黄土高坡上，

2

他又于心不忍。每次，他都重新回到小毛驴的身边，劝着它，赶着它，请它和自己一同上路。

两三天的路程，李白和小毛驴走了五天，总算远远地见到了华阴县城。吃饱了喝足了的小毛驴好像特别通人性，知道前面就是目的地，它顺顺服服地让李白坐在背上，四条小短腿向前迈得轻松了起来。

华阴县城紧靠在西岳华山下。阳春三月，游客很多。每到这个时节，为着保持秩序，县府都定出特殊规定：进入县城，在这唯一的一条通往华山的街道上，只许游人步行，不得有牲畜通过。

小毛驴走得很欢，骑着它，李白第一次感到顺畅。

走近城门，他没注意高挂在城门楼上的"牲畜不得入内"的木牌，依旧坐在驴背上，直往城里走。

"大人，留步。大人，请留步。"一个守门的军士上前拦住了小毛驴。

"何事拦我？"李白坐在驴背上问。

"请大人留下驴子，步行入内。"

"这是为何？"李白不解道。

"大人没见城门上高悬着的县城令牌？任何人不得违令。"军士说着，口气有些生硬。

李白斜了军士一眼，心中顿生恼怒。他想：哪有不让牲畜进城的道理，上回与元丹丘同道来华山，不是骑马进的城吗？这看门军士，怕也是个势利眼，见我李白骑着毛驴，便过来阻拦。这么想着，李白偏不理军士，他在驴屁股上拍了一巴掌，催小毛驴迈步。

军士忙往中间站了，想要拦住毛驴。谁知，小毛驴也使开了性子。它撑圆了一对鼻孔，掀起厚厚的上唇，露出上下两排牙齿，朝着军士的脸面，从牙缝和鼻孔中扑哧一声，喷出一股气体。

听见声音，军士躲闪不及，半边脸上已经沾满了白色的泡沫，很是腥臭。军士怒火中烧，抓住李白强行拖下驴背，非让李白同他一起去县衙门，面见县令大人。

李白无奈，只得随他去了。

"你是何人？竟敢如此无理？"县令高坐在堂上，听军士禀报之后，让属下把李白带到了大堂。

李白笑道："县令认不得我，难道连这紫袍官服也不识吗？"

"嘿，嘿，你想以一件官服来说明身份？没那么容易。"县令说，"有这官袍，不一定你便有此官职。你是何人，快快道来。"

"我无名无姓，"李白说，"只知天子殿前尚容我走马，哪知华阴县里不能骑驴！"

"你到底是谁？"县令的语气缓和了一些。

"皇上曾亲自为我调羹，力士曾为我在殿上脱靴，你说我是谁？"李白神气十足，反问道。

县令愣了一会儿，突然明白过来："噢，难道——你是李翰林不成？"

"早几日还是翰林学士，如今只是李白。李白正是在下。"

"久仰，久仰——"县令忙着走下堂来，亲自给李白端了把椅子，请他坐下，说，"多有得罪！多有得罪！"

"不妨事，不妨事，"李白坐着说，"我如今已是一介草民，你刚才不也说过吗，有官名没有官职毫无用处，违反了城规县令，你照章处罚就是。"

"本官久仰李翰林大名，只是不得拜见。今日翰林不请自到，本官不胜荣幸，哪有处罚之理。"

县令对李白果然倍加热情。

为留李白在县府小住，他派人上山去请元丹丘，又设宴专请李白。

派去山上的人回来说，丹丘道长年前已经离开华山，所去之处，无人知晓。李白听说，即刻就要起程。县令再三挽留不住，只得送给他一匹高头大马，以作送行。作为回报，李白为县令作诗一首。

骑着高头大马，李白走出县城。再往哪儿去？他犹豫了片刻，然后轻轻地一拉缰绳，又将马头掉向东方，悠悠地朝洛阳方向走去。

洛阳，早有一人在等着李白。这人后世与李白齐名，有时甚至高出许多。他就是被后人冠以"人民诗人""爱国诗人"和"诗圣"等称号的杜甫。

杜甫，字子美，排行老二，又常被人称作杜二。他比李白小十一岁，生于先天元年（712），出生在河南道河南府巩县瑶湾（河南巩义市南瑶湾村）。这一年正是睿宗退位，玄宗即位，筹备正式登基之年。

论家谱，李白以先祖李广为骄傲，杜甫也有令他自豪的祖先。杜家是一个传统的仕宦之家，从杜甫上推十三代，杜家的高祖——杜预是晋代的名将名儒。其后数代，皆在当朝就任大小文武官员。

杜甫的祖父杜审言是武则天时期的著名诗人，当时，他与李峤、苏味道、崔融合称"文章四友"。后人评说杜审言，认为他对律诗的发展有所贡献。排律是他的特长，他作诗一首，可长达四十韵。杜甫赞说："吾祖诗冠古。"由此，杜甫从小即认定"诗是吾家事"，终生与诗结缘。

杜甫的诗韵排律远远地超出了他的祖父。读杜甫的五言、七言诗歌，简直令人无法理解，他何以能作出如此之长、如此之规整的五言、七言韵律。他的《自京赴奉先县咏怀五百字》，整整五十韵；他的《壮游》，游出五十六韵；他的《北征》，则长途跋涉，写下七十韵；而他的《秋日夔府咏怀》，更押有一百韵。

诗韵长，且多锦言绝句，是杜甫诗歌的特点之一。比如，他写社会之不平，写战争之残酷，他说："朱门酒肉臭，路有冻死骨"，"夜深经战场，寒月照白骨"。又比如，他感叹人生，讲述自己久居长安，老辈日渐凋亡，种在他们坟地上的白杨树越长越高，自己亦被人视为长辈，不由产生人生匆忙之感受时，他说："杜曲晚耆旧，四郊多白杨。坐深乡党敬，日觉死生忙。"他还说，"盖棺事则已，此志常觊豁。"

杜甫将韵律诗发展为"诗史"。他在完整地记叙史实的过程中，极为注重生活细节的描述，同时不忘言志、抒情。梁启超认为，就抒情的真挚、始终如一而言，在中国的诗史上，无人超过杜甫，因此，他称杜甫为"情圣"。后人还将李白之诗句与杜甫相比，说："然李一味豪放，而杜却豪中有细。"

杜家以儒学为家学，更以儒家的道德水准为家风。在杜甫的父系、母系一族中，出过不少的"孝童"，给后代留下了极为感人的"勤孝""死悌"的故事。

杜甫的五代祖杜叔毗，因哥哥杜君锡为曹策所害，为兄报仇，他白日持利刃在京城杀死仇人，然后从容自首赴刑场。

杜甫的叔父杜并，也是一个血气方刚的男儿。圣历年间，杜审言从京城贬至吉州（江西吉安），做司户参军，与同僚不和。司马周季童受司户郭若讷的挑唆，将杜审言逮捕入狱，准备处以极刑。当时，年仅十六岁的杜并，无处为父申冤，便身怀利刃，趁周府宴会之机，独自寻仇。他将周季童刺为重伤，自己也被当场打死。周季童临死前说："吾不意审言有孝子，郭若讷误我至此。"杜审言因此获释，回到洛阳。这件事在当时被广为传颂，苏颋曾为杜并作墓志，刘允济为他作了祭文。

杜甫的母系一族，与李唐皇族有血缘关系。其族系中，也有"勤孝""死悌"的壮举。

他的外祖母崔氏是义阳王李琮之女，其外祖父之母是舒王李元名之女。李元名是唐高祖李渊的第十八个儿子，唐太宗的弟弟。永昌年间，李元名被人诬陷，流配到利州（四川广元），不久遇害。李琮则是唐太宗的第十个儿子，纪王李慎的次子。武则天秉政时，李慎任襄州（湖北襄阳）刺史，因越王李贞起兵而被牵连，流配岭南，死于途中。他的儿子李琮也因此被捕入洛阳河南狱。这时候，李琮的女儿崔氏已经出嫁，她面容憔悴，衣衫褴褛，出入监狱，为父亲送衣送饭。人们以她的举止，为"勤孝"的典范。李琮的两个儿子，也就是杜甫母亲的两个舅舅，一个叫行远，一个叫行芳，两兄弟受父亲牵连，流配至嶲州（四川西昌）。行远成年，将被处死。行芳年幼，可以免死。然而，行远临刑之时，行芳泣血啼哭不止，他紧紧抱住哥哥不放，拼命请求替哥哥去死。监斩者反复规劝不听，兄弟俩终于同归于尽。

杜甫本人也直接受益于儒家风范。

杜甫的生母早逝。父亲杜闲长期在外做小官，开元年间曾在兖州做司马。继母又生有四子一女。因此，从很小的时候起，杜甫就寄养在洛阳的二姑母家，姑母对他格外爱护。

有一年，杜甫和表兄同时染上时疫。姑母求救于女巫。女巫说：靠房柱子东南方睡，大吉大利。于是，姑母就把本来睡在东南方的亲生儿子和侄儿调换了床位。结果，杜甫的病一天天好起来，表兄却一病不起，终于离世。

姑母的深情厚谊，杜甫一直铭记在心。

天宝元年（742），姑母去世，杜甫特意为她服丧，并撰刻墓志纪念她的义德。他悲痛道："铭而不韵，盖情至无文。"其词曰："呜呼！有唐义姑，京兆杜氏之墓。"他将自己的姑母与《列女传》中的鲁义姑相提并论，其事迹的确十分相仿。

《列女传》中记载了鲁国义姑的故事：齐国兵士攻入鲁国，在郊外遇见一个妇人怀里抱有一子，手上牵有一小儿。看到齐军来了，三人跑不快，她索性将怀中的孩子放在地上，抱起牵着的小儿就跑。有齐国兵士正想射她，见此情景，放下弓箭，上前拦住她问："抛在地上的孩子，是何人之子？"妇人答："是我自己的儿子。"兵士奇怪，又问："那这抱在怀中的孩子呢？"妇人答："是哥哥的儿子。"齐国人不解道："何弃所生而抱兄子？"妇人曰："子之于母，私爱也；侄之于姑，公义也。背公向私，妾不为也。"齐国军士皆为其义举所动。他们说："鲁郊有妇人，犹持节行，况朝廷乎？"于是，撤军不再攻打鲁国了。鲁王听说此事，赐帛一束奖励此妇，并称之为义姑。

杜甫少小多病，是个病弱的孩童，长大之后，虽身体渐好，却始终瘦弱。有人专门对杜甫的身体状况进行过考证，说他十五岁至三十岁左右身体健康，进入中年后，即未老先衰。杜甫三十七岁时，作诗称自己："有客虽安命，衰容岂壮夫？"到了四十岁时，他已是"多病休儒服"。这时的杜甫，不但头发白了，还连续发了三年疟疾，寒热百日，折磨得他头白眼花，面黄肌瘦，用他自己的话说，是"头白眼暗坐有胝，肉黄皮皱命如线"。此后十余年，杜甫一直受着疟疾的折磨，与此同时，又得了肺病，晚年发展为老年气管炎。到了五十六岁，他已是一个"肺气久衰翁"了。五十多岁的杜甫，除了疟疾、肺病外，又染上了清渴、牙病、头风、风湿性关节炎、耳聋、臂瘫、视力衰退等症。病魔纠缠着他，使他早早地就靠拐杖行路，老态龙钟，心力交瘁，五十九岁离开了人世。论身体，李白恰好与他相反。有人说，唐代诸多诗人中，身体最好的要数李白。他一生多在外东奔西游，风餐露宿，没有好的身体做本钱，恐怕不能为之。

身体不好，并不妨碍从小立志。

杜甫"七岁思即壮，开口咏凤凰"。他把凤凰当作心中的吉祥之物，恰好又与李白形成了鲜明的对照：李白常以鲲鹏自诩，在他豪情奔放的诗歌创作中，不时闪现出鲲鹏展翅的雄姿；杜甫则以凤凰为图腾，他的诗歌精美绚丽，五彩斑斓，很容易找到朝阳丹凤的娇影。

论作诗，李白与杜甫还有不同之处。

人们常说，李白作诗是提笔即就，挥笔即成。而杜甫作诗，向来苦费心思。杜甫自己也在《江上值水如海势聊短述》中说："为人性僻耽佳句，语不惊人死不休！"郭沫若曾评述杜甫，说他为了作出好诗，连命都不要了，当然很苦。再有李白的《戏赠杜甫》，也说"借问别来太瘦生，总为从前作诗苦"。由此可见，杜甫体弱多病，清瘦一生，与他苦思作诗不无关系。

二十岁上，杜甫出游十年。其间，他回洛阳参加过一次科举会考，结果名落孙山，被排出二十七名之外。开元二十九年（741），三十岁的杜甫结束漫游，回到家乡，住在洛阳东边偃师县西北二十五里的首阳山下。同年，他娶司农少卿杨怡之女为妻。杜甫与妻子杨氏感情深厚。成婚后，他辗转各地，总带妻子同行，两人一直白头到老。偶有分离，杜甫也常有诗赋寄致，表述他对爱妻的缱绻之情。这一点，他与李白又大不相同。

姑母去世后，杜甫为她服丧，客居洛阳两年。到天宝三年（744），三十三岁的杜甫毫无功名可言。五月，他的继祖母在汴州（河南开封）治所陈留郡去世，他前去奔丧，来去匆匆，不到一个月，又回到了洛阳。

此时，李白也正从华阴前往洛阳。

"李杜文章在，光焰万丈长。"文学史中，李白与杜甫相会是一重大的历史事件，各种版本，无不单列章节专述。闻一多先生更将二位大诗人的会面，比作诗中的两曜（字典注：日、月、星都叫曜。日、月和火、水、木、金、土五星，合称为七曜），劈面而来，该当品三通画角，须发三通擂鼓，然后，提笔饱蘸金墨，大书而特书之。

其实，李白与杜甫的会面，简单而又平常。

人海之中两人相识，结为朋友，好比茫茫宇宙之间，两颗行星相会，互相留有印记，而后匆匆过去。

所有历史的必然，都表现在瞬间的偶然之中。

2

李白被赐金放还，来到洛阳。

洛阳的地方官员、文人学者乃至各界人士都轰动了。

李白住在董糟丘的天津桥大酒店，每天前来拜访的宾客川流不息，欢迎酒宴几乎顿顿都有。

不管怎么说，李白受过当今皇上的特殊待遇，他自己要求离朝，皇上还特别赐他紫袍官服和千两黄金。皇上眼中的红人，谁愿意放过结交的机会？

对此，李白不以为然。

皇上的赐金放还令李白心灰意冷。华阴县令前后两种截然不同的态度也让李白生出厌恶。李白把紫色官服收了起来，穿上一身素色布衣，将灰白的长发三缠两绕，在头顶上绾成一个发髻，看上去更像一个还俗的道士，而没有半点官模官样。

坐在酒宴上，李白又像是酒醉狂徒，他每每喝得不省人事，没有"文雅"二字可言。李白的心里很不舒服。令狐兰已经不在洛阳，董糟丘只说她出嫁走了，却未告诉他，她嫁给了谁，嫁到了哪里。这正应了他在终南山上做的那个晨梦。为自己的情感失落，为令狐兰担心，李白借酒浇愁。

初次见到李白的人都大吃一惊：这就是大名鼎鼎的李翰林？过后，他们又觉得这合情合理：文人学士当然要与众不同，若是李白和一般的朝廷命官一个样子，皇上哪能将他看在眼里？

跟上几个朋友，杜甫也来拜访李白。

朋友们与李白谈话，个个高谈阔论，杜甫却一直坐在一旁静静地听着。到了酒宴上，大家相互劝酒，杜甫仍不多言，只是一杯接着一杯，跟着喝。

李白开始注意他了。他给自己斟上一杯酒，举杯朝坐在斜对面的杜甫晃了一下，说："这位老弟话不多，酒量像是不小。来，我们干它一杯。"

杜甫忙端起酒杯，站起身来与李白碰杯，并说："承蒙李翰林看得起，这杯酒，我这里先干为敬。"

"叫我李兄好啦！"李白又一举酒杯，说，"我现在哪是什么翰林，那翰林们都关在学士院里呢。他们可不像我们这么自由自在！我们想怎么喝就怎么喝！来，我们痛痛快快地喝！"

喝下酒，一位朋友说："听说李翰林在京城时也是很随意的。你有皇上特许的酒牌令，走到哪儿，喝到哪儿，不用交钱，更无人阻拦，那个日子怎么会不自由呢？"

李白听了，哈哈大笑。他不回话，只继续喝酒。

翰林院中的随意自由与此时的随意自由完全不同，这种不同，非亲身体验不可，三两句话，哪里说得清楚？李白对类似的问题一概不答。

一个多月之后，李白在洛阳的轰动火热渐渐地冷落下来。

古往今来都是这样：刚刚失意的名人从京城下到地方，都可能引起一阵轰动。前来拜会结交的人士，各自怀着不同的目的。时间长了，他们发现，自己的目的达不到，对你的好奇心也逐渐减弱，失意名人的门前最终会人少马稀。聪明人趁早离开，多挪动几个地方，还可能引起相应的轰动。

可李白却一直住在天津桥大酒家。

他留在洛阳要干什么？离开洛阳，他又能上哪儿去？李白不知道。所以，他一直住着不走。

杜甫对李白的热情没有随着退潮的潮水而去。别人都不来了，他还经常来看李白。

不喝酒，李白精神不好，话也不多。杜甫并不介意，偶尔，他陪李白喝上两杯，但更多的时候，是陪李白小坐一会儿，便自己走了。

杜甫三十多岁了，没有正式的经济来源，又有家室，赐金放还的李白不请他喝酒，他是请不起李白的。

这一天，杜甫又来看李白。

李白正坐在客房中独自饮酒，见杜甫来了，他只稍稍地欠了欠身子，将手中的小半杯酒晃了两晃，算是和杜甫打了招呼。

杜甫坐下，从怀里掏出一张折了四折的纸，递给李白，道："李兄，昨日我为你作了一首诗，你读读，意下如何？"

李白放下酒杯，接过来，打开看了，是一首七绝，《赠李白》。诗曰：

秋来相顾尚飘蓬，未就丹砂愧葛洪。
痛饮狂歌空度日，飞扬跋扈为谁雄？

李白再读一遍，随即放声大笑："杜二，你这是写的我？'痛饮狂歌'，'飞扬跋扈'，这是我的写照？哈哈哈……"

"不只是写你，"杜甫跟着笑道，"也包括我在内。"

李白定睛看着杜甫，杜甫清瘦的脸上现出真挚的表情。李白明白，这"空度日"和"为谁雄"都是愤世嫉俗之词，杜甫体谅他内心深处的苦痛，感叹英雄无用武之地。

离开京城前，李白没与任何朋友道别。来到洛阳后，董糟丘对他虽然一如既往，可李白总觉得没有一个知心的朋友。这些日子，杜甫常来看他，他并不与杜甫交心，而杜甫却深知他的心绪。这样的朋友实在难得，李白想着，眼圈红了，他一口将杯中的残酒喝了下去。

"何止是你痛饮狂歌空度日，"杜甫说，"为了这空怀的抱负，为了这满腔的豪情，我也常以嗜酒为业。我们是同病相怜啊。"

李白摇了摇头，说："你与我不同。我已是日向西去，你正是日头当午，我们二人不可同日而语。"

"李兄差矣，"杜甫道，"年龄不同，并不说明命运不同。论命，也许李兄比我要强，好歹你已有过翰林身份，在满朝上下好好风光了一回。我呢，唉，我前面的道路渺渺茫茫，至今难以占卜，谁知今后是何下场。"

本来，杜甫想劝李白，可李白听杜甫此言，倒想劝他几句了。李白用自己的酒杯给杜甫斟上一杯酒，说："老弟，什么前程啊、命运啊，不可不想，也不可多想。我此次离京，想得很清楚，世俗中的事情由不得自己，你想为君为国效力，他不用你，你又如何！我们不去想它，我们都不去想它！还是喝酒好，还是喝酒好哇！来，我们兄弟二人，同喝一杯苦酒。"

说完，李白将已递给杜甫的酒杯又拿了回来，一口喝下去半杯，再递给杜甫。杜甫接过去，也只一口，将余下的喝了个一干二净。

放下酒杯，杜甫说："我这里还有一首诗，专为你喝酒而作，你也看看？"

"专为我喝酒而作？"

"不只为你，是为你们'酒中八仙'而作。"杜甫说着，又从怀中掏出一张折得整整齐齐的诗稿，递给李白。

诗题为《饮中八仙歌》。

李白读过，再次哈哈大笑。笑过，他第二回定睛细看杜甫。李白由衷地赞赏杜甫的诗句，更为杜甫的细腻而吃惊。

"酒中八仙"是前些日子人们来往拜会时，李白常和他们吹到的话题之一。李白记得，那天，杜甫和朋友第一次与他见面，没什么可说的，他又说起了"酒中八仙"。当时，杜甫坐在旁边静静地听着，并未插言。想不到，他竟能将"酒中八仙"的音容笑貌刻画得如此惟妙惟肖，竟和亲眼见过一般！由此，李白确认了杜甫的诗人天赋。

李白看重杜甫的诗才，他视杜甫为不可多得的知心朋友。杜甫更是早把李白当作了自己的师友，他一直珍惜着他与李白的友情。据郭沫若考证，现存的杜甫诗歌共有一千四百四十余首，与李白有关的将近二十首，其中多数是他们二人分别后，杜甫思念李白所作。相比之下，李白写给杜甫的诗，现仅存四首，且全是他们共同漫游齐鲁时留下的纪念。

十多年后，当李白病卧当涂，眼见不久于人世之时，远在川蜀的杜甫，为他作了一首长诗《寄李十二白二十韵》。虽然杜甫与李白远隔千山万水，两人分别也已多年，可从这首诗中看，杜甫对他们分手之后，李白的生活情况及当时的心理状态，真是了解得一清二楚。若他们果真没有任何书信来往的话，李杜二人之间便确有心灵感应了。

杜甫说：

> 昔年有狂客，号尔谪仙人。
> 笔落惊风雨，诗成泣鬼神。
> 声名从此大，汨没一朝伸。
> 文采承殊渥，流传必绝伦。
> 龙舟移棹晚，兽锦夺袍新。
> 白日来深殿，青云满后尘。
> 乞归优诏许，遇我宿心亲。
> 未负幽栖志，兼全宠辱身。
> 剧谈怜野逸，嗜酒见天真。
> 醉舞梁园夜，行歌泗水春。

诗的前半部分，杜甫描述了李白二次进京时的情景，他说，李白的诗作"泣鬼神""惊风雨"，受到了玄宗的特别赏识，他常常白日应召，入大殿草拟文诰；时时月夜泛舟侍游，为皇上赋诗，全无对手。而"谪仙人"却宠辱不惊，正值顶峰时期，自愿引退离京，表现出他浮云高贵的志趣。杜甫还记叙了他们相会洛阳，同游梁宋，在梁园醉酒起舞，在泗水岸边同声歌唱的欢快情形。

接下来，杜甫又说：

才高心不展，道屈善无邻。

处士祢衡俊，诸生原宪贫。

稻粱求未足，薏苡谤何频！

五岭炎蒸地，三危放逐臣。

几年遭鹏鸟，独泣向麒麟。

苏武先还汉，黄公岂事秦？

楚筵辞醴日，梁狱上书辰。

已用当时法，谁将此义陈？

老吟秋月下，病起暮江滨。

莫怪恩波隔，乘槎与问津。

这一部分，杜甫说的是李白的志向，及他们分手之后，李白的生活处境和生活追求。他说，李白才气极高，可他的壮志无法舒展，他的一生行路曲折，不得善人相助，到头来终是无官无职，贫困一介书生。杜甫认为，安史之乱之中，倔强自负的李白与永王叛军为伍，只是为了解决饥饱问题，并非心甘情愿充当叛军的幕僚。为此，他付出了下大狱并流放夜郎的沉重代价。杜甫想象，老来，李白只能拖着病体之躯，孤身一人独在秋月下苦吟，或于黄昏时刻在江边独步。

夕阳西下，大江东去，一切皆属自然。

杜甫劝李白，不要抱怨朝廷，人生只能听天由命。

8

八月，杜甫家里来人，告诉说，他的继祖母准备归葬偃师，族人请杜甫去汴州治所陈留郡，为继祖母作墓志。杜甫和李白商量，他想让李白与他一同前行，顺路去梁宋游玩。

所谓梁宋，指的是现今河南开封、商丘一带。

历史上，开封城的名称变更过多次。战国时期，它被称作大梁；汉时改叫浚仪；南北朝东魏时期，叫作梁州；北周和隋唐时期，又叫汴州；到五代、北宋时期，它开始叫开封，以后，还称过汴京、汴梁，明清后复称开封。

公元前 362 年，战国七雄之一的魏国将都城迁至开封，称它为大梁。魏国在此建都近一百四十年，国富人众，城市十分繁华。到公元前 225 年，秦始皇派大将王贲进攻魏国。大梁城防坚固，火攻不下，王贲就采用水淹的办法。王贲从黄河引水灌大梁，一连灌了三个月，才使大梁城墙被淹坏，灭了魏国。

以后半个多世纪，大梁成为废墟和战场。直到西汉前期，社会经济得到发展，大梁才逐渐得以恢复。

公元前 168 年，汉文帝封他最宠爱的儿子刘武为梁孝王。梁孝王的封地在梁国，大梁是它的都城。不久，梁孝王嫌大梁地势低洼潮湿，把都城迁到睢阳，也就是今日的河南商丘，唐代为宋州（天宝元年，州治宋城改名为睢阳郡）。据历史记载，梁孝王在梁宋之间筑有东苑三百余里，其中宫室复道相连，很是豪华。当时，大梁还筑有吹台，著名的文学家枚乘、司马相如等人，常陪同梁孝王来往于梁宋之间，登吹台弹唱歌舞，吟诗作赋。

到了东汉，大梁归属陈留郡，这时出了名人蔡邕。他是历史上著名的文学家和经学家。蔡邕在大梁订正六经文字，他把经文写在石碑上，让工匠们精工刻琢，而后，将其立在太学门外，这就是著名的熹平石经。据传，石碑立好后，人们纷纷前去观摩。每天，车辆总有一千多辆，把街道堵得水泄不通。蔡邕的字写得很好，大书法家王羲之练书法，就得力于蔡邕写的石经。历史上有名的女文学家蔡文姬是蔡邕的女儿。

东汉末年，大梁改称浚仪。一段时间，梁宋成为曹操的历史活动舞台。公元 200 年，曹操用弱小的兵力，与力量强大的袁绍在此地的官渡作战。官渡之战以弱胜强，成为军事史上的著名战例。后来，曹操又在浚仪主持过睢阳渠的修治。他的小儿子曹植，曾被封为浚仪王。

魏晋时期，著名文人——"竹林七贤"之一的阮籍，在浚仪留下了他的足迹。他写的不少诗歌与浚仪有关。如："徘徊蓬池上，还顾望大梁。绿水扬洪波，旷野莽茫茫。"还有："驾言发魏都，南向望吹台。箫管有遗音，梁王安在哉！"

又过了三百余年，进入隋朝。隋炀帝命人开凿大运河，从洛阳，经汴州、宋州，连通扬州。交通的便利，使梁宋地区有了新的发展。

唐朝，汴州是洛阳以东的重要城市，宋州的文化经济也十分发达。这个时期，文化名人们时常来梁宋游玩，留下了许许多多的历史胜迹。

李白与杜甫一同来到汴州。杜甫先回继祖母家，办理归葬事宜。李白则去拜见汴州刺史、河南采访使李彦允，他私下想，若是运气好，人缘又投机，还可在李彦允府上谋一职位。

两年前，李白应召入京时，李彦允正在殿中任侍御史，李白与他结识，并依族系认他作从祖，两个人交情不错。

来到李彦允府上，李白受到热情的接待，但他始终不好意思开口，向李彦允求一官职。李彦允也当李白是赐金放还的员外，对他以礼相待，管吃管住，却不提前途之事。这本是合情合理的事情：你想，皇上身边的翰林学士李白都不做，哪会愿意来他这小小的州府任职？

再说，李白已四十有四，再和他谈前程，李彦允怕小看了他。于是，李彦允安排李白外出游玩，早晚过来陪坐一阵。李白也只能摆出"退休老员外"、闲客的架势，只以四处访古为事，言不得谋职做官了。

几天后，杜甫办完家事，来找李白。李白像被解放了一般，告辞李彦允，和杜甫一起去做真正的闲散文人了。

这一日，李、杜二人同游大相国寺。他们在香烟缭绕之中观赏了一座座贴金大佛像，又去寺院塔林观赏碑文，细品先人的书法文字。塔林中，香客不多，转过一座佛塔，杜甫碰上了熟人。

"杜老弟！"

"啊呀，达夫兄！"杜甫高兴道，"真是巧遇，你也来此游玩？"

"昨日才到，送一个朋友北去幽州（今北京地区）。我刚送他上了船，一个人没事，来这里玩玩。你来了汴州，怎么不去睢阳看我？"

"我处理点家事，顺便和李兄一道游玩，准备过两天就去睢阳。"杜甫指着李白说。李白正在另一座佛塔的背面专心读碑文，站在杜甫他们的位置上，只能看见他的半边衣袖。

"那位是……"

"哦，你们二人从未见过面，不过，相互通过大名，不用我介绍，你们肯定相识。"杜甫说着，朝李白招呼道，"李兄，我们提前见到朋友了。"

李白从佛塔后面走了出来，他看着杜甫身边的这个人，觉得有些眼熟。

"这是李白！"杜甫说，"达夫兄，你自己介绍。"

15

李白听见"达夫"二字，立刻反应过来，不等对方开口，他先迎上前去，拱手道："高适兄，我和杜二准备过两天专程去会你，不想，在这里提前见了面。"

"久仰，久仰李兄大名。"高适也拱手相迎，"我早听说，李兄辞去翰林来洛阳，由衷钦佩李兄的超凡气度。"

李白笑了笑，说："谈不上气度，只是识时务而已，混不下去了，趁早自己一走了之。"

"李兄实乃本朝俊杰！"高适顺着李白的话夸赞道。

"高适兄的诗作，我早就拜读过，下笔有神，气势不凡。"李白说，"京城里，很多人喜欢。"

"不敢，不敢与李兄相比。"高适很谦虚。

"你二人都是诗坛高手。"杜甫道。

"杜老弟，你是后来居上，这几年我拜读了你的不少新作，日见长进。"高适说，"我已有望尘莫及之感。"

"达夫兄过奖，我在你二人面前，只是师弟而已。"杜甫对比他大十多岁的李白和高适的确十分尊崇。

"我们不必谦虚，大家彼此彼此，在一起都是兄弟。"李白道。

三个人一同笑了起来。

高适成婚之后，带着新婚妻子回到睢阳居住。自开元年间，高适到宋州定居，前后已有二十来年，宋州可说是他的第二故乡。

从宋州西去洛阳，北上幽州，东往齐鲁，走水路必须经过汴州，因此，高适对这里的游玩景点十分熟悉。尽地主之谊，他领着李白和杜甫逛梁园遗址，登吹台怀古抒情。在汴州好好玩了几天，高适又邀请他们同他一起去睢阳。

在睢阳，高适有一栋挺不错的私宅，还置有地产，他打算把李白和杜甫请到家里去住。可李彦允事先和宋州太守打了招呼，请宋州太守代他好好地款待李白。听说被皇上赐金放还的李白要来，这里的地方官都很热情，早早地等在城外，李白他们一到，就被迎进太守府住下。

高适在地方上小有名气，刚从皇上身边来的李白，又是地方官员们心目中的大人物，接下来的几天，睢阳城和洛阳一样，宴请不断。同时，地方官员们还把李白他们的游玩日程全都安排好了，游玩的花样日日翻新。

1

半个月之后，太守请李白、杜甫和高适一起去寻猎。

说是一起去，其实是为他们三人备好快马、弓箭，由太守亲自送出好几里地，又派专人先去替他们安顿好食宿等事，打猎时，却只有他们三个人尽情玩耍。

猎场在宋州的属县单父（山东单县）近郊，离睢阳不远，占地面积很大，快马一两个时辰跑不到尽头。

猎场内地形平坦，多是草原与灌木丛林，猎物极多。李白、杜甫和高适都是捕猎爱好者，他们骑马驰骋，张弓搭箭，不到半天，便猎得各种猎物，堆起来像一座小山，想全部带走是拿不动的。

前面的灌木丛中有一老一少两只雄鹰，听见马蹄声响，一前一后噼啪飞起。飞在前面的那只老鹰，腾空后直接飞向前方，很快地逃出了李白他们的视线。飞在后面的那一只，羽毛丰满亮丽，骨架宽大，但有些瘦弱，一看便知成年不久，对凡事尚存好奇之心，它从灌木丛中飞起之后，没跟在同伴的后面飞走，而是停在空中盘旋，想看看下面发生了什么。

李白他们寻猎，看见猎物，本能地一同张开弓箭，准备射它。

一只鹰在空中盘旋。三副弓箭弦满如月，雪亮的箭矛瞄准它，眼看即将飞射出去。

就在这千钧一发的时刻，李白将手中的弓箭垂下，道："这是只嫩鹰，我们放过它算啦。"

听李白这么说，杜甫也松了自己手中的弓箭，说："让它再长几年，反正，我们的猎物已经不少了。"

"猎物不分老幼，也不在乎多少，"高适稍微松了一点箭弦，反对道，"见了猎物不猎，反而放它生路，那还叫什么打猎?"

"我的猎已经打得够了，不想再伤这只嫩鹰。"李白边说，边将弓箭收了起来。

杜甫附和道："也好，我们上那边休息一会儿，休息够了，再来猎物。"

高适让他们两人说得无心再射这只嫩鹰，他将箭头垂下，正想收弓，就在这时，盘旋在空中的嫩鹰突然朝他们俯冲过来，它扑扇着宽大的翅膀，从李白他们的头顶掠过，而后又斜飞腾空，气势很盛，像是有意在猎手面前炫耀它的本事。

李白和杜甫没当回事，他俩已经掉转了马头，朝那边的草地走去。高适留在后面，看着这只不可一世的嫩鹰，猎手的本能随即复归。他抬手张开弓弦，眯起一只眼，然后一松。

银亮的箭矢风驰电掣，一下击中了嫩鹰。箭矢由后背穿胸而过，将它从半空中射落下来。

啪嗒一声，嫩鹰重重地跌落在草地上，跌落的地方正好就在李白和杜甫的马头前方。它的背上插着一支羽箭，黄色的眼睛半合半张着，没有了光彩，身子疲软地伏在已经干枯了的草地上。刚才它还生活在空中，瞬间落地已变成死物。李白和杜甫见了，心下同时一震。

高适从后面超过了他们，来到嫩鹰面前，他坐在马背上，俯下身体，伸手拾起了猎物。

"看着它架子不小，身上没什么肉，全是骨头。"高适摸了几下猎得的嫩鹰，随手抽出自己的箭，然后，将身体还很柔软的鹰抛向侧面不远的灌木丛中，"这种东西，下酒都不行。"

李白吃惊地看着高适，目光是那样的不可思议。

高适虽然感觉到了，神态却是毫不在乎。

"你让它再长几年就好了。"杜甫说道，语气中不无惋惜之情。

"是它自己不想活了！"高适说，"想活的话，不趁早飞走，还飞到我们头顶上来耀武扬威？它是命该如此！"

李白没说话，杜甫也不再说什么。三个人一起来到一块高地，下马，坐在草地上休息。

时值深秋，原野一片萧杀、凄清的景象。

三个人坐着，沉默了很久，气氛显得有些紧张。

杜甫看了看李白，李白眼望前方，若有所思。他又看了看高适，高适正低着头专心地摆弄自己的弓箭。

为了缓和气氛，杜甫将话题引向时局："都说是太平盛世，可我总觉得，近年来国家太平的背后有点阴影，说不定什么时候会有变化。"

"你没听说江东造反的事吗？"高适抬起头来说，"近日已经有了结果。"

杜甫知道这事，但不知结果，他催高适快说。

李白听见他们说江东造反之事，收回目光，转向高适，也问："结果怎样?"

"你猜猜看。"高适说。

在京城时，李白就听人说过，去年年底，江东（江苏苏州）有个叫吴令光的人聚众反唐。他的反军人多势众，常在明州（浙江宁波）、台州（今属浙江）和温州（今属浙江）等沿海一带活动，抢劫官家富商财物，拦截官府粮草，造成海路阻塞，还攻占了温州治所永嘉郡。玄宗十分恼火，命河南尹裴敦复为摄御史大夫、持节江南东道宣抚招讨处置使，火速前往江东，安抚百姓，对付吴令光反军。

朝廷军队去了怎么样，反唐能否成气候，一直是大家关心的事情，其结局很难猜得准。

"国家太平时日已久，朝廷上下腐败成风，各地民众多有不满，"李白说，"想要一下平反，恐怕很难。不过，皇上决心很大，朝廷拨出了专门的银两，又调了许多军队，一般的聚众造反，也难以抵抗。"

"年初，吴令光他们气势很大，裴大人先想安抚招降，他们不但不接受，"高适说，"还越闹越厉害，连续进攻台州、明州。讨伐军对付这些流寇确实不易，连吃了几场败仗。后来，裴敦复又调晋陵太守刘同升、南海太守刘巨鳞联合统兵讨伐。两个月前，总算击溃了流寇，反军头领吴令光被生俘。"

"吴令光现在怎样?"杜甫问。

"听说，前些日子，死在押解去京的路上了。"高适说，"是他自寻的死路，他不愿上京城受审，一路拒绝吃喝，没坚持几日就饿死在囚车里了。"

"朝廷平乱是件好事，"李白道，"不过，吴令光的人格也值得钦佩。"

杜甫点头赞同。

高适却说："差役不该让他死在路上。这样的人，押去京城受审，处以极刑，可以杀一儆百，保证朝廷长治久安。"

"官逼民反，"杜甫道，"要保证国家安定，应从朝廷本身做起。我想，经过这次教训，朝廷不会不引以为戒。"

李白接过话来，说："能引以为戒就好，怕只怕不接受教训，反以最终平乱为得意。果真如此，今后还有大乱。"

这一点，高适和杜甫都有同感。他们又议论了好一阵，都为这太平盛世还能兴盛多久而担忧。

看看天色近晚，肚子也有些饿了，三个人不再寻猎。他们从猎得的猎物中挑选出几只肥兔、两只嫩羊、一只小鹿，搭在马背上，带回宿营地准备烧烤了当下酒菜。

晚上，他们在太守为他们安排好的单父县郊的一个酒楼里过夜。这酒楼，实际上是一间高大的营地帐篷，它是专门为远道前来寻猎的客人们服务的。酒楼有固定的时间安排：夜晚，酒家在营地外面生上篝火，将客户猎来的新鲜猎物炙烤加工后，一大盆一大盆地摆放在篝火周围，请客人们自由地席地而坐，边喝酒尝鲜，边看歌舞妓们弹唱歌舞。别有风趣的篝火晚会时常通宵达旦，一直延续到东方露出鱼肚白，方才结束。

天亮后，客人们各自挑选了自己中意的美女同宿。

下午，睡足了，吃饱了的客人们又将外出寻猎。

按照酒楼的安排，李白、杜甫和高适在这里痛痛快快地玩了三天。李白作有诗歌《秋猎孟诸夜归置酒单父东楼观妓》，正是对这段时光的记叙。

诗曰：

倾晖速短炬，走海无停川。

冀餐圆丘草，欲以还颓年。

此事不可得，微生若浮烟。

骏发跨名驹，雕弓控鸣弦。

鹰豪鲁草白，狐兔多肥鲜。

邀遮相驰逐，遂出城东田。

一扫四野空，喧呼鞍马前。

归来献所获，炮炙宜霜天。

出舞两美人，飘飖若云仙。

留欢不知疲，清晓方来旋。

在单父玩够以后，李白他们返回睢阳。

这天是阴天，早起下过一场小雨，空气清爽，地面潮湿，马走在泥土路上，没有一丝尘埃。李白他们骑在马上，放慢了速度，边走边欣赏路边的山野景色。

行至一处，路基不远的地方，有一片平整的草地，油绿的草丛中摇曳着星星点点的小花，有黄色，也有红色，花草连成一片，生机勃勃。这景象，在深秋，难以见到。

高适看着这片草地，说："二位稍候，我上那边采几朵小花，就来。"他话音未落，已掉转马头，下了路基。

李白和杜甫相互笑笑，停马驻足等候着他。

只见高适跳下马去，扑向草地，就像是一只工蜂，弯下背，在花丛中尽情地采摘盛开的花朵，不一会儿，手中已握有一大束。

"高适老兄，采够了没有？"李白开玩笑地朝他喊道，"想把整个草地都搬回家吗？"

高适很兴奋，朝路上摇了摇手中的花束，答道："再采几朵，就来——"

"你让他采够，"杜甫说，"他是金屋藏娇，家里有一个漂亮的娘子，出来几日，就会想得发慌。"

"听说，他成婚不久？"

"才一年多，"杜甫说，"去年夏天，他去洛阳相中的。"

"官人家的女儿？"

"不是。"

高适与令狐兰成婚的那几天，杜甫正巧不在洛阳，他不清楚令狐兰的具体情况。犹豫了一下，杜甫说："听说，他娶的女人先前是开客店的，吹拉弹唱什么都会，人也长得很漂亮。达夫兄和她一见钟情，不几天便成婚了。"

李白听了，心中一愣。

"难道，他娶的是令狐兰？"这个念头在李白心中一闪而过，立刻又被否认了，"不可能。洛阳如此之大，开客店、长得漂亮的女人有的是，怎能正好会是令狐兰。世界上没有这么巧的事情。"

高适采了两束鲜花回来。

三人又一同上路。

"这花好香，花瓣也奇特，上红下黄，"杜甫赏花道，"可惜，它生在野外，没有名分。"

"这你就说错了，"高适道，"别看它生在野外，可早有正式的名分。它名字叫嘉兰，高雅幽静，与它的品格十分相像。"

"你对花有研究?"李白问道。

高适笑了，说："不是我有研究，是我的娘子特别喜爱兰草花卉，常听她讲起，也记住了一些。"

高适将一束鲜花放近鼻子跟前，闻了闻，深深地朝里吸进一口气，那样子，不像是在闻花香，倒像是伏在他娘子的长发中，忘情地嗅着发香。

"高适兄捧着这鲜花，心早飞回家了，"李白和他玩笑道，"你把我们兄弟，两条汉子丢在路上，孤零零的，没人陪伴，好不狠心啊!"

杜甫也和高适笑闹，说达夫兄离不开他的美娘子，才几日，就想得花人不分，早知如此，不该与他们同行，留在家里守着娘子多美。

"没有这事，没有这事，"高适分辩着，神态像是热恋中的小伙子，"我是闻闻这花与美丽兜兰的香味是否相同。"

"美丽兜兰!"听到这四个字，李白心中又是一愣。这花名他很熟悉，可一时又想不起来在哪儿听过或是见过这种花。

"我娘子最喜欢美丽兜兰，"高适又说，"这嘉兰没有它香。不过，她会爱屋及乌，嘉兰也有一个'兰'字，和她的名字一样。"

"美丽兜兰，这个名字好听，"杜甫问，"花色也好看?"

"这地方很少见到，"高适说，"结婚前，我娘子自种了几盆，她说是她从川蜀老家带来的种子。现在，她在我们房后的园子里种了好大一片，花开的时候很好看。"

李白在一旁听着，心绷得越来越紧。高适的娘子名字也叫兰，她的老家在川蜀，这不是令狐兰又是谁? 美丽兜兰，李白也想起来了，那是他在花市上给兰子买的花。

高适就是那只火红火红的大狐狸，是他带走了令狐兰。李白不愿这么想，可事实确实如此。李白的耳边又响起那只嫩鹰飞起的噼啪声响。李白觉得，有许许多多的小毛毛虫在他的心口上穿梭爬行、刺痛、搔痒，顿时感到烦躁，他恨不能打马飞奔，跑得越快越好，独自一人走得越远越好。

"我早想把你们兄弟介绍给娘子，"高适还在兴奋地说，"回去，先上我家，我让娘子给你们烧几个好菜。我娘子的菜烧得极好，很有特色。对了，李兄，你不也是川蜀人士吗？家乡的饭菜，你一定喜欢。"

高适说着，突然发现李白的脸色苍白，露出烦躁不安的神情。他不知是为了什么，看看杜甫，杜甫也弄不清李白为何出现变故。李白的坏情绪一下传给了高适，他不再说他的娘子，也不再说话。

高适这个人心很细。他隐隐约约地感觉到，李白的烦躁与他的娘子有关。高适记起他刚从汴州回来的那天，回到家，他和娘子讲到李白和杜甫，娘子同样脸色突然苍白。他问她怎么了，她只是一个劲儿地摇头，眼泪还不住地往下掉。当时，高适就很诧异。不过，他以为娘子不舒服，也就没往下多想，赶紧扶娘子进房里睡下了。那天晚上，娘子没和他过夫妻生活，这是成婚后的第一次。以前，高适每次外出回来，哪怕相隔只有一两天，他也能重新体验新婚时的快乐。高适没怪娘子，他只当娘子是身体不适。

把李白的烦躁与娘子的反常连在一起，高适很不情愿。可他摆脱不了猜测的纠缠。高适让自己不要相信这种毫无根据的猜测，他想让这种令人讨厌的感觉在心里自生自灭。

回到睢阳，出于客气，高适依然请李白和杜甫一同先去他家。

"我不去了，"李白谢绝道，"杜二，你去不去，由你。"

李白的话很生硬，高适勉强回了一个笑脸，表情有些尴尬。

杜甫被难住了。他看了看李白，又看了看高适，一时不知如何是好。

还是高适豁达，很快就缓过劲来，说："改天吧，今天大家都累了。你们先回太守府休息，明日我再来陪你们。"

杜甫和李白一同回了太守府。晚上，他几次问李白，白天为何突然不高兴了。李白不答，只说他想尽快离开睢阳。杜甫也猜到了，李白的情绪变化，与高适有关。作为朋友，他很想从中调解，可又弄不清事情的缘由，他想调解也调解不成。

第二天一早，高适就过来找他们。李白见高适满面春光，莫名其妙的恼怒又在心中升腾，他坚持当天离开睢阳，太守和地方官员们无论怎样殷勤都留不住他。无奈，大家只得送他们上路。

高适和太守以及一大帮地方官员，一直将李白和杜甫客气地送到了城门外。

马蹄嘚嘚地敲响着路面。

前面是汴州和洛阳方向。

走出不远，李白回头望去，送行的人们仍立于城下，高适站在最前面，正朝他俩扬手道别。

一种强烈的自责感占据了李白的整个身心。

高适是无辜的，他能给令狐兰家庭幸福，应该感谢他才是，怎么反倒怨恨于他？这么一想，李白勒住缰绳，让马转头侧过身来。他立于马上，欠了欠身，又郑重其事地拱了拱手，意思是："高适兄弟，我们后会有期！"

杜甫见李白脸上的阴云忽然被风一下吹散，心里也顿时高兴起来，他朝高适大声喊道："达夫兄——我们后会有期——"

5

本来，到了单父，再往东北方向行几百里地，就是任城。李白对赐金放还的认识与别人不同，他不认为这是他的荣誉，不能荣归故里，他便不愿回家。打完猎后，他又和杜甫、高适回到睢阳。从睢阳出来，他准备与杜甫一起再回洛阳。

路上，杜甫突发奇想，对李白说："我们去寻仙访道，你看怎样？"

李白正有此想法，他觉得"我本不弃世，世人自弃我"，在这世间漂来荡去，不如上山求道，走仙人之路。

"王屋山有一位华盖老君，很有仙气，"杜甫说，"听说，他炼的金丹特别灵验，只需服下三丸，年老的可以返老还童，年轻的能够青春长驻，已经有一些道法的人，吃了他炼的仙丹，再修行一两年，保证肉身变为仙体。我早想拜访他，一直未能成行。这回，我们一起去。"

李白赞同道："不仅拜访他，我还想入道，拜在他门下，成为真正的仙人。"

"那倒不必，"杜甫说，"入了道，不能再为国效力为君效力，我们这满肚子的才学，不白白地浪费掉了？我只求有好的身体，青春不可长驻，至少可使衰老来得慢一些，那我就满意了。"

渡过黄河，李白和杜甫直接奔向王屋山。

王屋山在今山西省阳城县西南方向，山有三重，形状很像是一座天造的大屋，所以取名为王屋山。

道教有专门记录神仙、道家居住地的著作，比如《道藏》中便有东方朔集《十洲记》，述说神仙在天上和人间居住的十洲三岛；司马承祯集《天地宫府图》，记录了十大洞天、三十六小洞天、七十二福地；还有杜光庭据前人所述，汇编成集的《洞天福地岳渎名山记》，将各处的神仙住地和道家修炼场所，如数家珍，一一道来。

"大天之内，有洞天三十六，别有日月星辰灵仙宫阙，主御罪福，典录死生。有高真所居，仙王所理。又有海外五岳，仙岛十洲，三十六靖庐，七十二福地，二十四化，四镇诸山……"

王屋山排在十大洞天之首。"王屋洞小有清虚天，周回万里，王褒所理，在洛州王屋县。"开元天宝年间，它是有名的道家圣地，司马承祯年轻时曾在这里做过住持，后来又有华盖老君坐镇，寻仙访道的人终年不断。

华盖老君的道观，修在王屋山山顶。从山下到山顶，只有一条小小的石径。石径连着青石板搭砌的台阶，一级一级向上，两千多级，上下一次，很不容易。

来到山下，李白和杜甫想找家客栈，寄放马匹，徒步上山。可山下方圆几里地，居然找不到一户人家，更别说有什么客栈了。

在一处废弃的旧房基前，李白下马，说："就把马拴在这里吧。喂了老虎，算是我们求仙的祭品。若没有老虎吃它，证明有仙人在暗中相助，你我今后的道路，将会有转机。"

杜甫看着四周荒凉的山野，生出疑问，道："我觉得这地方不大对劲，现在正是上山访道的最好时节，来往的善男信女应该很多。可我们却见不到一个人影，连这山下的住户都搬走了，一定事出有因。"

"不管他那么多，"李白满不在乎，"我们先上山去再说。"

为表求仙之心切，李白和杜甫上山，每登三十级石阶，即要跪下来，在青石板石阶上重重地磕三个响头。两千多级石阶，他们磕了两百多个响头，等到了山顶，两人的衣袍已经磨破，前脑门子磕得紫黑蓝青，肿得好高。

"总算到了。"李白跪在最后一级台阶上，磕完最后一个响头，从地上支撑着站起来说。

王屋山的道观与别处不同，它以白茅草盖成，草屋草墙，四周还长满了野草。李白和杜甫踏着最后一段石板小道，走进了用树枝条绑扎的简陋的道观大门。

道观内寂静无声，四下里凄凄惨惨，好像已经多年没有住过人了。

"道长们可能正在修行。"杜甫说，他轻手轻脚地走近道观正面的大屋，将脸贴在木门缝上，向里张望，不小心，木门吱呀一声，让他撞开了。

"可是有香客来啦？"里面的蒲团上盘腿坐着一位年纪并不算太大的道长，齐胸的胡须还是青丝，"进来吧，不要在外张望。"

李白和杜甫以为这就是华盖老君，那青丝胡须，可能是服了仙丹的缘故。他俩交换了下眼色，一同走进去，跪下道："弟子李白、杜甫，特意前来拜访华盖仙人。"

这时候，蒲团上的道长才睁开了眼睛，他看见两个衣袍不整、额头青肿的布衣，一个年纪与他不相上下，另一个比他年轻，知道这是两个怀有十二分诚心的求仙者。

"你二人快快请起，"道长下了蒲团，走到他们身边说，"我是华盖老君的大弟子卢玄宇，法号虚远。"

"虚远法师，我二人误入道室，多有打扰，敬请原谅。"杜甫起身后说。

李白起身后，环顾四下，问道："请问虚远法师，华盖仙人可在观中？"

"二位请坐下说话，"卢玄宇并不急于回话，他指着侧旁的两个蒲团，请李白和杜甫坐下，自己反身坐回到蒲团上，不紧不慢地说，"你们一路上山，碰到过其他人吗？"

不知卢玄宇要问什么，李白和杜甫相互看了一眼，没有答话。

"初次上山的人，恐怕不会有这种感觉。"卢玄宇继续说，"如今我们这道门圣地已经名存实亡了，一年到头，难得见到香客。"

"我们是真心实意前来求仙的。"杜甫说。

"那是当然，看了你们的装束和前额的青伤，我就知道。"卢玄宇说，"我们王屋山道观是有名的道家圣地，除去天上仙山、元京山、峨眉山、三秀山，天下五岳十山，就有十大洞天、三十六小洞天，王屋山名在其中。这里向来是善男善女们的向往之地。"

停了一下，卢玄宇叹了一口气，又说："唉，可惜呀，如今，王屋山已是徒有虚名，今非昔比啦。"

"华盖仙人已不在观中？"李白问。

"我师父先一步成仙去了。"卢玄宇毫不掩饰他心中的悲哀，红着眼眶说，"师父一去，弟子们纷纷散去。现在，只剩下我和三四个师兄弟守着这几间茅草道观，往日的兴盛已一去不复返了。"

"华盖仙人真的走了？"李白同样不掩饰他的失望，追问道，"他几时去的？可有仙丹留在观中？"

"仙丹？"卢玄宇摇了摇头，说，"有仙丹留在观中，这道观哪能冷落到如此地步。师父他炼的全是内丹，丹成人体为仙，所有的随他一同去了，我们弟子都未得一二，更何况外人。"

道教认为，成仙之路分上士、中士、下士三种：上士即修炼到家后，神形一举升虚，肉身形体随精神一同化为虚无，谓之天仙；中士则为形体俱在，肉身和精神一样，皆超越时空，永世长存，再无"死亡"二字可言，这种状态谓之地仙，成仙之后，能够游历于人间的名山仙境；第三种状态称之为尸解仙，由下士之路而来，其成仙过程是精神先一步升华，遗尸于人世，然后，经过一段时间，尸解为仙，即所谓的先死后蜕。

尸解仙虽名字不大动听，却也是极难修炼成的。绝大多数道士终年累月修炼，到头来很可能一无所获。极少数大师能成为尸解仙，确实是了不起的创举。至于地仙、天仙，更是凤毛麟角，少之又少。

华盖仙人走的正是下士之路。

卢玄宇见李白和杜甫求仙心切，他不想让他俩白来一趟，便带着他们去拜华盖仙人的天棺。

天棺悬支在石壁之上，它的旁边有一块小小的平台，平台上伴着山壁搭有一间石阁。石阁的正中立有一块石碑，碑上刻着华盖老君的半身肖像。石碑的前面放着两只不大的石香炉，供弟子们与师父神交之用。

华盖老君仙逝有三个年头了，天棺中，他的肉身已经不见，天棺盖敞开着，里面空空如也。

"你们若真想得到获取金丹的秘诀，"卢玄宇对李白和杜甫说，"每晚二更之后来此，匍伏在天棺脚下，也许会求来华盖老君的仙灵，将内炼金丹的技法传一二与你们。"

"果真如此，我们今晚就来。"李白说。

"求仙不可性急，二位来此，路途劳苦多日，今晚先在观中歇息一夜，养足了精神，才好通宵守灵求仙。"

杜甫觉得卢玄宇说得在理，他说："也好，今晚我们在观中住一夜，请虚远法师传授些道法给我们，万一求不来华盖仙人的神灵，也不枉来王屋山走过一遭。"

回到观中，已是黄昏时分。

好心的卢玄宇生怕怠慢了客人，他嘱咐师兄弟为李白和杜甫备饭，又亲自开启封条，请他俩到华盖老君生前修行炼丹的静室，凭吊致意仙灵。

推开封存已久的木门，扑面而来的是一股很重的湿气。

静室里，幕帘、蒲团、案台依旧，摆设得整整齐齐。

窗户的旁边挂着一件华盖老君生前穿过的道服，若不是上面落有一层薄薄的灰尘，真会让人以为，它是刚刚被人穿过，随手挂在那里的。

老君生前焚香用过的香炉摆放在正中，几支未烧完的香烛熄灭了，香炉里一膛白灰还未被清除。昏暗中，冷香死灰，给人以无限的凄凉之感。

卢玄宇陪着李白和杜甫站在静室里，默不作声。

观外传来了松涛风声、涧水响声，还夹杂有不知何物的嚎叫声。

空山幽谷，静室死寂。即使主人业已成仙，活着的人，站在他生前曾经修道生活的地方，仍然不能不伤感万分。

此刻此情，杜甫有诗记载。他在《昔游》中说：

　　昔谒华盖君，深求洞宫脚。
　　玉棺已上天，白日亦寂寞。
　　暮升艮岑顶，巾几犹未却。
　　弟子四五人，入来泪俱落。
　　余时游名山，发轫在远壑。
　　良觌违夙愿，含凄向寥廓。
　　林昏罢幽磬，竟夜伏石阁。
　　王乔下天坛，微月映皓鹤。

晨溪向虚驭，归径行已昨。
岂辞青鞋胝，怅望金匕药。
东蒙赴旧隐，尚忆同志乐。
……

6

第二天夜晚，一更刚过，李白和杜甫即起身，摸黑前往天棺平台。

站立在石阁前面，杜甫点燃了六炷香，他递给李白三炷，两人一起对天对地拜过三拜，再面对华盖老君的石刻像拜了两拜。然后，他俩分别将香插入香炉，一声不响地匍伏在天棺脚下。

苍穹繁星满天，没有月亮。身边山风阵阵，山崖上还不时闪动着兽类发亮的眼睛，像是石壁上也镶嵌有闪闪发光的星星。暗蓝色的天空，青黑色的山崖，在夜幕中连成了一片。想必，此时，仙人显灵，人仙相会，绝不会存在什么不可逾越的鸿沟。

深秋的夜晚，已经有了一些寒意。在天棺脚下伏跪的时间长了，阴冷的寒气从脚尖自小腿过双膝逐渐地向上侵袭。

三更时，李白觉得，他的心完全凉了，身体由内向外微微地颤抖起来。李白坚持着。他想，越是困难的时候，越要挺住。困难挺过去了，憧憬着的未来就会变为现实。

四周静静的，盼望中的奇迹始终没有出现。

五更过后，天慢慢地亮了。半夜里天地合一的大背景缓缓地退去，星辰消失了，山崖显出了狰狞的轮廓，上天离大地越来越远。

李白冷得受不住了，身体颤抖得已经无法控制。他悄悄地抬起头来，看了一眼身边的稍稍靠后一些的杜甫。

杜甫的身子简直就在筛糠。他早已无力匍伏，整个身体全都趴在了地上，手脚不停地抖动。

"我们回去吧。"李白担心杜甫的身体受不住，小声地说。

"再坚持一会儿，我挺得住。"杜甫声音发颤，同样小声地说，"仙人显灵常在天亮之前，现在回去，只怕要前功尽弃了。"

两个人继续伏着，心里反复叨念着一句话：华盖仙人，请您快快显灵。一晚上，这句话已经在他俩的心里翻来覆去念叨过千万遍了。

天亮了。华盖仙人没有显灵。

李白无可奈何地从地上爬起来，有气无力地说："我们回去吧，大白天，仙人不会来了。"

杜甫脸挨在地上，点了点头。他想站起来，可双膝无力支撑身体，不等身子站直，一条腿又跪了下去。

"杜二，小心。"李白赶紧过去，扶住他。

"不要紧。腿跪久了，麻得没了知觉，休息休息就会好。"

杜甫笑了笑，有些不好意思。

在石阁的台阶上小坐了一会儿，李白扶着杜甫返回了道观。

卢玄宇已为他们烧好了热汤。他尝过在石板上匍伏一夜的滋味，待李白和杜甫喝过热汤，吃过早饭，就催着他们两个快些回房休息。

杜甫有话想问卢玄宇，不等他开口，便被卢玄宇挡了回去："现在什么都别说，我知道，你们一夜没等到。白天好好休息，养足精神，晚上再去。心诚可以感动天地，我相信，师父他不会坐视不理的。"

睡在床上，杜甫仍在一阵阵地发冷，他知道自己要生病了。果然，下午醒来，杜甫全身发烧，脑门子烫得厉害。

李白见杜甫两眼通红，嘴唇发乌，走到他床边，立刻感觉到他的身体火烧火燎的，很烫人。

"杜二，你病了，怎么不哼一声？"李白关切地坐在他的床边说，"晚上，你不能去天棺平台了。"

"我不说，怕的就是你这句话。"杜甫道，"带病求仙，更能表现出我的诚意。我一定得去。"

李白不同意，轻轻地叹了一口气，说："杜老弟，你和我不一样。我如今处于'骑虎不敢下，攀龙忽堕天'的境地，只好求仙访道。你还年轻，路子比我多，实在不必为此道付出太多。"

杜甫轻轻地摇了摇头，表示他晚上还是要去。

李白反复劝他，他只是不肯留在观中休息。

劝得急了，李白站起来道："老弟，你年纪轻轻的，完全没有必要和我一样急于入道。你和我比？那好，你不去，我也不去就是了。这，你总该满意了吧？"

杜甫见李白急了，病容中露出一丝笑意，和风细雨道："李兄此言差矣，杜甫现在哪能和你相比。但我总觉得，我和你虽然年龄相差十来岁，生活阅历和社会声誉也相差甚远，可足下之路却大体相同。我们一生注定行走于九曲十八弯的羊肠小路上，少有阳关大道。若能求得仙灵，借道家辅助，由出世转而入世，也许会有所转机。我对人对事向来认真，既然和李兄你一起来了，就要坚持到底，绝不半途而废。"

本来，李白求仙访道的初衷，并非借此抬高自己的身价，好让皇上再次召他入朝为官。被皇上赐金放还，对李白好比"千钧之弩，一发不中"，他的身心受到了极大的摧折和挫伤。为此，李白才选择了这条他从来羡慕不已的第二道路。他以为，步入道门，可以使他远离红尘，逃避现实。从这点出发，李白与杜甫的追求恰好相反。

可转念再想杜甫之言，李白又觉得不无道理。他从来只想着功成名就后再入道隐居，如今，功未成名未就，为何不可借入道隐居之势，再图大业呢？很多人已走过这条路，且多有成功者，他当然不应排斥其成功的可能性。李白想，立于中间，是进是退，往左往右，选择自如。因此，眼下求仙访道是最重要的，至于得道之后，选择出世还是入世，只能依具体情形再定。

想到这儿，李白不由自主地点了点头。

"你同意了？"杜甫见他点了头，从床上支撑着起来说，"那我们快点再做些准备。我想过了，昨天夜里，华盖仙人没有显灵，可能是六炷香力太小，不够灵验。今晚，我们要多带些祭品去才好。"

说着话，杜甫已经起身下床，开始忙着准备晚上要带去的物品。李白没有杜甫心细，准备物品，他只能给杜甫打下手。

夜里二更天，李白和杜甫又摸黑来到了天棺平台。这次，他们特意带来了两只龟鹤炉和三十七张符箓。

龟鹤炉以铜铁铸成，是王屋山道观的师传之宝。据说，华盖老君在世时，只在收受弟子，替弟子授戒，或主持弟子迁升（如弟子由道士升为法师）等重要的仪式上，才用到它。道书上记载，焚香或烧符箓于龟鹤炉内，可以通仙灵，香气可达上苍。凭吊静室时，杜甫注意到这两只香炉放在屋后的一角，他与李白向卢玄宇说了不少的好话，才把它们借来，摆放在华盖仙人的天棺脚下，打算焚烧他们准备好的符箓。

三十七张符箓也是照杜甫的意思，两个人特意请卢玄宇和他的师兄弟们赶写的。卢玄宇说，华盖老君以"三"为忌数，一般不得提及。他仙逝的忌日，又在三月七日。因此，杜甫和李白请卢玄宇师兄弟替他们画写了三十七张符箓，内容都与求华盖仙人显灵有关。

　　点燃六炷香，李白和杜甫同先天晚上一样，先拜过天地和华盖仙人，分别将香插在石阁内的石香炉里。然后，他俩并排跪在天棺脚下的龟鹤炉前面，焚香磕头，烧符箓。每烧一张符箓，他们就要对天地和华盖仙人诉说一番心声。这样，三十七张符箓一直烧到四更天。

　　所有的符箓烧完后，两个人开始匍伏在地，静等仙人显灵。

　　天气仍和头天夜晚一样冷，李白和杜甫是穿着道观中的棉袍来的。卢玄宇说，道袍也通灵性，说不定能助他们一臂之力。穿着棉袍，李白感觉好多了，他不再冷得发抖。杜甫人在发烧，裹在棉袍中，身体燥热不安，他强制着自己一定坚持住。

　　黎明前，天色异常黑暗。

　　李白和杜甫急于求仙，内心焦躁如焚，匍伏在地上却不敢乱动。两个人都担心动了，露出焦躁不安的情绪，显不出他们的虔诚之心。

　　突然，几声尖厉的鸟叫划破了夜空的寂静。

　　杜甫清楚地听见，耳边有大鸟猛烈地扑扇翅膀的声音，又有一阵旋风从头上刮过。他心里既紧张又兴奋，想着华盖仙人即刻显灵，他把脸深深地埋在双臂之间，不敢抬头张望。李白也听见了大鸟振翅的声音。他没有过多担心，待顶上的旋风一过，马上抬起头来观望。

　　不看不要紧，一看，李白好吃了一惊：

　　以天幕为背景，一只驼背大鸟立在天棺之上。它距离他们很近，仅有一丈来远。李白从低处抬头向上看，大鸟黑乎乎的身影，几乎遮挡了半壁苍穹。黑暗中，只见它的眼睛如同鬼火，上下晃动着蓝光。

　　瞬间，李白想：华盖仙人显灵了？不像。默然伫立着的黑影深不可测，大有来者不善、善者不来的架势，其气势咄咄逼人。仙人的化身绝不会如此，也许……

　　正想着，忽见大鸟展开巨翅，朝着他们扑盖过来。

　　李白大叫一声："不好！"同时，他拉上身边的杜甫，起身就跑。杜甫完全是被李白强行拖进石阁的，他还没弄清出了什么事情。

又听见"扑——啪——"两声，大鸟伸直的羽翼碰在了石阁前端的两根石柱子上。石阁被撞得有些动摇。黑压压的阴影在石阁外面停顿了片刻，随即又扑扑几下，扇着双翼，再次扬起一阵旋风，飞离了石阁。

天，好像一下亮了很多。这时，李白才看清，刚才朝他们扑过来的大鸟，是一只以食肉为嗜好的大型食猿雕。若让这种大雕啄上一口，啄在头上，脑壳会爆裂；啄在身上，至少要被撕去半斤皮肉。

食猿雕是被香炉里没有完全烧尽的符箓纸的火星灰招引来的。也可能，它是天棺的常客。天棺空了，天棺脚下又来了肉体，它哪里有不食之理？好在低矮的石阁救了李白和杜甫的命。

这天晚上过后，杜甫病得起不来床了。入夜，他烧得更加厉害，整夜整夜地说着胡话。昏睡中，杜甫的眼前时常出现华盖仙人、食猿雕和其他离奇古怪的、相互根本没有关联的各种幻象，人好像疯了一般，时而大汗淋漓，时而兴奋异常，时而又恐怖万分。李白为照顾他，二更天再没去过天棺平台。

卢玄宇和他的师兄弟轮流为病中的杜甫做了三天三夜的道场，他们将香灰、纸符灰与白酒调在一起，做成仙丸，让病人服食。杜甫吃了这些仙丸，病不见好，反倒好像越来越重了。

想办法，卢玄宇从师父静室的木板夹墙里，找到了一本手录的《炼丹集》。以前，他们只猜测师父的静室中有夹墙，从来没动手找过。《炼丹集》里有几张草药方子。卢玄宇照着方子，下到半山腰的森林里采了草药回来，以炼丹的方式，蒸出汤水给杜甫喝。喝过三次，杜甫的烧就退了，人也清醒多了。又喝了三次，病魔总算被彻底赶走了。

大病初愈，杜甫又说要去天棺平台求仙。李白执意不肯，他说，要么他们在道观里再住些日子，让杜甫养养身子；要么他们马上下山，他送杜甫回洛阳。天棺平台，一定再不能去了。

犟不过李白，杜甫只好答应返回洛阳。

卢玄宇和他的师兄弟把他俩一直送到了山下。李白还想找回他们留在山脚下的马，可是，旧屋废墟的周围，连一根马骨头都没找到。仙人没能保住它们。

送走了李白和杜甫，王屋山道观又复归冷清。冬天很快就要来了，大雪封山，更不会有善男善女前来求道了。

李白把杜甫送回了洛阳。

在洛阳，他只住了一夜，第二天一早就离开了。

他和杜甫相约，待杜甫身体好后，再找机会见面。

在王屋山道观时，李白寻思了很久。他以为，他们之所以求不来华盖仙人，并非心不诚，想必是他和杜甫没受过戒，也没在道门户籍内造过册。没有道家的正式身份，要求仙人显灵，很不容易。李白想，首先必须受戒，真正步入道门才行。

杜甫身体不好，李白不想让他受更多的肉体磨炼。他决定把杜甫送回洛阳，自己独自去找法师授戒，接受道箓。

李白想到了元丹丘，可他一时打听不到元丹丘的去向。卢玄宇告诉他，北海有高如贵天师，人称北海仙，是传道高手。高天师的大弟子盖寰造得各种符箓，若能求得盖寰书画的符箓，再请高天师传授道箓，从来是道教信徒们的莫大荣幸。

下山前，李白背着杜甫，向卢玄宇打听了盖寰的住处。离开洛阳后，他直接去了河北道德州县属安陵（河北吴桥县），找盖寰大法师。

盖寰在道门很有名气。据说，他很小的时候被一仙人所识，仙人将道学传授给他。十岁上，盖寰已精通道教，且能达到通天的程度。后来，他师承北海高天师，在仙宫学得真传天书，练成内丹真功，以致白天可思入云空，仙游九天。人们称他为天人，意思是说，他是得道之人。

许多道士、法师，虽然入道，有的甚至一生学道、传道，却不一定真正得道，成不了得道天人。庄子言："不离于宗，谓之天人；不离于精，谓之神人；不离于真，谓之至人。"得道，既要高出常人，与天相通，又不能脱离人之根本，这才是天人。而大多数学道之人，不是无法超脱于世俗常人，就是过于着魔道法，以致离宗离谱，失去了人之根基。两个极端，想要平衡，很难做到。如此，真正的得道之人便少之又少。

李白见到盖寰大法师，直截了当地说明了来意。他请盖寰天人亲自为他书造符箓，好去求高天师授道。

其时，盖寰已年过花甲，又是道门中不可多得的天人，每天前来求道者络绎不绝，人们对他毕恭毕敬，像李白这样求符箓的，几乎没有碰见过。盖寰暗自思忖，李白到底在皇上的大殿之上见过世面，不同于普通道教信徒。再观他的言行举止，盖寰断定，李白与仙界早已结缘，为他书造符箓不可避免。不过，大法师还有意要考他一考。

"不知李翰林为何要入道？"盖寰请李白坐下后，一字一句地问道，"是为了治世，还是为着养生，或是为了得道成仙？"

李白虽未正式入道，却早已读过不少的道教经典，他听盖寰问他如此浅显的问题，笑了笑，说："道是万事万物之根本。求道，既可用以治世，又可修身养性，更可通灵成仙。大圣祖玄元皇帝老君言道：'道者，万物之奥，善人之宝，不善人之所保。'又言：'人法地，地法天，天法道，道法自然。'人尊崇自然，入门求道实乃为本性所引导，不可归结为某一单方面的原因。"

盖寰点头称是，又问："既受本性所驱使，李翰林为何迟至今日才言入道？"

"入道之心，我虽早已有之，"李白坦言道，"却总以实用为上。年轻时，我一直以为，道离我甚远，应先求功名，再以功名成就求道。被皇上赐金放还后，我日思道法，才切身体会到，道不只是人生之归结，更是一切之源泉。求道，不仅为未来，为来世，更为现实之实用。"

"李翰林见解独到，又言之在理。"盖寰大法师说，"所谓：我命在我不在天。求得道法，路即在脚下，命运也就把握在自己手中了。所以，'道'也可说就是实用之道。"

"既然如此，请大法师为我书造一些实用符箓，也好引我入门。"李白坐着，朝盖寰拱手道。

盖寰笑道："造传授道箓所用的全部符箓需要时间，翰林不要性急，在贫道这里小住三两日，贫道马上就替你着手准备，你看如何？"

"如此最好，李白多谢法师相助。"说着，他站起身来，面对盖寰行了一个九十度的躬身大礼。李白知道，像盖寰这样的大法师，道教法事很多，每天的日程总是安排得很紧。盖寰不做任何推托就应承了他的请求，对他已是另眼相待了。李白出自真心感谢他。

道教中所说的箓，又叫法箓，通常是指记录有关天官功曹、十方神仙名属召役神吏，施行法术的牒文。法箓牒文中配有相关的符图，这些符图与法箓牒文合在一起，被称作符箓。

绘制符图，用的是象征云霞的篆体，在各种古怪的图形中包含着众多的天神地仙的名号，普通人根本无法看出门道来，道士和法师要熟读背诵，并且将各种符图一一绘制出来，当然不是一件容易的事情。而篆文，据道教所说，是由道气演衍而成的文字，它是太上神真的灵文，九天众圣的法言，出于自然，由空中自结飞玄妙气，成龙篆之章。文章的内容和文字皆神秘、诡怪，世人没有读得懂的。所以，篆文的书写也十分困难。

传授道箓，要求将篆文用朱笔写在白绢上，且授道之法规定，初授《五千文箓》，次授《三洞箓》，又授《洞玄箓》，再授《上清箓》。另外，接受道箓的人，事先还要做洁斋，必须为其准备斋醮仪式上所需要的金箓、黄箓、玉箓等篆文。每幅符箓都要一笔一画地书画。李白住在道观里，亲眼看到，为了替他准备所需要的符箓，盖寰领着他的弟子们，从早到晚都在忙。

李白号称是翰林大学士，可面对形形色色的篆文，他一无所知，和文盲没有两样。他不甘心只在一旁看热闹，忍不住向盖寰大法师请教"天书"的奥秘。

盖寰告诉他，符箓咒术是道士手中的法宝，做法事，只要你背诵篆文中天官功曹的姓名，自然界中的一切，包括日月星辰、山川河泊，都将受制于你。天神吏兵会来保护你，凶邪不敢侵犯你，疾病不能困扰你。用篆文，你可以扶正祛邪，治病救人，助国禳灾。在道门里，非亲信弟子，绝不传授。

盖寰说："你与仙界有缘，篆文中的内容，我不想瞒你。你来看看这几段。"说着，他选出七条已写好的白绢符箓，排成一排，指给李白看。

"这是《上清部法箓》中的一组，叫作豁落七元真箓。豁落，是广大开通之貌；七元，指日月五星。它的七条符箓是：豁落日精符箓、豁落月精符箓、豁落岁星精符、豁落太白星精符、豁落荧惑星精符、豁落辰星精符和豁落镇星精符。"

"这些符箓起何作用？"李白问。

"作用之大，人所不测。"盖寰说，"它是高上玉帝元皇道君受九天丈人所传，可以威慑十方，通真达灵。掌握了它，道徒修行九年，便可飞行上清仙境。日常，七元之君与人体耳目口鼻七窍相关，主持七窍之元气，有了这些符箓，耳目聪明，身体强健，便可达到延年益寿、长生不老之目的。"

听大法师解符箓要秘，李白越发坚定了入道的信念。三天后，所有符箓准备完毕。李白感激不尽，他想付些银两，被大法师一口回绝了。

盖寰说："道家真箓不可用黄金买来，只能以诚心相换。"

李白只得作诗一首，以表谢意。他在《访道安陵遇盖寰为予造真箓临别留赠》中说，盖寰为他书造的真箓十分珍贵，即使满堂的黄金也难以报答。获取了这些真箓，他李白好比已飞升在天。下笑世俗之人，他们不懂得死后万事皆空的道理。从天上往下看，就连那气派非常的帝王之墓，也不过是一蓬草一土堆而已。李白呐喊：世人何不弃荣华富贵而学道成仙哉！

当晚，李白怀着虔诚的心情，要立即动身，前去找高天师授箓入道。

"也好，"盖寰说着，亲自将李白送出道观，"昨天夜里，我已托梦给吾师。他近日正在齐州（山东济南）主持法事。你去紫极宫拜他，就说是从我这里来，师父一定会接受你的请求。"

李白将装有符箓的布包斜背在后背，来到门口，他向盖寰道别："大法师留步。"说着，他走下台阶，转身，想给站在门口台阶上的盖寰行躬身大礼。可背上的包袱很重，胸前的布结又系得过紧，让他无法躬身。

掂了掂布包，李白只好半驼着背，拱手说："李白身背重物，不便行礼，只能就此拜别，请大法师多多见谅。"

盖寰和善地笑了笑，让他快去。在心里，盖寰十分地怜惜李白，他觉得，太白金星投胎转世，实在不该被俗尘弄得如此沧桑。李太白面色铁灰，皱纹纵横，鬓发苍苍。虽然，在他的骨子里仙气仍很旺盛，可他那过早前倾的背脊，很难让人看出，在他的生命中还会有新的生机出现。

别人怎么看，李白不知道。此时，李白的自我感觉好极了。这感觉曾经离他远去，现在，又回归他的心里。他背着满满一包符箓，迈着大步，一步一步地朝前走。李白觉得，在他的前方，将有朝霞满天，它将映红大地，映红山川，映红整个世界……

果然，李白来到齐州城的这天早晨，旭日东升，红霞万丈。

已是冬日，早晨的太阳没有什么热量，它金灿灿的，红彤彤的，又大又圆，升起在紫极宫的屋檐上，给道家宫殿披上了圣辉。

八十多岁的北海仙人——高天师一早就站在紫极宫大殿的门前，在这里主持完了法事，今天他就要返回北海仙宫了。被这少有的美丽晨景所吸引，他默默地站在大殿前面，久久不愿离去。

"天师，外面有一个名叫李白的善男要求面见。他说，他是从盖寰大法师那里来的。"一个道长走到高天师身边，轻声说。他不想打断高天师的兴致，已经在远处等了好一会儿了。

高天师好像没听见，仍旧饶有兴趣地看着沐浴在圣辉中的紫极宫。道长又轻声说了一遍。他听见了，点点头，说："快些请他进来。"

李白走进祠院。

紫极宫的前面，有一块很大的草坪。冬天，绿草干枯了，枯黄的草坪映照在金色的阳光下，金黄，圣洁。它反衬着紫极宫，使这座青灰色的庞然大物显得更加幽静和神秘。高天师一身素白，披挂着圣辉，站立在大殿门前，远远看去，就像是五彩光环绕体的仙人降临世间，让李白见了好不激动。

李白快步走上前去，将背上的布包解下来，小心翼翼地放在大殿的台阶前，然后，匍伏在地，声音颤抖着说："天师在上，请受弟子李白一拜。"

"李白快快请起，"天师立于高处，说，"传授道箓之前，你还不是我的弟子，无须行此大礼。"

高天师听说过李白。他也是一个诗歌爱好者，早几年，他读过李白的诗歌，留有深刻的印象。刚才，道士第一次通报，高天师听说李白，心里已经一动，可他不露声色。高天师知道，李白一定是有事前来求他。

"弟子遵命。"李白从地上站起来，心想，道家果然神通，盖寰以梦相托，高天师便知我的来意了。

其实，高天师哪里收到了什么盖寰的托梦，他是看见李白对解下来的布包如此恭敬，又听李白说自大弟子盖寰处来，才断定布包里装的是白绢符箓，李白是前来请他传授道箓的忠实信徒。高天师每年总要接收好几十名信徒入道，他能够一眼看透他们的心理。

等李白起身站稳之后，高天师问："李白，你缘何入道？"

"求得永远。"

"如今，天下学仙者纷纷，善始善终者寥寥。"高天师说，"你可知，

38

'遇而不勤，终成下鬼'，如若没有决心始终如一，我劝你趁早打消此念头。"

"李白铁心入道求仙，请天师引导。"说着，李白又双手伏地，跪在地上，大有高天师不答应，他今生今世再不平身的架势。

年过不惑，一旦下了决心，往往比年轻人要有常性。高天师见李白态度如此坚决，点了点头，说："请平身说话，我还有话问你。"

"天师请问。"李白并未平身，他仍双手伏地，只将头抬起来说。

"何为'劫'？"

"'劫'乃佛经之言。"李白马上答道，"天地一成一败，谓之一劫。"

"授道箓，将败身体，成精神。只有经此一劫，肉体备受磨炼，精神才可升华，你受得住吗？"

"哪怕肉身泯灭，李白也要求精神圆满。"

"如此甚好，"高天师说，"你请平身。今日午夜，我即为你传授道箓。"

"李白谢天师。"说着，李白在地上重重地磕了三个响头。

"不必如此，不必如此。"高天师走下台阶，将李白扶起，说，"授了道，你即是我的弟子。不过，这是在道门。出了此门，你还是我的师父。"

平了身的李白诧异地看着高天师，不知自己怎么可以是天师的师父。此时的李白，内心极为自卑，他完全没有了在长安，在皇上大殿上的那种自信和傲视群臣的气概。

"你是诗仙，谪仙人李白，"高天师在帮他恢复自信，"我是众多的诗歌崇拜者之一，当然要拜你为师。"

"李白不敢，李白是来拜天师为师的，怎敢……"

对李白的谦卑，高天师无可奈何。他摆了摆手，请李白去客房休息，养足了精神，午夜好正式入道坛。

"昨日我们刚做过法事，道坛还没拆，你把带来的符箓交给小道，我让他们去布置，准备好了，晚上我们就开始。"高天师亲自送李白去客房，他边走边说，"白天，你可要好好休息。一旦进入道坛，多则二七，少则七天出不来。事先不休息好，只怕到时你受不住啊。"

午夜，紫极宫侧面的道坛烛光通明。

道坛四周的围栏上插着灵旗，李白带来的箓文被一条一条地吊挂在草绳子上，中间以符图间隔。草绳在道坛上围成三圈，将正正方方的道坛分为内、中、外三层绵蕤，每层东、南、西、北各留有出入的门道，道口上挂着法象。

坐北朝南的主坛正中，站立着高天师。他头戴紫色道冠，身穿紫罗法衣，足蹬草鞋，手持元始神杖。这神杖取灵山向阳之竹做成，七尺长，有七节，上空一节通天，下空一节立地，中间五节著有五符，各显神通。主坛台上，还放有一柄利刃法剑。烛光下，高天师面部表情庄重、神圣，他马上就要与天神地鬼、各路神仙通灵了。

道鼓擂响，设在道坛四角的通天火把被同时点燃。一时，火光冲天，道坛更亮了。高天师手中的神杖上下抢飞，发出有规则的"哗——哗——哗——"的声响，授箓仪式正式开始了。

由东西两侧鱼贯走出两排道士，一律身穿黑色法衣，佩经戒符箓，携有天书在身，已是真神附形，仙灵托体。

道士们走到主坛跟前，面对天师站好。高天师口中念念有词，手中的神杖从道士们的头顶滑过，再从他们的脚下扫过。待天师施完道法，道士们又一齐旋转身体，由主坛分散开去，各自站到了挂有法象的道口门上。

又是一阵鼓声，与此同时，道士们一齐施法，道坛上风声大作，灵旗飞舞，白绢符箓飘摇不定，好像各界神灵应邀降至道坛。

两手已被反剪了的李白，在一个道士的引导下，走上了道坛。反剪双手用的是草绳子，它缠绕在李白的手臂上，左右对称，夹挂着几条白绢箓文。箓文表示，李白已经过洁斋，准备入坛受道。

在李白的后面，还跟有十来个沾光的授箓者，他们同样被反剪着双手。这些受道者很像罪人，其实，在他们心里，不知感到有多幸运。他们早想受箓，成为道家之人，只是苦于没有机遇。今日，高天师专门为李白设坛，他们正好借光。

一队受道者来到高天师面前，反剪的双手被放开。李白从怀中掏出一个金环并一捧钱币，作为拜师的见面礼，呈献在主坛台上。

高天师放下神杖，拿起法剑，好一阵舞弄，然后，将法剑高举落下，只听咔嚓一声，放在主坛上的金环一分为二。天师取一半放入怀中，另一半还给李白，这是他们师徒契约的永久凭证。接下来，高天师又取出箓文与符图，交给身边的小道，捧在手上。他自己以神杖施道法，依授道程序，取符箓粘贴在弟子的素袍上。每贴一张，弟子必须跪下，拜天拜地，再拜师长，直到受道者前胸后背贴满了施过道法的符箓为止。

整个过程，道坛上没有其他声响，只有怪异的风声在耳边飕飕作响。风吹着，符箓飘忽，烛光闪烁，火把忽明忽暗，许多黑黢黢的、斜长的身影在道坛上晃动，把人的精神弄得恍恍惚惚，分不清是在阴间阳界，还是在天上地下。

高天师只念道语，不言其他。受道者也不得有任何声响，只能在心中默记所授符箓。随后，李白他们一行人被分成四拨儿，由道士引着，从东、南、西、北四个道口进入绵蕝。

此时，鼓声再次大作，天师与道士们高声施法，声震寰宇。李白和受道者们，也在进入道口的一瞬间，开始大声地告白神灵，向天地陈说自己的罪过、劣迹，或是不良的意念。

受道者三四人组成一队，在三层绵蕝中穿行，他们左绕右绕，出入道口，象征着长途跋涉，经过一道道的天关门卫。直到天快亮时，火把燃尽了，烛光也越来越弱，渐渐地熄灭了。

黑幕中，道士们点燃了香。不一会儿，香烟缥缈，晨雾降临，把道坛送入了云烟雾海之中。李白他们终于被带进绵蕝的正中，坐下，开始了静坐、默祷、反思，进入与神仙通灵的阶段。

日月轮回，升起又落下。道士们一次又一次地轮换。高天师早不知在什么时候离开了道坛，回他的静室休息去了。

李白和他的受道同伴们在道坛中央，已经坐了整整七天七夜了。

从第二天起，口干舌燥、腹中空虚、头昏眼花的李白已经有了幻视幻觉。他听见了天宫的音乐，看见了各类神人显形，也激动地与许多大仙交心。几十年来，他自己走过的道路，交往的朋友，所作所为，不断在眼前再现……

过了多少天，李白不知道。他觉得很累，神仙来得太多，过去的事情拥挤不堪，轮番闪现，他的神经和肉体都已疲乏到了极点，总想关闭耳目睡一觉，好好地睡一觉。可在睡梦中，李白又不得不与恶魔和阴界判官斗争，拼着命，逃离鬼怪们在他面前布下的罗网……

好不容易到了第八天的早晨，太阳出来了。道坛上的灵旗、道鼓、香烛、吊挂符箓的草绳子等各种施法器具都在天亮前被撤走了。

阳光下，五六个受道者，包括李白在内，瘫软在道坛中央，有仰面朝天的，有侧身弓体的，也有伏卧在地的，他们嘴唇干裂、面色土黄、昏迷不醒，只剩下微弱的气息了。这些人是坚持到底的胜利者，他们总算经受住了残酷的精神和肉体的折磨。还有几个人，早些天已被陆续抬了出去，他们坚持不住，有精神崩溃的，有突然虚脱的，成为入道中的落伍者，注定不能得道。

高天师让人将李白抬回客房，对他细心调理。道士们又对他做了些什么，李白一点也不知道。他不受任何干扰地昏睡着，一直睡了两天两夜。

第三天，李白彻底清醒了。

睁开眼睛，李白的第一感觉是，自己已脱胎换骨。他觉得身体轻飘飘的，自己无法驾驭自己。

一个小道端着一个大碗走了进来。看见李白睁着眼睛躺在床上，他高兴地说："你真的醒啦？我都来过两三回了，你一直在睡觉，怎么叫都叫不醒。"说着，小道把大碗放在桌子上，走到床前，帮李白往起坐，"不要紧，挺过了这一关，一切都会好的，我师父他们都是这么过来的。"

李白勉强地靠着床头，坐了起来。

小道把大碗送到李白面前。这是一碗熬煮得很稀很稀的二米粥，他喂着李白一口一口地喝。

开始，李白喝得很慢，喝着喝着，他越喝越快。喝了半碗后，李白索性接过大碗，自己痛痛快快地喝。

"还有吗？"咽下最后一口稀粥，李白问。

"有，等一会儿再给你送来。"小道说，"第一次，不能吃得太多，要慢慢增加食量。这是师父说的。"

"高天师呢？"

"他今天早起回北海去了。"

"他走了？"李白追问。

小道肯定地点了点头，说："你来的那天，天师就准备回去的。为了给你授道，他又多住了几天，这可是从来没有过的事情。我们这儿，谁也不能改变天师的日程。"

李白沉思不语。

小道又说："等你恢复了，我们大法师会接见你。听说，天师给你留了东西，交给大法师了。"

李白赶紧下地，但他的双腿软绵绵的，根本站不起来。

"坐下，坐下，"小道扶着摇来晃去的李白，说，"你现在不能起来，等一下，我再给你送些吃的来。一点东西不吃，你怎么走得了路？"

常人三五日不吃不喝，便有生命危险。可李白，前前后后已有十来天没吃一点东西了，他全靠着一种精神在支撑着。评价李白的这一行为，郭沫若说，受道者，事实上是一些愚蠢透顶的狂信徒。他感叹："想不到那样放荡不羁的李白，却也心甘情愿地成为这样的人，实在是有点令人难解！"

高天师给李白留下了一本《炼丹秘诀》，这是天师对谪仙人的特殊传授。

从大法师手上接过秘诀，李白激动万分。他征得大法师的同意，进入高天师住过的静室，挥笔在浅灰色的幕帘上题诗一首：

道隐不可见，灵书藏洞天。
吾师四万劫，历世递相传。
别杖留青竹，行歌蹑紫烟。
离心无远近，长在玉京悬。

这首题为《奉饯高尊师如贵道士传道箓毕归北海》的诗，表述了李白对高天师的思念之情：人虽两地分离，心无远近之别。在玉京天阙，李白的心永远与高天师在一起。

第 二 章

1

入了道，李白心里踏实了，他带着高天师授予他的《炼丹秘诀》返回任城，打算在家里炼丹修身，早日成仙。

入道出家，前面说过，分为两种，一种名为出诸有之家，即身心形一齐入道，从此身穿道服，在祠院道观中生活；一种名为出恩爱之家，这种出家，参习道教经典教义、法术武功，舍弃世俗的荣华富贵、儿女私情。入道之人，心在道家，打扮服饰却和先前一样，表面上没有变化，人也不必住在祠院和道观里。李白入道，选的正是这后种形式。

天宝三年（744）末，李白回到了离开三个年头的家。

女儿平阳出落成大姑娘了。第一眼，李白差点儿没认出她来。平阳已有十六七岁，长得很像年轻时候的许夫人。只是，在她身上，没有官家小姐的气质。看上去，她是一个平平常常的乡下姑娘。

李白进门时，平阳正在院子里晒衣服。看见父亲，她愣住了，刚刚从桶里拎出来的湿衣服，一个劲儿地往下滴水，她顾不上去拧干，只是愣愣地看着李白。

"平阳！"李白站在大门口，亲热地招呼女儿，"不认得父亲了？"

"父亲！"平阳惊喜地叫了一声，脸蛋突然飞红。她把手中的湿衣服往桶子里一放，转身就朝屋里跑。

本想迎来女儿的李白也愣住了。他不明白，女儿叫了他一声，为什么突然往屋子里跑去？

"难道……"李白不敢往下想，他站在自家院子的大门口，进退两难。

平阳领着一个小男孩出来了，她推了一把男孩子，说："伯禽，快过去叫父亲，父亲回来了。"

李白高兴了。他放下手中的布包，张开双臂，迎接着儿子。

伯禽长得很小，已经八九岁了，可看上去，好像只有五六岁。他顺着姐姐的推力，朝李白走过去，步子迈得不大，才走了几步，就停了下来。

"伯禽！"李白朝儿子走过来。

伯禽抬起头来，怯生生地看着朝他快步走过来的父亲，扭头又朝姐姐跑了过去。对父亲，伯禽很陌生，回到姐姐的身边，他不敢再看李白。

李白很失望，他伸出去的双手收了回来，抱着自己的头，叹了一口气，就势蹲在了地上。

"你是怎么啦！"平阳责怪伯禽，她把弟弟牵到李白的跟前，命令道，"快些叫父亲！"

伯禽像是受了很大的委屈，他看了看姐姐，又看了看抱着头蹲在地上不再理他的父亲，憋了好半天，才憋出一句话来："父亲，你……你不是在京城做官吗？怎么回来了？"

听见儿子的问话，李白心头百感交集。他抬起头来，将儿子一把搂进怀里，此时，他无话可说，只想紧紧地搂住自己的儿子。

"要是孩子他妈不死，要是我的娘子还在，回到家，我哪会这样！"李白想着，用劲搂着儿子。他的脸紧贴在儿子的小胸脯上，紧紧地挨着，久久不肯松开。

伯禽被父亲搂得喘不过气来，他挣扎着，说："父亲头上有臭味，姐姐，你来闻，好臭！"

李白松开了儿子，站起身来，哈哈大笑起来。儿子说的是真心话，他已经很久没洗澡了，在齐州受道后，他也没洗澡，头肯定又脏又臭。亲生儿子才会对自己说真心话，李白这么认为。所以，听见儿子说他臭，他不但不生气，反倒高兴得哈哈大笑。

平阳也很高兴，她提起父亲放在门口的布包，说："伯禽，别瞎说，快叫父亲进家去。"

刘氏出去了，不在家。家里收拾得整整齐齐，李白觉得，比他走的时候要好得多。

"这几年，你们过得好吗？"坐下来，李白接过女儿送过来的茶水，关切地问道。

"很好，我、姐姐、母亲，还有……"伯禽抢着说。

"家里挺好的，继母出去了，一会儿就回来。"平阳打断了弟弟的话，"父亲还没吃饭吧，我去给你烧饭。"

"不忙，留着我们大家一起吃，"李白看着平阳和伯禽一对儿女，心里高兴，又有些伤感，"转眼，你们长这么大了，我们很久没在一起吃饭了。"

伯禽站在一旁，眼睛总往父亲带回来的布包上看。李白发现了，他解开布包，想从里面找些什么东西，送给儿子做见面礼。可是，布包里除了官服、几件换洗的衣服、授道用过的符箓、《炼丹秘诀》和李白自己的几本诗集外，再没有其他。李白翻来翻去，找不出可送给儿子的东西。

"这是什么？"伯禽从布包里抽出玉带，拿在手里玩。

"皇上赐给我的玉带，送给你。"李白马上说。

"可以系在腰上？"伯禽问，"系上它，就是官人了？"

"当然。"李白说着，帮伯禽把玉带往他腰上系。

腰带很宽大，儿子的腰太细，又没有屁股，玉带没法系紧。伯禽并不管这一套，他用小手托住玉带，转着圈在房子里跑，嘴巴里不停地喊着："噢——我是官人啦——我做官喽——"

李白看着，心里甜蜜蜜的，他很久没有体会家庭的温暖了。

"伯禽，你在家里疯什么呢？"随着问话，刘氏从外面走了进来，她的身后跟着一个男人。

"母亲，我父亲回来了！"伯禽跑到刘氏身边，大声地说。

"你父亲？"刚刚进门，人还没站稳的刘氏不大相信。可当她看见坐在屋子里的李白时，面部表情飞速变化：由严肃转为吃惊，又由吃惊变为慌神，再由慌神迅速地过渡为镇静，满脸堆笑。

"真是老爷回来啦！"刘氏迅速地朝跟在她身后的男人使了一个眼色，笑脸迎向李白说，"老爷是回家省亲的？怎么事先没人来通报一声？"

后面的男人还没进屋，他听见了伯禽的话，又看见了刘氏丢出来的眼色，赶紧收住脚，停在院子里了。

李白觉得，刘氏仍和以前一样，健壮粗野，笑起来满脸堆着横肉，令

46

人生厌。但念她一人在家，把两个孩子带得不错，家也操持得像个样子，李白对她客气道："你在家辛苦了。我回来，还要给你添麻烦。"

刘氏见身后的男人没跟着进来，轻松了许多。她走到李白面前，行了一个妇人之礼，说："老爷见外了，我和孩子们都盼着老爷回家一转呢。"

李白说："这次回来，我不再走了。"

"老爷不去京城做官了？"

"不做了。"李白说得很随便，"我现在已经入了道门，做了道家之人。"

刘氏显然很吃惊，她半张着嘴巴，说不出话来。

"父亲真的不再走啦？"平阳听了，心里高兴，却不大相信。在她的记忆里，父亲做官不做官，都很少在家里待过。

"父亲，你真的不去京城了？"伯禽也问。

李白肯定地点了点头，说："不走了，我在家里陪伯禽玩。"

伯禽却突然朝平阳大声地叫了起来："姐姐骗人，你说父亲回来，会带我去京城玩耍。姐姐骗人！姐姐骗人！"

"伯禽！"

刘氏的粗喉咙吼了一声，围着平阳叫闹的伯禽立刻静了下来，他低着头，偷偷地看了一眼李白，又看了看姐姐，像是受了许多的委屈。

李白心里不舒服，他想把伯禽拉到自己身边来，安慰一下孩子，还没动作，刘氏又开口了："平阳，还愣在这儿干什么！领着弟弟快些去烧饭，你父亲大老远地回来，肚子一定饿了。"

平阳听话地领着伯禽走了。

李白不喜欢刘氏在他面前发号施令，又不便发火。他站起来，想跟着孩子们去后屋。

"老爷要什么？"刘氏赔上笑脸说，"你坐着别动，我去给你拿来。"

"我什么都不要。"李白已走到了门口，他看见院子里站着一个男人，回身问刘氏，"外面那个男人是谁？"

"老爷坐下来，听我慢慢说给你听。"刘氏凑到李白跟前，故意朝外面斜了一眼，做出神神秘秘的样子。

李白避开凑过来的刘氏，转身重新坐回到椅子上。他尽量掩饰着自己对刘氏的厌恶。

刘氏也跟着坐了下来，她长长地叹了一口气，苦着脸说："老爷，不是我向你诉苦。你一去三两年，没有音信，也没有一文钱回来。家里，全靠我一个人带着两个孩子过日子。那几顷地，租给别人种再好，年底也收不上两担麦子，我们娘仨饿了半年的肚子。没办法，去年秋后，我只好把租出去的地收了回来，请了一个扛活的，来家专门替我们种地。这个人有体力，能干活，人也老实本分。今年，家里收了不少的麦子。我就把他留了下来，想让他再干一年。"

说到这儿，刘氏停下来，她瞧着李白的神情，试探道："现在，老爷回来了，家里有了男人。老爷要是不愿意让扛活的住在家里，我马上就出去，打发他走人。不过……"

留着下面的话，刘氏不再说了。

李白知道刘氏的意思，是想留这个扛活的在家。他想：我回来，也不能给家里种地。家里找个人种地，孩子们有饭吃，我也省心。这么想，李白说："留不留他，你看着办吧，我没什么好说的。"

"老爷回来了，家里的事情，当然要由老爷做主。"刘氏说，"我一个女人家，当然要听老爷的吩咐。"

"也好，你叫他进来，我和他说话。"李白说着，心中暗想：出去了几年，这个女人开始懂点道理了。

刘氏连忙站起来，答应着朝外走去。

等刘氏走了出去，李白跟着也站了起来，走到屋子的左侧，远远地从窗户里往外看。不知为什么，李白总觉得刘氏与这个扛活的男人还有其他关系，什么关系，他拿不准。

院子里，刘氏站在那个男人的面前，嘴巴一张一合地动着。那个男人，比刘氏高出了许多，老老实实地听着，不住地点着头。

看样子，人还老实，像是个作田的汉子，李白想。他在刘氏带着那个男人进来之前，又坐回到椅子上，装作什么也没看见。

"老爷，他来了。"刘氏走进来，先恭恭敬敬地对李白说，马上又换成命令的口气，对那个男人说，"这是我们家老爷，快给老爷请安。"

跟着进来的汉子正想往下跪，被李白止住："不必了，不必多礼。"

汉子还是躬腰，朝李白拜了两拜。

看样子，他才三十来岁，比刘氏年龄小。李白问道："你叫什么名字？

我怎么称呼你?"

"小的姓刘,没有名字。"汉子瓮声瓮气地说,"在家排行第五,人家都叫我刘五。"

"他是我娘家的远房堂弟,"刘氏插话说,"家里生活很苦,长年在外面给人家扛活。我看他老实,才把他叫来的。要不,我们这孤儿寡母的,也不敢随便让人到家里来住……"

"你不要多嘴,我在和他说话。"李白听刘氏说什么孤儿寡母,心里很不高兴,他打断了刘氏的话,又问道,"刘五,在家可有妻室?"

刘五摇了摇头,说:"我娶不起。"

"你在我这儿好好干,干上两年,挣些钱,也好回去娶房妻子。"李白关切地说。

刘五憨憨地笑了。

"笑什么,还不快谢谢老爷。"刘氏急着说。

"谢谢老爷。"

于是,刘五名正言顺地留在了李白的家里。

2

这次回来,李白真的打算不走了。他拿出不少的钱,请人在离家二里地外造了一个露天的炼丹炉,又请了两个小童,点着炉火,每天从早到晚炼丹不止。

李白从《炼丹秘诀》中读到,丹砂,乃万灵之主,造化之根,神明之本。炼出丹砂,调好火候,便可成七返九还。所谓"返",即由丹砂抽汞;所谓"还",则是自汞合成丹砂的反操作。

直接炼取丹砂,有许多的困难,由汞合成丹砂,相对来说,要容易一些。秘诀里有专门的炼汞诀:取汞一斤,石硫黄三两,先捣研为粉,置于瓷钵中,下著微火,续续下汞,急于研之,令为青砂后,便将入于瓷钵中,其瓶子可受一升,以黄泥土紧泥其瓶子外,可厚二分,以盖合之,紧密固济,置之炉中。用炭一斤于瓶四面养之三日,瓶子四面长须有一斤炭,三日后便将武火烧之,可用炭十斤,分为两份,每次上炭五斤,烧其瓶子,忽有青焰透出,即以稀泥急涂之,莫令焰出,炭尽为候,候寒开之，其汞则化为紫砂，分毫无欠。

这个过程，看上去实在不难。李白照葫芦画瓢，开炉就想由汞合成丹砂。可看事容易做事难，炼丹最难把握的是火候。正如道士们常说的："凡修丹最难于火候也。火候者，是正一之大诀。修丹之士，若得其真火候，何忧其还丹之不成乎？"

开炉点火选好了黄道吉日。点燃微火后，下入汞与石硫黄，不久青砂顺利出炉。李白十分高兴，按照书中所授，将青砂装入瓷钵子里，用黄泥密封，再次入炉。这次须文火三日。

李白嘱小童细心照料，扇子扇风入炉不得过猛，也不能停止。小童点头应承，老老实实地坐在丹炉前，轻轻地扇着炉火。入夜，李白放心不下，他亲自守在炉边，观察火候。连续两个晚上，到第三天夜晚，眼见就要转为武火攻之了，李白困得实在受不住了，他歪下头，在炉边打了一个盹。

不想，李白睡着了，值班扇火的小童也跟着睡着了。等李白醒来，天色大亮，丹炉中的炭火已熄灭多时，炭灰都已冰凉。本应用猛火攻之，反倒熄了火种，一炉青砂全报废了。

李白并不灰心，重新再炼。这么反反复复，冬日里，一个多月，李白的炼丹炉没出过一炉成品。

看着就要过年了，李白仍在炉边炼丹，好多天不回一趟家。平阳领着弟弟来找他，他掏出一些钱给平阳，让平阳带着弟弟进城，买些年货，并让平阳告诉刘氏，这个年，他不回家过了，他要在炉边观察火候。平阳本想对父亲说点什么，可看见父亲蓬头垢面，忙得满脸的炭灰都顾不得洗上一把，话到嘴边，又咽了回去。

大年三十，李白的这炉丹砂，炼到了最后，也是最关键的一天，两个小童的家人突然来了，请求李白放他们的孩子回家和家人过一个团圆年。李白无奈，只好让他俩去了。

入夜前，漫天飘起了鹅毛大雪。原野上，北风呼啸，很快便是白茫茫一片，四面八方静寂无声，似无一个生灵活动。人们都缩回自己的家里，围在温暖的热炕头上，开始吃年夜饭了。只有李白仍旧一人全心守在炼丹炉旁。炉内，火焰正旺，他的脸和前胸被不时蹿出炉膛的火苗舔得热热乎乎的，后背却披上了厚厚的雪花。寒风扫过，背上的雪花似蝶儿飞起，映着火光，纷纷扬扬，上下翻跹。

这一切，李白都不在乎。他只想着炉里的丹砂，希望功夫不再白费，盼着立即有一炉自己炼造的仙丹应世。

在《题雍丘崔明府丹灶》的诗中，李白表达了自己的心情，他说："九转但能生羽翼，双凫忽去定何依？"

入了道的李白认为，只要有了九转金丹，吃下去，自己便能生出羽翼，脚上的草鞋也可以变成一对水鸟，白日载着他飞升上天。

九转金丹的功效十分厉害。道家说：

一转之丹，服之，三年得仙；

二转之丹，服之，二年得仙；

三转之丹，服之，一年得仙；

四转之丹，服之，半年得仙；

五转之丹，服之，百日得仙；

六转之丹，服之，四十日得仙；

七转之丹，服之，三十日得仙；

八转之丹，服之，十日得仙；

九转之丹，服之，三日得仙。

李白想，他炼不出九转金丹，让他炼成一转金丹也成。或者，达不到一转，比一转稍差一点，只要炼成的是仙丹，自己多服一些，多修炼些时日，三年成不得仙，总有成仙的日子。所以，他眼巴巴地看着自己这炉经过多次失败之后再炼的丹砂，想着，这一回，无论如何应该成功了。

唐代，并非只有李白对仙丹如此迷恋。整个朝代，从唐初到唐末近三百年的历史，上自帝王，下至臣民百姓，服饵道教金丹，都到了痴迷疯狂的程度。人们对金丹的灵验深信不疑，尽管他们亲眼见过身边的人因服用这种汞化物而中毒身亡，仍有许许多多的人奋不顾身地前赴后继，去追逐成仙之道。

初唐时，太宗本不信神仙虚妄，他曾说秦始皇求长生仙丹，是非分的爱好，终究为小人欺诈。可他自己到了晚年，也渐生发长生之心，开始服饵药石。贞观二十二年（648），太宗命天竺方士耶罗迩婆娑为他炼造延年之药。第二年，他便因服用了胡僧的长生药，而罹暴疾毙命。

太宗的儿子高宗，从来笃信道家长生术，他宠信道士叶法善，曾下令广征诸方道士，为他化黄金治丹。他也曾准备服用胡僧的长生之药，因大臣力劝，援引太宗之教训才作罢。

李白在荒野中炼丹的同时，玄宗也在内宫召来道士孙甄生、罗思远、姜抚等人，为他炼取金丹。直到玄宗退位，进入晚年，他还在深宫中撰写《赐皇帝进烧凡灶诰》一篇，声称："吾比年服药物，比为金灶，煮炼石英，自经寇戎，失其器用。前日晚，思欲修营……"

中唐时，接连有三个皇帝——宪宗、穆宗、敬宗，热衷于金丹服饵，死于非命。

元和年间，宪宗诏天下搜访奇士，有人举荐术士柳泌，深受宪宗赏识。柳泌诡称，他可以天台山的灵草合炼成金丹，求宪宗授他为台州刺史。宪宗不听大臣的劝阻，真以方士为朝廷命官。

柳泌到台州后，叱咤吏民，空耗日月，自知造罪过大，逃入山谷，被当时的浙东观察使捕获，解送回京城。宪宗不但不治罪于他，反倒听信蛊惑之言，封柳泌为待诏翰林。后来，柳泌进献金丹给宪宗，宪宗仍然不听忠良谏阻，服用之。直至元和十五年（820）丹毒发作，宪宗脾气日渐暴躁，常常一日数次暴责臣属，动辄诛杀左右。宦官王守澄、陈志宏等人害怕自己无罪被杀，遂合谋将中毒至深的宪宗弑杀。

穆宗即位，立即将柳泌等人处死。可不久，穆宗自己又效仿其父，开始服用金石，他在位仅四年，就因服用仙丹金石过量，身体受损而致死，时年三十三岁。

敬宗十六岁即位，便宠信道士赵归真，任命其为"两阶道士门都教授博士"，还派众人往各地为他采集仙药。做皇帝不满三年，敬宗即被宦官伙同击球将军苏佐明等人刺杀。据说，他的死也与服饵仙丹石药有关。

晚唐，武宗和宣宗，也是两个为仙丹金石所害的皇帝。

武宗在位六年，崇拜道教，限制佛教，下令拆毁寺院四万四千六百多座，勒令二十六万多僧尼还俗，并将大量寺院田地收归公有，这对佛教势力是一次沉重打击，史称"会昌灭佛"。武宗狂热地迷信道教，长期服用金石，再加上生活荒淫无度，三十二岁时已是一身疾病，瘦骨伶仃，形容憔悴，一年后离开人世。

武宗去世，宣宗即位。他一反武宗的做法，下令重新大兴佛教，提倡佛道并举。五十岁上，宣宗听信方士李元伯之言，开始服用金石，初觉精力旺盛，八个月后，突然药性发作，背上生疽，卧床不起，同年即毙命。

李白求仙丹金石，没有帝王们的条件，却有同样的痴迷。他将皇上赐予他的千两黄金，很大一部分用于炼丹。在《避地司空原言怀》一诗中，李白说他是"倾家事金鼎，年貌可长新。所愿得此道，终然保清真"。其实，在雪地里炼丹的李白，不仅把许多的金钱变作炭火烧成了灰，也将自己的身心健康破坏得不成样子了。饱受风寒雨雪的侵蚀，一个人哪还会有"年貌长新"可言？

三更后，丹炉火候已到。李白丝毫不敢怠慢，他赶紧铲来白雪，将炭火覆灭。雪夜里，他一个人点着一束火把，围着丹炉前前后后忙着，好不容易才把开启瓷钵的一切准备工作都做好了。

李白轻手轻脚、小心翼翼地从丹炉上捧下他的瓷钵，稳稳地放在临时搭成的高台上。让瓷钵彻底凉透之后，学着天师给他授道时的模样，口中念念有词地背诵着学会不久的箓文，将几条黄符贴在瓷钵的四周。

终于，他下了决心，把瓷钵的封泥砸碎，打开了钵盖。

瓷钵里飘出一股焦煳的气味。李白不相信自己的嗅觉，他拿了火把，凑到钵口边上去看，里面黑咕隆咚的，什么也看不清。钵口焦煳味很浓，刺激得李白几乎喘不过气来，他心里着急，伸手进钵子里去掏。钵子里，青砂已早结成了板块，硬邦邦的，任李白怎么用力地抠，什么都抠不出来。

气急了，李白一手提起瓷钵，使足了劲儿，朝炉壁上甩去，只听啪嗒一声，瓷钵碰在炉壁上，被砸得粉碎。

李白举着火把，心痛地在雪地上寻找着自己花费了许多心血想炼的丹砂。散落的瓷钵碎片中，有一块瓷钵形状的焦坨，它黑乎乎的，硬如顽石。这就是李白炼出来的"丹砂"。

火候不稳，丹炼不成。这一回，李白又没能把握好火候，他的火烧得过了头。李白丧气极了，他拾起这个黑焦坨看了看，又顺手把它抛进了雪地里。

还待在这冰天雪地里干什么？李白想，外面很冷，今晚又不能再开炉了，索性回家睡他一觉，等天亮后，来年，重整旗鼓，重新开张。这么想着，李白举着快要熄灭的火把，踏着厚厚的新雪，深一脚浅一脚地走回家去。

家里，院门虚掩着，李白轻轻一推，木门吱呀一声就开了。

"这个刘氏，怎么搞的，晚上连大门都不关好。"李白心里抱怨着。孩子们已经睡了，他不想惊醒他们，没去敲房门。

来到刘氏的窗下，李白刚想敲窗户，听见里面传出两种不同的鼾声。刘氏睡着后爱打猪婆鼾，李白十分厌恶，这也是他不愿与刘氏同房的原因之一。另一种鼾声低沉、粗放，一听便知发自男人的喉咙。刘氏的房子里睡了一个男人！李白断定。她居然敢偷汉子！李白心里生气，却没有像丈夫那样突然暴怒。他一反平日沉不住气的性子，忍了忍，离开窗下，来到房子门口。

"砰砰——砰——砰砰砰——"李白用力敲着房门，开口叫道，"开门来，我回来了！"鼾声顿止。紧跟着，刘氏的房子里一阵慌乱，乒乒乓乓的，慌乱中不知有什么东西被碰倒在地上，可半天没有人出来开门。

"砰砰砰砰——砰砰——砰——"李白又在用力敲着房门，"快些开门，没听见我回来了吗！"

平阳被惊醒了。听见是父亲在外面叫门，她急急忙忙地披上衣服，出来给父亲开门。

将李白让进家里，平阳点上油灯，揉着眼睛问："父亲，你的仙丹炼好了？"

"快回去睡觉，明天再说。"李白没心思和女儿说话。

"父亲饿了吧，我去给你热些饭菜来。"

"你回去睡觉。"李白故意大声地说，"她呢，让她去做。"

"继母她……"

"来了，来了，我在这儿呢，"平阳刚要说话，已被边走边往上穿衣服的刘氏打断。她走进屋子，先看了看李白的脸色，又说，"你不是说今晚不回来过年吗？"

"怎么，我不能回来吗？"

"哪里的话。"刘氏赔上笑脸说,"老爷的家,老爷当然应该回来。先头,平阳说老爷不回来,我还打算……"

"平阳,你回去睡觉。"李白不听刘氏啰唆,把女儿打发回她的房子,自己也往睡房走。走到房门口,李白又折了回来。他不愿进刘氏刚才睡过的房子。

刘氏跟在后面,假装没事一样,道:"老爷累了,就快上床睡吧,被子我睡得热乎乎的。"

"无耻的婆娘!"李白心里骂道。他不理刘氏,自己坐回到堂屋的靠椅上,闭目养神。说是养神,其实,李白心里哪里安静得下来?他在想处置刘氏的办法。

刘氏不知趣,跟过来又说:"老爷你这是怎么了,大过年的,半夜三更回来,不吃不喝,也不肯睡觉,你让我这做……"

"闭上你的臭嘴,给我滚开!"李白突然朝刘氏大吼了一声。

刘氏一愣,随即撒起泼来。她站在李白面前,哭喊着骂道:"啊呀,这大过年的,你深更半夜回来,谁也没招你惹你,你和我发的哪门子脾气。你以为你真是老爷啊!老爷你早当不成了!一个臭炼丹的!"

夜深人静的,刘氏的哭骂声传得很远。对门邻居家里点上了灯,听清楚是刘氏在闹,不一会儿,灯又熄了,人家继续睡觉去了。

李白恼得要命,但他没再和刘氏发火。和这种婆娘闹,犯不上,李白想。他坐靠着靠椅,不再理刘氏,任她叫骂。

天亮后,刘氏跑了出去。

平阳起来,给父亲热了饭菜,放在李白面前,说:"父亲,你吃点东西,别和继母生气。她脾气不好,嗓门大,动不动就爱这么闹。不过,继母她人还好,你不在家,她对弟弟不错。"

李白听了女儿的话,心里稍稍平静了一点。想了想,李白说:"平阳,你去把她找回来,跟她说,我准备休了她。"

"父亲,这是为什么?"平阳不解地问。

"你小孩子不懂,"李白说,"休了她,对她有好处。反正,我不会亏待了她。你去,去把她找回来。"

平阳去了,很久都没回来。李白又困又累,吃过女儿给他热的饭菜,趴在桌子上睡着了。

晌午过后，刘五小心翼翼地从外面走进屋里。他见李白正趴在桌子上睡觉，胆怯地靠着门边，半天不敢动一动。

睡梦中，李白觉得有人总在盯着他，他强行睁开眼睛，从桌子上抬起头来，发现是刘五站在门口，正以恐慌的眼神看着他。

李白还没来得及说话，刘五已扑通一声，跪在了地上："老爷，小的不是人，求老爷大人大量，宽恕小的一回。"说着，刘五一个劲儿地往地上磕头。

从刘五的表现，李白已猜出了七八分，昨天晚上在刘氏房子里睡觉的，不是别人，正是刘五。李白早没了气，见刘五吓成这样，反倒有些可怜他的老实。

"刘五，有话起来说，不要这样。"

"老爷，饶我一回，以后，小的再不敢了。"刘五跪在地上说。

"站起来好说话，"李白说，"我不怪你。"

"老爷，您也千万别怪刘氏，她一个女人家，全是好心，"刘五把头埋在地上，含糊又急切地说，"我，是我，没娶过女人，一时，一时……"

"不要说啦。刘氏的事，我自会处理。"

"老爷，老爷，我，我……"刘五急了，站起来，向前走了几步，跪在李白的脚前。他想为刘氏求情，请求李白原谅刘氏，不要因为他休了刘氏，所有的责任他都愿意承担，随便李白怎么处置他都行。可是，他嘴巴笨得厉害，跪在地上，一句完整的话都讲不出来。

刘氏回来了，走前的威风已经没有了。平阳跟在她的后面，李白一看便知，刘氏从平阳那里知道了自己要休她的消息，刘五是他们商量好后，先回来求情的。

刘五见女人来了，自己从地上站起来，低着头，不再说话。

"老爷……"

"你什么都不用说了，"刘氏刚开口，便被李白挡了回去，"平阳，去给我找笔墨来。"

"父亲……"平阳也想帮着刘氏求情。

李白皱着眉头道："大人的事情，小孩子不要插嘴。我让你去找笔墨，你就快点去，还站在这里干什么！"

平阳拿来笔墨之后，听话地离开了堂屋。她来到院子里，见弟弟伯禽躲在门外偷听，过去拉他，想让他和自己一起离开，可伯禽无论如何不肯走。平阳只好和他一起站在门外。

伯禽是吃刘氏的奶长大的，他和刘氏有感情。听父亲说要让刘氏跟着刘五走，从此再不许进李家的大门，伯禽心里很伤心，他舍不得继母。伯禽不知道继母和刘五犯了什么错，父亲要这样惩罚他们。小孩子从心里觉得，刘五也是好人，父亲不该这么做。可是，他又很怕父亲，不敢进屋去帮继母和刘五说话。站在门外，伯禽忍不住哭了起来。

"再跟着我，你不会有好日子过；休了你，你也不会吃亏。"屋子里，李白继续说，"这几年，我不在家，你替我照看着两个孩子，没少吃苦。看在你照顾两个孩子的分儿上，我给你一笔钱。这笔钱，足够你们两个人重新组个家了。"

刘氏和刘五站着，都不说话。

"刘五，你愿意带刘氏回去吗？"李白问。

"老爷……"

"不要害怕，讲老实话，我不会怪你。"

刘五用眼睛斜瞟了一眼刘氏，小声地说："她愿意，我就愿意。"

"那好，"李白点头道，"刘氏，你要不跟刘五走，这笔钱我也不会给你。跟了刘五，你和他好好地过日子，后半辈子也有了着落，这我也是替你着想。"

当时，丈夫休妻，一般有七条理由，或者说，夫家要求妇人遵守七种礼节，做不到，自然请你好走。这被叫作"妇有七去"。这"七去"是：不顺父母去，无子去，淫去，妒去，有恶疾去，多言去，窃盗去。

刘氏知道，自己大势已去。此时，她不答应跟刘五走，再没有其他出路。她在心里骂李白太狠，又恨刘五无用，跟上这个窝囊男人，今后自己还有得罪受。刘氏想，可不跟着他，自己又怎么办？好歹他也是个男人，总比跟着李白一年四季守着空房强。

一咬牙，刘氏说："我进你李家的门，前前后后快十年了，没有功劳，也有苦劳，这你知道。昨天晚上的事，你怪不得我，要怪，你怪自己。我一个女人家，嫁给你图个啥，还不是为了……"

"够了，够了，这些话我听够了。留着，你对他说去。"李白不耐烦地打断了刘氏的话。他拿起笔来，三下两下，写下了一纸休书，放在桌子上，让刘氏过来画押。

刘氏一个大字不识，她不知道李白在纸上写了些啥，不肯随便接受下来。

"你念给她听。"李白对刘五说。

刘五开始放松了，他对着李白憨笑了两声，说："老爷，我是个粗人，和她一样，识不得一个大字，怎么念得这休书。还是烦请老爷念给她听听吧。"

"你仔细听着。"李白没办法，只好拿起刚写好的《放妻书》，念道：

> 乙酉，天宝四载大年初一，李太白谨立放妻书。
>
> 盖说夫妇之缘，恩深义重，论谈共被之因，结誓幽远。凡为夫妇之因，前世三生结缘，始配今生夫妇，若结缘不合，比是怨家，故来相对。妻一言一举，夫皆生嫌厌，似猫鼠相憎，如狼羊一处。既以二心不同，难归一意，还以各还其道为好。愿妻刘氏相离之后，随如愿郎君，鱼水交融，同欢终日。解怨释结，更莫相憎。一别两宽，各生欢喜。谨此为凭。

念完，李白问刘氏："你可以画押了？"

尽管刘氏是支着耳朵听的，这正式的文字念一遍，她根本就听不懂，只听休书中说了猫和鼠、狼和羊。刘氏想，他说我是猫，在家抓老鼠，偷汉子？不像，也许，他是说他自己是猫、是狼，对我像是对一只老鼠、一只小羊一样。他哪会这么好，明明知道我偷汉子，还会说他自己的不是？管他呢，管他说谁，只要没直说我刘氏就成。

"这休书上，你没说给钱的事？"刘氏提出了一个问题。

"不必写，你画了押，钱我马上给你，"李白道，"你也好马上跟着他走人。"

刘氏再没什么可说的了。照李白的指点，她伸出大拇指，在《放妻书》的右下角按上了自己的红指头印子。

双方的夫妻关系总算解除了。

李白突然感到一阵轻松。他把《放妻书》折好，交给刘氏，说："这个你收着，以后也好有个凭据。"

刘氏不接。她突然觉得好委屈，委屈得不得了，她是一个苦命的女人，这一辈子过得苦不堪言！刘氏号啕大哭起来，她拽着衣襟，不停地揩着如潮水般涌出来的苦涩的眼泪。

　　外面，伯禽也跟着哭出声来。平阳眼泪汪汪地劝着弟弟，说以后没有继母，她会好好带他，她马上就带他出去玩。

　　李白被刘氏哭得烦了，他把折好的休书重重地放在桌子上，站起来，在屋子里来回地走动。这时候，李白很想喝酒。他叫了两声平阳，想让平阳给他拿酒来，平阳没答应，他也只好作罢。

　　刘五被刘氏哭得心痛了，他走到桌子边上，捡起休书，双手捧着它，说："老爷，这休书给我收着好吗？我一定不忘老爷对我们两个人的大恩大德，下半辈子，我会好好待她的。"

　　"你等着，我马上把钱给你们。"李白说着，往睡房里去拿钱。

　　回家后，李白把带回来的钱全部放在自己睡房的衣柜里了。这个衣柜，放的全是当年许夫人穿用过的衣物，没有上锁。刘氏从来不去动它。

　　打开衣柜，李白从他的布包里随手抓出一大把银两。这些钱到底有多少，李白不去管它，只要够他们安家就行。其实，李白拿出来的这些钱，远远超过了安家的数目。当年，他和许夫人来这里安家，没用上它的一半。

　　把刘氏和刘五两个人打发走后，李白在家蒙头大睡了两天。醒来，他不再想炼丹，也不想再在这个家里待下去了。他想出去，和以前一样，自由自在地去游历山川美景，到外面去结交朋友。可是，两个孩子怎么办？孩子没安排好，李白哪里也去不了。这时候，他想到了刘氏的好处。

　　这个女人，纵有千条缺点万种毛病，令人讨厌到了极点，有一点，李白不能不感激她：她替他带大了两个孩子。两个孩子都对刘氏有感情，尤其是伯禽，对她比对李白的感情还深。刘氏走后，李白深切地体会到了这一点。他觉得，自己对孩子，特别是对伯禽，欠下了许多的感情债。

4

　　大年初五，平阳一早领着弟弟进城看花灯去了，他们要在城里住一晚上，第二天才回来。李白起床后，一个人坐在家里喝闷酒。

59

"家里有人吗？有人，我就进来啦。"院子外面传来一个女人的声音。

进来的是对门邻居家的主妇。她知道刘氏被李白给休了，心里莫名其妙地有些高兴。尽管刘氏在这个家里时，她和刘氏挺谈得来，刘氏称她为嫂子，她叫刘氏大妹子，闲下来没事，两个女人常相互串门子。

"大兄弟，你一个人在家？"邻居家的主妇问，朝敞着堂屋门、独坐在桌边喝酒的李白走来。她年龄比李白小，跟着对刘氏的称呼，她把李白也叫得年轻了，"大过年的，也不出去玩玩？孩子们呢？"

"进城了。"

"你没去？"李白没应她，她又说，"嘿，瞧我这话问的，不是明知故问吗？大兄弟，我是过来给你送年糕的。"

邻居家的主妇端了一碗热腾腾的年糕，放在李白的桌子上："刚蒸的，你尝尝，味道好着呢。"

"邻家大嫂，劳你费心了。"

李白有些不好意思。自那年他即兴为邻居家的小姑子作诗一首，惹出不少麻烦之后，再没和他们家打过什么交道。他在家的时日不多，回来了，见到邻居家的人，顶多也只是点头问好，相互招呼一下算了。

"大兄弟不必见外。你家没有女人，我们邻居隔壁的，可以帮一把的，顺便就帮上了，不费事。"

说着话，这妇人的眼睛往四下扫过，又到后面的卧房看了一圈，回到堂屋，说："平阳可真能干，家里收拾得挺像样子。我就看着这个姑娘好，心灵手巧，人也长得漂亮。"

"大嫂夸奖了。"

"不是我夸她，"妇人就势往李白对面坐下，"说真的，平阳也有十六七了，大兄弟，你该替她寻个婆家了。"

李白正夹了一块年糕，送到嘴边咬了一口，听她这么说，愣住了。李白想，难怪她来给我送年糕，原来是打平阳的主意来了。咬下来的这口年糕，李白含在嘴里，难以下咽。他看着邻居家的主妇，一时说不出话来。

"大兄弟别紧张，我可不是过来给你平阳说婆家的。"妇人看出了李白的心思，笑着说，"不过，我说的倒是实话。大兄弟还记得我家的小姑子不？"

一口年糕，李白好不容易刚咽到喉咙边上，听她提到她家的小姑子，

60

差点儿没被噎住。李白的脸涨红了，表情十分尴尬。

"你看你，一个大男人，还这么要面子。"妇人更放肆地笑了，"过去的事都过去了，你还记着它干啥？"接着，邻家的主妇便滔滔不绝地说了起来。她告诉李白，幸亏有了他那首诗，他们才想着快些把小姑子嫁出去。如果再等上两年，他们家小姑子非老得没人家要了。他们给小姑子寻的婆家有钱，是方圆几十里数得着的人家。姑丈也不错，没读过书，学了一门手艺，这门手艺，能管一辈子。姑丈为人也厚道，出外做手艺，人家都夸他。

李白听着妇人说话，人渐渐地放松了，随口问道："她现在好吗？"

"谁啊？你问我家小姑子？"妇人做出吃惊的样子，说，"你没听说？倒霉透了！去年秋天，她被丈夫休了，住回家来啦。这不，我拿来的这年糕都是她蒸的，你吃着味道不错吧？"

这又是李白没料到的。他吃惊极了，想问明她小姑子为何被休，话到嘴边，又不好意思开口。

妇人也好像故意和他卖关子，站起来道："瞧我这人，一坐下来说话，就没完没了。大兄弟，打扰你啦。你有事，招呼一声，我还有小姑子，都可以过来给你帮一把。"

邻居家的主妇走后，李白一直在想，好端端的一个大姑娘，为何会被婆家休回家来呢？难道，她也和刘氏一样，在婆家干了见不得人的丑事？李白不相信。在他的记忆中，窗台边上，石榴花前的那个大姑娘，是一个圣洁的女子。刘氏哪能和她相比。这一天，李白坐卧不安。

等平阳回来，李白背开伯禽问她知不知道邻居家的小姑子因何事被夫家休了。

平阳摇摇头，说："不知道，她回来后很少出门。被婆家休了，是件丑事，谁家愿意往外说？"

想了想，平阳又问："父亲，你怎么突然问起她来了？"

"没什么，我只是随便问问。"李白掩饰道。

其实，李白有李白的想法。他想出游，两个孩子不安排好，他走不了。马上让平阳出嫁，肯定不现实，相个婆家不是一件简单的事情。李白想：平阳的事，还是放一放再说，十六七岁不算大，在家，可以照顾弟弟。当然，能给两个孩子找个大人，照顾他们更好。李白想到了邻居家的小姑子。他想弄清楚她被休回家的原因，也好做出他最后的决定。

正月十五，李白借口过节，让平阳去请邻居家的大叔过来和他一起喝酒。

这个男人，是个老老实实的乡下汉子。李白看得起他，他高高兴兴地应承了。他让他女人给炒上几个小菜，端到李白家去下酒。

主妇说："家里酒菜都是现成的，干吗还往他家里端，你叫他过来，一块儿喝就是。我马上就把酒菜热好了。"

"让你端去，你就端，啰唆个啥！"男人严肃地说，"人家李官人让我过去喝酒，是看得起我。你让他上我们家来，不怕屈了人家官人吗？"

"好好好，就听你的。"主妇说着，又小声嘟哝了一句，"瞧他现在的样，哪还像个官人，我看那……"

"你懂得个啥，越是没官架子的人，越可以做得大官。"男人打断了主妇的话，"你个女人家，少多嘴多舌的，不该你管的事，你就别管。"

受了男人的抢白，主妇心里有些不高兴。她准备好下酒的菜，将小姑子唤出来，让她给送过去。

自打被休回家，小姑子不愿迈出家门一步。嫂子让她去送酒菜，实在是为难她。可住在嫂子家里，她又不敢得罪嫂子。硬着头皮，小姑子提上嫂子放好的提篮，到李白家去。

李白和邻居家的男人面对面地坐着喝酒，他年纪比人家大，却称人家为"老哥"。他一口一个老哥，叫得邻居家的男人不好意思了，说："李官人，小民姓吴，排行老大，叫我吴大就是。"

"吴大。好，老哥，我就叫你吴大。"很久没和朋友一起喝酒了，干上两杯，李白便兴奋起来，他随便地说，"你也别叫我作官人，我排行第十二，叫我李十二好啦。吴大，我叫你老哥也没错。你排行老大，我排行第十二，叫你一声老哥，不为过。你说是不是？哈哈哈……"

老实的吴大连连点头，也跟着李白嘿嘿嘿地笑了起来。

小姑子拎着提篮进了李家小院，正遇上平阳。她将提篮交给平阳，请平阳送进屋去。平阳接过来，她道了声谢，转身就往家走。

平阳把下酒菜端进屋里，吴大看着奇怪，问道："你炒的菜？我让我家女人送菜过来，她怎么没来？"

"我哪炒得出这么好的菜，"平阳笑着，将放在一边的提篮拎起来给他看，"大叔，你看，这不是你家的提篮吗?"

"这个不懂事的女人，怎么不自己送进来?"吴大很要面子，他尽量在李白面前表现得男子汉一些，不怕说自家女人的不是，"女人家，见识短，没经过场面，进来送个小菜都不敢。回去，我要好好教教她。"

平阳咯咯咯地笑开了。

"你笑什么?"吴大问她。

"大叔，你错怪了大婶，"平阳笑着说，"菜是小姑送来的。是我多事，抢着接过来，小姑才回去了。"

吴大听说是自家的妹子送过来的，叹了一口气，说："李官人原谅，我们庄户人家的女人就是胆小，没见过世面。比不上平阳姑娘这么聪明能干，又大方。"

"平阳是小孩子，不懂事。"李白说。他把平阳打发出去带弟弟，又假装糊涂道，"大妹子回娘家来过年?"

吴大不愿意提他的妹子，夹了一口菜吃，把话岔开说："我家女人炒的菜还不错，李官人尝尝，尝尝这菜。"

李白笑着，吃了一口菜，又连连斟酒，自己喝，也劝着吴大喝。喝过三壶酒，李白已进入对一切无所谓的状态。吴大也有些迷迷糊糊的了。

"过去的事，我一直没有道歉，"李白借着酒劲儿，对吴大说，"老哥，你要原谅我。"

"这是哪来的话，"吴大被说得丈二金刚，摸不着头脑，"我家与李官人邻居十年，从未结过怨恨，李官人这是……"

"老哥也许不记得了，我却一直记在心上，"李白又喝了一口酒，说，"那一年，我一时高兴，为老哥家的小妹容貌所动，曾写下一首诗，多有冒犯。过后，每每想起，心中不安。今日，特意请老哥来，当面道歉。"

"为了一首诗，李官人还记在心上?"吴大连连摇头，叹气道，"唉，我那小妹，没遇上像李官人这样看得起她的人。可惜啊，小妹自己命不好，碰的人家也不地道，唉……"

"老哥有难言之隐?"

"不瞒你说，我这一辈子，事事顺心，"吴大说，"只有这小妹，是我的一块心病。"

"老哥何出此言?"李白追问道。他给吴大斟上一杯酒，劝他喝了。

吴大一口喝下一杯酒，将酒杯往桌子上一放，低下头，说："人说，家丑不可外扬。我们哥俩，话说到这份儿上，也没啥好瞒的了。唉，你不知道，我这小妹，是被婆家休回家来的。"

　　怕李白误会，吴大马上又说："她可没做下见不得人的事。要是像你那媳妇，自家不装相，守着个官人男人不要，偏要去偷野汉子。你把她休了，那是她自找的，活该！我家小妹可不一样，她呀，唉，她是老天爷对她不公……"说到这儿，吴大竟伤心得落下泪来。

　　再往下，吴大断断续续，将自己家的隐私告诉了李白。

　　原来，吴大的小妹是天生的石女。他们的母亲去世早，小妹从小跟着吴大过。长到十七八岁，小妹没来过红潮。做哥哥的心粗，嫂子也不关心，只当是女儿家发育得晚，再过两年，自然会有的，所以，一直不急着给她说婆家。

　　李白写了那首诗后，哥哥嫂子觉得事情严重，不能再把小妹留在家里了。他们急急忙忙地为小妹寻了一个婆家，嫁了过去。开始，婆家对小妹不错，可嫁过去一两年了，总不见小妹有孕，妹夫还能容得下她，婆婆抱孙子心切，说什么也不肯再等，非请郎中来看不行。

　　这一看，才真相大白。婆婆怪自家的儿子是十足的二百五，两年了，自己的女人是个石女，他居然弄不清楚，每天糊里糊涂的。

　　这样的石女不但不能生孩子，还伤风败俗，婆婆让儿子一定把她给休了。儿子却无论如何舍不得。他觉得，媳妇除了不会生儿子，挑不出其他毛病来。再说，他也习惯了和她一起过日子。儿子和母亲憋着劲儿，说什么也不肯休了媳妇。后来，还是小妹想了一个折中的办法，说服婆婆，给丈夫续了一房小妾。她以为，丈夫有了孩子，婆婆就不会为难她了。

　　可小妾进门又有一两年了，也不曾有过身孕。请郎中看过好多回，草药吃了许多服，均没有结果。婆婆去求仙，巫师告诉她，有石女在前面挡路，娶多少房小妾也生不下一个孩子，这是他们家命中注定的劫难。

　　回来，婆婆气病了。她一病不起，去世前，对儿子没有别的话可说，只求儿子把这个石女媳妇休了，早些给她生个孙子，继承香火。吴大说，妹夫万般无奈，只好将小妹休了。分手时，夫妻俩抱头痛哭，妹夫保证，来世再娶小妹为妻。

　　"你说这世上哪有那么灵验的事情，小妹走后不久，人家的小妾真有了身孕。"吴大伤心地说,"传了出去,以后,还有谁敢要我们家的小妹?唉,她只能在娘家养老了。"

喝过酒,又过了几天,李白专门到吴大家去走了一趟。吴大两口子见李白来了,十分热情。一家人跑前跑后,像接待贵宾一样地接待李白。

李白坐下来,说:"你们别忙,坐下来,我有事和你们商量。"

"什么事,也要喝口水再说,"主妇比吴大的话多,"大兄弟从来没进过我家的门,今天可是第一回。我们没啥招待,茶水还有一杯。"

"女人家不懂得高低,怎么可以和李官人称兄道弟。"吴大坐下来说,"快去泡茶来。"

李白过来是和他们商量小妹的事情的。他说,他想去任城买一家酒楼,由小妹去经营,顺便替他照管两个孩子。

"让她去给你开酒楼?"吴大问,"兼着照看两个孩子?"

"正是,"李白说,"这对她以后的生活有好处。当然,先要你们认可,她自己愿意才行。"

吴大觉得有些突然,他好半天没有说话。

嫂子听了,心想,这个石女运气不错,总有人要她。好歹把她推出去,家里少一张嘴巴吃饭。她说:"看不出来,大兄弟真有眼力,我们家小姑子为人做事都是第一流的。让她替你照看酒楼,保管没错。"

"你少多嘴。"吴大斜了自己老婆一眼,想了想,又直截了当地问李白,"你不打算正式娶她?"

李白笑了笑,说:"先头想过。后来又想,那样做并不合适。把他们安顿好后,我会长期在外,很少回来。两个人结为名义夫妻,不如不结。这样,大家都方便。小妹开好酒楼,若能遇上情投意合的人,也可再嫁,只要不亏待了我的两个孩子就行。"

"哎呀,我说你是个榆木疙瘩脑袋,半天转不过弯来,"主妇催着丈夫快些答应,"这是打着灯笼也难寻的好事,你还犹豫个什么劲儿。"

到了关键的时候,老实的吴大没有了男子汉的气派,他不再嫌老婆多嘴,反倒问她:"你看着合适?"

"没问题,大兄弟是难得的好人,"主妇说,"刘氏那样的女人,他还能厚道待她。何况我们家小姑子,替他照看两个孩子,保证不会有错。"

"小妹她会不会愿意?"

"你当哥的，进去问问她不行？"

吴大点了点头，站起来，对李白说："这是小妹自己的事，我得先问问她的意思。李官人，你坐一下，我去去就来。"

李白也跟着站起来，说："这事不急，你们慢慢商量，我先回去。回头，给我个准信就是。"

"大兄弟坐下，坐下，"主妇急了，她生怕李白走了，送上门的好事也跟着泡了汤，拉住李白的衣襟不肯松手，"你坐一坐，他去去就来。我家小姑子不会不愿意，我敢保证。"

果然，吴大出来挺高兴，他对李白说："李官人，蒙你看得起，就让我们家小妹去试试。她是个乡下人，不知管不管得好个酒楼。"

事情办得很顺利。

李白到任城物色酒楼，恰有一仗义的朋友相助。李白的这位朋友贺兰氏，当时已年过九旬。贺兰氏酷爱李白的诗歌，又自己经营着一家酒楼，在任城极有名气。先前，李白过任城，常在贺兰氏的酒楼落脚。贺兰氏与李白喝酒论诗，两个人称兄道弟，相互间很谈得来。

听说李白想在任城买一家酒楼，安顿家小，贺兰氏二话不说，爽快地答应下来，要把自己的酒楼赠予李白。

"使不得，万万使不得，"李白谢绝道，"大哥的情义，李白心领了。可这酒楼，我万万不能受。大哥经营了一生，才有现在的酒楼，李白不敢染指。"

"兄弟见外了，"贺兰氏说，"你想，我已九十有四，还能留在这世上几日？再说，我孤身一人，膝下无儿无女，早想有人来接我的班，我好退休在家享享乐。我们双方互利，有何不可？"

"大哥若定要出让酒楼，也容李白出重金买下。"李白说，"否则，李白受之内心有愧。"

"老弟小看我了，要出重金，你另寻高就好了。老夫此地，容不下你这皇上赐金放还的贵人！"老爷子生起气来，说话冲极了，他把李白抢白得无话可说。

盛情难却，李白终于接受了朋友的这份厚礼。他与贺兰氏商定，吴家小妹和他的孩子们来后，由贺兰氏做他们的监护人。酒家的所有规矩照章不变，只由小辈们出面经营就是。

几天后，李白把他的小院和几顷麦地托交给吴大照管。他带着吴家的小妹和自己的一双儿女搬去了任城。

贺兰氏酒楼更名为太白酒楼。

对外，吴家小妹被称作吴氏，是这新挂牌的酒楼的老板娘。不知道的人，都以为吴氏是李白的小妾。其实，李白与她并没有夫妻名分。

吴氏心中对李白既崇敬又感激不尽。她经营酒楼兢兢业业，每日起早贪黑，不辞劳苦。对贺兰氏老人，吴氏恭恭敬敬，极尽晚辈之孝心。同时，她对平阳、伯禽姐弟也十分地爱护。在吴氏的努力下，三个姓氏组成了一个新家，老幼和睦，很令外人羡慕。

李白去世九十九年后，任城的太白酒楼开始名扬天下。从此，各个朝代皆有无数的文人骚客前来游览题咏，见于史册的名题"太白酒楼"的诗歌亦数不胜数。今日，太白酒楼内还存有各种李白的和后人纪念李白的墨迹、石刻。其中最为引人注目的，是相传为李白手书的"观"字刻石。它呈正方形，边长七十八厘米，正楷字体，潇洒豪放，左下角有"太白"署名。据说，此石刻出土于清朝嘉庆十年（1805），与它同时出土的还有"壮"字石刻，两块石刻连在一起，组成"壮观"二字。由此亦可见，太白酒楼在历史上的地位。

守着自家的酒楼，酒仙想怎么喝就怎么喝。在太白酒楼住了一段时间，李白天天醉酒不问世事，就连他沉迷一时的炼丹求仙之事，也因好酒而被他暂时抛到了九霄云外。李白在《月下独酌》之二中写道：

> 天若不爱酒，酒星不在天。
> 地若不爱酒，地应无酒泉。
> 天地既爱酒，爱酒不愧天。
> 已闻清比圣，复道浊如贤。
> 贤圣既已饮，何必求神仙？
> 三杯通大道，一斗合自然。
> 但得酒中趣，勿为醒者传。

《月下独酌》之四又说：

穷愁千万端，美酒三百杯。

愁多酒虽少，酒倾愁不来。

所以知酒圣，酒酣心自开。

辞粟卧首阳，屡空饥颜回。

当代不乐饮，虚名安用哉？

蟹螯即金液，糟丘是蓬莱。

且须饮美酒，乘月醉高台。

从这两首诗中可知，喝醉了酒的李白比不喝酒时清醒了许多。起码他明白了，求神仙食丹液没有用处，酒糟丘就是蓬莱仙境，贤圣皆在酒醉天地之间。所以，他说"贤圣既已饮，何必求神仙？""当代不乐饮，虚名安用哉？"

5

开春，杜甫自洛阳有信来，说是李邕近日将去齐州公办，约他前去相会。他已联络高适，邀高适同去，还望李白届时前往，大家相聚。

读过来信，李白连着几日不再喝酒。他去给许夫人的墓地培土上坟，把离坟不远的一棵小桃树移栽至太白酒楼门前，期望娘子给他留下的孩子与小树一同成长，来日能硕果累累。

不知为什么，李白有一种预感，他此去离开任城，再要回来，恐怕不易。为人父母，李白想不起他还应为孩子尽些什么职责。临行前，他把剩下的皇上赐予他的金银拿了一大半给吴氏，请她替他好好照看他的平阳和伯禽。

公道地说，李白一生在儿女身上所费的精力极少，他把更多的时间和精力留给了自己。或者说，他的兴趣更多的不在儿女，而在仕途，在求仙访道，在游山玩水，在他的诗歌创作。

可是，作为父亲，不能说李白不疼爱自己的儿女。离开任城三年多，即天宝七年（748），李白游历到金陵，曾作诗一首，《寄东鲁二稚子》。这是李白一生在外，特意写给家人的为数极少的几首诗作之一。出门在外，李白给娘子许夫人写过诗，但他没有寄出，只将诗作带在身边。离开川蜀后，几十年，李白没给父母去过书信，尽管他也曾想念生他养他的亲爹亲娘。相比之下，李白更把儿女时时记在心上。这又应验了一句老话：人心全都朝下长着，父母总为儿女着想。

《寄东鲁二稚子》中，李白说的是些家常话，虽然琐碎却字字句句流露出一位老父亲对一双儿女的真情实感。李白曰：

> 吴地桑叶绿，吴蚕已三眠。
> 我家寄东鲁，谁种龟阴田？
> 春事已不及，江行复茫然。
> 南风吹归心，飞堕酒楼前。
> 楼东一株桃，枝叶拂青烟。
> 此树我所种，别来向三年。
> 桃今与楼齐，我行尚未旋。
> 娇女字平阳，折花倚桃边。
> 折花不见我，泪下如流泉。
> 小儿名伯禽，与姐亦齐肩。
> 双行桃树下，抚背复谁怜？
> 念此失次第，肝肠日忧煎。
> 裂素写远意，因之汶阳川。

春暖花开的时节，李白再次来到齐州。

这次，他没去紫极宫，也没和道士们打交道，他把自己入道的身份隐瞒下来，只与朋友们来往。

杜甫和高适比李白先到一步，三个人都为半年后能再相会而感到高兴。杜甫和高适邀李白一同住进齐州司马李之芳的府上。李之芳是李邕的从侄，早与杜甫、高适相识，他和李白虽是第一次见面，对李白却是早有所闻，很愿意与李白结交。三位朋友住在府上，李之芳接待十分热情。

两天后，有衙役来报，北海（山东青州市）太守李邕的车马已到城外。李之芳正和三位朋友坐在府上聊天，听说从叔来了，赶紧吩咐属下备马。

四个人骑上快马，迎出城去。远处，只见一队车马，卷着一路尘土，朝城门飞奔而来。

李之芳骑在马上，笑道："看这车马的气势，从叔的朝气不减当年。"

"极有锐气，"高适说，"不知道的人，一定以为是官府大人去抢办公案呢。"

"老人家精力总是这么充沛，比年轻人毫不示弱。"杜甫接上一句。他和高适近年来都与李邕过从甚密，经常见面，并常有书信来往。尤其是杜甫，很受李邕的赏识，十来岁时，便被李邕称作少年才郎。

李白骑在马上没有说话。他想起了他在蜀中拜见李邕时的情景。那时，李邕四十多岁，与他现在年纪相仿，恐怕还要大一些。他则是刚出茅庐的小青年，不懂世事。在李白的印象中，李邕是高资长辈，根本没把他那样的后生放在眼里。一晃，二十多年过去了，李白想，这位前辈的记忆中不知是否还有我李白？

很快，李邕的车马已来到眼前。他不但没坐在车上，而且精神抖擞地骑着高头大马，奔驰在车马的前列。不是那一头银色的白发，说什么，人们也不会相信，这是一位年过七旬的老人。

"从叔，一路辛苦。"李之芳先迎上去。

"不辛苦，不辛苦，"李邕笑迎道，"有劳从侄远迎。"

马上，李邕又看见了杜甫和高适，他高兴地招呼他们道："杜二、达夫，你们赶在老夫的前面啦，到底是年轻人啊！"

杜甫和高适也同时迎上去，拱手道："李太守，一路辛苦。"

李邕与他们回过见面礼，将目光停在了李白的身上，他迟疑了一下，说："这位兄弟是……"

"从叔还不曾相识，他就是……"

"请李司马慢言，"李之芳刚想给李邕介绍，被李白打住，李白坐在马上，拱手迎了上来，面对李邕道，"刺史大人，久违了。"

李邕听此称谓，心中一愣，暗想：这人是谁？为何仍旧称我为刺史？

二十多年前，李邕在渝州（今重庆地区）做过刺史。不久，他又调河南道陈州（河南淮阳）任刺史。在这里，他有一段不愿被人提及的历史。

前面说过，李邕生性豪放，交游甚广，仅靠刺史任上的俸禄根本不够他花销。因他擅长碑颂，朝中官员和天下寺观常备重金前去求取他的文章石刻，由此，李邕年收入的馈赠数额巨大。曾有人说，自古卖文获财者，无人超过李邕。巨额收入更养成了他开销无度的习性。

有一年，求文章石刻者锐减，李邕入不抵支，便在公款上打主意，留下了贪污行径。当时，还是张说任宰相。地方官员有贪污行为并不为奇，若没有特殊缘由，宰相不会横加干涉。偏偏张说对李邕怀有旧恨，李邕身边又有人看不惯他的骄奢放纵，向上告发了他。张说正好抓住此事大做文章，奏明圣上，将李邕打入大牢，以至准备处以极刑。

也算李邕命大。不久，张说病危，再顾不上过问李邕的案子。朝中，李邕还有些朋友帮他说话。念他确实是一难得的人才、怪才，玄宗免了他的死罪，将他流放岭南，挂职做了个小小的县尉。在岭南，李邕跟从边将积极讨伐边境造反的部落，多次为朝廷立下边功。将功赎罪，他终于被调回内地。后又几经周折，才做了如今的北海太守。

眼前的这个人，居然仍称我为刺史，一定与我先前有些瓜葛，李邕想。可他左看右看，想不起来到底在哪儿、什么时候曾与此人打过交道。

"人老啦，记性都让狗吃了。"李邕自嘲道，"请兄弟原谅。"

"大鹏一日同风起，扶摇直上九万里……宣父犹能畏后生，丈夫未可轻年少。"李白笑道，"刺史大人还记得这几句诗吗？我就是……"

"慢着，慢着，让我想想，"李邕拍了几下自己的前额，突然兴奋道，"对，当时我在渝州任上，你携诗作前来见我，被我批评了两句，便拂袖而去。后来，又送了这《上李邕》一诗给我，自称为'大鹏'……"

"刺史宽宏大量，派人给我送来银子，说是与我结交……"

"你将银子退还给我，说'我们来日方长，后会有期'。"

"哈，哈，哈……"李白和李邕一人一句，将过去的故事回顾了一遍，两个人同时哈哈大笑起来。

笑罢，李白又故意追问道："刺史大人，这会儿想起来啦？"

"想起来了，想起来了，"李邕豪爽地说，"世间大鹏唯有一只，老夫绝不敢忘记。不仅不敢忘记，这些年，老夫还时常注意你的消息，一直盼望着与你李白重新相见呢！"

见李白与李邕游戏一场，高适、杜甫和李之芳在一旁被逗得直乐。

"想不到，太守与太白兄的交情比我们都深。"高适说，"二十多年的老朋友在此意外相见，你们两人可要好好请客。"

"当年我敢口出狂言，让刺史大人休要小瞧于我。如今，我再没有这份儿胆量了。"李白拍了拍自己的口袋,说,"混了这二十来年,我依旧囊中空空如洗,连请朋友的大话都不敢说了。"

"兄弟不要瞒我,"李邕道,"老夫虽困于北海,却是耳听八方,眼观六路,外面的事情没有不知道的。皇上赐金放还,那么多金银,你不到一年时间即将它全部挥霍一空了?老夫不信。"

本来挺潇洒的李白听到此言,摇了摇头,苦笑了两声,未作回答。

杜甫看出李白有难言之隐,忙将话题岔开,道:"太守一路辛苦,我看还是先回府上,再叙旧情的好。"

"对,从叔随我们回去休息,"李之芳说,"请客之事,大家不用费心,来到齐州,我就是主人,理应尽地主之谊,哪有让朋友破费之理。"

大家一路说笑,回到李之芳府上。这一夜,朋友们将过去的事情谈起,每个人都有许多的故事,谈到深夜仍没有睡意。

夜里睡得晚了,第二天午后才起得床来,洗漱完毕,还未用餐,李之芳又请众人出去走走。

"齐州地方小,没什么可游玩之处。"李之芳说,"前些日子,我到任后,命人将历下亭整修一新。我已安排人先去备下了酒宴,请从叔和三位朋友光临。"

唐代齐州的历下亭,如今更名为客亭,地处济南大明湖,伴历山而建。此亭因杜甫作有《陪李北海宴历下亭》一诗而闻名。清代,何绍基将杜甫此诗中的一句改写了,作为对联刻于亭柱上。杜甫原诗为:"海右此亭古,济南名士多。"改成对联,则为:"历下此亭古,济南名士多。"因为说到了名人,自古以来,许多不是名人而想成为名人的人,大多要到这亭子里来坐坐。以为如此一来,多少可以沾些名人的光彩。无名之人如此,名人更不用说,来齐州,必往历下亭一游。

李邕一行五人,带着随从,浩浩荡荡地来到历下亭。亭下已摆好宴席,大家相互让座,论资排辈坐好。

坐在上座的李邕,先举酒杯道:"今日老夫借从侄的酒宴,与你们几位才子重聚,心中万分高兴,这里先敬一杯。"

杜甫、高适和李之芳都将酒杯高高举起,齐声道:"我们敬太守一杯。"

李白正在观赏装饰一新的亭子,杯子举得慢了一点。李邕马上逼过来，说："李老弟，只等你的酒杯了。老夫这杯酒，一来是敬在座的各位，二来是向你赔当年的失礼。"

"太守客气，晚辈不敢当。"李白赶紧将酒杯举在手中，道，"应是李白先向您老赔不是才对。"

"好，大家都不必客气，一同干了这杯酒。"李邕说完，先一饮而尽。

放下酒杯，高适说："这几年，太守在北海兴利除弊，屡屡有政绩外传，在民间享有很高的声誉。我看太守身体一年比一年健壮，恐怕与心情舒畅有关。"

李邕道："老夫身体好不好都在次要。为官一任，造福一方，这是做官的本分，没有什么可炫耀的。"

李白和高适一同笑了，他们同时在想，为官之人都爱听好话，又好说大话。高适想，与朝中其他官员相比，李邕算是正直之人。起码，他知错便改，再做父母官，能以地方百姓利益为重。从这点出发，颂扬他几句，不为过。李白也有同感，他一直认为，做官之人会说大话，是他们的共同优点。若能付诸实际，便是难得的好官了。

"有传闻说从叔将调任京城，不知是否确有此事?"李之芳问。

李邕点头认可，说："朋友有信来，说前不久皇上问起过我，想调我回京效力。"

"这可是一大喜事，"杜甫说着，自饮了一口酒，像是见到了自己的光明前程一样，"太守去了京城，一定不要忘了我们这些晚辈。"

"真有出头之日，老夫当然不会忘记你们，"李邕摇着头，说，"可如今朝廷有李林甫当道，正义无法伸张，忠良得不到重用。这不，眼前就坐着一个，你们问问他，放着翰林不做，为何要辞请离京?"

李白说："我这样的人，在朝廷里吃不开。"

"那是国中太平无事，"高适愤愤不平道，"一旦国家危亡，需要栋梁之材，非我们出力不可。"

"我也这么想，"李白接过去说，"用我之时，再招不迟。现在不用我，我何苦赖在那里，不如自己走了的自在。"

"李林甫借皇上对他的宠信，在朝中大权独揽，为非作歹，陷害忠良。长此以往，国将无太平之日可言了。"李之芳忧心忡忡地说。

调来齐州之前，李之芳一直在京城任驾部员外郎，是兵部尚书的属官。他与上司李适之关系密切。要论派系，李之芳和他的从叔李邕都是李适之船上的人，从这条线上，他们可以知道许多朝廷内部的消息。

李邕在北海，地理位置比较偏，很多消息知道得没有李之芳快。听李之芳的口气，李邕猜测，朝廷近日又有新的变化。他喝了一口酒，问道："从侄，左相有信来？"

"没有。"李之芳否认道，"我调来齐州后，很久没与他们联系了。"

"你怕什么，"李邕大大咧咧道，"大家都是朋友，朝廷的动态，讲给我们听听，在座的，还有谁会出卖你不成？就算有事，从叔替你顶着。"

"李司马，"高适说，"我等虽一介布衣，心却时刻关注着朝廷。大是大非我们分得清楚，你不必担心。"

"我真没收到过左相的信。"李之芳再次声明。他见李白、杜甫也和李邕、高适一样，盯着他看，希望他讲些什么，只好又说，"不过，前些日子，州府有官员从京城回来，听他们说，京城近日空气有些紧张。"

"怎么讲？"李邕问。

"具体情况还不明朗，有些事才刚有些苗头，不好妄加断言。"李之芳很谨慎，仍不愿把话说明。

"从叔不要你评论，只讲讲情况就行。"

李之芳无奈，只好说："听说，李林甫指使人揭发兵部，说是兵部主持武科考试，有人徇私舞弊。朝廷立案审查，已逮捕了六十多位兵部官吏，现在交给京兆府审讯。京兆府有个叫吉温的法曹，手段历来毒辣，人们担心他会审出冤案来。"

"有这等事？"

李之芳没再说其他。李邕的心情沉重起来，他突然感到有一大片乌云压顶，人再想轻松已经不可能了。

往下，杜甫和高适有意把话题岔开，尽量找些有趣的事说，想让李邕重新快乐起来，可宴席却一直未能恢复开头的气氛。

第二天，李邕推说身体不适，吃过早饭便要离去。杜甫、高适还有李白再三挽留他，他们说，大家是应太守之邀而来，好不容易聚在了一起，刚才一天，召集人自己却要告辞，那怎么能行。好说歹说，想把李邕留下来。李邕只是摇头不语。

李邕从来都是这样，一旦决定了的事情，不管合不合情理，谁劝他都听不进去，非按自己的主意办不行。李之芳深知从叔的性格，在一旁给高适他们使眼色，告诉他们，不要再劝，由他去好了。

大家只好将李邕送出城门，看着他的车马绝尘而去。

往回走，李邕没骑他的高头大马，他缩进马车里，一路想着心事。

当时，大家都把李邕的突然离去，归结为他的怪脾气。可两年后，得知李邕被朝廷杖杀，李白他们这才明白，那一回，李邕心情不畅，确是事出有因。

就在李白他们聚会于齐州的同时，京城内正集结着一场新的风暴。在政治圈子里翻滚了一辈子的李邕，从李之芳透露的那一点点消息中，立即敏感地意识到，这场风暴来势凶猛，对他极为不利。人一旦处在生死关头，哪里还会有心思游玩？

李之芳说到的吉温，再加上另一个叫作罗希奭的人，开始是两个小人物，李白在京时从来没听说过他们的名字。李邕也是第一次听说。谁知，两年后，这两个人竟成了天宝时期有名的酷吏。他们聚在李林甫帐下，屡兴狱讼，被人称作"罗钳吉网"，许多良臣都丧命其中。

历史记载，吉温是武则天时期酷吏吉顼的侄子，他为人毒辣阴险，"谲诡能谄事人"。天宝年初，吉温任新丰县丞，有人把他举荐给皇上，玄宗召见他后，印象很不好，说他"是一不良汉，朕不要也"。

按说，皇上既出此言，吉温的政治生命应该就此结束了。可不知何故，吉温不但未因此而遭厄运，不久后，反升为京兆府法曹。

李林甫下令逮捕的六十多位兵部官吏，先交刑部审讯，没有结果。转交京兆府后，吉温想出一条妙计。他把六十多位兵部官吏集中在院子里，自己在后厅提取了两名重罪囚犯，施以重刑，棍杖和夹压交替进行，打得罪犯惨叫声声。院子里的官吏们害怕如此残酷的拷打，一个一个带进去后，只好硬着头皮认罪。一桩拖延了数月的狱讼，不到半天，就被吉温审理得"水落石出"，很快结了案。

吉温的审案方法，用现代的语言说，就是善用心理学，采用攻心术。他掌握了人的弱点，在求生不得，受尽肉体折磨的时候，人们不是速求一死，就是俯首任人摆布，只要不再受折磨就行。

利用人的这个弱点，吉温用刑毫不留情。酷刑过后，他立即给受刑者指一条路：晚死不如早死，承认罪状，可免受痛苦一死为快，还可不连累家人。由此，吉温断案不问真伪，只以达到主子的预期目的为标准，最终总有满意的结果。

李林甫看中的就是这点，看中了吉温断案的狠、快、严，专门调他做户部郎中兼侍御史，和罗希奭一起制造冤案。

6

李邕走后，李白、杜甫和高适还在齐州住了一段时间。

一天，李之芳邀他们一起外出踏青。大家一同坐在新长出的青草地上，春风拂面，好不惬意。

杜甫顺手摘下身边的一朵小小野花，和高适玩笑道："达夫兄，这里的小花多美，嫂子若一同来此，不知该有多喜欢。"

上回在睢阳，高适察觉到李白对提起令狐兰的异常反应，这次会面，他特别注意不在朋友面前提到妻子。听杜甫这句玩笑，高适马上转移对象，道："我们采一些回去，献给司马夫人。"

李之芳笑道："兄弟在府上居住多日，可曾见过我家娘子？"

高适和杜甫对视了一下，又看了看李白，三个人同时意识到，住在李之芳府上，确实一直未见司马夫人露过面。

"她还在京城住着呢，我一个小官，带不动她。"李之芳说。他娶的是一宰相之女，调任在外，娘子不愿相随。

杜甫又风趣道："这么说，司马与李兄一样，都是相门之婿。你们李氏总有高枝可攀，令人羡慕。"

李之芳听此言，问李白娘子的家世。

李白惨淡地笑了笑，说："她是许圉师之孙女，已先我而去。"

"恕我不知。"李之芳表示歉意，马上又道，"夫妻缘分，有长有短。能白头偕老当然好，不过，人命在天，生死不由自己，缘分尽了也未尝就是坏事。李兄，你说是吗？"

李白点了点头，说："我娘子已走了近十年，伤痛渐渐地远去了，情分还时时伴在身边。"

"李兄仍是独身一人？"李之芳问。

"娘子去后，为照看孩子，曾续一村妇为妻，"李白道，"总无法合拍。

这次回去，我让她跟别人去了。"

高适从未听李白讲过家事。他想："难怪提到我与娘子恩爱，李白心中多有不畅。"高适总不愿相信，李白先前真的与令狐兰有过什么情感瓜葛，一有机会，他总是尽量推翻自己心里的猜测。

杜甫也不知道李白再续继而终归休妻之事。他见李白心情不好，便说："李兄，你的艳福不浅，休掉旧的，好再做新郎啊。"

"不想再娶了，"李白说，"我长年在外，难得回一趟家，娶个妻子还是负担，不如自己一个人自由自在。"

"话不可这么说，"李之芳道，"在家时间长短，与有妻无妻并不矛盾。出门在外，有个娘子在家，虽说是一个牵挂，却也是在外之人的寄托。不管怎么说，家里有人惦念着你，你也有个想头。这与家中无妻，感觉是完全不一样的。我一个人在外为官，深有体会。"

"李兄与先前的娘子感情太深，一时无法解脱，又没遇见可与许夫人媲美的女子，才会有此念头。"杜甫替李白解释说。

李白摇了摇头，苦笑了笑，没有说话。对于这情感之事，他心中甜酸苦辣，郁积着种种不可言语的滋味，一言难尽。

常有这样的人，表面上看，他豪爽奔放，情绪外露，感情溢于言表。可涉及男女私情，他往往深藏于内，尽可能地掩饰起来，不让外人知道。李白与这种人类似。他的诗歌最能表现他豪放不羁的个性，对自然，对世事，对人生，包括对歌女美妓，他常有超出普通人的特殊的感情体验和宣泄方式。可对男女私情（不包括别人，只对自己），对自己的夫妻情感，李白却极少涉及。他把这份神圣的情感埋藏于心底，很少向外人表露。

"有合适的，兄弟帮忙，给你介绍一个，如何?"李之芳说。

高适也想替李白分忧。他想了想，说："我们睢阳有一女子很不错。她是宰相宗楚客的孙女，聪慧精明，极其内秀。可惜，这个女人眼光过高，又有家世的原因，三十来岁了，一直没有婚配。李兄若有意思，可随我一同去会她一会。想必，李兄这样的人才，她不会拒之门外。"

宗楚客是武则天从妹的儿子，年轻时进士及第在朝中做官，因被查出犯有贪赃罪流放岭南。长安四年（704），武则天重新起用他，封他为夏官侍郎同凤阁鸾台平章事。

景龙元年（707），太子李重俊起兵诛杀武三思、武崇训，兵败而死。

宗楚客为表示对中宗和韦后集团的忠心，主动请愿以自己的人头祭奠武三思等人的灵柩。这举动当然非比寻常，宗楚客从此更受韦后和安乐公主的青睐与信任，中宗授他为兵部尚书同中书门下三品，正式做了宰相。

当时，监察御史崔琬曾出面弹劾宗楚客和纪处讷（其姐嫁给武三思为妻），他向中宗奏本道，宗、纪等人私通戎狄，收受贿赂，以致引起了边境混乱。这一事件涉及朝中许多大臣，被弹劾后，他们感到朝不保夕，都诚惶诚恐地等着受皇上的处罚。而宗楚客却不认错，他在中宗面前大肆渲染自己的忠诚之心，反诬崔琬是公报私仇，陷害忠良。中宗本来懦弱，在崔琬和宗楚客之间不知偏向何方为好，又不敢贸然追根问底，查清事实真相。最后，他竟下旨，让崔琬和宗楚客结拜为兄弟，以便缓解矛盾。由此，人们称中宗是"和事天子"。

中宗被韦氏母女所害之后，宗楚客一伙劝韦后效法武后称帝。尤其宗楚客还上书韦后，请她改唐号，废唐制，杀少帝李重茂。此事遇到阻力之后，宗楚客又与韦后的兄弟韦温还有安乐公主一起密谋，企图杀掉太平公主和当时还是相王的睿宗。这等效忠于韦氏的大臣，李隆基当然不会饶恕。他起兵诛杀韦氏之后，立即将宗楚客就地正法。宗楚客的家人和亲戚也死的死，流放的流放，离散在各地。

"宗楚客的后人？"李白摇摇头，想都不想便回绝了。与宗楚客的孙女结亲，等于自我断送前程，要在朝廷发展的人，根本是不会考虑的。

其实，高适讲出这番话后，也已经后悔了，他不知道自己怎么会突然提起为李白介绍这个宗楚客的孙女。好在李白并没有将此事朝别的地方去想，若是碰到多心的人，事情可就麻烦了，高适想。

几天后，李白、杜甫和高适，一起告别了李之芳。高适先回睢阳，李白和杜甫则往曲阜、徂徕山一带游玩。

秋天，李白与杜甫在鲁郡石门分手，依依不舍。李白作诗《鲁郡东石门送杜二甫》，曰：

醉别复几日，登临遍池台。
何时石门路，重有金樽开？
秋波落泗水，海色明徂徕。
飞蓬各自远，且尽手中杯。

两个朋友自此分手之后，再没有会过面。

杜甫回到洛阳，第二年春上西去长安，开始了他在长安的十年求官的艰难生活。这一年刚到长安，杜甫曾作《春日忆李白》，同样五言八句，回忆他与李白醉酒抒怀的快乐时光。杜甫说：

> 白也诗无敌，飘然思不群。
> 清新庚开府，俊逸鲍参军。
> 渭北春天树，江东日暮云。
> 何时一樽酒，重与细论文？

杜甫知道，此时，李白正独自一人南下，作江东之游。这一游，李白游了整整十年。河南道、淮南道、江南道、河北道、山南东道，一大半的唐朝国土上，重又印下了几圈李白的足迹。

7

天宝四年（745）三月，为集中精力对付吐蕃，玄宗打算以和亲的方法安抚北方奚、契丹族。玄宗命李林甫去信与安禄山商量，很快收到了安禄山举双手赞同的回信。

于是，玄宗下旨，皇宫和各王宫中凡十六岁以上、二十岁以下未出嫁的公主都必须参加应试，以便挑选皇族中最年轻貌美的公主，出嫁北方，完成和亲大业。

经过反复筛选，最终从二百多位应选的公主中，选出了两名各方面都十分突出的女子，她俩一个是玄宗的外孙女静乐公主，另一个是玄宗的甥女宜芳公主。两位公主芳龄都在二八，蓓蕾初放，容貌光彩照人。

玄宗看过，很是满意，钦点以静乐公主婚配契丹王李怀年，以宜芳公主嫁奚王李延宠，并亲自从内宫选出四十名女宫，作为婢女，陪伴两位公主一同远嫁。

朝廷以最隆重的仪式，带着上百箱陪嫁物品，将两位公主送到了幽州安禄山的治所。这时候，安禄山已以范阳节度使、平卢节度使的身份，兼领河北采访使，是朝廷在东北方边境最大的长官。

迎来二位公主，安禄山把她俩安顿在自己的府上住下。一连三日，他盛情款待朝廷使者，每日歌舞宴会，将使者灌得昏头涨脑，完全无法思考了。第四日，安禄山拍着胸脯说，他保证完成皇上的使命，以最高的规格，将两位公主嫁与奚、契丹族。朝廷使者深信不疑，带着安禄山的奏本和此行收获的种种厚礼，高高兴兴地返回了长安。

安禄山这么做，自然有他的个人目的。几天前，眼见着宫女将两位亭亭玉立的公主扶下花轿，他全身的骨肉已经酥麻。他心里一动，眼珠子一转，肚子里有了鬼主意。

朝廷使者走后，安禄山立即发号施令："晚上将两个公主洗干净了，一起抬到我的房间里来。"

"大人，请恕在下多言，"有幕僚站在旁边听到，上前劝阻道，"若是其他女子，大人随便可为，这公主，万万动她不得。"

"有什么动不得的？因为她是公主？"安禄山挺着大肚子坐着，冷冷地笑道，"别说两个小小的公主，就是皇上睡的娘娘，我也要动！公主可以下嫁部落小王，去陪他们睡觉，为何不能先陪陪我安禄山？难道，我堂堂的安禄山，连那两个部落小王还不如！"

"他们当然不敢与大人相比，"幕僚赔笑道，"不过，这两位公主是皇上用来和亲的，大人先动了她俩，若让奚王和契丹王知道了，只怕这亲和不成，反倒给大人惹来麻烦。"

"麻烦？"安禄山将两片肥大的嘴唇向下一撇，轻蔑地说，"你懂得什么叫麻烦？我等的就是这个麻烦。"

按照安禄山的吩咐，天黑前，专门有人为两位公主沐浴更衣，熏过香料。只等天一黑，便把她俩带进安禄山的卧房。两位公主不知底细，竟快快乐乐地跟着下人走到了安禄山卧房的门口。

卧房内红烛高照，睡榻上帐帘虚掩，房门两边一边站着一排婢女。

"这屋子是何人所住？"

静乐公主突然停了下来。

"回公主，我家大人请你们今晚在此过夜。"下人回复道。

"我们两个，睡在这一张床上？"宜芳公主见屋内只有一张床，惊奇地问。

"这张床，不仅你们两个睡，我也要睡在上面。"安禄山出现在两位公主的身后，他换了一身睡袍，得意扬扬地说。

两位公主愣了一下，立刻明白了安禄山的意思。

"安禄山，你放明白些!"静乐公主声音不高，语气却显出了她的公主威严。

"回公主，我安禄山从来就是个明白人。"安禄山嬉皮笑脸地说着，边笑边往屋里走。

等安禄山从身边走过，进了屋子，宜芳公主牵了静乐公主的手，说了声："我们快走。"两个人转身就往回走。

"站住!"安禄山在屋里大声喝道，"在我的府里，你们能走到哪里去!"

两位公主不理他，越发加快了步子。

"给我把她们抓住，抬进来!"安禄山在里面发出了命令。

手下的人本来不敢动公主，听见安禄山发令，一拥而上，挡住了两位公主的去路。

"二位公主，我家大人请你们进去，你们就进去好了，"一个看样子像是个头目的下人说，"省得我们下人动手，冒犯了公主。"

"你们敢!"静乐公主圆瞪着杏眼喝道。

"少啰唆，把她们给我抬进来!"安禄山在里面大吼起来。

四个下人二话不说就上去，两个人夹起一个公主，抬了就往屋子里走。

两位公主拼命挣扎，怎奈汉子们的大手就像钳子一样，将她俩的手脚紧紧钳住，根本没有办法动弹。

进了屋子，只见安禄山肥大的身躯躺在睡椅上。他懒懒地抬起一只手，汉子们便三下五除二地把公主的衣服剥光了，然后啪地丢在床上……

几天后，两个公主稍有恢复。安禄山让人将她们两个打扮了，准备出嫁。同时，他又派人去与奚、契丹联系，让他们选吉日，一同迎亲。

婚礼安禄山办得很隆重，一切按皇家的规格，他热热闹闹、客客气气地，把两个公主交给了亲自前来迎娶的奚王和契丹王。

坐着两乘华贵的大红轿子，静乐公主和宜芳公主离开了安禄山的地盘。她们两个分别在想，总算逃脱了这个恶魔的手掌，来日，一定要想办法裁明皇上，彻底处置了他。可是，这两个养在皇宫大院里的女子哪里想得到，更惨的命运正在前方等着她们。

8

契丹王李怀年和奚王李延宠在婚礼上见过公主，两个人十分满意。汉族女子皮肤细嫩，面貌娇美，与他们草原上的女人相比，更加精美秀丽，再加上皇家公主的端庄，早把两个部落之王看得心花怒放。

离开幽州，契丹王与奚王在路上分手。他们相互贺喜道别，约定一个月后，再带新王后前来相会。

回到部落，契丹王以三天三夜的篝火晚会庆祝自己大婚。整个部落，男女老幼皆欢庆一堂，如同过一次盛大的节日。

入夜，契丹王酒足饭饱，摇摇晃晃地掀开帐篷去做他的新郎。哪知，静乐公主左不肯右不依，和他讲了不少的条件。契丹王正在兴头上，只以为公主是和他调情，一一把条件答应下来。静乐公主又说今日一路辛苦，不得同床，改日再说。李怀年自己当了一天的新郎，人也累了，想了想，不跟公主计较，真的独自倒在床上，不一会儿，便鼾声大作。

第二天，契丹王早早地就被其他部落前来恭贺的头领灌得烂醉，抬回新房睡下了。静乐公主又躲过了一个晚上。

第三天，夕阳西下，帐篷外面燃起篝火，部落的庆祝活动进入了新的高潮。这是最后一夜的欢庆，部落的臣民准备狂欢狂醉，通宵不眠，为他们的头领新婚祝福。李怀年因为连着两个晚上都没能与新娘子圆了房，这天很有节制，没喝多少酒，等到篝火点燃，人们在外面欢歌笑语之时，他起身进了新房。

静乐公主的心一直悬着，她不知道今天夜里怎么才能躲得过去。如果躲不过去，让契丹王知道了她被安禄山强暴过，契丹王又会怎样对她，她也不知道。直觉告诉她，这件事最好要瞒过他，等她和他慢慢地建立了感情之后再说，否则，对她将十分不利。

"公主，本王来陪你了。"李怀年进门，大大咧咧地笑道，走近静乐公主的身旁，把她往怀里拉。

静乐公主坐在床边，见李怀年过来搂她，忙站起身来，推开他道：

"大王慢来，我们先喝两杯水酒如何？"

李怀年被公主推开，心里有些不高兴，但听静乐公主让他陪着喝酒，也就耐着性子坐下来，让人端来酒菜。酒菜上来，李怀年要先敬公主，公主不肯，非让李怀年先喝。推来让去，时间悄悄地流过。

夜深了，李怀年酒已喝得半醉，静乐公主却只用酒沾了沾唇边。契丹王看在眼里，气在心上。他想："这朝廷来的公主不好侍候，她把我当成什么人了？我已经让了她两个晚上，她仍不肯陪我上床。难道我堂堂的大王配不上她？"不过，李怀年也不想在新婚之夜和公主动怒。他手扶着酒碗，垂着头，不再说话。

"大王累了，我扶你上床睡吧。"静乐公主以为李怀年醉了，她想扶他睡下，又可躲过一个晚上。

李怀年不吭声，任静乐公主把他扶到床上，宽衣躺下。静乐公主给他盖好被子，刚想转身走开，李怀年伸出手来，一把将她抓住，说："脱了衣服，你也上床。"

听见契丹王冷静的声音，静乐公主吓了一跳。她强作镇静，甩脱李怀年抓住的手，说："本公主现在不想睡觉，你先睡吧。"说着，静乐公主又走回桌子旁边坐下。

李怀年怒火中烧，他觉得这是静乐公主对他的极大不忠。在这部落里，哪一个人敢违抗大王的命令？李怀年想："你是公主，公主又如何？嫁到我的部落里，你就是我的女人。一个小小的女人，竟敢如此放肆，非给你点颜色看看不行！"

"你给我过来，"李怀年躺在床上，以低沉的声音命令道，"陪我睡觉。"

静乐公主不动。

"你给我过来。"李怀年又说，声音更沉了。

"本公主现在不想睡觉。"静乐公主尽管心里害怕，还以她的公主脾气硬坚持着。她想再过几天，等她身上的伤痛全都恢复了再陪李怀年。

李怀年的忍耐已到了极限，他从床上跃起，朝静乐公主猛冲过来。静乐公主十分害怕，她想躲，却躲不开朝她冲过来的李怀年，被他像老鹰抓小鸡一样抓住丢在了床上。

"公主，自己脱衣服，"李怀年堵在床边，语气稍有变化，"好好地服侍本王，本王亏待不了你。"

"你知道我是公主？知道我是来做王后的？"静乐公主一边硬着嘴，一边往床里边缩，"知道就好，你马上给我退出去，待本公主高兴的时候，自然会陪你。"

"不知天高地厚的女人，先让你尝尝我的厉害。"李怀年想着，不再和静乐公主啰唆。他上床，三下两下剥光了静乐公主的衣服。

"啊——不要！不要啊——"静乐公主挣扎着，大叫着。她的脑海里浮现出安禄山的可憎的面孔，浮现出那个她永远忘不了的可怕的夜晚。

全身赤裸暴露在烛光下的静乐公主，把李怀年吓了一跳。这是皇家公主吗？她的脸蛋扭曲着，目光中充满着极度的恐惧；她的本来雪白的肌肤上布满着伤痕，乳房和大腿两侧有一道一道的手指抓破的血印，人也变得丑陋不堪。

"不许叫！"李怀年猛地朝静乐公主扇了一巴掌，低沉凶狠地说，"站到地上去，说实话，你是什么人？"

"我是公主，我是皇宫的公主——"从小到大没有受过委屈的静乐公主已经疯了，她不顾一切，缩在床边，拼命地哭喊着，"安禄山，你……你们男人，全不是人，你们是畜生！皇爷啊，快来救我，快来救我啊——"

李怀年明白了，是安禄山先把他的新娘给睡了，安禄山强暴了她。

"好你个安禄山，居然敢戏弄本王！"李怀年恨不能马上出兵，去给安禄山以教训。

"公主——我是公主——畜生——你们是畜生——"静乐公主披头散发，泪流满面，仍在床上哭喊着。

李怀年觉得床上的这个女人实在有些可怜，毕竟她是公主，这一切毕竟不能怪她，他后悔自己刚才做得有些过分。为了弥补自己的过失，李怀年盘腿坐在床上，将静乐公主拉近他的身边，想安抚她几句。

没想到，静乐公主突然伸出双手，十个指头同时朝他的两只眼睛抠去。不是李怀年躲得快，他的两只眼睛很可能会被生抠出来，他的眼皮下已经留下了几道血痕。

"你静一静，听我说……"

李怀年还想劝劝她。可他话还没说完，静乐公主又一连四个巴掌扇过来，打得他两眼直冒金花。

"哈哈哈哈……"静乐公主在床上疯着，大笑不止。

"这样的女人，留你何用!"

李怀年性起，跳下床，从刀架上抽出一把利剑，照准静乐公主的心窝，猛地一下刺了进去。

笑声停止了。

静乐公主圆睁着恐惧可怕的杏眼，死死地盯着李怀年。

李怀年又后悔了。

他轻轻地将剑抽了出来。

一股血柱喷涌而出，喷得满篷满床满地，飞溅在李怀年的身上。

李怀年并不怕见血，鲜血他见得多了。作为部落首领，李怀年从来以鲜血为荣。可是，杀了一个女人，一个十六岁的公主，他觉得很累，人疲倦极了，像是经历了一场旷日持久的残酷战争。此刻，他的念头只有一个：好好地睡他一觉! 带着满身的鲜血，李怀年一头扎倒在床上，睡着了。

在李怀年的身边，静乐公主死了。她胸前留下的那道小小的剑口，仍在汩汩地流淌着鲜血……

用作新房的帐篷安静下来。帐篷外面，依旧歌声四起。

接下来的三天，是契丹族部落为他们的新王后举行葬礼的日子。

李怀年厚葬了静乐公主。他下令，在静乐公主的墓穴前挖下一个四四方方的土坑。土坑暂时空着，待他砍了安禄山的头颅，用来祭奠这个没有来得及做他王后的女人。

宜芳公主也被奚王杀了。

李延宠告诉他的结拜兄弟李怀年，唐朝皇帝羞辱他，竟以一个无能的女人冒充公主，假意来和亲。

李怀年让李延宠将宜芳公主的真实情况讲给他听，才知道，宜芳公主性格柔弱，被安禄山强暴后，再不敢与男人接触。只要李延宠碰她，她就浑身颤抖，哭泣不止。几个晚上下来，弄得李延宠精疲力尽，问她话，她一句也不说，只会哭泣。李延宠认定她是冒充的公主，他将对唐朝皇帝的所有的义愤，全部发泄在这个女人的身上，一刀，结果了她的性命。

真相大白，李怀年和李延宠两兄弟联合向安禄山宣战。他们要为自己报羞辱之仇，为两位公主讨还血债。

奚、契丹族同时反了，正中了安禄山的下怀。他早就做好了充分准备，用最强的兵力对付反贼。

经过两个月的战争，双方互有胜败，伤亡惨重。安禄山小胜一次之后，派出特使前去讲和。他声称，其中必有误会，希望与奚、契丹两王面谈，化解莫须有的怨恨，以免有更多的兄弟为此丧生。

李怀年和李延宠接受了安禄山的建议。谁知，安禄山竟在和谈之地暗设埋伏，将二李的使者一网打尽。幸亏二李先防了一手，没有亲自前去和谈，否则必死无疑。

安禄山把诱捕来的反贼押解上京，领取边功。他向玄宗奏本说，蛮族背信弃义，残杀两位公主，共同谋反。他安禄山及时出兵讨伐，平复叛乱，战果辉煌，现将罪大恶极的叛乱分子押解进京，以为公主复仇。

玄宗接到安禄山的奏本，既悲又喜。他高度赞赏安禄山对他李家王朝的赤胆忠心，特授安禄山为朝廷的御史大夫。安禄山要的就是这个结果。至此，他一手制造的"麻烦"得到了圆满的解决，尽管边境上奚、契丹的骚乱依然不断。

9

夏日里，长安皇宫内喜事临门。

到天宝四年（745），杨玉环与玄宗在一起已有三四年了。住在兴庆宫中，杨玉环一直没有正式的名分，她心中不畅，玄宗也过意不去。估计着世人已逐渐淡忘了他俩之间的公公与儿媳的关系，玄宗准备给杨玉环一个封号，让她还俗世间，不再做什么名义上的太真女道士了。

从杨玉环，玄宗想到了自己的儿子——寿王李瑁。这个儿子很有忍性，结发妻子入宫陪伴父皇之后，他的身边没有妃子，可他从来没有抱怨，对父皇表现得竟比以前更加孝顺恭敬了。偶尔，在皇宫的活动之中，寿王遇见自己入道的妻子，也以母后相待，彬彬有礼。玄宗十分欣赏儿子的这一品格，册封杨玉环之前，他要为儿子正式册封一个妃子。

选妃活动紧锣密鼓地进行着。

七月，册妃人选正式确定，她是左卫郎将韦昭训之女。当时，韦氏家族虽因韦后被诛在政治上受到一些影响，族门却依然兴旺，韦家女子不断有人选入王宫为妃，如玄宗的弟弟薛王以韦氏为妃，鄂王瑶妃家韦氏，皇太子妃家韦氏，棣王琰妃家韦氏。寿王也选韦氏之女为妃，合情合理。

七月二十六日被定为皇亲吉日，以左相李适之为册妃正使，门下侍郎陈希烈为册妃副使，主持了正式的寿王册妃仪式。

陈希烈宣读了由玄宗亲笔圈定的《册寿王韦妃文》：

> 维天宝四载，岁次乙酉，七月丁巳朔，二十六日壬辰，皇帝若曰：於戏！古之建封，式崇垣翰；永言配德，必择幽闲。咨尔左卫勋二府右郎将韦昭训第三女，毓庆高门，禀柔中闻，动修法度，居玩瑟琴，凤闻师氏之学，素习公宫之礼。事求贞懿，作俪藩维，爱资辅佐之德，以成乐善之美。是用命尔为寿王妃。今遣使光禄大夫、行左相兼兵部尚书、弘文馆学士李适之，副使金紫光禄大夫、行门下侍郎、集贤院学士兼崇文馆大学士陈希烈，持节礼册。尔其钦承宠数，率由令则，敬恭妇道，可不慎欤！

巧的是，册封杨玉环为寿王妃时，陈希烈也是副使。他宣读皇上册文，脑海里再现十年前的情景。他觉得，前后两次寿王册妃，简直就是历史的重演。所不同的是，当年寿王和新妃拜谢他们的父皇时，旁边坐着母后武惠妃。而今，玄宗身边的座位空着，人们不约而同地想到，如若有人坐，她必定是第一任寿王妃杨玉环。

九天后，八月初五，千秋节。举国上下，为玄宗热热闹闹地过了六十一岁生日。

第二天早起，二十七岁的杨玉环伴着玄宗，在兴庆宫内将所有的宫人、女官召集在一起，玄宗宣布，太真妃子从今日起正式改称为贵妃。没有皇后，她就是六宫之主。

成千上万的宫人、女官伏跪在地上，祝福万岁，三呼娘娘千岁。借着千秋节之喜，内宫为杨贵妃册封一连欢庆了五天五夜。

玄宗册封杨玉环，没有正式的册文，但授给她的封号却是极有分量的。据史学家考证，"贵妃"的封号自南朝宋武帝孝建三年（456）开始设置，位比相国。在内宫中，其地位仅次于皇后。隋炀帝时，内宫嫔妃设置，参照典故，又有一些新的变动，以贵妃、淑妃、德妃为三夫人，正一品；下设九嫔为正二品；婕妤十二人正三品；美人、才人十五员正四品，依次下推，内宫女官不计其数。唐初，内宫封号基本循隋制，在皇后以下，有贵妃、淑妃、德妃、贤妃为四夫人，正一品，但贵妃并不是常设。在此之前，玄宗内宫皇后之下，只设惠妃、丽妃、华妃三夫人，武惠妃是皇后以下的第一人，贵妃封号被惠妃取代。到天宝四年，武惠妃亡故已有七年，内宫没有再立皇后，玄宗封杨玉环为贵妃，表明他"三千宠爱在一身"，从名分上确立了杨玉环在后宫无人可比的地位。

一人得宠，鸡犬升天。内宫的喜庆一过，荣升为外戚地位的杨氏家族喜讯频传，杨家内内外外，几乎所有的亲属都沐浴到了浩荡皇恩。

早在杨玉环册封为寿王妃时，她的养父即由七品参军，升任为朝廷国子司业，从四品下，调入长安，负责掌管邦国儒学训导之政令。据说，对杨玉环以出道为名，公开入内宫与当公公的皇上同床，她的养父很有看法，却又无能阻止。不久，这位以儒学训导为职业的养父便忧郁成疾，离开了人世。

杨玉环做了贵妃，皇恩不再只限于养父。玄宗先追赠杨玉环早已去世的生父杨玄琰为兵部尚书，正三品，后又加赠太尉、齐国公，正一品；杨玉环过世的生母，被追封为凉国夫人，并为贵妃父祖立私庙，由玄宗亲自御制家庙碑文。杨玉环有一个叔叔在世，玄宗封他为光禄卿，从三品，后迁工部尚书，正三品。

同辈中，杨玉环的兄弟姐妹也受福不浅。

姐姐做了贵妃，同胞兄弟杨铦出任殿中少监，从四品上，专门协助掌管天子服饰、总领膳食。后来，他又迁升为鸿胪卿，从三品官位，私第显赫。

杨玉环叔叔的儿子，她的从兄杨锜，开始时任侍御史，从六品下。从姐正式封为贵妃的第二天，玄宗即打乱辈分，将他和武惠妃所生的小女儿、寿王的妹妹太华公主嫁给杨锜为妻。娶了公主，杨锜自然晋升为驸马都尉，从五品下。在玄宗众多的女儿中，太华公主从来备受钟爱，所受礼遇远远超过其他公主。她下嫁杨锜后，玄宗特意将近宫的甲第赐予她，号称"太华宅"，与她父皇的内宫仅有一墙之隔。

另有一个堂兄，是杨玉环养父的儿子，名叫杨鉴。杨玉环封为贵妃时，他才十来岁，年纪尚小，没有做官。等他长到十六七岁后，亦受皇恩娶公主，出任湖州刺史。

在川蜀，杨玉环有三个美貌过人的姐姐。当她还是太真妃时，这三个已经出嫁的姐姐便一同迁来长安。现在，她成了贵妃，三个姐姐也同时赐第京师，地位宠贵赫然。以后，杨家姐妹又被授予韩国夫人、虢国夫人、秦国夫人的封号，获准自由出入内宫。她们围在玄宗近旁，成为京城中最显赫、最引人注目的贵妇人，皇亲国戚都不敢与她们作对。

此外，杨家还出了一个加速唐朝败落的人物，他就是杨玉环的从祖兄杨钊。后来，玄宗亲自给他更名为杨国忠。很多人说，杨国忠得到玄宗的重用，并不完全因为杨贵妃。杨家首次受恩，杨国忠不在其列，因为，依族谱，杨玉环的祖父与杨国忠的祖父为兄弟，到他们这一辈，已出三代，非直系亲属。

可他们毕竟出于同祖。杨玉环封为贵妃的消息传出后，各地官员都尽力寻亲，只要有一线关系，他们也会寻出来，抓住不放，借作向皇上献媚的阶梯。

早先，杨国忠的家世不好，他的母亲是武则天的男宠张易之的妹妹，也就是说，张易之是杨国忠的舅舅。沾上了这样的亲戚，武则天在世，这个家族可以飞黄腾达；武则天过世，整个家族都因出了历史上少有的男宠而羞耻。到杨国忠这一辈，家族早已破落，而且名声狼藉。

《新唐书·杨国忠传》中说，早年，杨国忠行为放荡不检点，品行恶劣，受宗族鄙视。三十多岁，他独自入川蜀从军，穷困不能归。杨玉环的生父死于蜀州之后，杨国忠曾前去帮忙，由此与杨玉环的三姐即后来的虢国夫人相识、私通，这成为他借助杨玉环发迹的跳板。

杨玉环封为贵妃的消息传入川蜀，剑南节度使章仇兼琼知道新贵妃出身于蜀地，便四处寻找合适的人选，替他进京与杨家结交。当地有一富商，名叫鲜于仲通，与杨国忠相识并资助过他，便将杨国忠推荐给了章仇兼琼。节度使当然立即认可，委任杨国忠为"推官"，让他带着家乡特产，作为他的全权特使，前往长安，探望贵妃娘娘。

十月，杨国忠来到长安，他先找到杨玉环的三姐，由她介绍入宫见了贵妃。玄宗认下他这个远亲，让杨国忠在朝廷里当了金吾兵曹参军。这个官职虽不大，却能随时出入禁宫，为杨国忠日后再图大计打下了坚实的基础。

京城里逐渐形成了以杨国忠为中心的新势力。

为此，李林甫头痛万分。

第 三 章

1

　　为了巩固自己的地位，李林甫在朝中首先要对付的是左相李适之。他指使人制造的兵部六十多人舞弊案，对李适之有一定的打击，却没有从根本上动摇玄宗对李适之的信任。相反，李适之和他周围的人抱成了团，联合得越发紧密了，他们愈加动作一致地与他李林甫作对了。

　　除掉李适之，首先要在玄宗身上下功夫，李林甫想。他把自己关在书房里，整整一天一夜，想点子。第二天一大早，李林甫笑眯眯地走出了书房。熟悉他的人都知道，朝中又有人要倒大霉了。

　　这天，政事堂例行会议之后，李林甫假装闲着无事，与李适之聊起天来。

　　"今年收成不好，地方税收困难，"李林甫说，"这样下去，国库空虚，朝廷的日子越来越不好过，皇上的日用开支也会成问题了。"

　　"我去左藏右藏看过，"李适之说，"王铧管理得不错，每年不算地方的税赋，有近百亿的贡品入宫中仓库，保证皇上的开支不成问题。"

　　"老弟，"李林甫以深谋远虑的口气道，"贡品是不定数的，地方收成好，贡品就多，收成不好了，贡品自然会少。而这宫内的开支日见增大，没有一个固定的来源做保障，恐难以长久支撑。"

　　停了停，李林甫又说："我听人说，华山脚下发现了金矿。要是能把它开采出来，国库就不怕没钱花了。"

　　李适之眼睛亮了一下，转而又稍稍质疑道："开采金矿要好几年才能见效，远水解不了近渴。况且，这事还得要皇上做主才好。"

"正因为如此，我还没禀告皇上，"李林甫说，"开个金矿不是一时半会儿能做好的事情。"

与李林甫相比，李适之的个性要粗疏率直一些。他没想到，李林甫与他的这几句闲聊，是专门为他设下的圈套。他只以为是李林甫无意中泄露的重要消息。他觉得这是一件好事，他可以去皇上面前买好。

几天后，李适之抓住了一个机会，单独和玄宗在一起，他激动万分地献策道："皇上，近年收成不好，国家税赋日见紧张，宫中储藏有限，长此以往，必然坐吃山空。前些日子，臣听说有人在华山脚下发现了金矿，若能组织人力开采，国库就能富足了。"

玄宗听得有理，马上委任李适之全权负责此事。李适之全力以赴，只怕动手晚了，大功被李林甫抢了去。

眼见着一切准备就绪。一个多月后，李适之请皇上亲自去华山，为金矿动工奠基。

皇上答应了。临行前，他突然想起征求一下李林甫的意见。

李林甫一直在一旁看热闹。本来，他想等此事木已成舟后，再假装不知道，突然出面制止。现在见皇上问他，他便把话提前说了："禀告皇上，此事，臣还没有定论，本想过几日彻底弄清楚后，再向皇上禀报。"

"什么事，先说出来不妨。"玄宗道。

李林甫故意犹豫了一下，说："皇上，这华山金矿的事，臣早已听说。不过，臣记得，小时候家母曾对臣说过，那华山乃是李家的命脉所在，李家朝廷得以延续，全系在这一根本命脉之上。为此，臣不敢妄动。"

玄宗听了，心中一惊，问道："果真有此事？"

"只是家母所言，"李林甫说，"金矿的事也很重要，若真能采得，日后国家的开支问题可以解决大半。所以，臣已派人将各地有名的风水先生请来，一同去华山寻脉。如果家母之言没有凭据，那是再好不过的了。"

"风水先生请来了？"玄宗问。

"已在华山勘察多日，估计不几日就会有结果。"

玄宗朝着李林甫赞赏地点了点头，心想，不愧是老臣，办事练达持重，极有章法。朝中大事，非有他把关不可。同时，玄宗立即下旨，命李适之暂缓行事，金矿之事待李林甫最后决定。

风水先生们的结果可想而知。华山果然是李氏的命脉，华山脚下的金矿更是王气所在，皇族的兴旺，全靠这金矿压阵，万万动它不得。

表面上看，这件事对李适之影响不大。可在玄宗心里，李适之好不容易占有的地位，一下丧失了许多。玄宗认为，李林甫对他认真负责，做事也稳重可靠。他没有指责李适之，只是轻描淡写地对李适之说："李林甫考虑问题全面，从今以后，你向朕汇报事情，必须先跟右相商议，以免草率行事，因小失大。"

李适之心里凉了半截，他明白，这一回，他被李林甫害得不浅。而他吃了亏也无话可说，谁让他想抢头功？

动摇了李适之在皇上心中的地位，李林甫要进一步扫清李适之的同党。这一回，其目标不再是李适之手下的小将，而是他们在朝中的重要势力。通过这一击，李林甫要让李适之全军覆灭。为此，李林甫仔细地寻找着机会。

天宝五年（746）春正月，边将陇右节度使皇甫惟明与吐蕃作战有功，受到玄宗的嘉奖。玄宗授其兼任河西节度使，并召回京城共度新春佳节。

皇甫惟明和李适之的关系一直很好。李适之是兵部尚书，皇甫惟明任陇右、河西两节度使，统领了十四万八千精兵强将，且靠近京师，他们的势力合在一起，足以对李林甫的权力造成威胁。李林甫对此早有戒心。

大年初一至初五，皇上给皇甫惟明以最高的礼宾待遇，一连五天都让他在宫中过节，天天陪伴在自己身边。

皇甫惟明春风得意，一时竟然忘记了方方面面的利害关系，他把自己的心里话全向玄宗掏了出来。

皇甫惟明提醒皇上，要注意李林甫的专权。他说，李林甫在朝中已做了十多年的宰相，宰相的权力过大，将对皇权不利，前朝多有教训。皇甫惟明劝皇上尽早罢免李林甫，以他人代之。

玄宗听了这些话，并没在意。他不打算更换李林甫，也没怀疑皇甫惟明对他的忠心。

可是，皇甫惟明的这些话，很快被李林甫安插在皇上身边的亲信密报给了李林甫。李林甫气愤已极，决心一次动手，将皇甫惟明和李适之一锅端掉。李林甫派专人日夜追踪皇甫惟明的所有行动，皇甫惟明的一举一动都必须及时向他汇报。

太子李亨做忠王时，与皇甫惟明曾是密友。太子妃的兄长韦坚与皇甫惟明和李适之都是至交。两年前，韦坚因监管江淮租庸转运有功，受到玄宗的重用，被任命为江淮租庸转运使，他和王铁一起，控制了朝廷里的实际的财政大权。李林甫见韦坚的势头很好，大有入相的可能，便将韦坚也视为心腹之患。李林甫提升韦坚为刑部尚书，夺了韦坚的财政实权，准备再找机会除掉他。

正月十五的深夜，李林甫接到密报：太子晚上出宫游玩，曾与韦坚会面。而后，韦坚又在景龙观中与皇甫惟明有约会，两人一直留在观中，没有出来。

李林甫立即下令，派御林军前往景龙观，将皇甫惟明和韦坚就地拘捕，送入大牢。

第二天一早，玄宗还没起床，李林甫的加急奏章已直接送进了皇上寝宫。奏章声称：昨天夜里，御林军一举捣毁一场未遂政变。主要策划者皇甫惟明和韦坚聚于景龙观，密谋逼宫，企图拥立太子为皇。现皇甫惟明和韦坚两名主要案犯已被押入大狱，待圣上下旨，彻底查清这一阴谋企图的来龙去脉及其背后主谋。

李林甫将网撒得很大，他暗示玄宗，此事件的幕后支持者，不是皇太子，就是左相李适之。没有朝廷中的权力人物支持，皇甫惟明和韦坚绝对不敢如此胆大妄为。

听高力士念完奏章，玄宗连连摇头。他不相信皇甫惟明和韦坚会对他怀有二心，也不相信太子会谋反。可奏章是右相李林甫亲笔所书，所言罪犯已入大牢，人赃俱在，他做皇上的又不能不相信。

皇甫惟明和韦坚突然被捕，朝中上下舆论纷纷，许多臣子诚惶诚恐。皇太子李亨生怕父皇怪罪，惶惶不可终日，抢在玄宗决断之前亲往内宫，向父皇表明态度，请求父皇允许他休掉韦妃，以此与韦坚等人划清界限。

处理这一事件，牵涉的面实在太大，弄不好，真会出现哗变。权衡许久，玄宗未同意李林甫的派专人审讯的建议，同时，也驳回了皇甫惟明和韦坚要求皇上面见他们的书面请求。依照一般过错，玄宗下旨，罢皇甫惟明节度使之职，贬为播州（贵州遵义市）太守；贬韦坚为缙云（浙江缙云县）太守，即日将韦坚及其兄弟、亲属全部驱出京城。

韦坚之后，玄宗以天宝三年（744）在浙江沿海平叛的有功之臣裴敦复为刑部尚书。政治上，裴敦复与李适之靠近，这一任命，令李林甫不满。

就在皇甫惟明和韦坚被捕入狱的当天，左相李适之的府上出了千古怪事。此怪事，古书《明皇杂录》有文字描述。

前面说过，李适之酷爱饮酒，兼着收藏各色盛酒的器皿和铜鼎。在他的相府中，专门设有一间大厅摆放着这些贵重的酒器。

这一天，青天白日，府上的一个家童从陈放酒器的大厅旁路过，突然听见大厅里面发出乒乒乓乓的敲打声。他取来钥匙，打开门一看，被眼前的情景惊呆了：大厅里，各种酒器厮打作一团，互不相让，不少器皿被打得粉碎。

家童急忙跑去报告主人。

李适之听说，根本不信。他朝家童喝道："好你个胆大的顽童，白日生事，谎报事端。来人，把他拉下去，罚打二十大板。"家童急了，跺着脚，哭喊道："小的冤枉！相爷，您亲自去看，小的若有半句谎话，宁愿受罚！"

李适之将信将疑，让人将小家童拉下，听候处置，亲自去陈设厅观看。然而，他人还没到大厅，远远地就已听见乒乒乓乓的敲打之声，如同正在激战一般。

进到大厅，李适之目瞪口呆，室内器皿互相械斗，残损已有十之七八。好不容易回过神来，李适之急令下人抬来美酒，亲自一瓢接一瓢慎重地洒在厅里的地上，以期祭奠破碎的酒器，劝慰它们停止械斗。可器皿们毫无休战之意，继续疯狂地扭杀，直到所有的铜鼎、酒壶、瓷杯、陶碗都缺胳膊断腿方止。

晚上，李适之噩梦连篇，多次被奇形怪状的鬼神惊醒。躺在床上，李适之浑身上下大汗淋漓，他断定，未来必有厄运。

第二天，李适之便得知，皇甫惟明和韦坚突然被捕入狱。联想到家中的怪事，李适之知道，他在朝中的地位保不住了，不及早退出，恐怕身家性命皆有危险。无可奈何，李适之向皇上递上奏本，主动提请辞去左相之职。

夏四月，玄宗有了批复，免去李适之所有政事职权，拜为太子太保。李适之在东宫谋得了一个闲散官职，这是皇上对他的特殊恩宠。

陈希烈接替李适之出任左相，他是玄宗和李林甫都能接受的人物。张说去世以后，陈希烈一直在朝中担任集贤院学士知院事，他没参加过科举考试，却是当时朝廷里数得上的文人学者，长期为玄宗起草国书，代笔创作诗文。最让玄宗感兴趣的是，陈希烈精通道家学说，可以随叫随到，给他讲解道教经典。政治上，陈希烈柔弱圆通，不争权好胜，对李林甫从来唯命是从，自然能被李林甫认可。

秋八月，户部尚书裴宽与新上任的刑部尚书裴敦复之间有了矛盾。这两个人先前都是李适之的政治盟友。裴宽一直是李适之的直接下属。李适之从幽州调入京城，举荐裴宽做了幽州节度使。一年后，他又把裴宽调入长安，委任为户部尚书。史书上说，李适之罢相后，裴宽与裴敦复之间的矛盾，是李林甫一手挑起的。结果，两个人同时被赶出了京城，裴宽贬至睢阳做太守，裴敦复则贬去淄州（山东淄博）做太守。

李林甫初战告捷，但他觉得，并未达到预期的目的。所树政敌尚存世间，说不定哪一天，他们仍可能东山再起。因此，李林甫再设计谋。

年末，李适之莫名其妙地被贬出京城，皇上放他去江南西道袁州宜春（江西宜春）郡做太守。跟着，朝廷里又出现了一起涉及皇太子的所谓阴谋案。

善赞大夫杜有邻有两个女儿，小女儿是太子良娣，大女儿嫁给了骁卫兵曹柳勣。柳勣喜欢结交豪杰才俊人士，关系网极广，他以此为资本，对岳父杜有邻很不尊重，两个人积怨甚深。这一年年底，女婿和丈人之间又一次发生口角，柳勣遂起陷害之心。他给朝廷写匿名信，诬告杜有邻图谋不轨，与太子交结，常在背后指责皇上的不是。

李林甫正好抓住此事不放，他令吉温突击审理，得出的结论是：攻击皇上确有其事，不过，事实略有出入。杜有邻只是其中的胁从，主谋是柳勣本人。由柳勣带出了大大小小一串人物：从前柳勣的保护人北海太守李邕，柳勣做官的举荐人裴敦复，还有已经被贬在外的李适之、皇甫惟明、韦坚、裴宽等。

征得玄宗认可，李林甫下令，将杜有邻和柳勣一同杖杀。皇太子的良娣被驱除出东宫，贬为平民。同时，李林甫派吉温和罗希奭立即出京，前去处置所有相关罪犯。

再说李邕，自天宝四年（745）春上于齐州与李白他们急急忙忙告别之后，回到北海，一年多来，他一直提心吊胆地过着日子，总觉得将有大祸临头。他不断地派人出去打探朝廷动态，坏消息一个一个接踵而来。

李适之被贬出长安之前，给李邕写了一封亲笔信，信中哀叹不绝，只说是自己剩下的日子不多了，今生今世与老朋友恐不得有再见之日了。以后，李邕再也得不到第一手的确切消息，打探来的全是些道听途说，今天这样，明天那样，前后出入极大，更使李邕六神无主，不知所措了。

过了年，已是天宝六年（747）。

这一日，李邕正在府上坐立不安，有探子来报：长安李林甫杖杀杜有邻和柳勣翁婿二人，并派遣御史出京严惩同伙。

李邕听报，扑通一声，人直愣愣地坐在了太师椅上。他知道，自己的末日即将来临。

两天之内，李邕将一切后事安排妥当。他把家人分为六拨儿，家产也分成六份，让他们带着远离北海和青州地区，分散到各地乡间躲避，以免被朝廷抓住，断了他家的香火。身后之事，李邕托付给一位跟随他多年的老管家，把自己早已准备下的碑文也交给了老管家。

"你把这碑文替我藏好，"李邕交代他，"等我死后，不可马上拿出来露面。你一定要静观几年，待朝廷风声全过，肯定不会有人前来掘我坟墓时，再请替我立于坟头。"

老管家泪流满面，无论如何不肯让李邕一人独自留在府上。他声泪俱下，哭诉道："大人，老奴跟随您四十多年，从不贪生怕死。请大人留老奴在身边，也好与大人共渡难关。"

"唉，你不明白，"李邕摇头叹气，说，"这一回，等着我的绝非一般的难关，它是鬼门关，而且无法逃避。你替我藏好这碑文，已为我李邕做了百年大事，解了我的后顾之忧。来日，李邕在阴间，定会重谢于你。"

送家人上路，出门前，全家老幼失声痛哭。

"不许哭！"李邕突然大喝道，声音异常洪亮，府门都震了几震，"谁再哭出声来，我就不让他活着出这府门！"

哭声骤停。

李邕看着面前可怜巴巴的妻妾儿孙，心中酸楚，自己也忍不住掉下泪来。

"老爷，您多多保重！"一个平日李邕偏爱的小妾哭喊着，砰的一声，带头将双膝跪在了地上。

　　紧跟着，厅堂阶梯下的空地上，哗啦啦地跪倒了黑压压一片，哭喊悲痛之声再次铺天盖地而起。

　　"不许哭！"李邕又大声喝道。他从腰间拔出一把宝剑，朝厅堂前吊挂着的一盏大红灯笼甩去。说时迟，那时快，挂着灯笼的吊带被宝剑一下拦腰斩断，大红灯笼垂直地异常沉重地落在地上。

　　"看见了吗？谁再敢哭，我让他的头和这灯笼一样，留在堂前！"李邕怒气冲冲地说完，转身，自己进了厅堂。

　　家人走后不久，朝廷特派御史赶到了北海，领头的是以凶残著称的"罗钳吉网"之一罗希奭。御史们不与郡府联系，进城直奔李邕私宅。

　　正月里，东海岸边，天气寒冷。

　　李邕的府上，大门洞开。院子里，老树枯竭，横七竖八的干枝挂在树干上，旧衣物碎布条纸片散落了一地。寒风扫过，大大小小的白纸片在风中飘飘忽忽，扬起来，落下去，落下去，又扬起来，像是有人特意撒在坟地里的银纸钱，专等着阴曹地府的小鬼们前来收拾。

　　走在最前面的两个打手，觉得院子后面有惨惨阴风扑面而来，他俩四下张望，同时收住了脚步，不敢再往里走了。

　　"站着干什么！"罗希奭下了马，进到院子里，大声喝道，"快给我搜，我料他跑不出这败落的府门！"

　　话音刚落，厅堂大门吱呀一声被打开了。李邕披散着花白的长须发，身穿黑色寿服，足蹬有一圈红边的高底黑色寿鞋，出现在大门的正中央。

　　"哦，哈哈哈哈，御史，各位御史远道而来，恕李邕身着寿服，未能出迎。"李邕打着哈哈，将浓密的白胡须喷得老高，朝特派御史们连连拱手道，"各位，老夫里面有请，里面有热茶相待。"

　　跟着来的打手们被李邕的怪模怪样、怪声怪气唬得面面相觑，停脚在院子里，不敢再前行半步。

　　"哼，李邕老鬼，"罗希奭喝道，"死到临头了，还想在我面前耍你的怪才！收起来，留着去耍给你的阎王老子看吧！"

　　"御史错怪老夫矣！"李邕并不生气，仍面带鬼怪的笑脸说，"不信，你自己进来看，室内的茶碗还冒着热气呢。"说着，他伸手将厅堂的四扇大门全都打开，里面果然飘出冉冉的白色雾气。

"御史里面请，里面请，"李邕边朝前走，边说，"老夫有许多的谜底，等着请御史来解开呢。"

罗希奭见李邕朝他走过来，心下有些虚了，表面仍故作镇静。他对着李邕喝道："你站住，你给我站住！有话快说，休在老子面前装神弄鬼。我罗希奭是专门给死鬼送行的，不吃你这一套！"

李邕停步在阶梯之上。

忽有一阵狂风吹来，吹得李邕的银发白须、黑色寿服哗哗直响，差点儿将他连人一起带去空中。李邕张开双臂，顺着狂风悲惨地大叫道："圣上啊，老夫一生一世对你忠心耿耿，你为何要加害于我啊——苍天有眼哪，你快将老夫收去啊——老夫不想活啦——"

罗希奭怕李邕真的被上天收去，吆喝他的手下道："还愣着干什么！都给我上，乱棍打死！"

打手们醒悟过来，蜂拥而上，把李邕团团围住，一阵乱棍，将这个七十多岁的老人打倒在地。

李邕伏卧在地，哼了几声。

又是一阵雨点般的乱棍落下，脸紧贴着地面的李邕再没有半点声响了。罗希奭缓缓地走上阶梯，走到已经断了气的李邕身边。李邕两条蜷缩着的腿，突然神经质地抽动了几下。

"老鬼，我让你再动！"罗希奭说着，拔出宝剑，手起剑落，让李邕身首分离。接着，他又飞起一脚，将李邕的头颅踢向一边。

李邕的头带着鲜血，咕噜咕噜，滚至早几天他砍下的大红灯笼旁边，停了下来。他的脸正好侧着，朝向罗希奭和打手们，一双眼睛还睁着，瞪得圆鼓鼓的，很是吓人。

打手们不禁朝后连连退步，生怕自己被李邕的眼神抓着，一起去见了阎王。罗希奭也有些胆怯了，他把手中的剑扔在了地上，转身，带着打手们，小跑着离开了李邕的府邸。

杀了李邕，罗希奭带着一群打手，赶往离北海不远的淄州，同样用乱棍将裴敦复打死。随后，他们一行人又快马加鞭，南下直奔宜春，去杖杀李适之。

当时，朝廷御史所过之处，沿途郡县必须提供驿马。所以，御史还在上一站，下一站已有先到的排马牒来报信了。

李适之在宜春，也和李邕一样，时时提防着李林甫派人来害他。他早和宜春驿站打过招呼，若有朝廷的排马牒前来，立即给他府上送信。

这天黄昏时分，宜春驿站的小差人骑快马来到李适之府上，通报道：朝廷特派御史午夜前赶到宜春。

李适之正在吃晚饭，听到消息，再咽不下一口饭菜了。他把家人叫到身边，简单地交代了几句后事，起身独自回到卧室。

关上房门，李适之走到朝西的窗户旁边，站在那里，一动不动地观望着即将下山的夕阳。

远处的群山跌宕起伏，几座山峰高耸，黑黢黢的，立在天边，背景是一片藏青。橘红色的又大又圆的夕阳，失去了午后的热量和光辉，呆板地、毫无生气地朝着犬牙似的山峰慢慢地滑落下去。

李适之看着，那群山就是一个黑色的魔鬼，它仰面躺在地上，张开大口，正用尖利的牙齿咀嚼着一张热乎乎的刚出锅的大烧饼。魔鬼的胃口很好，巨大的圆烧饼被它一口一口地咬着，不一会儿，便全部吞进了肚子。

天，全黑了。房子里更黑，伸手不见五指。

"老爷，你要的汤药熬好了。"一个婢女站在门外大声地说。

"端进来。"

婢女推开房门，外面的烛光从门上照进屋内。婢女小心地端着一碗汤药，放在中间的圆桌上，顺手想点燃蜡烛。

"不要点灯，"李适之从窗边走了过来，"你出去，把房门锁了，我不叫，谁都不许进来。"

"是，老爷。"婢女乖乖地退出了屋子。

门被关上了，屋内重又一片漆黑，接着是落锁的声音，李适之知道，房门已被锁上。他正了正衣冠，摸黑端起大碗，一口气将汤药全部倒入肚内。

这是一碗剧毒药，人喝下去，很快就有反应。

李适之忍着内脏焚烧似的疼痛，一步一步挪到床边，直直地倒在床上，合上双眼，心里只想着一句话："李林甫，你派御史来给我收尸吧。"

天还没亮，罗希奭带着打手闯进了李适之的府门。

府上，家人一夜没睡，李适之的儿孙早离开了宜春，只有妻妾和家丁集合在前堂，见朝廷御史气势汹汹地闯了进来，女眷们吓得浑身哆嗦。

100

"李适之呢？这条老狗，他躲去了哪里？"罗希奭站在门口，大声骂道，"朝廷御史到了，还不出来迎接！"

没有人答话。

一名打手上前，从人堆里拖出李适之的一个年轻貌美的小妾，揪住她的头发，喝道："说，李适之躲到哪里去了？"

小妾受不住了，哭泣着说："老爷，老爷他在卧室里，还没起床。"

丢下小妾，打手们跟在罗希奭的后面，朝李适之的卧室拥去。

卧室的门上着锁。罗希奭冷笑了两声，一脚将房门踹开："李适之，朝廷御史到了，你还躲着不见！"

"——不见！"

屋内阴森森的，送出来一点回音，令罗希奭倒抽了一口冷气。几个打手壮着胆子走了进去，走到床前，才看清，李适之已经死在了床上。

和衣躺在床上的李适之，硬邦邦的，铁青的脸上不失昔日宰相的威严。罗希奭站在他的面前，威风锐减，好半天，他才憋出一句话来："好你个李适之，算你聪明。今日，我罗某网开一面，成全你，让你留具全尸。"

罗希奭先后索了李邕、裴敦复、李适之的性命。与此同时，吉温也受命在外，先后杖杀了韦坚和皇甫惟明。

只剩下裴宽了。

吉温赶到睢阳，准备照样行事。谁知，裴宽听到风声，已先行入京。他跪在李林甫的脚下苦苦求情，发誓后半生效忠李林甫，再不敢有二心。念裴宽贪生，李林甫放了他一条生路，令他从此再不得靠近官场。裴宽退出长安，归隐山门，以残生侍奉佛祖。

罗希奭和吉温分头返回长安，又接到了宰相密令。

李林甫令吉温等在洛阳，待李适之的长子在东京为其父迎丧之时，诬告他企图聚众谋反，将他就地杖杀。吉温照办无误。

大开杀戒的李林甫还嫌不够，他让罗希奭回马继续南下，至江南西道道州江华（湖南道县）郡，处死王琚。

王琚是朝廷老臣。先天二年（713），他助玄宗铲除太平公主及其党羽有功，拜户部尚书，封赵国公。当时朝廷里，王琚与李邕并称，是一对才子怪人。他也和李邕一样，性情豪爽，生活奢靡，不拘小节，平常喜欢摆老资格。李林甫做了宰相后，看不惯王琚在朝中负才使气，总想着法子治他。几年前，他把王琚贬得远远的，到江华做了个小司马。这一回，李林甫又想着要把王琚整死。

一个月内，李林甫杖杀众多朝廷大臣，并严罚了许许多多的所谓胁从，朝廷内外为之震惊，很多人自觉性命朝夕难保。王琚听到消息，知道李林甫一定不会放过他。罗希奭人还没到，王琚就买了毒药服下，可惜药力不够，结果没有死成。待有消息再报时，罗希奭一行人已经进入江华县城，王琚只好自缢身亡。

天宝六年（747），王琚少说也有七十多岁了，他的阳寿所剩不多，说不定哪一日上天就要将他收去，可李林甫仍不肯放过这样一个大半个身子已经入土且对其权力没有任何威胁可言的老人，由此足可见李林甫用心之狠、手段之毒。

这一年的十二月，一天，李林甫和儿子李岫在自家后花园散步。

李岫在朝中做将作监，因为父亲权势太盛，心中常有恐惧之感。他一直想劝劝父亲，苦于没有机会。此时，他见父亲高兴，便指着正在园内干活的工匠说："父亲大人，长久以来，你大权在握，冤家对头布满天下。一旦你老面临祸患，我们想要做个工匠，能办到吗？"

李林甫正在兴头之上，听儿子居然这样问话，自然很不高兴，他的脸顿时阴沉下来，不再说话。

"请父亲大人原谅，"李岫马上说，"儿子只是为父亲大人担心，并无他意。"

李林甫看了一眼自己的儿子，叹了口气，道："事情已经如此，你让我又能怎么办呢？"说完，他终止了散步，带着贴身护卫，回房去了。

史书记载，玄宗时期，李林甫之前的宰相，多以道德气度自居，出门在外，随从骑士不过几人。而李林甫自知在位十多年结怨甚多，时常担心有刺客前来暗害，出门的时候，他总要带上步兵骑士一百多人，分列左右两翼，进行护卫。居家，李林甫也设置了重重机关和双层墙壁，每天都如临大敌，高度警惕。后来，李林甫甚至发展到坐卧不安，睡一夜觉，每每要挪几处地方，横竖要换好几张床，即使家人也不知道他究竟睡在哪里。

害死的人越多，自己的阳寿折得越多。

血债是要以命相抵的。

继李适之、李邕他们之后，李林甫又害死了不少的人，他的命也就很难长了。

天宝十一年（752）冬十一月，李林甫暴病身亡。死前，李林甫受尽病魔整治，死后，他又受杨国忠、安禄山的诬陷，被削除官爵，子孙流放岭南、黔中。玄宗亲自下制书，命人将李林甫的棺材劈开，掏出口中含的珍珠，剥夺金鱼袋，剐下紫袍官服，另用一口小薄木棺材，将他像平民一样埋了。

2

李白独自往南游历，访古观景，天宝六年（747）又到了金陵。

金陵这地方，李白前后来过三次。第一次，他二十来岁，初出茅庐，来金陵干谒，结果碰了一鼻子灰。第二次来金陵，是在他一出长安之后，人不得志，心中不畅，无奈在江淮一带游荡。那时，他只有三十来岁。这第三次来金陵，李白已是二出长安。官场他逛过了，道门他也进了，人依旧还是布衣打扮。四十七岁了，李白算了算，二十多年里，他差不多每隔十年来一趟金陵。

城中的古迹和游玩之地，李白早都去过了。金陵没有什么变化。上一回来金陵，李白曾找过凤姐姐，他很想和凤姐姐再见一面，可是凤姐姐不知搬到哪里去了，无论如何也找不到。这一回，李白没有再去找，虽然他心里仍记着她。李白想，二十多年前，凤姐姐三十多岁，已被人叫作老女人了。如今，就算找到了她，五十多六十岁的老太太，她还能记得住他这个相伴几夜的风流客吗？走在路上迎面相逢，恐怕双方都认不得了。

住在酒家客店里，不愁找不到歌妓酒妓。官场失意，精神空虚，闲来无事的李白，每日又与他的美酒、美妓混在了一起。这个时期，李白写了不少与妓相亲的短歌小诗。他将所有金陵的妓女都称为金陵子。在《出妓金陵子呈卢六四首》中，他这样吟道：

> 安石东山三十春，傲然携妓出风尘。
> 楼中见我金陵子，何似阳台云雨人？

南国新丰酒，东山小妓歌。
对君君不乐，花月奈愁何？

东道烟霞主，西江诗酒筵。
相逢不觉醉，日堕历阳川。

小妓金陵歌楚声，家僮丹砂学凤鸣。
我亦为君饮清酒，君心不肯向人倾。

这一日，正逢农历九月九日，金陵人有九九重阳登高聚会的习俗。一大早，李白便携带着三个年轻漂亮的歌妓登上鸡笼山顶，到北极阁参加登高聚会。

鸡笼山顶有一道观，道观的正殿供奉着真武帝君的画像。殿后的楼阁，就是著名的北极阁。北极阁的旁边排有旷观亭、阅风楼、望湖楼、涵虚楼等精美建筑，每年重阳节，金陵人都喜欢来这里登高望远，赏菊游玩。

北极阁已有了许多的游客。酒楼里，座无虚席。酒楼外，工匠们以白菊扎成高大的菊楼、菊山，煞是好看，游人们三五成群地坐在草地上，饮菊花酒，吃重阳糕，观赏菊花。

和李白同来的一个女子，认得北极阁酒楼的老板。她找到老板，说李白是京城来的翰林，请老板照顾，给找个位置。

老板十分热情，将李白他们带上楼，开了一个单间，道："李翰林——请。这单间雅座本是留给孙大人的，他还没到，先尽李翰林用。"

李白也不客气，进去往上座一坐，说："老板，我们今日是专门来过重阳节的，你这酒楼有些什么特色酒菜？"

老板笑道："翰林，重阳节讲究喝菊花酒，吃重阳糕。我们这里的菊花酒，是用本地的大白菊熏制而成的，它香味咸醇，消灾辟邪，可保人平安长乐。重阳糕，我们有许多种类，有面做的，有粉制的，有里面夹着肉的，还有枣、栗馅的，翰林是不是都尝它一尝？"

李白点头，说："你选好的，各色品种都端些上来。"

"枣栗糕你也要吗？"一个女子笑着说，"它是做来让长辈赏给小辈的，取'枣、栗'二字的同音，意思是让儿女'早日自立高升'。你已是翰林，又没有儿女在身边，要这枣栗糕何用？"

李白顺手将这个女子搂过来，在她的粉脸上捏了一把，说："赏给我这个女儿，不行吗？"

"人家正想着呢。"女子做出娇态，偎在李白胳膊里，像是很满足。

另两个女子见一个得宠，她俩也往李白身边挤，靠着李白的前胸后背说："大人把我们姐妹一起带出来，就要一样对待，不可偏疏哪一个。"

李白乐哈哈的，不知怎样才能应付得过来。老板在一旁，悄悄地关上门，退了出去。

在这单间雅座里，李白和歌妓们喝酒玩乐，品尝重阳糕，一直到下午。李白有了四分酒醉，三分人醉，他让她们搀扶着他，出去观赏菊花。

歌妓们嬉笑着，一边一个架着李白，另一个跟在后面说笑，他们下楼引起了满堂游客的注意。

李白来了兴致，他高一脚低一脚地往楼下走，挺有节奏地随口吟出一首《示金陵子》：

> 金陵城东谁家子，窃听琴声碧窗里。
> 落花一片天上来，随人直渡西江水。
> 楚歌吴语娇不成，似能未能最有情。
> 谢公正要东山妓，携手林泉处处行。

"太白兄，你也在此！"

李白正好下完楼梯，听见有人认得他，赶紧将搭在歌妓肩上的双手放下，四处张望寻找。

"太白兄，"一位穿着官服的人从酒桌旁站起来，拱手朝李白走过来，"在此相遇，想不到，真想不到！"

李白站着，让自己的酒意醒了醒，朝这个走过来的人看了好一会儿，才恍然大悟道："哎呀，是崔侍御。成甫兄，你缘何在此？"

崔成甫站在对面，他看了看李白身边的歌妓和酒楼里的其他人，苦笑着以诗句答道：

我是潇湘放逐臣，君辞明主汉江滨。

　　天外常求太白老，金陵捉得酒仙人。

　　李白思路从来敏捷，崔成甫有《赠李十二》，他马上来了一首《酬崔侍御》：

　　严陵不从万乘游，归卧空山钓碧流。

　　自是客星辞帝座，元非太白醉扬州。

　　两个人对完诗，一同大笑起来。

　　"太白兄准备去'林泉'漫步?"笑罢，崔成甫问。

　　"不去了，"李白道，"有成甫兄在此，琼瑶仙境我也不去了。"说完，李白将他带来的三个歌妓先打发回去，自己留下来，准备再陪崔成甫喝酒。

　　"酒——我们都喝得差不多了，"崔成甫说，"不如你我出去走走，如何?"

　　"甚好。"李白点头称是。

　　崔成甫领着李白朝人少的地方走，来到山背后的一片丛林边上，两人席地而坐。

　　李白觉得崔成甫的情绪低落，在酒楼里的说笑都是强装出来的。坐下来，他问道："适才成甫兄说，你是'潇湘放逐'人，这话从何说起?"

　　"太白兄没有听说?"

　　李白摇了摇头。很久没和官场中的人打交道了，近来朝廷里的事情，李白一无所知，他不知崔成甫指的是什么。

　　"朝廷里出了大事，太白兄不知道吗?"崔成甫又问，"你没听说韦大人和皇甫大人他们被杖杀的事情?"

　　李白连连摇头。

　　崔成甫这才将李林甫在朝廷残害大臣的事情一一讲给李白听了。听说李邕、李适之他们都已被害，李白心里十分难过。

　　"这一回，李林甫心狠手辣，凡是他看不惯的人，一个都不肯放过。"崔成甫说，"京城中，不要说像我这样的小官有数十人被贬。不在京城的，只要李林甫知道你与他们有丝毫关联，都要被贬，或遭流放。早几个月，江宁丞王昌龄被贬去黔南道巫州，做了个龙标尉，你也没听说吧？"

黔南道巫州（湖南黔阳县），隋朝时被称作夜郎，是十分荒凉的去所，贬去那里做官，实际上就是流放。许久没有王昌龄的消息，有消息他人已去了夜郎，李白心里很不是滋味。为此，李白后来专门作诗一首，《闻王昌龄左迁龙标遥有此寄》，道：

　　　　杨花落尽子规啼，闻道龙标过五溪。

　　　　我寄愁心与明月，随风直到夜郎西。

李白与崔成甫相识在长安。

崔成甫是崔沔崔孝公的长子，年纪轻轻就进士及第，先在朝中做校书郎，后任陕县尉兼朝中监察御史。

天宝二年（743），韦坚做江淮租庸转运使，他想办法，改陆运为水运，大大地提高了转运能力，为朝廷增加了税收，节约了运输开支。疏通河道，韦坚前后用了两年时间，把浐河水一直引到了长安东苑望春楼下，在那形成了一个新潭，取名为广运。为了表示重视，春三月，玄宗亲自到望春楼上观新潭开彩。

韦坚在广运潭上大造声势。他调集了数百条新船，连成一片，每条船头都挂着醒目的牌匾，标明各州郡地名，将当地的珍奇特产装满货仓，其中有许多鲜品，以显示水运的效率。崔成甫与韦坚是朋友，自然被请来助威。

当时，李白和许许多多的朝中官员一起，站在望春楼边观看。只见崔成甫身着锦缎盛装，立于居中的船头，引吭高歌，领唱《得宝歌》。在他的身后，有数百名美艳的歌女随之唱和。

广运潭上，赞歌扬起，锦旗飞舞，帆樯成林，气象万千，吸引了长安城内数万人前来观看，无不感受到大唐盛世百业繁荣、歌舞升平、安定祥和的气氛。玄宗高兴极了，下旨在望春楼上摆宴，为韦坚等人庆功。在这次的宫宴上，李白与崔成甫相识，结为朋友。

天宝三年（744），李白一个人悄悄地离开长安后，崔成甫还特意赶往洛阳，与李白会面。这次，崔成甫受韦坚案的牵连，被贬出京，去江南西道岳州的湘阴（湖南湘阴县西）县府做了个小官。途中，他绕道来金陵，不期，在此与李白相见。

"李林甫实在太狠毒了，"崔成甫说，"我已将他害人的前前后后，包括他在相位十余年作下的恶，记录在案，写成组诗，我把它叫作《泽畔吟》，留着将来为清算李林甫的罪孽作证。"

"你可带在身边？"李白问。

"那怎么可以，这个集子是秘密写下的，好不容易才保存下来，带出了京城。"崔成甫说，"我已将它托交给了一位朋友，让他先期带去湘阴。等我去后，再去找他。我还想修改一下，以后有机会，一定请太白兄指教。"

这个机会，一等就是十多年。

直到乾元二年（759），李白五十九岁时被流放去夜郎，途中路过湘阴去找崔成甫。不想，崔成甫刚离开人世不久。掐指算算，他在世不过四十几年。李白悲恸欲绝，只怨自己没早到一步。

见李白与崔成甫是至交，崔成甫在湘阴的朋友，拿出崔成甫留下的《泽畔吟》给李白看。这部诗集二十余章，诗句抑扬顿挫，英风激荡，字字句句表现了崔成甫对奸臣当道残害忠良的义愤之心。可惜，诗卷已被蠹虫破坏了许多。

问崔成甫的朋友，才知，担心酷吏搜查，崔成甫把这诗集藏在山上一个没人去的山洞里，直到李林甫死后，才将它取出。崔成甫本想将它再誊写一遍，却因身体一直多病，长年卧床不起，未能完成这一心愿。

掩卷，李白再次怆然泪下，他挥涕为朋友的诗集作序，题为《泽畔吟诗序》。序中，李白称他的这位朋友，早茂才秀，忠愤义烈，为历史留下一面明镜。然而，时至一千年以后的今天，崔成甫的这部诗集早已失传。人们之所以知道有这部诗集，只因李白为它作有诗序。

流放去夜郎，路过江夏，李白还专程去了修静寺。

江夏修静寺，原是李邕的旧宅。李邕死后，他的门户衰败，子孙不能自保，在江夏的旧宅被收为寺院。在这里，李白看不见昔日豪门来往的宾客，只见僧人坐于高殿之上。他感叹，李邕生前名扬海内，才干优异，如同玉树一般光彩照人。然而，人死庭空，旧时故居也保不住了。如今，这里杂草丛生，琴堂尘封，好不令人伤感。李白作《题江夏修静寺》，凭吊李北海。诗曰：

> 我家北海宅，作寺南江滨。
> 空庭无玉树，高殿坐幽人。
> 书带留青草，琴堂幂素尘。
> 平生种桃李，寂灭不成春。

重阳节过后不几天，崔成甫即与李白告辞，往湘阴去了。

送走崔成甫，李白越想心中越气。他怀念李邕的豪情气度，为裴敦复等人的冤死愤慨不已，痛斥朝廷奸人当道，抨击时政昏暗，写下《答王十二寒夜独酌有怀》诗一首。有人评说，这首诗，"为李白抒怀诗中政治色彩最强者"。诗曰：

> 昨夜吴中雪，子猷佳兴发。
> 万里浮云卷碧山，青天中道流孤月。
> 孤月沧浪河汉清，北斗错落长庚明。
> 怀余对酒夜霜白，玉床金井冰峥嵘。
> 人生飘忽百年内，且须酣畅万古情。
> 君不能狸膏金距学斗鸡，坐令鼻息吹虹霓。
> 君不能学哥舒，横行青海夜带刀，西屠石堡取紫袍。
> 吟诗作赋北窗里，万言不值一杯水。
> 世人闻此皆掉头，有如东风射马耳。
> 鱼目亦笑我，请与明月同。
> 骅骝拳跼不能食，蹇驴得志鸣春风。
> 折杨皇华合流俗，晋君听琴枉清角。
> 巴人谁肯和阳春，楚地犹来贱奇璞。
> 黄金散尽交不成，白首为儒身被轻。
> 一谈一笑失颜色，苍蝇贝锦喧谤声。
> 曾参岂是杀人者，谗言三及慈母惊。
> 与君论心握君手，荣辱于余亦何有？
> 孔圣犹闻伤凤麟，董龙更是何鸡狗？

一生傲岸苦不谐，恩疏媒劳志多乖。

严陵高揖汉天子，何必长剑拄颐事玉阶。

达亦不足贵，穷亦不足悲。

韩信羞将绛灌比，祢衡耻逐屠沽儿。

君不见李北海，英风豪气今何在！

君不见裴尚书，土坟三尺蒿棘居。

少年早欲五湖去，见此弥将钟鼎疏。

官场风云莫测。

一些人得志，另一些人失意；一些人被整垮了，另一些人则时来运转。当然，这些人并不一定都是对手。可能，他们根本毫不相干，也可能他们原本是朋友，只是各自的官运不同而已。

在齐州与李白和杜甫分手之后，高适回到睢阳家中，与妻子令狐兰又过了两年宁静的乡村生活。用高适自己的话说，他"渔樵十二年"，"托身从畎亩，浪迹初自得"，心境坦荡，生活恬静，人也很悠闲自得。

高适没有想到，好朋友李邕他们被害之后，他的官运竟然来了。

天宝八年（749），张九龄的弟弟张九皋到睢阳做宋州刺史。高适与张九龄是朋友，张九皋先前也与高适打过交道。到任后不久，张九皋发现，与数年前相比，高适的诗文更有创意，气质自高。他"深奇之"，主动向皇上举荐高适。

张九皋将高适的诗集呈送给皇上，并力荐高适去京城参加道科考试。为使这次举荐成功，他还特意给颜真卿去信，请颜真卿在长安多多帮忙。

前面说过，高适三十多岁时曾去过长安，未能成功。随后，他在长安逗留了两年多时间，结识了张九龄、王维、张旭、颜真卿等一大批著名的文人朋友。当时，颜真卿是上一年（开元二十二年）的及第进士，他年轻有才华，二十五六岁，很为当权人士看好。太子中舍韦迪收颜真卿做了女婿。不久，颜真卿又任朝散郎、秘书省著作局校书郎，成为张九龄的属下。在长安，高适与颜真卿十分合得来，两人时常在一起喝酒下棋，习文赋诗。

这十多年来，受李林甫的排挤，颜真卿和他的官场朋友一直不得志，起起伏伏，许多人被迫害致死。颜真卿算是较好的一个，他迁任于京兆府，做了长安尉。不过，在朝中，颜真卿仍有不少的朋友。

接到张九皋的来信，颜真卿积极为举荐高适之事出力。他在高适的诗集前写了有数百字的四言诗，还专门作序赞美高适的才华，高度评价张九皋向朝廷推荐高适的举措。带着这些诗集，颜真卿在京城朝中上下游说，为举荐高适造舆论，还托了许许多多的关系去皇上面前说高适的好话。

舆论攻势终于成功了。几个月后，玄宗的诏书下到睢阳。皇上特批，准许高适入京参加下年道科考试。

正值盛夏时节，三伏刚刚开始头伏，酷暑炎热，人们大多不出远门。

张九皋催高适及早动身。他说，早去长安，应试前有时间，可多结识些官场朋友，及第的把握会大一些。

高适回家和令狐兰商量："张太守让我明日即起程去长安，不知娘子意下如何？"

"明天就走？"令狐兰有些吃惊，反问道，"过些天不行吗？"

高适点了点头，说："我也不忙着动身。十多年都等了，人生也过去一多半了，哪在乎这几天的时间？"

四十八岁上终于等来了皇上的诏书，才华不会再被埋没，令狐兰当然为夫君高兴。可她想到李白奉旨入京的前前后后，人又十分冷静。

李白在长安做了翰林，时时待召于宫中都不愿意，夫君此次进京，不知皇上会给他个什么官做，令狐兰想。其实，做不做官，她并不看重。做官也好，不做官也好，反正都是她的夫君。此时正值酷暑，天气炎热，夫君已经不是年轻人了，令狐兰担心，在路上高适的身体受不了。她不想让高适马上就走。

见令狐兰不说话，高适又说："本来，我想携娘子一同去。可这天气太热，恐娘子路上受不住。"

令狐兰笑了："哪有跟着夫君去考试的？真要去了，还不被人笑话，亏你想得出来。"

"我在长安待不长时间，考过试，有无结果，都会尽早赶回来的。"

"我也是担心天气太热，夫君在路上受不住，"令狐兰道，"你不是说明年春上才开考吗？我想，等伏天过了你再走，不会误事。"

111

婚后，家里大大小小的事情多由令狐兰做主，高适已习惯于照娘子的意思办，娘子说过了伏天再走，他没有异议。可令狐兰还是不放心，晚上，她提前为夫君做好了上路的准备。

　　果然，张九皋不容商量。第二天一早，他便将备好的马车打发到高适的门前，非让高适立即起程不可。朋友盛情难却，高适只得告别妻子，上路了。

　　高适这个人，在家事事顺从着妻子，在外，心中十分有主见。他的人缘好，朋友很多，但他从来不愿过多地依赖朋友。在心理上，高适总是与朋友们保持着一定的距离。

　　这次，不是张九皋主动举荐他，并积极活动，高适自己绝不会首先提出来请张九皋替他操心。他对令狐兰说的是真心话，大半辈子都过了，田园生活他习惯了，家里又有一个称心如意的好娘子，做不做官，对他已经无关紧要。高适认为，有官做是好事，不做官，也不一定就是坏事。一切听任自然，并不需要个人去强求。

　　乘张九皋备下的马车上路，高适也觉得不大合适。他不想欠朋友太多。当着令狐兰的面，他没多说，好像十分坦然地坐着马车上路了。这样，妻子不必担心他在路上的辛苦。

　　走出城门不远，高适让马车停下。

　　"老爷有何吩咐?"车夫停下车，恭敬地问。

　　"送到这里就行了，"高适边说，边从车上下来，"你回去吧。"

　　车夫吃惊地看着他，说："老爷，张大人交代，要送你进京，这才出城门，怎么就……"

　　"你把这个转呈给张大人，"高适递给车夫一封信，"就说我感谢他替我想得如此周到体贴。请他放心，到京城后，我不久就会有好消息给他。"

　　车夫仍不肯掉头。

　　"回去吧，"高适把他的布包背在背上，说，"张大人不会怪罪于你的，我在信上都说清楚了。"说完，他徒步朝前走去。

　　炎炎烈日下，高适头也不回，一步一步地朝前走着。车夫目送着他，直到看不见他的身影。

　　"这位老爷，真怪，有车给他坐，他不坐，偏要自找苦吃，走路晒太阳。"车夫自言自语地嘟哝着，掉转马车头，打道回府。

一路兼程，高适用了十天时间，来到长安。

此次进长安，朋友们的热情自不必说。高适想，既是皇上召他进京，开考前能面见皇上一次才好。可在长安住了两三个月，玄宗始终没召见他。

这天，颜真卿又从京兆府来看高适。两人坐下，闲聊了一会儿，高适忍不住想问问他是否有机会见到皇上。

"我来长安考试，多亏老弟和朋友们的鼎力相助，"高适说，"再给你们增添麻烦，很不好意思，可……"

"达夫兄有话请讲，只要能做到的，我一定尽力。"颜真卿回答得很痛快。对朋友，他从来讲义气。

高适又憋了一会儿，才说："颜老弟，你说，开考前，皇上能召见我吗？"

这个问题，颜真卿一时难以回答。他想了想，说："拿不准。现在朝中，李林甫掌着大权。平日，皇上极少过问政事，下过的诏书，几个月过后，恐怕也会忘记了。"

停了停，颜真卿又说："这些日子，边塞战事紧迫，我想，皇上和宰相暂时都顾不上选录人才之事。"

"边塞有什么新消息？"高适问。他对边塞的战事一直关注。

一年多以前，高适就听说，新任河西、陇右节度使王忠嗣因对吐蕃作战不利，被玄宗问罪。不久，朝廷对吐蕃将有大战。来长安后，高适特别注意这方面的消息。

原来，皇甫惟明被问罪免职之后，朝廷便用王忠嗣任河西、陇右节度使。

王忠嗣善战，手下又有两员大将，一个是原突骑施别部酋长的儿子哥舒翰，另一个是契丹王李楷洛的儿子李光弼，两个人都有勇有谋，对付吐蕃很有办法。

往年，每到秋天麦子成熟的时候，吐蕃军队就来抢收，边境上没有人制得住他们。王忠嗣任命哥舒翰为大斗军副使，以李光弼为河西兵马使，让他们两人共同对付吐蕃。哥舒翰想出了一个点子，他在吐蕃军队经过的路上设下埋伏，待吐蕃军队进来，先放他们进去抢收。然后，切断其退路，等敌军返回时，前后夹击，将吐蕃军队一网打尽。几次胜利后，吐蕃军队再不敢贸然进犯了。

玄宗见边塞捷报频传，便下圣旨，命王忠嗣用兵攻取石堡城，以去他长久以来的心头之病。

石堡城是唐朝与吐蕃边境上的重镇，占有重要的战略地位。开元二十九年（741）冬天，石堡城被吐蕃军队攻占后，由于其城防地理位置险要，唐朝军队一直无法攻破。

王忠嗣也深明石堡城的重要性，但作为军事家，他全面衡量利弊后，上书玄宗说："石堡险固，吐蕃举国守之，今屯兵其下，非杀数万人不能克。臣恐所得不如所亡，不如且厉兵秣马，俟其有衅，然后取之。"

玄宗看后，心中不快。将军董延光求边功心切，主动请战，要求亲自带兵去攻打石堡城。这正中玄宗下怀，玄宗立即亲制诏书，命王忠嗣分出一部分兵力，助董延光攻城。

王忠嗣无奈，只得从命。不过，他没有答应董延光的全部要求。手下李光弼劝王忠嗣说："大人不如全力支持他的好。否则，若是董延光未能攻克，他就会把罪过全都推到大人的身上。部下担心，将会对大人不利。"

"我不能以几万人的生命去换个人的官职，"王忠嗣满腔愤恨道，"眼下，以数万军队去夺取此城，攻克了不足以置吐蕃于死地。倘若我们暂时不去攻它，也无害于朝廷边境的大局。我王忠嗣为何要用几万人的性命去换取皇上的高兴呢？皇上怪罪，顶多是贬我的官职，我王忠嗣不怕。"

李光弼由衷地佩服，赞叹道："大人襟怀坦荡，能为古人之事，我等望尘莫及！"

果然，董延光没有攻下石堡城。他向皇上禀报，说是王忠嗣有意阻挠军事行动，致使战斗失利。

李林甫一直担心王忠嗣边功过大，声望很高，会入朝为相。乘此机会，李林甫向玄宗诬告说，王忠嗣胆敢公然违抗圣命，并非偶然。曾有传闻，他企图拥兵尊奉太子，由此看来传闻有些来历。

玄宗本来已对王忠嗣不满，听此谗言，立下敕书，召王忠嗣进京。王忠嗣一进长安，便被五花大绑，以谋反罪，交送三司审讯。

唐朝自建国以来，就有不成文的规矩：边境将帅多以忠厚有名望的大臣领任，他们不长久任职，不遥领远地，不兼统他镇，功名卓著者，不久即可入朝为宰相。而周边四夷归顺于朝廷的将领，不得单独领兵，朝廷必须派大臣去做主帅，以节制他们。

李林甫做宰相多年，总怕任边将的有功之臣回来顶替了他的位置。他想堵死这条路，又以为胡人没有文化，好制服，因此上书玄宗，称："文臣做武将，虽有谋却无勇，常胆怯敌人的弓箭石擂；胡人勇猛善战，出身贫寒，在朝中没有朋党，知恩图报。若陛下感召他们，将边境重责委任于他们，这些胡人一定比文臣更好用。"

玄宗接受王忠嗣的教训，认为李林甫说得很对，马上接受了他的建议，于是下旨哥舒翰接替王忠嗣，任陇右节度使。同时，李林甫的这个建议，也为安禄山进一步掌握兵权铺平了道路。玄宗本来就看重安禄山，有了这个指导思想，重用安禄山已不成问题了。

玄宗早听说了哥舒翰的英名，下旨召他入京，亲自接见，对他十分偏爱。正逢三司有奏本面呈，请玄宗将王忠嗣定为死罪。玄宗提起朱笔就要画圈。

哥舒翰见状，急忙起身离座，双膝跪于殿下，详细陈述了王忠嗣的冤枉，竭力为他的恩师求情。

玄宗只是摇头，不肯轻饶反叛之臣。

哥舒翰无奈，只好在皇上面前立下军令状：回去后，一定积极准备，攻下石堡城，替王忠嗣将功赎罪。

"大将军如此看重恩师的情谊，对朝廷又有赤胆忠心，"玄宗这才将提起的朱笔放下，道，"朕就看在你的面子上，饶了他的死罪。不过，大将军说话可要算数。回去，拿不下石堡城，朕必然唯你是问。"

"请陛下放心，"哥舒翰跪在地上说，"臣从来说到做到，绝不食言。"

玄宗免了王忠嗣的死罪，将他贬为汉阳太守。这是天宝六年（747）即将结束时发生的事情。这一年，李林甫杀了许多的人，对于王忠嗣，他也就放过了。

哥舒翰回去后，用了一年多的时间准备，在玄宗的反复催促下，于天宝八年（749）六月，开始了攻占石堡城的战斗。

在哥舒翰的手下集中了陇右、河西、朔方等部兵马，以及突厥阿布思部，达数十万将士。这次，唐朝军队的攻势凶猛异常。

其实，吐蕃在石堡城的守军仅有几百人。他们凭借着石堡城险要的城防，用擂木、滚石死死地封住通往城内唯一的山间小道。哥舒翰派出的先

115

锋部队攻坚多日，伤亡惨重，总近不得城边。

眼见着皇上限定的时间马上就要到了，哥舒翰背水一战，将先锋官的两名副将高秀岩和张守瑜绑了，他要杀一儆百，不给攻城将士以退路。临刑前，两名副将高声呐喊，力请主帅宽限他们三天时间，若再攻不下城池，他们甘心情愿做刀下鬼。

哥舒翰放了他俩。

三天后，石堡城终于被攻破。唐军生俘了吐蕃守军大将铁刃悉诺罗，以及他手下的四百多名兵士。

玄宗闻讯大喜，忙给哥舒翰记大功，特封哥舒翰的儿子为朝廷五品官员，赐御马上千匹，在长安城内赏他父子二人各一所皇族宅第，拜哥舒翰为朝廷御史大夫。同时，皇上还嘉奖了大批有功的将领，并亲自将石堡城更名为振武军，派重兵把守。

为了这一胜利，唐朝军队付出了死伤数万人的代价。王忠嗣说的一点不错，边塞将领的官职是用数万人的生命换来的。

李白对哥舒翰攻占石堡城的胜利，也颇有非议。他在《答王十二寒夜独酌有怀》中，专门有一句直言不讳的诗句，说："君不能学哥舒，横刀青海夜带刀，西屠石堡取紫袍。"

天宝年间，哥舒翰在青海一带，控地数千里，威名远震。当地人有歌谣唱道："北斗七星高，哥舒夜带刀，吐蕃总杀尽，更筑两重濠。"

就事论事，当时唐朝派兵攻占石堡城是对还是错？王忠嗣以数万将士的生命为重，不取石堡城；哥舒翰不惜以数万将士的生命为代价，夺取了石堡城。两位历史人物的不同选择，谁对，谁错？谁值得颂扬，谁应该受到谴责？或者根本无所谓对错，无所谓颂扬和谴责。历史好像已经有了定论。如今，青海境内树有哥舒翰的大型纪功石碑。王忠嗣的名字则只能在厚厚的历史书中读到，且往往是一带而过，远不如哥舒翰的名字显赫。

高适到长安时，哥舒翰对石堡城的战斗刚刚开始，几个月后，战争结束，朝廷里忙着给功臣们记功授奖。所以，颜真卿分析，在这种情况下，皇上不会特别召见高适。

确实如此。高适凭什么面见皇上？他已经是快五十岁的人了，至今，对朝廷尚无任何政绩战绩可言。凭着会作几句诗文，皇上特许他进京参加制科考试，已是很看得起他了。

春上开考，高适感觉良好。考完不久，便有好消息传去了睢阳：高适道科及第，只等着朝廷授给官职了。

可出乎高适意料的是，李林甫只拿出了一个小小的官职给他。朝廷将高适派往河南道汴州陈留郡下属的封丘县做县尉，品秩为"从九品下"，是唐朝官品秩中最低的一级。

这多少让高适有些失望。

不过，高适虽然傲岸自负，内心里也有着不干则已、要干就要干大事业的雄伟大志，但他做人，却是处处握有分寸。他没有表露他心中的不满。接受官职后，他走访了颜真卿等在长安的朋友，一一登门致谢，与他们亲切话别。

对李林甫和陈希烈两位宰相，高适则以献诗的方式，表示了他的感激之情。高适给李林甫的献诗，题为《留上李右相》。读这首声情并茂的长诗，根本无法让人相信，它出自高适的笔下。

诗中，高适一反平日痛责李林甫的态度，居然闭上眼睛，说李林甫辅佐皇上治理江山，使社稷兴盛，为朝廷增添了光彩，其功绩将铭刻于大鼎之上；他颂扬李林甫的人品，说李林甫清白高雅，坚贞不渝，丹青著明誓，世人不会忘记他——"隐轸江山藻，氤氲鼎鼐铭，兴中皆白雪，身外即丹青"。他竟为自己没能成为李林甫这样高雅之师的门下客，而深表遗憾，称："未为门下客，徒谢少微星。"

离开长安的当天，高适还认真地给皇上呈送了一份《谢封丘县尉表》，引文如下：

> 臣适言：臣田野贱品，生逢圣时，得与昆虫俱沾雨露，常谓老死林薮，不识阙庭；岂期岩穴久空，弓旌未已，贤才毕用，搜访仍勤，见尧舜之为心，荷乾坤之善贷。臣艺业无取，谬当推荐，自天有命，追赴上京，曾未浃旬，又拜臣职。顾惭虚受，实惧旷官，捧日无阶，戴天何报。臣已于正衙辞讫，即以今日赴官。无任犬马之志，谨奉表陈谢以闻。臣适诚惶诚恐，顿首顿首。

天宝九年（750），再过一年便可知天命的高适，独自前往封丘县供职。

县尉是县令手下的佐杂官，高适每天要做的事情，尽是些分判众曹、收率课调的零散公务，常常还被那二十来岁的县令呼来唤去，堂前堂后不停地忙碌。县府里，很多人都能调动高适，高适对所有的人都要赔出笑脸。

大材小用，使高适心中渐增失落感，他在《初至封丘作》一诗中写道："可怜薄暮宦游子，独卧虚斋思无已。去家百里不得归，到官数日秋风起。"本来，高适觉得做个小小的县尉并不荣耀，他没让妻子同来。可一个人在封丘度日，世态炎凉，胸中苦闷，常感到孤独、寂寞，难以独立承受，不久，高适专门告假，回睢阳把令狐兰接来封丘。

秋末，刚刚把家安顿下来，高适稍有了一些快意。县令突然又给了他一个苦差事：将这一年招募的新兵送去清夷军。

清夷军驻守在妫州妫川郡戎城（河北怀来县），属范阳节度，距封丘往返三千多里地，步行去，步行回，路上需要用半年多时间。正遇冬春两季，天气寒冷，这种差事十分辛苦。吃了朝廷的俸禄，在县令手下当差，苦差事也必须去做。高适无奈，只得与妻子道别，打起精神带着那些不如牛马的新兵上路了。

4

天宝七年（748）秋，玉真公主在嵩山病重。元丹丘上奏本给玄宗，玄宗立即下旨，选派宫中御医前往，务必将玉真公主的病治好。

两位年老资深的御医赶到元丹丘的颍阳山居时，玉真公主已经病得下不了床了。她坚持不让任何人进她的居室。每日，只准元丹丘和她隔着帐子说话，喝水与所吃稀食全由元丹丘从外面端进来，递进帐子。

御医来后，玉真公主照样不准他们进她的居室。两名御医犯难了。

"丹丘道长，我们领了陛下的圣旨，专程前来为玉真公主瞧病，"汤御医说，"看病问诊，才好下准药方。这……连公主的居室都进去不得，让我们如何下药？"

"公主的脾气，二位大人可能不知，"元丹丘无可奈何道，"她从来说一不二，生病后更是如此。我已劝了她多次，她就是不听。"

“要不，我们都互让一步，”甘御医说，“公主让我们进居室，我们隔着帐子，为公主号脉，下药会更有把握一些。”

元丹丘想了想，说："二位大人不要着急，住下来，待我慢慢说给她听。她要愿意了，自然没问题；她若不愿意，也怪不得二位大人没有尽力。"

午后，元丹丘去看玉真公主，隔着帐子，将御医的意思讲给她听了，说："还是让他们进来吧，你不见他们，只伸出一只手来，让他们号号脉，药下准了，对你的病有好处。再说，你不为自己的病考虑，也要替他们两个想一想。人家受了圣旨，没完成圣命，回去难以交代。"

帐子里，玉真公主很久没有声音，也没有动静。

"你听见我的话了吗？"元丹丘隔了好一会儿才问。

"唉，你呀，"玉真公主总算有了声音，她在帐子里细声细气地说，"你我夫妻一世，怎么总不知道我的心思。你伸手来摸摸，我的手还能见人吗？"

元丹丘把手伸进去，握着玉真公主的小手。她的手已经瘦骨嶙峋，形如枯枝。元丹丘摸着，却觉得还是那么细小柔软，只是冷冰冰的，没有了先前的温暖。

他的心一疼，握紧玉真公主的小手，说："和以前一样，没有什么大的变化。号过脉，吃了御医下的药，你的病很快就会好。别的，你不要多想。"

玉真公主把手从元丹丘的手中抽出来，无力地把他推出帐子："你总不跟我说实话。我病成了啥样子，自己心里清楚。你不给我镜子，我也知道。"

玉真公主生病后，总爱照镜子。元丹丘觉得，她照一次镜子，病就加重一次。他把铜镜全收了起来，不让她照。玉真公主也就开始再不见人了。她觉得，告诉你真相，别人的眼睛比镜子要厉害得多。镜子只能原原本本地照出你的模样，而别人的眼睛，除去看见了你的模样外，经常还透露出对你的不同感受。玉真公主很敏感，她不愿意自己的最后时光，给世人留下苍老、虚弱甚至丑陋的印象。

架不住元丹丘的反复相劝，玉真公主总算答应让御医给她号脉。

元丹丘帮玉真公主把手从帐子里拿出来，垫着一只小红枕头，搁在床沿上。

两位御医见了，心中同时一愣：这只手，哪里还像是活人的手，它死灰死灰的颜色，一张皱皱巴巴的皮包裹着骨头，血和肉像是早已干枯了。凭着多年的行医经验，他俩知道，玉真公主已病入膏肓，纵有妙手，也难以让她复春。两位老御医没有主动上前号脉。

"我说过，不用再看了。"玉真公主在帐子里说，声音不大，却很清楚。她的手放在小红枕头上没有动。

"公主原谅，"汤御医连忙道，"天气寒冷，我们正在焐手，以免手太冷，惊动了公主。"说着，他来回不停地搓着自己的双手。

元丹丘见两位老御医站着不动，便搬来一张凳子，放在床前，说："御医请坐。坐下好细细号脉。"

"道长客气。"甘御医让开了一步，说，"汤大人先请，他的医术比我高明。"

斜了甘御医一眼，汤御医暗想，这位老弟今日如此谦虚，难得，难得。

汤御医坐下，朝帐子里恭敬道："在下的手还未焐热，请公主多多原谅。"说着，他伸出三个指尖，小心地放在玉真公主的脉上。

玉真公主的手比他的手更凉。汤御医三个指头轻轻地挨在上面，号不到她的脉搏。他抽紧了眉头，指尖压下去，用力地贴在玉真公主的内腕上，全部精力都集中于指尖，才隐隐约约地号到了一丝丝很细很细的脉搏。这一线脉，跳得很玄、很飘，随时都有游离出去的可能。

汤御医诊过脉，心里发虚，手背上出了一层毛毛的冷汗，临行前皇上的御旨在他的耳边响起："你二人去，务必将御妹的病医好。医不好病，不要回来见朕！"

汤御医想，这回，我们二人的性命只怕难保了。他站起来，小心地对身后的甘御医道："甘大人，请——你的医术从来在我之上。"

甘御医一听，便知同行是在把责任往他身上推。估计着，玉真公主的病已经难治，甘御医的背脊上也冒出了冷汗。他硬着头皮坐下，伸手号脉。

"御医，是你的手抖，还是我的脉跳得厉害了？"玉真公主细小的声音突然问道。她的手，连同手臂，被甘御医颤抖的手指带着在微微地振动。

甘御医一下将手指缩了回来，他站起身，道："回公主，在下想给公主做一种手指疗法。公主不舒服的话，等几天，病好得差不多时，在下再为公主做。"

坐下来，甘御医的手就在抖，他摸了很久，根本摸不着玉真公主的脉跳。甘御医越摸越害怕，想着临行前皇上召见他们时的交代，手抖得越来越厉害，以至于无法控制。公主突然的问话，把他吓了一跳。好在他在宫中行医几十年，练就了一张随机应变的嘴巴，任何情况下都能把话说得很圆满。

元丹丘过来，疼爱地在玉真公主的手背上抚摸了两下，轻轻地替她放进帐子里，用被子盖上，安慰她说："好啦，脉号了，病也看了。你好好地休息，等药抓回来，吃上几服，你的病很快就会好的。"说着，他朝两位御医示意，让他俩先出去。

"公主好好歇着，在下先告退了。"两位御医朝着帐子行过大礼，躬身退了出去。

等御医退出居室，玉真公主缓缓地说："别信他们的话。丹丘，趁着我现在还清楚，你给我做几天道场，超度我的灵魂。我知道，我的命没有几天了。"

元丹丘坚持不肯给玉真公主做道场。虽然他身为老道长，时常有人请他前去做道场，可他总认为，对于病重之人，布道施法只能起到超度灵魂的作用，它治不了病，也挽救不了人的生命，有时，甚至会加速死亡的到来。玉真公主几次提出来，都让他拒绝了。

"你又来了，"元丹丘说，"听话，好好治病，我们的日子还长着呢。等你病好了，我们一起修炼，百年后共同成仙，这不是我们的共同愿望吗？"

"我是成不得仙了，我不死，你也成不了仙。"玉真公主说，"我死了，你重新好好修炼，会成仙的。这，你心里比我清楚。"

"你千万……"

"我累了，让我休息。"元丹丘还想宽慰玉真公主，被她打断了，"你去准备道场，替我超度。丹丘，这是我最后一次求你。"

元丹丘舍不得玉真公主，他朝床边走了一步，想掀开帐子。

"别动蚊帐，"玉真公主的声音很细小，却极有威慑力，"我活着，谁也不能再见我。死后，只有你能再见我一次，不能让任何人再见，你答应过我。"

元丹丘抓住蚊帐的手停住了。

"你再向我保证一次。"玉真公主说。她觉得自己的口气有些硬了，缓和了一下，又说，"丹丘，今生我们不能再见，来世还会有缘，你依着我，好吗？"

"我保证。"元丹丘终于说。

元丹丘的内心在责怪自己。他一直认为，玉真公主不肯见人，全是他的过错。是因为他不许她再照镜子，把铜镜全收了，她才变得这么怪。现在，后悔也来不及了。

"去吧，替我准备道场，我没有几天了。"

元丹丘心情沉重，走出玉真公主的居室。他将房门轻轻地关好，又低声交代专门守在门口的道童，千万不可大意，有异常动静，赶快来通知。

两位御医站在外面等着。见元丹丘出来，知道这里不是说话的地方，他们跟在元丹丘的后面，一直来到前堂。

"二位御医，"元丹丘进了前堂，先开口问道，"你们看公主的病，是否还有希望？"他心情不好，自己站着，也没请御医坐。

甘御医一下跪在元丹丘面前，发出绝望的声音："求道长救我们一命！"

元丹丘还没说话，汤御医也跟着跪了下来，说："道长原谅，我们实在无能为力。请道长给我们二人一条生路。"

"请起，快快请起，"元丹丘上前将他们二人扶起来，"有话站起来说，我不会无缘无故伤害你们二人。"

两位御医从地上爬起来，低头垂手，像罪犯一样，不敢说话。

"人命生死在天，"元丹丘又说，"只要二位御医尽力，我绝不会加罪于你们。"

汤御医见元丹丘说得诚恳，便鼓起勇气，说："道长，并非我们见死不救。公主病入肌体，已十之八九，我等凡人实在无能为力。"

"下重药，顶多只能吊住胸中的一口气，再维持三五日，不能救命。"甘御医也壮着胆子说，"请道长恕我直言，我想着，还是早做后事准备的好。"

元丹丘又何尝不知玉真公主病的情况，只是他情感上过不去，抓住御医这一线希望，想尽力地留住玉真公主。听两位御医这么说，他知道，这一线希望也没有了。元丹丘坐在椅子上，合上双眼，不再说话。

"道长，"汤御医见元丹丘面色苍白，走过来，想给他号脉，"你没事吧？"

"我没事，"元丹丘强打起精神，看了一眼站在身边的两位御医，"在这儿，你们也无事可做，请回吧。"

"道长救命！"甘御医又恐慌了，他躬身在元丹丘面前，哀求道，"这样回去，我们二人性命难保。求道长一定救救我们。"

"你们想怎样？"

"悲心施一人，功德如大地。"汤御医道，"求道长为我们二人做主，回避大难。"

"你把你们的主意说了，我照你们的办就是。"元丹丘没有精力再和两位御医纠缠，他想早些把他们打发走。

按照汤御医的意思，元丹丘给皇上写有奏本，让他们随身带去。奏本说，两位御医来后，竭尽全力医治玉真公主，现玉真公主病情已有好转，敬请陛下放心。

拿着这救命的奏本，两位御医千谢万谢，离开了嵩山。可元丹丘知道，玉真公主离世，再不能禀告皇上，否则，他们两个人的性命照样难保。这就意味着，玉真公主将默默地离去，她的死，不能让别人知道。

第二天，元丹丘准备为玉真公主做道场。

道场开始前，元丹丘进到玉真公主的居室，他站在她的床前，心痛得一句话也说不出来。超度灵魂，中间不得停顿，元丹丘不可能再来照顾玉真公主，说不定这中间什么时候，玉真公主就会离他而去。想着这些，元丹丘悲恸万分，他知道，这是他与玉真公主的最后诀别。

"你不要难过，"玉真公主还很清醒，她温情地说，"我们缘分未尽，来世还会相见。"

"我……我替你把衣服换了，穿上新道袍，好吗？"

"不用了，"玉真公主的话语中好像有一点笑意，"这些事，待我去了以后，一定请你亲自替我做。委屈你了，谁让你愿意和我做了一世的夫妻呢。"

停了停，玉真公主又补上一句："放在枕边的东西，你都要让我带去。"

　　元丹丘连连点头，说不出话来。

　　"去吧，我等着你为我超度。"玉真公主说。

　　帐帘轻轻地动着，一束不可见的气体从帐门里飞了出来，它围着元丹丘的身体转了好几圈，像是在上上下下亲吻着他的全身。然后，呼的一声，气体蹿出了窗外……

　　道场开始后，玉真公主断了水、食，她一个人静静地躺在居室的床上，没有半点声响。

　　元丹丘的心总是收不进道场。他时时走神，施道法常常颠倒了顺序，甚至平日烂熟于心的道箓也会突然想不起来了。元丹丘知道，这样下去，救不了玉真公主，反而还会延误了她魂灵的超度。他以最大的毅力，规劝着自己，别再去想其他，只为心上人的魂灵能够得到安息。

　　渐渐地，元丹丘进入了道法。

　　颍阳山居，四周阴风惨惨，大门和各条通往玉真公主居室的房门上都涂有鲜红的鸡血，贴着避邪的符图。山居前后，香火不断，烟雾缭绕。入夜，红烛通明，元丹丘和他的弟子们轮流在前堂挂着的各路神符中间，念道箓施法术，以保玉真公主的魂灵平安。

　　道场连续做了两天两夜。到第三天早晨，天刚蒙蒙亮，玉真公主的居室内突然发出一声惨叫，声音很粗很厚，不像是玉真公主的声音。守在房门口的道童赶紧跑去前堂，报告给道长。

　　元丹丘听说，来不及脱下施道法时穿的紫罗法衣，提着手中的道剑，就往后面玉真公主的居室奔去。

　　一束晨光，从东面的木窗斜射进玉真公主的居室。她的床前，帐门分开了一个挺宽的叉口，露出了里面粉红色的被面，枕头伸在床沿外，将帐子拱起，还有一条白色的绢巾滑落在地上。从外面看，床边很乱，像是有一场搏斗刚刚结束。

　　让跟在后面的弟子留在门外，元丹丘自己快步走到玉真公主的床前。他拾起地上的白绢巾，站了一会儿，没听见帐子里有动静。

　　元丹丘小心地掀开了帐门。眼前的情景，元丹丘曾在梦中见过：玉真公主紧闭着双眼，直挺挺地躺在床上。她给自己换上了一身崭新的公主裙服，病中盖过的粉红色的被子和枕头都让她掀开在一旁。她的头底下枕着她平日爱穿的道袍，道袍折得很整齐，看得出来，是她用心折过的。

一面铜镜摆放在她的身边。玉真公主为自己化了浓妆。她平平静静地躺着，红红的嘴唇，黑黑的眉毛，白里透红的脸庞。灰白的头发梳理得光光滑滑，只有几缕僵硬了的发尖支棱在耳边，它们显然是她离世后才竖起来的。

元丹丘忍不住俯下身子，他把耳朵贴在玉真公主的胸前，想听见她的心跳。心跳已经停止了。他又屏住呼吸，用口唇去试玉真公主的鼻息。她的鼻翼冰冷冰冷的，小小的鼻孔中透出寒气。

她走了，直起身子，元丹丘冷静地想。这回，她是真的走了。她的灵魂得到了超度，病魔离开了她，使她看上去那么安详，那么平静，没有任何的痛苦、遗憾和牵挂。

其实，元丹丘哪里知道，在他为她超度的时候，她痛苦地与病魔做过生死搏斗。最终，玉真公主屈服了，她不得不强撑着身体，为自己送终。她不愿意让元丹丘最后一次看到的是她的病容，是她的老态，她要给元丹丘留下永远美好的印象。她是玉真公主。

病魔坚持不下去了，依附体已经先它而去，它失去了生存空间。天亮前，病魔惨叫一声，蹿出了玉真公主已经开始僵硬的肌体，回归自己的阴曹地府去了。

入葬时，元丹丘发现，玉真公主折好的道袍里夹着一卷李白诗集。元丹丘把它原原本本地放好，又将玉真公主送给他的银手镯端端正正地放在她的胸前。

铜镜，元丹丘也让玉真公主带去了。他始终不明白，这面铜镜是什么时候回到玉真公主身边的。他把铜镜藏了起来，病在床上的玉真公主居然把它找了回去。她的意志，别人总无法改变，元丹丘想。来世，她也不会有任何变化。

玉真公主安葬在颖阳山居南面的鹿台下。元丹丘亲手为她刻了一块青石碑，详细地记载了玉真公主的生平。这块石碑没有立在墓前，它被当作外棺椁盖，覆盖在外棺椁上，一同埋进了土里。

远远看去，鹿台下变化不大，只是多出了一个小小的黄土坡。土坡上光秃秃的，一年半载不会有青草再生。

安葬了玉真公主，元丹丘决心永远避开尘世，他独自去了一个无人知晓的地方，炼丹修行，只想早日成仙。离开嵩山，元丹丘一把火，将他和玉真公主一起住过的颍阳山居烧成了灰烬。他们的弟子也分别投奔于其他门下。

5

李白以金陵为中心，在江淮一带游历，一晃又是三年。时至天宝九年（750），他已是五十岁的人了。

深秋，淮南肥蟹源源上市。金陵的大小酒家无一不以阳澄湖螃蟹为幌子，招揽酒客。金陵城内，街头巷尾蟹肉飘香，饭店酒家高朋满座。

李白喜食金陵红脂玉白的大螃蟹肉。进入旺季，他几乎天天都要去临街的一家小酒肆，喝美酒，品蟹肉。

看着老板称回一篮鲜活的肥蟹，李白从中选出三只最大的，让老板洗净了，丢进锅里清蒸。不一会儿，店堂飘香。小伙计将橘红色的清蒸大蟹端了上来，再打上两斤白酒，李白抿着酒香，夹起鲜美的白蟹肉在小碟子的酱油里打了一个滚，送入口中细细咀嚼，其中的美味，食者津津乐道，观者垂涎三尺。这么吃着喝着，李白可以在小酒肆里整整坐上一天，常常不到小酒肆打烊，他不肯离去。

这一天，李白又来小酒肆吃蟹。

"李老爷，您早。"进门，小伙计便迎了上来，"今日来个什么花样？"

李白往靠里边的他的老座位坐定了，问："我几天没登门，你们又推出了新花样不成？"

"嗳，让老爷您猜对了，"小伙计跟过来，笑道，"我们老板出钱，让厨子学来了一道绝活，往后吃螃蟹，您再不用自己剥壳，味道比清蒸大蟹要好出几倍。我包您吃过一回，终生难忘。"

"果真如此？"李白笑着反问，"来它一份，我尝尝。"

"老爷，您来一份保管不够，先要两份试试？"小伙计咽了一下口水，很生动地描述道，"一说这蟹肉，我的口水就忍不住往外直流。"

"听你的，先来两盘。"

"好嘞，您等着，马上就来。"小伙计转身，朝后堂大声吆喝道，"芙

126

蓉蟹，两份——"

李白等着上菜。对面桌边坐了一位道长，他盯着李白看了一会儿，朝这边走过来，拱手道："请问这位李老爷，可是李白李太白？"

"正是。"李白坐着回礼，点头应了。

李白在外面游历多年，常有人主动前来和他打招呼、攀谈。不认识的人知道他的名字，李白并不为奇。他请道长坐下说话。

道长坐在他的对面，问："你不认识我了？"

李白仔细看看，想不起来，他摇了摇头，有些歉意地说："对不起，我一时想不起何时与道长有过交往。"

"你在安陆住过？"道长又问。

"当然。"

"去过安陆城外的道观？"

安陆前后住了十年，李白常去城外的道观。他再次仔细打量对面的道长："你是……"

"那时，我还刚刚入道不久。"道长说，"你不记得了，我从天台山给你捎来一封信，是元丹丘道长所托……"

"对，对，"李白连连点头，"想起来了，你去天台山学道，回到安陆，带给我兄弟的来信。你是老前辈司马承祯的最后一批弟子。"

"转眼过去了二三十年，我也变成老道了！"道长笑着说。

"你没有老，没有老。"李白客气道，"是我老了，记性不好，请道长原谅。"

见到故人，李白很高兴。他催小伙计快些上酒上菜。小伙计跑过来，说："这道菜做得细，时间得长点，请老爷稍候，坐坐就来。"

"不妨事，"道长说，"先把我那边的酒菜端过来。"

小伙计应了，又加了酒杯和筷子。

李白和道长干了两杯白酒，提起安陆旧事，不免伤感。李白很怀念他和娘子许夫人共同度过的那一段难忘的美好时光。

"这世间极不公道，"道长说，"许夫人如此贤惠的女子早逝，她那个没良心的堂兄却过得挺好。如今，许大郎是安陆一霸，地方人士都怕他三分。"

"不管怎么说，他是我娘子的兄长，我拿他没办法。由他去好啦。"李

127

白说着，又端起酒杯，喝了一口。

道长突然又问："最近，你可有元丹丘道长的消息？"

"唉，"李白叹了口气，说，"我从长安出来后，四处打听他的消息，不知他去了哪里。"

"嵩山你可去过？"

"去过一次，他不在。"

"前年底，丹丘道长的一个弟子去了我们道观。我听他说，持盈法师归天了，丹丘道长烧掉了他在嵩山的居所，自己不知去了哪里。"

李白怀疑是他听错了，不由自主地重复道："持盈法师，她……她……"

"就是玉真公主啊！"道长并不知李白和玉真公主的关系，他打断了李白的话，说，"她一直和丹丘道长在一起，比他大不了三两岁，不知为何这么早就归了天。"

"什么时候？"

"什么？"李白问得没头没脑，道长一时没有理解，想了想，才说，"你问持盈法师归天的时辰？不知道，只听他们的弟子说，她是前年秋天去的，丹丘道长把她葬在了嵩山。可惜呀，玉真公主一生追逐神仙，却未能成仙，身后只能和凡人一样入土。"

听了这话，李白站起来就往外走。道长不知何故，坐在桌旁，愣愣地看着他。

正好小伙计从后堂端出了两盘热腾腾的芙蓉蟹，边走边兴致勃勃地吆喝着："来啦，鲜美可口的芙蓉大蟹——"

他见李白已走到了酒肆门口，追了过去，将芙蓉蟹伸到李白面前，问道："李老爷，这芙蓉蟹才出锅，您没尝一口，怎么就走啊？"

被剥去硬壳的大螃蟹完整地趴在白瓷盘子上，蟹肉胭脂红中透白，冒着热气，香味扑鼻，很是诱人。

李白看了它一眼，悲哀地说："我没心思吃了。你端去，送给刚才和我同坐的道长吧。"

回过头，李白又朝仍坐在那里的道长拱手道："道长，恕我唐突，李白先去了。"说完，他不等道长回话，便离开了酒肆。

当天，李白离开了金陵，步行前往嵩山。

李白日夜兼程，赶到嵩山，找到元丹丘的颍阳山居旧址。那里，果然已是一片草木灰迹。

他相信了安陆道长的话。

找不到元丹丘，李白想看一看玉真公主的墓地。一连几天，李白夜晚在山上露宿，白天在颍阳山居周围四处寻找。可是，他没能找到玉真公主的墓碑。

好不容易遇上了一位砍柴人，李白向他打听。砍柴人东指指，西点点，说不清楚。他说，墓碑——山中倒有几座，都是有朝代的，没听说有当今皇家公主葬在这里。

李白把他带到颍阳山居的旧址，指给他看。砍柴人这才恍然大悟，说是前些年，这地方常住着一男一女两位道长。后来，女的死了，男的不知去了哪里。

"她就葬在这山中！"李白说，"想想看，砍柴的时候，你有没有见过新坟？"

砍柴人想了想，眼睛突然一亮，说："一两年前，对面的鹿台下多出了一个黄土包包，看上去像是一座新坟。可能，她就埋在那里。"

说完，砍柴人用手指给李白看："看见了吗？南面的那座鹿台，那是仙人歇脚的地方。下面，下面有一个土包包，你看见了吗？那是后堆起来的，以前没有。"

鹿台，在对面的山坡上。远远看去，它的下面是有一个不起眼的凸起来的小土堆。小土堆上，稀稀落落地长着两三株细细的小树苗，与它周围的大树很不协调。可李白觉得，它并不像是坟堆。玉真公主怎么可能葬在这个小小的土堆里？李白不相信。他谢过砍柴人，继续独自在山中寻找。

又过了十多天，仍旧一无所获。眼见着冬季来临，山上越来越冷，李白衣着单薄，夜晚露宿于野外，已经有些受不住了。

这天上午，李白顺着找过的地方，再找一遍。找累了，他坐下来休息。对面，正好是鹿台。

看着仙人歇脚的地方，李白想起了砍柴人说过的话。他说的也许有道理，李白想，说不定，玉真公主就安息在这仙人常来的地方。他这么一想，站起身，朝对面山坡走去。

鹿台下，李白围着土堆转了好几圈，土堆周围没有任何标记。左看右看，他无法想象玉真公主埋在这里。他想挖开看看，却又于心不忍。不看吧，他更是心下不安。无论如何，李白想找到玉真公主的墓地。

坐在土堆旁边，李白犹豫着。

晌午已过，天渐渐地阴沉下来。林涛响起，送来一阵紧似一阵的刺骨寒风。快要下雪了。大雪封山，还上哪儿去寻找？李白想，等地冻上了，这土堆，想挖也挖不动了。

他找来几块大瓦片，跪在土堆旁，一下一下，小心地挖了起来。第二天天亮前，李白的手触到了一块石板。他加快了速度。

天大亮了。

李白用手一点一点地拨开松土，土坑下露出了一块青石板。他又用松枝将余下的黄土扫尽，青石板上显出了几行竖字。第一行篆体刻着：玉真公主祥应记。

她在这里。这里正是她的安息之地。筋疲力尽的李白一下扑倒在玉真公主的墓地上，失去了知觉。

寒风里，一群刚刚出巢的乌鸦，飞落在鹿台上，哇哇哇地胡鸣乱叫。它们大概是饿极了，不停地在枝头和落叶中蹿来蹿去地寻找着食物。有胆大的竟然落在玉真公主的坟头上，用那黑翅膀扇弄着黄土，哇哇哇地叫个不止。紧跟着，又是一阵哗啦啦，更多的羽翼扇动起来，一只只乌鸦依次落下，有的甚至踩踏在李白的背上觅起食来。

醒过来，李白的眼前已是黑压压一片。他像是刚从噩梦中惊醒，全身虚弱无力，强撑着想从地上爬起来。

呼啦啦啦，又是一阵哇哇地乱叫，乌鸦们惊恐地飞离了鹿台。

面对玉真公主的墓地，李白无能为力。他下山，用自己身上最后的一些钱，请来两个壮汉，让他们把玉真公主的墓地重新修整一遍。

整块的青石碑被起了出来，墓地里露出了玉真公主的内棺盖。

李白没再让打开内棺。他从自己的怀里掏出随身带着的小布包，将玉真公主送给他的半节簪子和一只银手镯，小心地放在内棺盖的正中央。另一节簪子，仍留在他的小布包里，和许夫人的黑发、令狐兰的手镯放在一起，李白会一直保存着它们。

李白不知道，打开内棺棺盖，正是在这个位置，玉真公主的前胸已经放有一只同样的手镯子，那是她生前送给元丹丘的信物。

一对银手镯子原原本本地还给了玉真公主。它们将永远伴随着她。

两个壮汉将新做好的外棺椁盖盖好，坟堆重新筑成。青石碑竖在了墓前。它背靠鹿台，面向北方，隔着山坡，与颍阳山居的旧址遥遥相望。

嵩山元丹丘山居，早已化为一片灰烬。这块世外桃源，曾经令李白羡慕不已。李白知道，元丹丘不会再来这里（除非他真的变成神仙，会来鹿台歇脚），他自己也不会再来这里（他要成了仙，也会再来）。玉真公主没有成仙，她只能永远在鹿台下等待。

站在颍阳山居旧址，李白最后看了一眼对面竖着的玉真公主的石碑。远远望去，它上面没有一个字，干干净净的，平平滑滑的，只是一块青黑色的石板。

李白感慨万千，作诗一首：

> 月色不可扫，客愁不可道。
> 玉露生秋衣，流萤飞百草。
> 日月终销毁，天地同枯槁。
> 蟪蛄啼青松，安见此树老。
> 金丹宁误俗，昧者难精讨。
> 尔非千岁翁，多恨去世早。
> 饮酒入玉壶，藏身以为宝。

6

下了嵩山，李白在颍州落脚。他身上已经没有分文，进不得酒家饭店，只能沮丧地坐在一家小酒肆的门口。

这家小酒肆把方桌摆在外面，招揽顾客。一个四十来岁的衙役正坐着喝酒，看样子，他是外出公干，路过此地，在这里暂时休息一下。

衙役见李白坐在对面，酒肆的伙计问他是否要上酒菜，李白摇头，说是只坐坐就走。等伙计一转身，李白不停地翻衣服口袋和自己的布包，随后露出失望的表情。

衙役觉得，对面的这个人有些眼熟，像是在哪儿见过，可他一时想不起来。他看着李白，正碰上李白朝他这边送过来的目光。

"老哥，过来喝杯水酒？"衙役端着酒碗，朝李白举了举，请他过来。

李白疲倦的脸上露出一点微笑，客气道："谢了，我坐坐就走。"

"老哥，你要去哪里？"衙役问。他想李白身上没有钱，一个人能上哪儿去。

"说不定，"李白说，"四处走走，走到哪儿算哪儿，我一年四季，总在外面走。"

"噢，这么说，你一定到过不少的地方，"衙役觉得很有趣，他一手端着碗，一手提着酒壶，自己移到李白的桌子上来，说，"我好像在哪儿见过老哥。宋州，就是睢阳城，你去过吗？"

李白点头："去过。"

"伙计，再拿个碗来，"衙役让李白和他一同喝酒，并说，"我在宋州府上当差，姓宗，单名璟，请问老哥高姓大名？"

"李白，字太白，"李白很随便地说，"宋州高适是我的朋友，宋州太守我也曾相识，前些年，我和朋友到睢阳去玩，在那儿住过些日子。"

"噢，你是有名的李翰林，"宗璟想起来了，"来睢阳时，你刚从京城出来不久。我还记得你和高大人一起去过单父狩猎，对不对？"

"你的记性不错，"遇到一个相知的人，李白的情绪有了好转，"宗官人是外出公干？"

"正要回睢阳，"宗璟说，"我在宋州府上当差已有多年。李大人恐怕记不得，你来睢阳正是我接待的。"

宗璟还告诉李白，宋州现任太守是前宰相张九龄的胞弟张九皋，高适已由他举荐，通过上年的道科统考，去封丘做了县尉。

"达夫兄去做了官，他的家人可留在睢阳？"李白问。

"先头没去，秋天他回来接嫂夫人一起去了。"

李白叹了口气，不再说话。

"喝酒，"宗璟给李白斟了满满一大碗酒，推到他面前，说，"李大人一个人在外，没有其他事情的话，不如和我结伴，再去睢阳走走？"

本来李白有去睢阳的意思，可听说高适已走，张九皋他并不熟悉，便改变了主意。他低着头，喝着闷酒，想着自己的心事。

宗璟见李白似乎有心事，自觉不便过多打扰。他从衣袋里掏出一锭银子，犹豫了一下，送到李白面前，说："李大人，我们两次见面，也算是有缘分。这锭银子你收下，算我们交个朋友。"

李白已经身无分文，宗璟慷慨解囊，对李白如同及时雨一般。可他面子上过不去，推辞道："宗官人这是什么意思，你我结交朋友，还要宗官人的银子不成？"

"李大人不要笑我。"宗璟露出窘态，说，"我虽是一个小小的官差，朋友交情还是略知一二。和大人交朋友，是我高攀，可说不定哪一天，我要求大人多多关照呢。请李大人千万不要瞧不起我。"

"兄弟何出此言，"李白道，"明明是你解囊助我，哪有我笑兄弟的道理。我是想，今日萍水相逢，受此重礼，不知我李白何时才能报答兄弟。"

李白答应收下银子，宗璟高兴了。

两个人喝过酒，宗璟与李白道别："我先走一步，李大人，我们后会有期。"

"兄弟一路多多保重。"李白起身相送，"我们后会有期。"

在颍州分手，宗璟准备先去陈州，再过亳州，然后返回睢阳。李白则打算由亳州回任城去看儿女，独自外出又有五六年了，他一直没有回家。

没想到，来到亳州，正遇漫天大雪。天寒地冻，李白衣着单薄，又没钱购置。自打从金陵出来，前后三两个月了，他路途艰辛，内心痛苦，人的体力精力都已不支，病倒在亳州。

住在小客店里，李白贫病交加，周围无亲无故，正无路可走，又遇到了宗璟。

宗璟冒雪赶来亳州，午夜已过，稍大一点的酒家客店早上了板子，他只好随便敲开一家路边小店。

第二天早起，宗璟临上路前，顺口问了一句："店中病了谁？夜里我一直听着有人在哼哼。"

"抱歉，抱歉，吵了官人，"老板点头哈腰道，"我也没办法，他又穷又老，病在这里，赶都赶不出去。"

"哪里来的？"宗璟问。

"不知道，说是姓李，要回任城去。"

宗璟听了，心中一愣。他想，莫不是李老哥？"店家，带我去看看他。"已经走出店门的宗璟又转回来，让小店的老板带他去看李白。

"官人，他病得很重，你不怕……"

"带我去看。"

宗璟的态度坚决，老板答应着，赶紧带着他走进李白住着的那间又小又黑的房子。

"李大人，你怎么病在这里？"宗璟一眼就认出了病在床上的李白，他走到床前，关切地问李白，"病了多久了？还没看过郎中吧？"

李白没想到在这里又遇见了宗璟。虽然他俩仅有两面之缘，但在李白最需要亲人的时候，宗璟出现了，李白心中激动不已，眼角上挂着泪花，说："兄弟，你来了，我的命就有救了。"

"我来晚了，"宗璟说，"老哥再挺一挺，我马上去给你叫郎中来。"

宗璟给李白请来郎中看病，又亲自为李白熬药、喂药，精心照顾了几天，李白的高烧退了，人感觉舒服多了。又养了几日，李白身体渐渐恢复过来，他怕误了宗璟的事，多次催宗璟先走，宗璟只是不答应。

"我雇辆车，老哥跟我一起走。"

"我这已经让你破费了许多，怎么好意思再麻烦兄弟。"李白过意不去，不想再麻烦宗璟。可打心眼里说，他又有些担心冰天雪地的，他无法回任城。

"既然老哥把我当兄弟看，就不必跟我客气，"宗璟说，"你和我一起回睢阳，在我家养养，等身体彻底恢复了，天气转暖后再走不迟。我们家，不会多了老哥你一个人。"

于是，李白半推半就地上了车，跟着宗璟往睢阳去。

到了睢阳，进了宗璟的家，李白才知道，原来，宗璟是前宰相宗楚客的后人。

饿死的骆驼比马大。宗家在睢阳城内有一座很大的宅第，气派不小。它大院套着小院，东西院落各有五进院，两边还有许多的厢房，构造与长安城中皇亲国戚的王宫大体相似，只是面积缩小了一些。

宗璟一家住在东院，西院住着他的一个同父异母的姐姐，名叫宗珏，四十来岁了，仍未出嫁。

在齐州时，高适曾对李白说过，要把宗楚客的孙女说给李白为妻，他说的正是宗珏。当时，李白对宗楚客为官的品质很有看法，哪里会同意这桩婚事。

宗璟的为人彻底改变了李白对宗楚客后人的看法，但他也没往其他方面想。李白住在这里，只想开春后，自己的身体好了，可以回任城去看儿女。

因为祖辈，宗璟不得在朝中做官，只能在州府里顶个衙役的差事。实际上，他在官府中很有人缘，太守张九皋看得起他，来往睢阳的官员也很愿意和他结交。宗家府上常常高朋满座，十分热闹。

一天，湖州乌程县（今浙江湖州吴兴区）迦叶司马路过睢阳，宗璟特设家宴请他来府上做客，宗璟的姐姐宗珏也被请过来陪客。

李白来后，这是宗家第一次宴请宾客。宗璟说，这次请客，一来是欢迎迦叶司马，二来是给李白接风，他请李白和迦叶司马同坐在上座。

宴会开始后，李白知道迦叶司马是西域天竺人，便和他说起了西域话。迦叶司马很是惊奇，问李白是何方人士。李白以西域方言回了他四句诗。

李白道：

> 青莲居士谪仙人，酒肆藏名三十春。
> 湖州司马何须问，金粟如来是后身。

迦叶司马听了，更觉得李白就是仙人再世，对他十分崇敬，用西域话对他说了许多的赞美之词，并向他连连敬酒。席间其他人都不懂西域语言，不知他们在说些什么。

"老哥像是在吟诗，为何不让我们大家都听得懂，"宗璟对大家说，"李大人作诗在朝中上下可是有名气的，皇上都十分赏识。"

李白笑了，说："我这是一首玩笑诗，《答湖州迦叶司马问白是何人》，没什么可炫耀的。"

"可以和司马逗笑，我们也想乐一乐，"宗璟不肯放过，说，"老哥吟给我们听听。"

客人们都应和着，非让李白将刚才的诗重吟一遍。

朋友们盛情难却。李白起身，笑着，将这四句实在的大话又重复了一遍，随后自己哈哈大笑道："笑话，笑话，全是笑话。"

大家都跟着李白哈哈大笑起来。

宗珏坐在侧座一直没有说话。席间只有她和弟妹两位女眷，她性格从来内向，举止稳重，在这男人的天地里，很有分寸。听了李白的诗，她也情不自禁地笑了起来。

宗珏想，李白不愧是诗家才子，张口就有对子。简单的几句诗，将他的生死归途都介绍得一清二楚。

李白自称"青莲居士"，又称"金粟如来是后身"，宗珏印象极深。佛教中，一切莲花中，青莲为第一，居士即居家之佛教徒；而金粟如来是佛教中维摩诘大士的佛名。这说法，李白即使不是佛教徒，至少对佛教也有相当的研究。宗珏对佛教、道教都十分地偏爱，她暗想，她和李白一定谈得来。

宗璟的妻子很注意自家姑子的一举一动。她发现，宴会中，宗珏含笑不语，只要和李白碰杯，她开始发黄的脸庞便飞出红晕，放下酒杯后，红晕久久不散。再观李白，宗璟的妻子觉得，他和自家姑子正好是一对，年龄相差不过十来岁，谈吐又文雅，极有文学素养。她知道，这正是宗珏心中的理想郎君。

这许多年来，不是宗珏看不上，就是对方担心与宗楚客沾亲带故，影响了自己的前程，宗珏的婚事便一直延误下来。做了老姑娘，宗珏也不肯屈就，随便嫁人。宗璟的妻子想，李白长年在外，很可能家里已无妻室，若能把他留下来，招为宗家的上门女婿，那就好啦。

散了宴会，回到房中，宗璟的妻子神神秘秘地问："你知道李白家中可有妻室？"

"没听他说过，"宗璟被问得没头没脑，说，"他家有儿女，怎么会没有妻室？"

"不一定。"妻子说，"家中有妻室，他会长年在外，不归家吗？像你，哪一次出去，不是急急忙忙往家赶？我看哪，他肯定是个鳏夫。"

"你怎么了？人家在这儿住几天，他是鳏夫，还是民夫，与你何关？"

"与我无关，不一定就与你无关。"宗璟的妻子点了一下宗璟的脑袋，笑着说，"你就不关心关心你的老姐姐？要是李白家中没有妻室，我们把他……"

"你是说……"宗璟明白了。他打断了妻子的话，想了想，说，"好主意，我倒没想到。明天我就去问他。"

第二天，宗璟果然问李白。李白告诉他，他的结发之妻已去世多年，后继一室，也因性格不合，早已分手。现在他是孤身一人。

宗璟听了，心中暗赞自己妻子有眼力，能把李白留下，与姐姐成亲，是再合适不过的了。

"难怪老哥长年外出，"宗璟说，"长此以往，总不是回事。老哥不想再续吗？"

宗璟想先探探李白的真实想法，没有直接说他姐姐宗珏的事。

李白却似乎想都没想，便很干脆地回答道："不再想了，下半辈子，我一个人过，倒也轻松自在。"

宗璟当时笑了笑，没再说什么。可过后，他处处留心，一有时间，就把姐姐请过来，和他们一起吃饭用茶、聊天下棋，创造很多机会，让宗珏自己和李白接触。

自那天起，宗璟的妻子对李白也特别地留心。她常常有事没事到李白的房里坐坐，坐下来，絮叨的尽是她家姑子的好处。

她说，她家姑子手巧，女红针线样样出众，她几个孩子的穿戴，大多都是姑子给做的。她家姑子的心眼也好，人家都说，有姑子在婆家，关系不好处，可自打她进了宗家的门，她和姑子没红过一次脸。家里要是没有这个姑子，她会觉得很寂寞。

"我不识字，"宗璟的妻子说，"姑子她可是女才子，识文断字，肚子里藏着讲不完的故事，历史的，当今的，我的几个孩子都是她给启的蒙。孩子们都喜欢她这个女先生。后来我们给请的先生，他们不喜欢。"

李白静静地听着。

"你会作诗，她也会。这地方，很多人家逢年过节，都特意来请我们家姑子给作对子。他们都夸她的对子对得好，不在那些会作诗的男人之下。"

宗璟的妻子越说越得意，她见李白笑了，又说："不信，哪天她过来，让她和你比试比试，保管你也会夸她。"

宗珏的棋艺高超，这一点，李白的确佩服。她和李白下棋，常常不分胜负。李白好胜，输了棋，总想把它赢回来。宗珏暗地里让着他，今天赢了一局，明日，她一定要让李白赢回去两局，且输得不露声色。

时间长了，李白心里也明白，很多回，不是他的棋下得好，而是宗珏的心底很宽。她下棋既认真，又不斤斤计较。一个女子颇具大将风度，实在难得。

眼看，又要过年了。

小年前，正如宗璟的妻子说的那样，城里很多人家前来找宗珏作新年对子。宗珏告诉他们，她们府里住着一位客人，字写得好，诗作得更好，出口即成妙对，今年请李白替他们写。

李白也不客气，有人请他写，他提笔即成。写下的春联对子大多是他的即兴创作，对仗工整，内容新颖，很受人喜欢。城里一传十，十传百，每天到宗家求写春联的人络绎不绝。宗珏和李白两个人，一起忙了差不多十来天，总算把这事给应付过去了。

这十多天，李白和宗珏天天在一起，作对子，写春联，两个人配合得天衣无缝。宗璟夫妻俩看在眼里，喜在心上，只盼着他们两人不用外人撮合，自己就能凑成一对。

过了小年，大年接踵就到。

年前的准备过去了，不会再有人上门求写春联了，可李白和宗珏之间还是一直没有动静。李白还说，开春后，天气好了，他就要回任城去。

宗璟媳妇有些急了，她过去问宗珏："他大姑，你对自己的事情，怎么一点也不上心？"

"你看这个李白到底怎么样？"不等宗珏回话，她又说，"我看他不错。"

"你看他不错，那你改嫁好啦。"宗珏面带愠色道。

平日，宗珏很少开玩笑。她突然来了这么一句话，宗璟媳妇一时弄不明白她是什么意思。

她愣了一下，小心地问："他大姑，你对他没有那个意思？我还以为……"

"弟妹快别说了，这话让人听见，多难为情。"宗珏红着脸，打断了宗璟媳妇的话。

"唉，有啥难为情的。你不要怪我说话直，"宗璟媳妇说，"他大姑你年纪也老大不小了，碰上一个合适的人不容易。你给句痛快话，这个李白，你觉得怎么样？我看他对你不错，给你帮忙做事，他特别上心。你要是觉得合适，我去替你们捅破这层窗户纸。要不，开春后他走了，你还上哪儿去抓他！"

宗珏不说话。在心里，她已经喜欢上了李白。这些天的接触，她发现，李白豪爽的性格虽然与她自己从小由于自卑而养成的十分内向的性格完全不同，但他俩的爱好却有许多相似之处。他俩在一起，很是谈得来。

不过，宗璟想的比弟媳多。她担心，李白嘴上说不再求仕途，心里仍对官场念念不忘。若与她成亲，做了奸相宗楚客的孙女婿，岂不从此断送了他的前程？

再说，宗璟想，她没有花容月貌，又已进入人老珠黄的年龄。李白虽说大了她七八岁，是五十来岁的人了，可他毕竟是男人。四十多岁的女人与五十多岁的男人不可比。男人到多大的年纪找个年轻貌美的小女子，都无可指责。女人呢？女人则不同。四十多岁了，还有谁能看得上眼！宗璟很悲观，为此，她绝不肯先表露半点对李白的好感。

宗璟的妻子看出了她姑子的心思，回去和丈夫商量。两个人商定，不管李白愿不愿意，一定要把话说穿。说穿了，他若愿意，赶着过大年，替他们把事办了，岂不是双喜临门！

大年三十的这天早晨，宗璟来到李白住的客房。进门，他和李白道了声早，然后坐下，一句话也不说。

李白刚刚起床，见宗璟进来却不说话，有些奇怪，于是在他对面坐下，问："兄弟有事？"

宗璟不好意思地笑了笑，摇头，又点头，仍不开口。

"有话，你直说，对你老哥还有什么不好开口的？"李白豪爽地说。

宗璟这才吞吞吐吐道："老哥，我有件心事，一直想对你说。我……我想了很久，又怕碰钉子，不敢对你说。"

"你说，我不会怪你。"

"你知道，我们宗家，祖上名声不好，"宗璟终于鼓足了勇气说，"很多人瞧不起我们。其实，我姐姐宗璟她人很好。我想，想请老哥做我的姐夫，不知你是否愿意。"

"就为这事？"李白笑着问，"你姐姐她愿意吗？"

宗璟赶紧点头，说："她肯定愿意。"

"你敢保证？"

"敢保证。"

李白痛快地答应下来："那好，这事就定了。"

"真的？"

"当然是真的，"李白说，"你姐姐她愿意什么时候办，我们就什么时候办。"

宗璟高兴得差点儿一下跳起来，没想到李白会答应得如此痛快。他急着说："今晚，今晚怎么样？今晚过年，又办喜事，双喜临门，好吗？"

李白不反对。

于是，宗家上上下下好忙了一天，把西院收拾得像模像样。晚上，宗璟为姐姐和李白热热闹闹地办了喜事，一家过了一个痛痛快快的春节。

天宝十年（751）正月初一。早晨起来，李白已是宗家的上门女婿了。他又一次成了宰相家的孙女婿。他对他的新婚妻子宗夫人，真心喜欢，十分满意。

第 四 章

1

这一年正月初一，长安皇宫也有喜事：玄宗为他的边关宠将、杨贵妃为她收养的干儿子——安禄山，庆贺五十岁的生日。

依照汉人习俗，男人五十大寿，必须提前在四十九岁这一年过。天宝十年（751），安禄山年满四十九，虚岁正好五十。头一年，朝廷已用心筹备。皇上敕令以皇亲贵族的规格，为安禄山在长安亲仁坊建造宅第，楼宇亭阁要盖得壮观华丽，不计花费的人力财力。

亲仁坊地处东市，距皇城仅有两道横街，离玄宗住的兴庆宫也很近。若以东市为中心，兴庆宫在其东北角，亲仁坊正好在西南角，绕着路走，只需过两条直街，便可到达皇上的住地。这里住着不少朝廷重臣。

过小年，富丽堂皇的安大人府邸竣工剪彩。专程赶来长安的安禄山，带着皇上新赐给他的一群妃子小妾，喜气洋洋地住了进去。

二十九、三十，安禄山连着两天在府上大摆宴席，他以谢恩之名，请皇上和他的母后杨贵妃光临。玄宗说，正月初一，他们要在内宫为安禄山过生日，这外面的宴会就免了。皇上指派左右宰相赴宴，并请杨玉环的三个姐姐，韩国夫人、虢国夫人和秦国夫人，每天轮流作陪，与安禄山一同游玩欢饮。

大年初一，安禄山生日。早起，一群达官贵人和夫人美妾簇拥着杨贵妃的干儿子进宫，给皇上和贵妃娘娘拜年。

玄宗和杨玉环盛装端坐在大殿之上，皇太子和朝中重臣、皇子诸王分坐两侧。安禄山一身胡人打扮。他头包着黄绸巾，挺着大肚皮，独自进入宫殿。

来到殿前，安禄山双膝跪下，先拜过贵妃娘娘千岁，再稍稍侧面，叩拜皇上陛下万岁万岁万万岁。

"安禄山，"玄宗发话道，"新春佳节，朕特意为你在宫中设宴，庆贺五十岁生日，你进来为何先拜娘娘？"

"回禀陛下，"安禄山跪着说，"蒙陛下宠爱，专门为小儿过生日，安禄山今生今世感恩不尽。按照我们胡人的习惯，生日喜庆，必须先拜谢母亲生养之苦，再拜父亲大人栽培之恩，请陛下宽恕小儿。"

"合情合理，禄山平身。"玄宗听了高兴，他请安禄山起来，指了指坐在右侧的皇太子道，"这是太子李亨。"

安禄山装傻，站在那里眨巴眨巴眼睛，无动于衷。

高力士见状，示意手下过去让安禄山拜见太子。一个宦官赶紧走到安禄山面前，在他耳边小声道："安大人，皇太子在上，快些过去拜见。"

安禄山则高声问道："太子是几品官位？比宰相大，还是比宰相小？"

玄宗并不怪他，和颜悦色道："皇太子是储君，朕百年之后，他即代替朕做你们的君主。"

"请陛下恕小儿愚昧无知，"安禄山忙跪下，叩首道，"此前禄山心中只知陛下一人，不知另外还立有储君。"

"平身，平身，"玄宗说，"不知不为过。你现在过去，见过你的皇兄。"

安禄山这才起身，过去拜见了皇太子李亨。

李亨稳坐在皇上的右侧，他淡淡地回过安禄山的礼节，没有说话。安禄山心里知道，太子对他刚才的表演有了看法。

看着皇太子，安禄山皮笑肉不笑地将眼睛眯成了一条缝。如果距离再远一点，恐怕连这一条缝也难得看见了。但这条难得看见的缝也清清楚楚地表示了他并不把皇太子放在眼里。

玄宗以为安禄山粗莽耿直，不善于掩饰自己的不是，更加喜爱他。玄宗送给安禄山许多的生日礼物，又正式任命安禄山为河东节度使。

至此，安禄山继范阳、平卢两节度使，兼任朝廷御史大夫、河北道采访处置使，封山东平郡王爵位（唐朝将帅封王的做法从此开始）后，又领任一方节度使，手下共统兵一十八万三千九百余人，约占朝廷镇兵的百分之四十。朝廷里，没有人可与他的实力匹敌。

玄宗还特许安禄山的生日宴会，在兴庆宫的花萼楼举行。每年八月初五"千秋节"（天宝七年更名为"天长节"），玄宗的生日都是在这里举行。安禄山获此特殊待遇，是其他皇子从未有过的。

初一、初二，安禄山在众多皇亲国戚、王公大臣的陪伴下，在皇宫内好好风光了两天。晚上，他留宿内宫，这又是内宫从未有过的事情。

初三，玄宗未上早朝。连着两天宴会，他人也累了。这天上午，玄宗睡到很晚才起床。洗漱过后，用了御膳，身边不见杨玉环，他正要发问，忽听寝宫外有笑闹声。

"外面是何人在喧闹？"玄宗懒洋洋地半躺在御椅上问。

高力士忙应道："臣去看看。"他走出寝宫，打发下人马上到院子里去制止。

内宫里，特别是皇上的寝宫周围，平日总是保持幽静。不但宫人们讲话不准高声，就是得病咳嗽也是不允许的，哪里还有人敢大声喧哗？领命前去制止的宦官心中疑虑，谁的脑袋不想要了，跑到皇上的寝宫外面来笑闹？

疾步拐出寝宫前的竹林，宦官看见，一群宫女簇拥着一架彩舆，彩舆中坐着一个巨大的胖子。他光着头，臃肿的脸蛋上涂了胭脂，眉心正中点了一个大红点，周身围着一床锦绣大襁褓，怪模怪样地坐着。宫女们前呼后拥，抬着他，嬉笑不止。

宦官一时没认出坐在彩舆上的是何人，他义正词严地上前指责道："你等长了几个脑袋，敢在万岁爷的寝宫外面胡闹，还不快快止住！"

众人愕然，笑声骤止，彩舆也停了下来。

马上，有杨贵妃的贴身宫女站出来，她一手叉着腰，一手指着这个宦官，骂道："狗奴才，你长了几个脑袋？敢来阻拦我们贵妃娘娘的好事！"

被骂的宦官愣住了。他没看见贵妃本人，不知这出闹剧与贵妃娘娘有什么关系。

"你睁大狗眼睛瞧瞧，彩舆上坐的是什么人？"贴身宫女更加盛气凌人，"他是安大人！我们娘娘正在给她的干儿子做三日洗儿，你敢破坏不成？"

143

宦官偷着看了一眼彩舆上的老婴儿,认出果然是前日在宫内做寿的安禄山,吓得再不敢有第二句话。

"来啊,我们继续热闹,贵妃娘娘还在那边等着呢。"杨玉环的贴身宫女让众人继续笑闹,抬着彩舆,拥着娘娘的宠儿往前走。走了几步,她又回转身来说,"进去禀告陛下,就说贵妃娘娘洗儿,等着陛下前来高兴。"

宦官应了,扭头就往回跑。

来到寝宫门口,宦官一五一十小声地向高力士说了他见到的情景。高力士想了想,带着他一同走进寝宫。

"陛下,"高力士站在紧皱着眉头的玄宗面前,赔着笑说,"臣派人去看了,外面正在办喜事呢!"

"又有什么喜事,办到朕的门口来了?"玄宗半躺在御椅上,有些不耐烦。

高力士给身边的宦官使了个眼色。宦官领悟了,朝前点头哈腰道:"回禀陛下,是贵妃娘娘给安大人做三日洗儿。洗过澡,安大人打扮了,用绣绷子裹了,正坐在彩舆里,让女官们抬着,在内宫里兜风呢。娘娘还说,请陛下起来,也过去,大家一块儿高兴高兴,贵妃娘娘在那边候着陛下。"

"哦,"玄宗听说,脸色即刻由阴转晴,眉结打开了,眉宇舒展了,一丝笑意浮上嘴边,说,"玉环天性活泼,有了禄儿这个宝贝,一定玩得十分畅快。"

"回禀陛下,所有的宫人都快乐极了,"宦官见皇上喜欢,添油加醋道,"我见了,笑得直流眼泪。这不,贵妃娘娘请陛下就去呢。"

"朕累了,去告诉贵妃,就说朕让他们尽情欢乐。"想了想,玄宗又交代高力士说,"高将军,你取一批金银来,分作两份送去。一份赏给贵妃,就说是朕赏给她的洗儿钱;另一份,你替朕赏给安禄山,是朕对他的孝子之心的重赏。"

高力士领旨下去照办。

领了皇上的赏钱,安禄山更加放肆,他围在杨玉环身边,出洋相逗乐,杨玉环也越发胆大,玩弄她的禄儿,两个人在一起,十分欢情。

午后,杨玉环让贴身宫女去打探皇上的动静。

宫女回来,禀告说,皇上今日真的倦了,一上午没出寝宫。中午的御膳是让人送进寝宫用的。这会儿，皇上正在午休。

"寝宫里很安静，"宫女神秘地说，"没有一点杂声，我站在寝宫门外，就听见了陛下轻轻的鼾声。陛下睡得很熟，一时半会儿，怕不会醒来。"

杨玉环点了点头，道："陛下年纪大了，比不得我们，他觉得累了，谁都不敢打扰。"

安禄山听了，心中暗自高兴。他对杨玉环半开玩笑地挑逗道："娘娘千岁，孩儿玩了一上午，也有些累了，求母后带孩儿进屋去小睡一会儿，养养精神。"

杨玉环被安禄山说得有些慌了神。在内宫里，他居然敢提出让她带着他去睡觉，这让皇上知道了，可不是闹着玩的。她想拒绝，却又架不住安禄山这极富粗野的挑逗。两下为难，杨玉环一时不知如何是好。

"娘娘千岁若是不愿意孩儿陪你，孩儿只好告辞。改日，待陛下龙体恢复了，孩儿再请求进宫来见娘娘。"安禄山抓住杨玉环的矛盾心理，起身，假意要走。

"慢着。"

"娘娘千岁还有吩咐？"

杨玉环犹豫了一下，面带羞涩，开口道："禄儿，你可以陪我去侧殿坐坐。"

"孩儿正求之不得，"安禄山转忧为喜，他走近杨玉环，小声道，"娘娘让我怎样，我便怎样，一切全听娘娘使唤。"

"少和我贫嘴。"

"孩儿不敢。"安禄山说着，装着伸手搀扶杨玉环。乘宫女们不注意，他迅速地在杨玉环的胳膊弯儿里用力地拧了一把。

杨玉环又痛又痒，差点儿没叫出声来，顾及着左右，她娇羞嗔怪地乜了安禄山一眼，还是让他扶着，往侧殿走去。

这不是贵妃娘娘的鼓励，至少也是她的默许，安禄山暗想。进了侧殿，他的胆子更大了起来。他紧挨着杨玉环坐下，等宫女送上茶来，便挥手道："你们都给我下去。"

宫女们一齐看着贵妃。

"禄儿让你们出去，你们就出去吧。"杨玉环说。她摆出母后宽容的态度，表情稍稍有些不自然。

"是，娘娘。"宫女们听话地退了出去。

安禄山呵呵呵地笑了。

"禄儿，"杨玉环像是真的不高兴了，"我不喜欢你这么笑法，赖皮赖脸的，哪像个边关大将。"

"孩儿听话，"安禄山马上收住了极不雅观的笑声，做出严肃状，赞美杨玉环道，"娘娘年轻美貌，仪表又端庄大方，深令孩儿仰慕。"

"你真的心甘情愿做我的干儿子？"

"那还有假？"安禄山说，"禄山虽年长母后十几二十岁，可辈分大小，不论长幼。犬子能时时受到娘娘的教诲，真乃三生有幸。"

"你呀，"杨玉环露出爱怜之态，点着安禄山的脑门子说，"难怪皇上喜欢你。你的这张嘴，能把活的说成死的，死的说成活的。"

安禄山就势，往杨玉环身边靠了靠，做出娇儿态说："孩儿这嘴，一直想着一样东西，不知娘娘能否让孩儿满足。"

"你说，只要是宫里有的。你想吃什么，我保证让你满足。"杨玉环道。

"真的？"安禄山狡猾地眨了眨眼睛，追问道，"娘娘说，只要是宫里有的，你保证让孩儿满足？"

"我绝不食言。"

"孩儿可要胆大说了。"

"你说。"

安禄山和杨玉环对视了一下，然后，他死死地盯住杨玉环丰满的前胸。

在园子里玩，杨玉环外面披着锦缎棉披风。刚才进了侧殿，屋里暖洋洋的，她脱下披风，露出了里面穿着的淡黄色的窄袖短襦。这棉质短襦下配长裙，袒露半臂，马蹄形的领口一直开至胸间，一圈白羊毛绒围在贵妃娘娘高挺着的乳峰下。

安禄山坐在杨贵妃的侧面，盯住她那露出的丰硕的手臂、雪白滑嫩的前胸，往里深深地吸了一口气，又咽下一口涎水，说："记得娘娘收养我，皇上当着孩儿的面，在浴池边用手指扪弄着娘娘的丰乳，将它比作'软温新剥鸡头肉'。这可把孩儿好馋了几年，我想……"说着，安禄山伸出大手，就想往杨玉环领口里探。

146

杨玉环稍稍将身子侧过，似羞非羞，背对着安禄山，以娇嗔的口气道："禄儿，你好没有规矩。"

"哪里是孩儿没有规矩，"安禄山并不管那一套，他从背后一把将杨玉环抱住，手伸进她的领口，只管乱抓乱摸，"娘娘既是母后，理应哺养孩儿。"

杨玉环嘴上不肯，心里也想试试安禄山的粗野。于是，她半推半就，依在这个胖汉子的怀里，任他胡闹。

"禀告贵妃娘娘……"一个宫女出现在侧殿门口，见杨贵妃与安禄山偎在一起，她话没说完，赶紧缩了回去。

杨玉环知道宫女一定是有事，她从安禄山怀中挣脱出来，迅速地整理衣襟领口，低头一看，白嫩的乳房上已经被抓出了许多紫迹。

"你看看你。"杨玉环嗔怪地看了安禄山一眼。

安禄山又呵呵呵地鬼笑，想迎过去。

"快别闹了，"杨玉环用手将他拦住，朝门口问道，"你们有何事禀报？"

宫女没露脸，在门外应道："回娘娘，皇上午休起来，在问贵妃娘娘的去处呢。"

"告诉皇上，我马上就到。"杨玉环说着，又转向安禄山，"你也该回去了，改日方便，我再宣你入宫。"

安禄山虽然胆大，在皇上眼皮底下与贵妃娘娘调情，毕竟有些心虚。他应着，站起身来，急忙往外走。

走到门口，安禄山回过头来，又对杨玉环淫笑道："母后大人，孩儿出去，你别忘记了我的好处。孩儿在外面候着你，早些唤我进宫。"

打发走安禄山，杨玉环让宫女们给她换了一身大红的回鹘装。这回鹘装本是西域服饰，类似男子的长袍。它衣身宽大，长袖窄小，下摆曳地，领口虽然下翻，里面却有织锦高领内衬，将全身上下遮得严严实实。与服饰相配，宫女们替杨贵妃把有些蓬乱了的乌发梳整成回鹘髻，高高的发髻上插着簪步摇。

内外不露半点痕迹，杨贵妃迈着轻松的步子去了寝宫。

"玉环，你可来了，"进门，玄宗就看见了她，"你和禄儿可玩得高兴？"

"午后他就回去了，"杨玉环不经意地说，又把话岔开，关切地问道，"三郎休息了半日，精神可恢复了？"

"恢复了，恢复了，"玄宗拉着他的爱妃在身边坐下，上下打量道，"娘子很少穿这大红服饰，穿上，容貌姣好，越发光彩照人了。"

"三郎，你就爱拣好听的说，"杨玉环娇气道，"人家替你皇上大人陪边关大将，累得要命，哪里还能精神焕发。这会儿啊，我的骨头都要散架了，只想往床上一躺了。"

玄宗哈哈大笑，道："做母后，当然要多吃点累。不过，娘子不为朕分忧，还有谁为朕分忧？"

以后几日，杨玉环故意推说人倦了，不与玄宗同床。玄宗并不在意。杨玉环哪里知道，玄宗心里也有他的秘密。

史书记载，杨贵妃的三姐、孀居的虢国夫人美貌绝伦，放荡侈淫。玄宗对她格外垂青。

通常，命妇入宫都乘坐凤辇，以体现她们的身份和稳重。虢国夫人入宫，则骑着她的紫骢马，乘着她的小黄门舆，她在骏马上的矫健、黄门中的端秀，超出一般。虢国夫人的打扮，也与众多的粉脂贵妇不同，她常常淡扫蛾眉，以不加修饰的妖娆色相，在皇上面前一展她的天生丽质。

年前，虢国夫人新弄到了一种香料，带在身上奇香无比。在新春佳节为安禄山做生日的宫宴上，她坐在玄宗的身边，一举一动送出香风，煽动了皇上的春心。

初三，杨贵妃洗儿，玄宗说是倦了，没去热闹。其中有真话，也有假意。皇上一来是真的累了；二来，他心里还想着昨日三姨的风情媚眼，想找借口独自去会会他的三姨。这一点，虢国夫人深领其意。

贵妃身体不适，虢国夫人特意进宫探望。她请贵妃妹妹和皇上一起，去她的府第散心。

"三姐邀皇上去吧，"杨玉环道，"我想在宫中休息，改日再去。"

"姐姐单独陪皇上，妹妹放心？"

杨玉环淡淡地一笑，说："三姐亲自陪伴，妹妹为何不放心？我还要多谢三姐陪驾的劳累呢。"

"难怪别人做不了贵妃，妹妹做得。"虢国夫人笑道，"我们家小妹为人处世总是比别人想得周全。妹妹对皇上体贴入微，皇上对你当然言必从之。姐姐我跟着贵妃妹妹沾光，替妹妹多劳累几次，心甘情愿。"

得到贵妃的特许，虢国夫人在自家府上别出心裁地举办"乳香晚会"，只请皇上一人光临。

乳香是一种树脂，因气味芳香而得名。这种香从来稀有，价格昂贵，古代西域人一直把它奉为圣香。

花费重金，虢国夫人从西域买来上百枚洁白的乳香珍品。玄宗到来之前，她命下人将这些乳香分布在厅堂和后花园的长廊两侧。

天黑后，皇上驾到。虢国夫人略施粉黛以轻纱素装相迎。她在厅堂四周点燃乳香，陪着皇上欢饮美酒。很快，玄宗有了三分醉意。

"陛下，坐在我这厅堂里，你看见了什么，闻到了什么？"虢国夫人有意问。

玄宗嗅了嗅鼻子，道："奇香无比，美人身上带有特殊的香囊，朕早就知道。"

"陛下再仔细瞧瞧，"虢国夫人露出神秘的样子说，"厅堂里点的是什么？"

"香烛。"玄宗眨了眨眼睛，好玩道，"美人不用担心，朕才开始喝酒，人还没有醉。"

"陛下醉了，"虢国夫人噘起小嘴，说，"人家特意点了这许多的乳香，陛下都没看见！"

"乳香？"玄宗故作惊讶，"来来来，朕倒要细细瞧它一瞧，这都是美人替朕点的？"

厅堂里的乳香已燃去了不少，香味甚浓，形态却不似先前。虢国夫人拉着玄宗的衣袖，说："这些乳香都没了模样，陛下随我来。"

来到后花园长廊，虢国夫人命身边的婢女将照明的灯笼熄灭。她点燃一柄精致的小火把，送到皇上面前："陛下，这火把归你。长廊上你自己照，自己寻，看看陛下能点燃多少乳香。"

玄宗接过小火把，饶有兴趣地顺着长廊的画栏寻找。找到一枚，他点燃一个。许多乳香被粘在画栏人物的胸前，这些人物，有美女佳人，也有小鬼判官。乳香被点燃，格外有诱色，个个奇形怪状，甚是好玩逗人。虢国夫人还在一旁大惊小怪地喝彩，不停地赞叹皇上的好眼力、好身手。

很快，长廊两边的乳香都被皇上点燃了。洁白的乳香头上，小小的黄色火苗扑哧扑哧地跳动燃烧，园子里四处飘香。

虢国夫人轻轻地碰了碰玄宗，在他耳边小声问道："陛下，你看三姨这园子里，是否另有一番情趣？"

这情，这景，加上这美人尤物，玄宗哪能不醉。一段时间，皇上被虢国夫人迷得神魂颠倒，宫内宫外的事情，他一律不闻不问。当时，正在长安的杜甫有诗云："虢国夫人承主恩，平明骑马入宫门。却嫌脂粉污颜色，淡扫蛾眉朝至尊。"说的正是杨贵妃的三姐水性杨花，承仰圣恩雨露的事情。

内宫里，杨玉环正好有了时间玩弄她的禄儿。安禄山抓住机会，出入内宫，毫无禁忌。夜晚，他公然登上龙榻，与贵妃联寐也无人敢问。

夜宿内宫，偷听宫中的晨钟暮鼓半年有余，入夏，安禄山才离开长安，返回边关去了。

安禄山走后，杨玉环自然收心。她在宫中突发醋意，为玄宗和她三姐的私情，对皇上使性子，发脾气。盛怒之下，玄宗将他的杨贵妃送出宫门。当然，杨贵妃没有十分的把握，也不敢忤旨。她知道，皇上已经离不开她了。果然，不出三日，送出去的杨贵妃又被迎了回来。

有了"出宫"风波，玄宗与杨玉环的恩爱反倒升温，两个人言归于好，如胶似漆，胜似各自偷情之前。

有关杨贵妃三日洗儿，安禄山与杨玉环情乱之事，新、旧《唐书》均无记载，《资治通鉴》却有叙述。据此，有人说，这并非史实。其实，此事未必没有。

在此之前，朝廷里一直传闻，安禄山是由"猪身龙首"怪物投胎而来，醉酒即现原形。养在翰林院里的道士、法师也多次提请皇上注意，安禄山有异相，万万不可轻视。所以，玄宗以大量的珠宝金银收买他，以高官厚禄稳住他。玄宗还想到了三十六计中的美人计，以美人拴住这个极难驾驭的异相怪杰，为他所用，为李家朝廷所用。

对于杨玉环，后人大多说，玄宗和她是皇族中少有的恩爱夫妻。李杨坚贞爱情，常被后人大加渲染。可无论李杨怎样至爱无比，应该说，绝代美人杨玉环只不过是玄宗疼惜的珍品，她可以被爱得很深，可以令后宫三千佳丽黯然失色，却永远逃脱不了珍品玩偶的命运。这一点，杨贵妃被缢马嵬驿便足以证实了。

玄宗专宠杨玉环，并不能改变他风流天子的习性，并不能让他从此不再垂涎于其他美貌女色。恰有李唐大业之需要，玄宗将杨玉环让给安禄山几天，自己也偷空光顾虢国夫人的床第，似乎也是顺理成章的事情。

　　玄宗却不知道，他养虎为患，骄子必纵。安禄山一天比一天骄横放肆。当时，安禄山在朝廷里已经无法无天，他唯一惧怕的只有李林甫一个人，或者说，只有奸相李林甫这服毒药能震得住外憨内猾的安禄山。

　　和安禄山对话，李林甫言语不多，目光深邃。许多次，安禄山心中刚有邪念，并未表露，便被李林甫一语道破。如此，常令安禄山惊讶万分，他相信李林甫必定先知先觉，对他的心思了如指掌。

　　史书上说，隆冬腊月，安禄山去见李林甫，常常紧张得汗湿了衣服。为表示关怀，李林甫拉安禄山坐下，用温和的话语抚慰他，还解下自己的披袍亲切地盖在安禄山的身上。安禄山感激不尽，称李林甫为"十郎"，保证不给宰相大人找半点麻烦。

　　回到范阳以后，长安每次有人来，安禄山一定要问："十郎说了些什么？"来人传的若是些抚慰之言，安禄山即会喜不自禁，以酒宴庆贺。来人传的若是李林甫的提醒："告诉安大人，请他注意检点，好自为之。"安禄山马上就会瘫坐在地上，惊呼："啊呀，我安禄山活不长啦！"

　　想着李林甫的阴险，眼见玄宗年事已高，自己又得罪了太子，安禄山的反心一天比一天大，他在边关加紧备战。

　　天宝十年（751）秋八月，安禄山离开长安后不久，长安武库起火，一次烧掉了三十七万件兵器。私下，人们议论纷纷，言此乃天火，天意所为，凶多吉少。

2

　　李白在睢阳成亲，做了宗家的上门女婿，转眼度过冬季，又到了春暖花开的时节。

　　宗夫人每天吃斋念佛，隔几日还要去道观听法师讲学。对于佛学道教，她比李白精通。李白很愿意学，宗夫人也很愿意教。几个月里，李白在佛学和道教方面又大有长进。

　　一天，宗夫人去寺院上香，带回来一册《律学》，说是鉴真和尚最近的讲经录。

"路上我翻看了几段，语录精辟，不愧有'鉴真独秀'之美称，"宗夫人坐下，茶没来得及喝一口，翻开《律学》让李白分享她的收获，"你读读，大师讲得有多好。"

开元年间，李白二十来岁时去扬州，曾往大明寺去拜会鉴真和尚，不巧大师去了洛阳，他没见到。后来听说，鉴真和尚已做了扬州大明寺的住持，是淮南一带的佛教领袖。

"上回我去扬州，听说大师东渡去了日本，"李白接过《律学》，边看边问，"这就回来了？"

"自天宝元年（742），大师领着他的弟子们去了不止一次，都没成功。"宗夫人说，"听说，这次东渡，在海上遇到了风暴，死了不少的人，大师的眼睛也看不见了。好在保住了性命，平安地回来了。"

"真是难得。"李白道，"我记得大师长我十多岁，今年怕六十有余了。如此高龄仍念念不忘远渡重洋，去宣讲戒律，光大佛教，令人佩服，令人佩服。"李白说着，将翻开还没来得及看的《律学》放在桌子上。他站起身来，信步走到窗前，想要极目远望。可是，窗外的一面灰色院墙挡住了视线。李白只能看见被院墙和窗沿框住的一片蓝天。

蓝天上没有白云，湛蓝湛蓝的，像是一汪池水，清澈见底。小鱼儿养在里面，一定十分舒适。李白自然地这样想着，许久，许久，伫立窗前，一动不动。

宗夫人坐着喝茶。

放下茶杯，她发现李白的情绪在起变化，尽管她只能观察到夫君的后背。这几个月来，对夫君的习性爱好、脾气性格，宗夫人已是了如指掌，一一记在心上。她揣摩着，这会儿，李白这只大鹏，又在想着要振翅高飞了。自家的这个院落，像是小小的鱼池，水再清，也留不住北溟之鲲，宗夫人自然地这样想。

李白不说，宗夫人也不点破。

宗琭不想李白像以前那样，四处游历，也不想李白再去追逐名利。她认为，夫君的天分在诗赋，不在仕途。况且，五十多岁的人了，没必要再去混迹官场。像她祖父宗楚客，二十岁上即进士及第，后在官场中几起几落，虽然做了宰相，却没给后人留下英名。若他早年不走仕途，恐怕结局

152

会美满一些。为此，宗珏一直在想办法，慢慢地规劝李白，让夫君静下心来，不再去外面闯荡。

讲佛学，宗夫人爱说的是："世人多重金，我爱刹那静，金多乱人心，静见真如性。"

李白点头称是。

他又何尝不是如此？

他又何尝不知其中道理？

李白从来不看重金钱，他很想在寂静中求得自己的真如性。

为了留住李白，更留住夫君的心，新婚时，宗夫人做了一件有趣的事。她将两句禅语当作对联贴在新房两侧：

可怜柳絮逐春风
到处自西还自东

年三十晚上，李白进洞房，没注意看。

初一，他出入自己的新房，见了这对联，笑道："上下对仗不工整，算不得佳句。"初二，李白又曰："这两个句子做不得对联，不过是禅师小叹而已。"

到了第三天，宗夫人按照婚俗，洗手下厨，亲自为夫君做了一碗羹汤，恭恭敬敬地端到她的新婚夫君面前。

李白三口两口将羹汤吃得一干二净，放下碗，接过夫人递过来的热毛巾，揩了揩嘴角、胡须，说："娘子为我做了第一件事，郎君也要为我娘子做一件事。"

言罢，李白拉着宗夫人的手，来到新房门前："我要把这对子，改它一改，不知娘子意下如何？"

"夫君看了，记在心上，改与不改，就由不得我了，只能由夫君自主。"宗夫人一语双关地道。

李白笑了。他请宗夫人替他研墨，自己提笔，在红纸上写下"快乐"二字，又让宗夫人和他一起，以"快乐"盖住了门上的"可怜"。左右对联改为：

快乐柳絮逐春风
　　到处自西还自东

　　新婚夫妇各自念了一遍，相对笑出声来。改过两个字，句子的意思完全变了。

　　宗夫人选这两句禅语做对联，原是劝说：夫君从此不必再像柳絮一般，为了功名在外漂泊不定。

　　李白将它一改，面貌全非，他说是：他像柳絮，夫人似春风，柳絮逐春风，时而去西，时而向东，如同鸳鸯在湖中戏水，快乐无比！

　　没过几天，后贴上去的红纸粘得不够牢靠，"快乐"两个字的下方向上卷了起来。

　　宗夫人对李白说："我新读到两句禅语，比这两句好，我们换副对联，好吗?"

　　李白没意见。于是，一对新联又贴上了房门两侧：

　　风送水声来枕畔
　　月移花影到床前

　　风把流水声音传来枕边，月光移动花影送到床前，意为：无心相求却不期而遇。用作对联，说的是李白和宗珏的美好姻缘，也有夫人劝君随缘的含义。

　　李白心领神会。新婚时期，他没有外出。

　　宗璟去封丘送文书回来。走前，李白曾托他问候高适，并将自己在睢阳成亲之事告诉高适。

　　"去年冬季，高县尉去了北方，现在还没回来。"宗璟对李白说，"我特意去了他的府上，见到高县尉的夫人。她说，让我问姐夫好，恭贺姐姐、姐夫新婚快乐。"

　　李白听了，心中一动。令狐兰年轻美貌的模样又浮现在他的眼前。在李白心里，令狐兰总是十六七岁，总是一个活泼可爱的年轻姑娘。有时，他的眼前也闪过在洛阳她留给他的忧郁、伤感的眼神，他还会想起那只曾在梦中见过的乖巧伶俐的小银狐。李白很内疚，他不知道，兰子姑娘和高适结婚后，日子过得是否舒心。高适很满意，兰子也不会不顺心，李白一直这么想。

"她还好吗？"隔了好一会儿，李白才问。

"他夫人说，高县尉有书信捎来，"宗璟以为李白问的是高适，"北方四五月份还很冷，不过，他身体还不错。再有一个多月，高县尉就能到家。"

"他去那边有何公干？"李白不好再问令狐兰，只能顺着宗璟的话问。

"说是把新征的兵送去妫州，那地方很远，在幽州西北。"宗璟这次出去听到不少的消息，"我听说，范阳节度使正在大规模扩军，以重赏招募壮士，很多人去那边寻找机会。"

李白听了，心里又是一动。

宗璟继续说："皇上对安禄山的信任非同一般。年初，他在长安又拿到了河东节度使的帅印。听说，安禄山一回到幽州，立即对属下所辖平卢、范阳、河东三镇的兵力进行了调整，提拔了他的很多亲信，不少人被封为将军。先前哥舒翰手下的将领，就是那个攻打石堡城差点儿被杀头的高秀岩，前不久也投到安禄山的帐下了。"

"安禄山这么做是为了什么，会不会有其他用意？"宗夫人提出了她的看法。

宗璟小声道："是啊，不少从那边回来的人都说，朝廷若是再不采取措施，怕是迟早要酿成大祸。"

"朝廷奸臣当道，地方必有祸乱。"李白说，"不过，这安禄山整编扩军出自何种目的，一时不好定论。"

"我想也是，"宗璟说，"皇上对他的宠信超出其他人，杨贵妃又认了他做干儿子。说不定，他会在朝廷里做宰相。有这么好的前程，人还会有异心？"

李白和宗夫人都没说话。

宗璟又小声道："我还听说，最近，李林甫身体不适，他怕杨国忠乘机篡权，力主杨国忠回川蜀接任剑南节度使。李林甫的理由是，川蜀黎民紧急呼吁，强烈要求杨国忠回去治理，迅速平息当地的战乱。估计，皇上不会不同意。杨国忠不愿意去，怕也找不到推托的办法。"

原来，大唐王朝的南面疆界与当时的南诏（今云南省一带）接壤。

开元年间，以前弱小的南诏逐步扩大，统领了六个土著王国。开元二十七年（739），南诏建都，它的王和太子都得到唐朝的封号。此后，它一直向唐朝纳贡，受唐朝的保护。

上一年，即天宝九年（750），云南太守张虔陀向南诏挑起事端，并上奏朝廷，密告南诏王有反叛行为。张虔陀的本意是，既可敲诈南诏使者，又可建立边功，升官发财。谁知，南诏王不受其诈，果真率兵打入姚州云南府（云南姚安地区），杀死张虔陀，占领了这个地区的三十二个土著部落。

杨国忠在朝中的势力壮大之后，举荐潦倒时曾经支助过他的川蜀富豪鲜于仲通任剑南节度使。天宝十年（751）初夏，鲜于仲通以为自己的实力已经巩固，亲率八万大军征讨南诏。南诏王先与其谈判，表示愿意归还占去的所有领地。鲜于仲通不允，鲁莽行事，对南诏发起进攻。结果，惨遭失败。唐军一次损失六万将士，许多人死于疾病。鲜于仲通好不容易死里逃生，保住了自己的一条性命。

这次征战失败，给唐王朝酿成大患——以后四十余年，南诏一直与吐蕃结盟，不断地蚕食唐朝西南边境，占去大片土地。

害怕牵连自己，杨国忠隐情不报，反倒向玄宗谎称西南征战取得重大胜利。同时，杨国忠悄悄地撤换了鲜于仲通，由他自己遥领剑南节度使之职。

李林甫乘机向皇上建议，派杨国忠回川蜀履行其职，这样，可以尽早安抚南疆。他想借此把来势咄咄逼人的杨国忠赶出长安。杨国忠先是不肯，他请杨贵妃出面，替他在玄宗面前讲情。可李林甫的提议天衣无缝，玄宗也认为这是眼下处理南疆的最好办法。

磨来磨去，此事拖至天宝十一年（752），李林甫自己遥领了朔方节度使，不久便身患疾病。他一再催促皇上尽快做出决断，否则，南疆大乱，将危害朝廷。无奈，玄宗只得向杨国忠许愿，让他先去赴任，一定会很快找个机会将他安稳地调回长安。

宗璟带回来的消息，让李白前后思量了很多天。入秋，李白终于决定亲自去幽州走一趟。于是，他和宗夫人商量。

"你去那个是非之地干什么？"宗夫人不同意。

"我去看看安禄山到底搞什么名堂，如果……"

156

"如果什么?"宗夫人问。

平时,宗夫人虽不问世事,心里却不是没有想法。李白听口气,知道她不赞成他去幽州。

李白犹豫道:"我是说……"

"怎么说,"宗夫人把话接过来,"此时去幽州,对夫君你没有半点益处。你想想看,就算安禄山没有反心,他也是一个极其势利的小人。你不是他的亲信,又没有靠山,安禄山能让你在他手下占去一席地位吗?再说,你这个时候才去,即使安禄山想用你,他手下的官位怕也早被他的亲信们瓜分完了。这还不要紧,倘若安禄山真的居心叵测,你掺和进去,有口难辩。到时候,想要退出来,可就难了。"

"娘子是说,这幽州我去不得?"

"当然去不得。"宗夫人肯定道。

李白笑了笑,他用双手扶住夫人有些瘦弱的肩头,口气十分和缓地说:"娘子说得没错,你的心意我也明白。可我想了很长时间了,这次幽州之行,我不能不去。"

宗夫人对李白没有办法,只得由他去了。

秋暮,李白轻装来到汴州,准备从这里走水路去幽州。朋友于十一逖、裴十三为他送行。李白答谢,写下《留别于十一兄逖裴十三游塞垣》诗一首。诗曰:

……

既知朱亥为壮士,且愿束心秋毫里。
秦赵虎争血中原,当去抱关救公子。
裴生览千古,龙鸾炳天章。
悲吟雨雪动林木,放书辍剑思高堂。
劝尔一杯酒,拂尔裘上霜。
尔为我楚舞,吾为尔楚歌。
且探虎穴向沙漠,鸣鞭走马凌黄河。
耻作易水别,临歧泪滂沱。

这首诗,表述了李白想要寻找机会,为国立功,又对安禄山怀有戒备之心的矛盾心情。李白认为，壮士的雄伟大志，不可长久受缚于笔砚之间。虽说此去幽州，前景是明是暗，暂时无法度之，可"不入虎穴，焉得虎子"？

乘船，李白由黄河转道运河，一直北上。

3

李白来到幽州，已是冬季。

北风呼啸，天气寒冷。衣着单薄的李白走出船舱，登上幽州河岸，身上冷得发抖，感受到的却是这座塞北边城如火如荼的备战气氛。

城内，官兵如云。来来往往，擦肩匆匆而过的，不是军马粮草，便是身穿军服、手持兵器的将士。李白走在街头，东看看，西瞧瞧，格外引人注目。幽州城里，很少见有李白这样的身着布衣的闲散之人。

客店大多被征作军用，很多铺面改为临时的军需武库，里面各种军需用品堆积如山。李白在城中找了很久，一直找到傍晚时分，才在城边上找到一独进独出的小户人家，答应让他借住几日。

住下来，李白问主家："城里住了这许多的官兵，有多长时间了？"

主家六十来岁的年纪，听李白这般问话，拿不准他的身份。他以警觉的目光打量着李白，反问道："请问客官，来幽州是有公干？"

李白笑道："我没在官府当差，是一读书之人，闲暇无事，专程来幽州走一走，逛一逛，开开眼界。"

"哎呀，客官，你来得可不是时候，"主家放心了，话也说得随便起来，"你没看见城里满街都是官兵？这年头，兵荒马乱的，说不定什么时候就要打仗。我们百姓住在这里，要吃的没吃的，要穿的没穿的，躲都躲不开，你还来这里闲逛，不是自找苦吃吗？"

"幽州常年都这么备战？"

"不是备战。"主家纠正李白道，"他们说是'备寇'，说时刻准备对付奚、契丹部落叛乱。"

"听说，安禄山对付他们很有成绩，奚、契丹族再不敢和他争斗了。"

"啊呀，客官，你哪里知道，那都是些上奏朝廷的假话。"主家连连摇头说，"天高皇帝远。玄宗皇上远在长安，他管不了那么多。客官在这里

158

住上几日，一切都会明白的。"

在内地，李白听说，天宝九年（750），安禄山平乱，携赫赫战功入朝。其实，那又是安禄山蓄意挑起的对奚、契丹族的征战，虽然官兵获胜，将士却死伤众多。

安禄山在大殿上向玄宗邀功请赏，玄宗除金银珍宝和官位的重赏外，还特许安禄山自行铸币的权力。安禄山自鸣得意，返回幽州，再次亲率六万官军征讨契丹。结果，这回官军惨遭失败，六万人马几乎丧尽。可玄宗没有怪罪下来，对安禄山反倒更加宠信了。

在幽州住着，李白亲眼看见，每天都有大批新近招募的兵士被送往军营，战马更是成批成群地从四面八方赶来。

城门外，军帐连成了海洋，一望无边。

演练场上，军马战车、官兵将士从早到晚都在忙于战阵操演、教习骑射。

近郊，不断有大规模的官军田猎，刀光剑影，喊杀声跌宕起伏。

整个幽州城，乃至塞北地区，如同在战火中一般。

李白将他的亲眼所见记叙在《幽州胡马客歌》中：

> 幽州胡马客，绿眼虎皮冠。
> 笑拂两只箭，万人不可干。
> 弯弓若转月，白雁落云端。
> 双双掉鞭行，游猎向楼兰。
> 出门不顾后，报国死何难。
> 天骄五单于，狼戾好凶残。
> 牛马散北海，割鲜若虎餐。
> 虽居燕支山，不道朔雪寒。
> 妇女马上笑，颜如赪玉盘。
> 翻飞射鸟兽，花月醉雕鞍。
> 旄头四光芒，争战若蜂攒。
> 白刃洒赤血，流沙为之丹。
> 名将古谁是？疲兵良可叹。
> 何时天狼灭，父子得安闲。

天气越来越冷了。李白想在城中买一件棉袍御寒，可城中只有军服供应，裁缝铺里也不接零散客户，他们都在赶制军用品。无奈，李白只好接受一家店铺老板的好心建议，买下了一身军袄，先对付着穿了。

为了立边功，为了防止奚、契丹族叛乱，"备寇"的规模真的需要如此之大吗？李白想，既然来了幽州，就要弄清楚其中的奥秘。没有朋友帮助，李白准备自己去军营里探探虚实。

这天，李白走出城门，来到军营门口，迎面过来一队骑士，拦住了他的去路。

"站住！"一个骑士坐在马上，朝李白喝道，"你是何人，敢来军营重地走动？"

李白站住，没有答话。

骑士们见他年纪不小了，却穿着募兵军服，官不像官，兵不是兵，更是怀疑。

"你是什么人，快些从实说来。"

李白并没有把这些气势汹汹的骑士放在眼里，他随口反问道："你们看，我像什么人？"

不想，惹怒了骑士。他们跳下马来，把李白围在中间，推推搡搡，里里外外地搜身。

"你等不得无理，"李白大声喝道，"我乃朝廷翰林，前来微服探访……"

搜身没搜到任何可疑的物品，骑士们本想把李白赶出去了事，听他自称是微服探访的朝廷翰林，他们也就做出了"文章"。

"你来打探军情？"

"我们正要抓探子，你倒送上门来了！"

"少废话，把他捆起来，送去将军帐下领功。"

骑士们不容李白分辩，三下两下将他五花大绑，扭进了军营。李白心中暗自叫苦，怪自己说什么不好，为何偏要说是前来微服探访，惹出了麻烦，自己受罪。

"将军正忙，你们把他留下，回去继续巡查。"将军帐前，一个文职幕僚出来对骑士们说，"弄清了此人身份，军曹自会给你等各记一功。"

骑士们领命，上马，排成纵队走了。

留在帐前的李白被反剪着双手，两臂生疼，他请那位幕僚替他松绑。

幕僚走过来，上下打量着他，以怀疑的口气问道："你真是朝中翰林？"

"以前做过。"

"以前做过？"幕僚露出不相信的神态，"现在来军营有何公干？"

"没有事情，只是随意逛逛。大人快些替我松绑。"

李白说的全是老老实实的真话，幕僚却更不相信了。他嘲弄李白道："翰林大人，你等在这里，一会儿，让我们将军大人亲自来替你松绑吧。"说完，他嘿嘿嘿地笑着，转身进了军帐。

无缘无故地被绑在帐下，李白心里早窝了一团怒火，又被这幕僚的无理激怒，再顾不得其他，他放开喉咙，在帐外大骂起来：

"你是什么乌龟王八孙子，不识我堂堂的李翰林！"

"想当年，爷爷我出入朝廷时，你还不知在何处呢！敢在我李翰林面前要威风！"

"让你的主子出来！什么将军，李翰林我倒要见他一见，看他敢把爷爷我怎样！"

"住口！"幕僚又出来了，"你给我住口！我们将军让带你进去！"

"李翰林我不进去，你让他给我出来！"李白的火气越骂越大，他朝帐篷大声地叫喊着。

将军真的出来了。

他走出军帐，看见李白，脸上即刻露出惊讶不已的表情："你是……"

"我是李大人，李白，你不认得我吗？"

"太白兄，真的是你！"

"除了我，还有谁叫李白！"

李白飞快地答道。话出口，他也愣住了。眼前的这位将军真的十分眼熟，李白仔细地瞧着他，心想："莫非他真的认识我李白？我们曾有过一面之交？"

"太白兄，你不认识我啦？"将军兴奋地迎过来，忙着给李白松绑，"天意，是天意让你我兄弟在此相遇！"

解开绳索，李白搓揉着已经酸麻的双手，看着这位称他兄弟的将军，眼前一亮，突然道："你是……"

"我是元演啊，连我你都不认识啦！"

"啊呀！老弟，你怎么在这儿做了将军！"李白高兴得不能自制，他伸手在元演肩上猛拍了几下，"这些年，你都去了哪里，让我好想！"

帐下幕僚站在一旁，他见这被他嘲弄过的老头竟是将军的兄弟，窘迫得满脸通红，不知如何是好。

"请进，我们进去坐下再说。"元演请李白进帐，回头又吩咐愣着的幕僚说，"快去准备酒菜，我要和我老哥好好地庆贺一番。"

"是，将军。"幕僚答应着，转身跑得比兔子还快。

"刚才属下无理，请太白兄多多见谅。"

"不怪他们，不怪他们。"李白的火气早已烟消云散，"没有他们的无理，你我兄弟恐怕还见不得面呢！你一定要给他们记上一功，记一大功！"

元演和李白一同哈哈大笑起来。

"太白兄，你搬到我的军帐中来住，如何？"走进帐篷，元演说，"这里条件虽然不怎么好，不过，我们兄弟住在一起，会比城里的客店方便得多。"

"当然，我当然要搬到你这里来住。"李白毫不客气，爽快地说，"兄弟当了将军，难道还会让老哥我再去住客店吗？没有这个道理，没有这个道理。"

说着，两个人又哈哈大笑了一通。

酒菜摆进军帐，李白和元演面对面坐下，他们边喝酒，边说起分手后这十多年各自的经历。

李白这才知道，元演在他父亲退休前调回太原任职，十多年里，一级一级地升迁。不久前，安禄山接任河东节度使，对太原兵营进行调整，将元演调来幽州，升做了将军。

"都说安禄山有异相，他用兄弟做将军……"

"太白兄，这些话我们留着以后再说。"元演不愿在军帐中谈安禄山，他把李白的话岔开，问道，"分别多年，你可知我兄长元丹丘他现在何处？"

这话触到了李白的伤心之处，他的情绪急转直下。低下头，喝了一口辛辣的白酒，李白很久没有言语。

"你也不知道兄长去了哪里？"元演又问。

"十年前，我送他出长安，算是见了他一面。此后，我再没见到他。"说着，李白从怀里掏出一首诗，递给元演。

元演接过来，念道："去去复去去……"

"你不用念，自己看好啦。"李白说，"这是我昨天晚上写的。来到幽州，人生地不熟，一个人孤单无援，更思念过去的兄弟朋友。"

李白在诗中写道：

> 去去复去去，辞君还忆君。
> 汉水既殊流，楚山亦此分。
> 人生难称意，岂得长为群？
> 越燕喜海日，燕鸿思朔云。
> 别久容华晚，琅玕不能饭。
> 日落知天昏，梦长觉道远。
> 望夫登高山，化石竟不返。

元演读过，疑虑重重，他不知道元丹丘到底出了什么事情。思量了许久，元演还是忍不住要问："莫非我兄长他……"

李白长叹了一口气，终于将玉真公主去世，元丹丘焚毁颍阳山居隐身求仙，他去嵩山寻墓，等等等等，他所知道的事情，一一讲给元演听了。

"我在军旅中这许多年，总盼着和兄长再聚。"元演难过地说，"一晃十多年过去，人都老了，再想相见，难啦。"

话都说出来了，李白心里好受了一些。他想起了当年他们救过的郭子仪，问元演。

"他还好，几年前，调任去九原做了太守。六十多岁的人了，不久，他也该退休了。"

"九原离这里远吗？"

"是朔州的属县，离长城不远。"元演说，"那地方很苦，一般官吏都不愿意去。"

"有机会，我想去看看他。"

元演的情绪也渐渐地恢复了，他笑了笑，说："那里早已冰天雪地了，

163

不习惯的人去了，路都走不了几步。你真想去，等开春后，天气好了，我派人送你。"

1

元演知道李白喜欢四处游玩。军营里"备寇"虽然紧张，他还是抽出很多的时间，陪李白游访名胜古迹。

不久，幽州城内值得一看和可以游玩的地方，他俩全看过了，游完了。元演想起了历史上著名的黄金台，他建议去黄金台看看。

青少年时，李白在古书中读到过黄金台。后来，他吟诗作赋也常引黄金台这个典故来抒发情感。但真正的黄金台，他并未见过。元演说要去黄金台游玩，李白当然高兴。

说走就走。第二天一大早，两个朋友像年轻时一样，冒着小雪，骑着战马，朝易州（河北易县）出发。

易州距幽州有几百里路，李白和元演走走停停，一路玩去，待黄金台出现在眼前时，已是几天后的傍晚。

易州曾经是春秋战国时期燕国的故都，也是当时燕国的重要门户和军事重镇。公元前312年，燕昭王即位后，励精图治，决心振兴国家，以雪齐国破燕之耻。他建造了黄金台，尊郭隗为师，广延天下名士，乐毅自魏国来，邹衍自齐国来，剧辛自赵国来……昭王在位三十多年，有贤良智士辅助，燕国发展到鼎盛时期；再加上乐毅等人统领燕军，联合秦、楚、韩、赵、魏，共同攻齐，长驱直入，占领了齐国七十多座城池，为燕报了破国之仇。后来，燕太子丹送刺客荆轲去谋杀秦始皇，也是在黄金台为荆轲饯行。

由此，黄金台在历史上很有名气。历经一千多年的风雨沧桑，此时，它依旧完好如初。

李白站在覆盖着一层薄薄白雪的高台上，和元演玩笑道："古人以黄金纳贤，安禄山以白银募兵，所付虽然不比从前，也可算得是明智之人。"

"太白兄，你不知内情，"周围没有别人，元演讲出了自己的看法，"虽然同是招才纳贤，安禄山绝不可与燕昭王相提并论，他这么做，不是为朝廷大业，而是另有所图。"

"他真有反叛之心？"

元演点了点头，说："现在还说不准。不过，我总觉得，朝廷对他不可不防。他的权力过大，稍有不称心，很可能就会叛变离异。再说，他本不是汉人，常称自己有王者之命，照道理，这样的人不能重用。"

"当今朝廷昏暗不明，忠良受害，奸臣猖獗，"李白越说越气，"逼人太盛，反了他，也没有什么不对。"

"兄弟，气话可以说，实际不可为。"元演说，"无论如何，大唐社稷总该维护。安禄山想的，与你我不同。我们是为国家、为皇上着想，恨铁不成钢，他则怀有自己的野心。若真让他得了志，国家将会大乱。"

雪越下越大了。小小的雪花渐渐地变成大片大片的鹅毛雪片，纷纷扬扬，自天而降。夜幕中，万物披上了新的银装。可是，谁能想到，在这银白色的世界里，在这圣洁的外衣下，邪恶正在迅速膨胀？

从黄金台回来，李白一直心情不畅。

元演想给李白在军帐中补个位置，这原是李白想过的事情。现在，他拒绝了。李白不愿在安禄山手下谋事，他还劝元演也辞去将军之职。元演比李白实际，他说，他早晚是要走的，只是现在时机尚不成熟。估计，安禄山想反叛，也没那么容易。

天宝十一年（752）冬十一月末，长安传来消息，李林甫病重身亡。紧接着，又有公文送至军帐，皇上以杨国忠为右相，兼任文部尚书。各部尚书皆相应做了重大调整。在此之前，朝廷已将吏部改称为文部，兵部改称为武部，刑部改称为宪部。很明显，杨国忠的势力在朝中占据了主要位置。

幽州城里贴有皇上任用杨国忠为宰相的诏令。李白读过，揭下一张，带回来给元演看。

"照例，重要的诏令必须发至军帐，"元演说，"这次，可能被安禄山扣下了，有意不发。"

"你读读这诏令，杨国忠有三头六臂，一人身兼数职。我随便数了数，皇上前后封了他十几二十个头衔。"李白面露不满，把他揭回来的诏令递给元演，"他有多大的能耐？不就是有一个远房姐姐做了皇上的宠妃！"

"这就足够了，"元演双手接过皇上的诏书，说，"有了这门亲戚，再没本事，也能当国家的栋梁。"元演虽然这么说，看过皇上的诏书，心里

165

也是愤愤不平。

李林甫虽是奸臣，但他在朝中做了十多年的宰相，善弄权术，精于攻心，朝中上下都很怕他。杨国忠则不同。史书记载，杨国忠为人喜好争辩，轻浮暴躁，没有威仪。做了宰相之后，他裁定决断朝中机密要事，非常果敢，决不犹豫，常在大殿之上挽起衣袖，握住手腕，对底下的公卿大臣意气用事。当时，有一位进士曾说："诸位先生依靠杨右相就像依靠泰山一样，我却认为，他不过是一座冰山，如若光明的太阳升起，诸位先生能不失去依靠吗？"

元演分析，李林甫养成的天下之乱，很可能在杨国忠手中爆发。他说："听安禄山的口气，他根本不把杨国忠放在眼里。李林甫死了，安禄山不知还能老实几天？"

边塞"备寇"越来越紧了。

幽州城里四下传言，说是老宰相里通外国，新宰相人没本事且奢侈腐化堕落到了极点。现在，朝廷里人心涣散。皇上正在处置过去的宰相，下一步，就该轮到新宰相了。

还有人说，皇上老了，杨国忠仗着贵妃娘娘的势，根本不买皇上的账。皇上还想管杨国忠？管不了啦，现在，朝廷里只有杨国忠说了算数。

更有人说，皇上被架空了，皇太子实际上也被软禁了。听说，东宫马上就要被改建为杨家三姐妹的第二大豪华宅邸。在长安的皇子、公主都很不服气，他们联名上奏皇上，要求给皇太子正名。皇上看过奏本就哭了，他拿杨国忠没有办法。

真事假事混在一起，在人们的嘴上传来传去，越传越像，越传越有鼻子有眼，活灵活现的，就像大家都亲眼看见了一样。当然，有的传言，人们一听便知其中水分极大。可人们还是爱听、爱传，很多人甚至想让这些传言变为真实。

安禄山的"备寇"又增加了新的内容。

他给属下的大将军、将军们吹风："寇"的含义很大，不一定来自外部，朝廷里也可能生内寇。外寇不可怕，内寇才是最大的祸害，他就在皇上的身边，众位大人必须时刻警惕着。我等吃皇上的军饷，拿朝廷的俸禄，到了关键的时候，不能不为皇上效忠。

为了让属下加强"备寇"观念，在用得上的时候，心甘情愿以命相

166

抵，安禄山下令，在幽州城内搞一次大型的战功、战绩实物汇展。

堆积如山的血衣，残破的军旗、盔甲，缺了边角的盾牌，折断了的弓箭、排弩、矛槊、刃镞，还有立过战功的战车，已经死去的战马，全都摆放在操演场冰冻了的雪地上。

所有官军将士都必须冒雪前去参观。

元演让李白也跟着他们一起去看了。

看了汇展回来，李白的心情异常沉重。那些已经被埋葬，再不能被摆在雪地上让人瞻仰的将士们的身影，不断地从他眼前掠过：几十万人，年轻的、年老的、缺胳膊少腿的，鲜血淋淋……还有许许多多的少妇幼童，哭天喊地，在荒山野岭上为他们逝去的亲人招魂……

门外，雪花飞舞，北风呼啸。在幽州的军帐中，李白把他的所见所思，把他的全部情感，写进了《北风行》。

李白吟道：

　　烛龙栖寒门，光曜犹旦开。
　　日月照之不及此，惟有北风号怒天上来。
　　燕山雪花大如席，片片吹落轩辕台。
　　幽州思妇十二月，停歌罢笑双蛾摧。
　　倚门望行人，念君长城苦寒良可哀。
　　别时提剑救边去，遗此虎文金鞞靫。
　　中有一双白羽箭，蜘蛛结网生尘埃。
　　箭空在，人今战死不复回。
　　不忍见此物，焚之已成灰。
　　黄河捧土尚可塞，北风雨雪恨难裁。

后人读此诗，往往为李白诗中夺目的形象所吸引。

有人评说：太白曰"燕山雪花大如席，片片吹落轩辕台"，景虚而有味。

鲁迅也曾在《漫谈"漫画"》中举例说："'燕山雪花大如席'是夸张，但燕山究竟有雪花，就含有一点诚实在里面，使我们立刻知道燕山原来有这么冷。"

夸张，在李白的诗中随处可见。细品李白诗中的夸张，你会觉得，他的夸张总是那么极端，极端得令人瞠目结舌。他描述的很多形象，讲到的许多事件，常人根本无法想象。比如，他说人有"白发三千丈"，说他"愁来饮酒二千石"，还说"闲骑骏马猎，一射两虎穿"，等等。

极度的夸张是诗人李白真实情绪的表现。身为诗仙，李白的情绪起伏变化极大，他的喜怒哀乐，大起大落，发作起来，时常一直冲向端点。这种情绪，一般人难有，有了也难以表述，只好借李白的夸张来体验，借李白的夸张来宣泄。

5

幽州，李白待不下去了。

元演强留他，让过了年再走。过了年，他又让李白过了正月十五再走。一拖再拖，直到开春，李白非走不可了。

"你不是说，想去九原看郭子仪吗？"元演找到了新的借口留李白，"等冰雪化干净了，我陪你走一趟。"

"想去，不能去了，"李白不无遗憾道，"边塞这地方，我不能久留。兄弟，我走后，你也应尽快离开幽州。"

元演点头，说："到时候，我自有办法。"

送李白走，元演给他配了最好的战马，带足了盘缠。兄弟俩一起出了城门，元演又送了十几里地，还不肯止步。

"你回去吧，离幽州已经远了。"走出山口，李白又劝他。

"太白兄准备去哪里？"元演没有拉住缰绳，继续和李白并肩往前走。

"不知道。可能去洛阳，去长安，可能回家，也可能学元丹丘，隐身蓬瀛。"李白确实不知道自己要往哪里去，元演问他，他总是这么说。

"国家社稷，我们都很关心。不过，很多事情，你我无能为力，兄弟不可过于……"

"我心里明白，"元演还想劝李白几句，被李白打断了。他见元演仍没有回去的意思，只好两腿紧夹马肚，抬手在马背上扬了一鞭子，同时说，"兄弟，我先行了。"

战马驮着李白向前飞奔而去。

元演不得不收住缰绳。他立在马上，目送着李白迅速消失的背影，苦笑了一下，自言自语道："太白老兄，五十多岁了，还这么意气用事。你这脾气，什么时候能随和些才好。"

李白很想去长安。

他想把自己在幽州看到的情况，如实上奏朝廷。可想到朝廷有杨国忠当政，想说的话又好像完全没有必要说了。

"皇上真糊涂。"李白骑在马上，边走边想，"将范阳、平卢、河东三大要塞委托安禄山，丢弃了北疆大片国土不算，还养大了安禄山的狼子野心，终有一天，会危及社稷。我想救天子，救大唐，救百姓，怎奈上奏无门，空有一腔报国之情，无人过问，无人知晓。"

想着这些，李白心如刀绞。路过易州，他又去了黄金台。

荒野中，黄金台其实徒有虚名。

这次来，站在黄金台脚下，李白突然发现，黄金台不再是黄金台了。它身披黄土，杂草丛生，和周围的荒丘野岭没有任何区别。一千多年来，这座土台子默默地沉睡在荒郊野外，不再有人来理会它。什么励精图治，什么招延贤士，什么报国立功，统统都是很久很久以前的故事了。

故事只能写在书里，留在纸上，现实中找不到它的身影。想要模仿，也是不可能的。

后来，李白在《经乱离后天恩流夜郎忆旧游书怀赠江夏韦太守良宰》一诗中，表述了当时他报国无门的悲愤之情。

李白在诗中写道：

......

十月到幽州，戈鋋若罗星。

君王弃北海，扫地借长鲸。

呼吸走百川，燕然可摧倾。

心知不得语，却欲栖蓬瀛。

弯弧惧天狼，挟矢不敢张。

揽涕黄金台，呼天哭昭王。

......

李白先去了洛阳。

他想在洛阳打听一下朝廷里的情况，然后再作打算。到了洛阳，他自然要去天津桥大酒家。

"客家止步，"李白刚一跨进天津桥大酒家门口，便被一个管事的迎面拦住了，"请问客家，可是前来住店的？"

"住店。"李白答道，又补充说，"看你们老板。"

管事的看着这位客人，拿不准他的身份。这人长发白须，满身尘土，不像是官府之人，也不是有钱人家。不过，他交给门上看管的那匹骏马甚是威武，他自己走起路来，也是足下生风，腰间一侧佩着宝剑，另一侧挂着酒葫芦。

必须弄清身份，管事的才好开房。要不，房价高了，客家付不起房费，客店就要做亏本生意了。可这个人是干什么的，天天与众多住客打交道的管事竟一时说不上来，他在心里揣摩着。

"你给我开楼上最里边那套。"

李白边说，边准备往楼上去。以前每次来，董糟丘都给他开那套客房。这次，虽然已经有八九年没有来过了，李白还是习惯性地往楼上走。

"客家慢行。"管事的跟上去，拦在李白前面道，"请问客家要开哪套客房？"

"楼上最里边那套。"李白想都不想，又重复了一遍。

"嘿嘿，对不起，客家，"管事的赔上笑脸道，"那套客房我们不对外。"

李白站住，想了想，问道："你们老板呢？"

"客家问哪位老板？"

"老板还有几个？董糟丘，董哥在吗？"

"是谁找我们老头子？"管事的还没回话，身后已有一个女人问道。

女人朝他们走过来，管事的忙迎上前，恭恭敬敬地说："老板，这位客家在打听……"

女人闪过他，直接走到李白的身边，上下打量了他一眼，问道："你问我们老头子？"

李白认识这个女人，她是董糟丘再续的妻子。天宝三年（744），李白住在这里时，见过她。那时，她和现在大不相同。在李白的印象中，董糟丘再续的妻子是一个小媳妇，不善言语，每日只在自家房中做些家务，从不来酒家露面。多年不见，这个女人已经很老练了。她扬一扬眉，动一动嘴，那说话的神态，不认识的人也知道她是这里的主人。

"董哥不在家？"

"你找他有事吗？"女人不直接答李白的问话，"我是他娘子，有事，你和我说。"

"兄嫂不认识我了？"女人明显比李白小得多，可李白不管这些，她是董哥的妻子，他就要称她为兄嫂，"上次我来洛阳，住在这里，我们见过面。"

差不多每天都有自称是董糟丘兄弟的人来住店，李白这样的话，董糟丘的妻子已经听厌了，她想着，这又是一个想来白住店的人。

"请老哥原谅，"董妻很和善地笑了，解释说，"每天来住店的人多，我的记性不好。老哥是想住店吗？"

"住店，顺便看看董哥。好多年不来了，他还好吗？"

"快带这位老哥过去，那边房子里还有一张空位。"董妻仍旧不搭理李白的问话，她顺手指了指后头的房子，让管事的带李白过去。

李白不再和她多说。他想先住下来，再找董糟丘。

管事的把李白带进一间大屋子。里面，靠墙砌了两排通炕，已经住满了客人。只有左边正中间留着一块空位，差不多有两个人宽，看上去像是客人们有意隔开的距离。

"这床位便宜，你将就着住吧。"管事的说，"我去给你抱床被子来。"

大屋子里，空气混浊，炕上躺着、坐着不少住店的客人，散发出一阵阵的脚臭味。李白刚进来，很不习惯，他看了看周围，跟着管事的出去，说："天津桥大酒家从来就很讲究，没有这样的大房，怎么现在……"

管事的笑着打断了李白的话，说："客家，那是以前的事情。刚才，你没看见吗？老板换了，酒家当然也就不一样了。你将就着住吧。"说完，他扭头走了。

李白没回大屋，他走出大门，看了看天津桥大酒家的门面。外面，没什么太大的变化，只是旧了一些。看过门面，李白又走进酒家，楼上楼下，把他熟悉的地方都看了一遍。刚才，他没有注意，这酒楼里已经发生了很大的变化。

以前的天津桥大酒家，高雅、气派，无论你什么时候来，客房里的全套用具都像是新购置的一样，干净整齐，摆放很有讲究。一般客房是这样，李白常住的那套客房更是豪华，住在里面十分的舒适。现在，那套客房的门上挂着一把大锁。李白从窗户外往里看，里面的豪华家具全被搬光了，屋角上乱七八糟地堆放着一些杂物，杂物上结了许多的蜘蛛网。

酒店里没有了寄居的年轻美貌的歌妓舞妓。显然，天津桥大酒家已经衰落了，它不再有昔日的辉煌和气派。

李白急着找董糟丘。他抓住酒店里的一个小伙计，一定要问过去的男老板的情况。

小伙计眨着大眼睛，想了很久，才说："你问的是那个病得不能说话的老头吗？他躺在床上不能动，只到这里来过一次，是老板让人把他抬来的。"

"你告诉我，董哥他现在在哪儿。"李白找到董糟丘的妻子，她正在替一个客人结账，"我马上要见他。"

女人抬头看了一眼李白，没搭理他。她给客人算好账，收下钱，又送客人出了酒店，才返回来，对李白说："老哥，你是不是嫌那间大屋不好？如果你付得起钱，我这里还有好房间。"

"我是李白，是董糟丘的好朋友。我现在就想见他。"不是为了见朋友一面，李白早走了。他想，我李白再穷，也不会穷得要看你这女人的脸色。

"李白？"

这个名字，董糟丘的妻子很熟悉，以前，她常听丈夫说起，李白是他的好朋友，他很敬佩李白。不过，她的记性确实不好。她记得，她见过李白，丈夫带他来家里喝过酒，可眼前的这个白胡须老头，她好像从来没见过。

"董哥他现在到底在哪里？"李白又问。

"他病了，不会说话，每天躺在家里。"女人终于说。

"让我见见他，好吗？"

"可以。"女人说，"不过今天不行。今天，我在店里还有很多事情要做。你先住下来，等有时间，我会带你去的。"

6

第二天下午，李白去看董糟丘。他的家还在老地方，府第院门挺大，只是院子里显得很凌乱，没有了过去的生机。

女人把李白带到后院右侧的一间房子里。里面黑咕隆咚的，刚一进去，什么也看不清。

"你等着，我把窗户打开。"女人说，"他不喜欢亮光，有亮光，他就烦躁不安。"

窗户打开了，门也大开着，房子里亮了许多。床上的人发出"哦、哦、哦"的声音。

女人走到床边，对平躺在床上的人说："让它亮一会儿，有人来看你了。"说着，她回头招呼李白过来，"你认识他吗？他说，他是李白。"

李白走到床边，根本无法相信躺在床上的这个人就是董糟丘。他所有的头发、胡子都被剃光了。光秃秃的、没有光泽的头颅，苍老萎缩的脸，上面纵横着一道一道深深的皱纹，如同寸草不生的黄土高坡上水土流失过后再也无法平整的曲曲弯弯的沟壑。

"你认识他吗？他说，他是李白。"女人又对床上的人说，"认识，你就点点头。"

床上的人以呆呆的目光看着李白，很久没有声音。

李白想，他是在辨认自己。接着，李白听见了他"哦、哦、哦"的声音，紧跟着，他的差不多干瘪了的眼眶里慢慢地充满了泪水。

李白激动了，他想握住董糟丘的手，可董糟丘的手盖在被子里，除了头，他的整个身子都被严严实实地盖在被子里。

激动中，李白拽着自己的衣袖，不停地替朋友沾着他那还积在眼眶里的泪水。同时，李白反反复复地说："我是李白，是李白。李白是我，是我。"

"你轻一点，小心把他的眼皮擦破了。"女人在一旁提醒李白，"他认出你了，知道你是李白。"

李白收住了手。他没想到，朋友已经病成这个样子。过去的董糟丘的影子，在这个病人的脸上一点也找不到。看着他，李白不知道自己该对朋友说些什么，该为朋友做些什么。他急得在屋子里来回地走动。

"你坐一下，我去打点水，给他擦擦脸。"女人对李白说。

"你为什么把他的头发、胡子全剃光了？"李白愤愤不平地质问。他对董糟丘的妻子发脾气，似乎董糟丘病成这个样子，全是他没有了头发和胡须的缘故。

"不剃光，他能干净得了吗？"女人有些不高兴了，"他瘫在床上，一动不能动。每天拉屎拉尿，洗澡洗脸，喝水喂饭，吃喝拉撒睡，哪一样不要我来替他弄！你问得轻巧，不剃光，头上长了虱子，胡子里留下饭渣汤水，你来替他洗吗？"

女人拿着盆子出去了。

李白坐在椅子上一动不动。他知道，自己不该对这个女人发火。董糟丘病了，并不是她的过错。

董糟丘又在床上发出"哦、哦、哦"的声音。李白赶忙走到他的床边，问："董哥，你想说什么？我听着。"

"哦、哦、哦……"

"我是李白。我知道，你认识我。唉——"李白叹了一口气，说，"岁月不饶人哪，你的样子变了，我也肯定变了样，我们都老啦。"

"哦、哦、哦、哦……"董糟丘费了很大的力气，声音有了一些变调。他想说话，却只能发出这含糊不清的变调。

李白不明白董糟丘想说些什么，女人端了一盆水进来，他忙对她说："你快过来看看，董哥他想要什么。"

女人愠怒地横了李白一眼，放下水盆，走到床前。她把手伸进董糟丘的被子里摸了摸，然后，用哄小孩子的口气说："噢，听话，你没尿湿，乖乖地听话，别出声，尿湿了被子，你可不好受。"

董糟丘继续在用劲地哦着。

"你要干什么？想写字？"女人又横了李白一眼，"算了，你还有一只左手会动，别人知道。"

"哦、哦、哦、哦……"董糟丘用力发出声调，脸涨成了猪肝色。看得出来，他又急又气。

"你让他写，看把他憋坏了！"李白朝女人大声地吼道。

这一回，女人没有生气。她哄着董糟丘说："好好好，我让你写，让你写。等着，我扶你坐起来。"

董糟丘不再吭声了。

女人把床脚下的两床被子搬放在董糟丘的头顶上方，她双腿跪在床沿上，两手一用劲，将不会动的董糟丘从被子里提出来，靠放在两床被子上。

董糟丘裸露着上身，他在被子里一丝不挂。李白知道，这也是他女人为了照顾起来方便，才不给他穿衣服。

接着，女人替半躺半睡的董糟丘穿上外衣，把一块贴着大白纸的四方木板放在董糟丘身上，又研好墨，拿了一支笔，塞进董糟丘的左手。她干这一切十分利落。看得出来，这么做，女人已经不止一次了。

"好啦，"女人坐在床边，替董糟丘扶着木板，说，"你要写什么，就写吧。小心点，别把被子给弄脏了。"

董糟丘的手颤颤巍巍地移近白纸，笔落在纸上，画了两下，白纸上留下两条墨迹，没写成字。

"我在看着，你别急，慢慢写。"李白站在床边安慰他。

终于，董糟丘歪歪倒倒地写下一个"山"字，写了一个很大的"小"字，又写了一个"之"字。"之"字的一撇拖得很长，最后握着笔的左手无力地搁放在被子上，被子即刻浸出了好大一块墨迹。

"看看，看看，我说吧，你又把被子弄脏了。"女人抱怨着，人却坐着没有动。

"哦、哦、哦……"董糟丘又发出了声音。

李白听不懂，他也看不懂朋友写的是什么意思，只好求教于董糟丘的妻子。

女人识字不多。她认识董糟丘写的"山、小、之"这三个字，可她想不到这三个字代表什么意思。她告诉李白，董糟丘的左手也不好使，他写字，总是只写字的一边，要靠人去猜。她想，这三个字，很可能是指李白和董糟丘都认识的一个朋友，或是过去发生的什么事情。女人让李白自己去猜。

董糟丘又着急了。他不断地发出叫声，脸再次憋成猪肝色。

女人发火了，她朝董糟丘大声地说："够啦，你再闹，我马上就让他走!"说完，她把董糟丘重新放回被子里，让他像先前一样平躺着。

董糟丘直直地躺在被子里，露出光秃秃的头，眼睛里流出了眼泪。

李白心里难过极了。他忍住自己的泪水，温和地对无能为力的朋友说："董哥，你让我慢慢猜，我会明白你的意思。"

董糟丘还在流泪。李白坐在他的床前苦思苦想，始终猜不出来朋友写的这三个字的意思。

窗外，几只小鸟飞来。它们落在窗台上，朝屋子里探头探脑地看着，突然又尖叫着飞走了。

李白朝窗户望去，无意间，他看见窗台下摆放着一把暗红色的古琴。这把古琴，李白十分眼熟，可他一时想不起来曾在哪里见过它，于是问董糟丘的妻子。

"它是他的一个朋友寄放在这里的，"女人说，"崔郎中，你认识吗？这把琴是他的。"

"是崔宗之的，"李白马上想了起来。这把古琴，崔宗之常带在身边，"他怎么把琴寄放在这里？他最近来过？"

"几年前他来过，把琴放在这里，说是不久会来取。"女人平淡地说，"可他一直没来。我们老头子发病前，另外一个从长安来的朋友告诉他，说崔郎中犯了错，被贬到什么地方去做官，后来死了。"

李白愕然。他明白了董糟丘的意思。董糟丘写的是"崔宗之"三个字，他想告诉自己崔宗之的死讯。

李白看着董糟丘。他要证实董糟丘妻子说的话。

听见了女人对李白说的话，董糟丘安静下来。他没有任何表情地平躺在床上，泪水干枯了。再往后，无论李白说什么，董糟丘不再有表情。他总是静静地躺着，和李白进来前一样。

从董糟丘家里回到天津桥大酒店，董糟丘的妻子给李白换了一间稍微好一点的房间，她交代管事的，对李白要尽量照顾。

从别人的嘴里，李白打听到，董糟丘病了已经快三年了。他没有亲生儿子，瘫了以后，家里的产业由他的妻子和他的一个内侄共同经营。一年前，为了财产的事，内侄和他的妻子闹翻了。内侄私自卖掉了董糟丘的大部分房产、酒家和店铺，独占了钱财，剩下这唯一的一家天津桥大酒家，他还要和董妻平分收入。

现在，天津桥大酒家名义上有三个老板，一个是董糟丘，另一个是他的侄儿，还有一个就是董糟丘的妻子，她每天在这里管事，回家还要照顾董糟丘。过去，董糟丘家里请了不少的用人，早被他妻子打发得差不多了。天津桥大酒家的收入一年不如一年，以前的那种兴旺日子再也不会有了。

住在天津桥大酒家，李白心里很不好受。他向董糟丘的妻子借来崔宗之的古琴，每日里抚琴怀旧，追忆朋友。李白想到他和崔宗之一同外出游玩的日子，写下《忆崔郎中宗之游南阳遗吾孔子琴抚之潸然感旧》诗一首。

诗曰：

> 昔在南阳城，唯餐独山蕨。
> 忆与崔宗之，白水弄素月。
> 时过菊潭上，纵酒无休歇。
> 泛此黄金花，颓然清歌发。
> 一朝摧玉树，生死殊飘忽。
> 留我孔子琴，琴存人已没。
> 谁传广陵散，但哭邙山骨。
> 泉户何时明，长归狐兔窟。

同时，李白也为董糟丘瘫病在床，形同枯枝，每日里只在黑暗中昏昏沉沉度日而感到心痛。

隔几天，李白就要去探望董糟丘一次，陪他坐一坐，讲一些无关紧要的话给董糟丘听。不管董糟丘听见没听见，听懂没听懂，李白都要讲，一直讲到他自己讲累了，不想再讲了为止。

每次探望回来，李白都难免潸然泪下。他感慨人生短暂，叹息桃李花开虽艳，却是朝荣暮落，往往欣赏不够，就已逐水东流。桃李如此，富贵荣华，官场功名，亦是如此。

人生在世，一切都如过眼烟云。李白以为，像历史人物范蠡那样，功成名就之后，立即改名更姓，抽簪散发，乘扁舟去游荡于江湖之间，才是最明智的选择。

李白把自己的感受写在诗里。他在《天津三月时》一诗中写道：

天津三月时，千门桃与李。
朝为断肠花，暮逐东流水。
前水复后水，古今相续流。
新人非旧人，年年桥上游。
鸡鸣海色动，谒帝罗公侯。
月落西上阳，余辉半城楼。
衣冠照云日，朝下散皇州。
鞍马如飞龙，黄金络马头。
行人皆辟易，志气横嵩丘。
入门上高堂，列鼎错珍馐。
香风引赵舞，清管随齐讴。
七十紫鸳鸯，双双戏庭幽。
行乐争昼夜，自言度千秋。
功成身不退，自古多愆尤。
黄犬空叹息，绿珠成衅雠。
何如鸱夷子，散发棹扁舟。

　　其实，功成名就而后隐归自然的思想，李白早在青年时期就已形成，为此，他一直在努力追求。

　　可是，所谓功成名就，往往只是一个相对的概念，或者说，最高的目标是不定的。生活中，台阶几乎攀登不尽：上了一级，还有一级，登上一层楼，顶上还会有更高的楼层；人生达成了一个目标，满足了一次奢求，还会有新的目标、新的诱惑在前方等待着你，召唤着你。

　　入朝以前，李白干谒求的只是能跨入朝廷的门槛。入朝以后，做了堂堂的大翰林，时刻待诏于皇上，李白又想着授一实职，好把握朝廷的命脉，做叱咤政治风云的人物。这当然很难做到。于是，李白准备归隐。从长安出来，他接受道箓，苦苦炼丹，欲成仙人。这在当时的李白，也许是出自真心。在后来，却又变成了一种姿态，是李白以退为进的一种姿态。

　　功没有成，名没有就，李白怎么能安安心心地归隐？由此，李白陷入了一种简单的循环：心绪刚刚平静，生活稍稍安定，他就想要重新进取，重新奋斗，重新向朝廷谋取功名。可情绪重新振作，生命重新开始奋进，李白面对的却还是原来的皇上、原来的朝廷、原来的那一群世俗小人，且这个王朝、这个社会越来越走向衰落。面对官场中的邪恶，眼见人世间的炎凉，十分清高的李白没有机会，也不心甘情愿让自己屈就。于是，诗人的天性，文人的我行我素复又发作。"散发弄扁舟"，归隐自然的强烈愿望重又驱使、支配了李白的思想、情绪和行动。

李白陷入这种简单的循环，自己无法把握，无法摆脱。如此反复，几个回合过后，人生也就接近了尾声。

大体相同的思想、情绪和意境，李白在《宣州谢脁楼饯别校书叔云》一诗中表现得更为突出。

在这首诗中，李白的思想跳跃性极大，情感真是波澜起伏，可以说是直上直下，大开大合。李白感叹人生，激昂振奋，同时又悲愤苦闷，他时而"欲上青天览明月"，时而又要"散发弄扁舟"。

李白是诗人，是诗仙，他能真实地完满地表现他的思想和情绪，用以拨动无数后人的心弦，却不能真实地把握住现实，也就不可能实现自己的目标。

诗人叹曰：

> 弃我去者，昨日之日不可留；
> 乱我心者，今日之日多烦忧。
> 长风万里送秋雁，对此可以酣高楼。
> 蓬莱文章建安骨，中间小谢又清发。
> 俱怀逸兴壮思飞，欲上青天览明月。
> 抽刀断水水更流，举杯消愁愁更愁。
> 人生在世不称意，明朝散发弄扁舟。

朋友董糟丘的病已经彻底无望了，天津桥大酒家不再是官场文人相会的地方，李白在这里打听不到有关朝廷的任何确切的消息。两个多月以后，元演给的盘缠所剩无几，而客房费董糟丘的妻子绝不会少算，李白只好脱下热得不能再穿的棉袍，换上一身道服，回家去了。

再说高适，去范阳送新兵，往返半年多时间，于天宝十年（751）暮秋回到封丘。

令狐兰迎进远道归来的夫君。她烧好一盆热水，拿出换洗的衣服，让高适好好洗了个澡，洗去旅途上的疲劳，又特意做了可口的饭菜慰劳夫君。

可高适的心情不畅，回到家，他不像以前那样有说有笑。坐在饭桌旁，令狐兰热的酒还没端上桌，高适就随随便便地吃了两口饭菜，放下了筷子。

"不舒服？"端着才热好的酒过来，令狐兰关心地问，"桌上的菜一点没动？"

高适怕令狐兰担心，勉强地笑了笑，说："没事，我这身体，再累，也累不出病来。"

"路上辛苦了，回到家来，好好地养一养。我给你多做些好吃的。"

高适叹了一口气，又勉强地笑了笑。

令狐兰疑惑不解。她坐下来吃饭，想了想，还是问道："你在外面遇到了不高兴的事情？"

高适很久不说话。他见令狐兰一直端着碗筷看着他，只好摇了摇头，长叹一声，道："唉，我总算回到家了。我可以在自己的家里洗热水澡了，我有我的娘子给我温酒，为我做饭做菜，在我身边问寒问暖。可我送去边塞的那些年轻人，他们，不知道他们还有几个人能活在世间。"

说着，说着，高适流下了两行悲痛的热泪。

令狐兰放下碗筷，走过去，挨着夫君的身边坐下来。她握紧高适冰冷冰冷的手，想用自己温暖的小手替他焐热。

"边兵若刍狗，战骨成埃尘。"高适说，"这就是我这次去边塞的感受。"

高适继续说："安禄山对属下专横暴虐，不要说边塞的兵士过着猪狗不如的生活，他们的生命连草木都不如。一场战争打完，边境上尸骨遍地。我去的时候，安禄山刚征讨过奚、契丹，他带着战功去朝廷领赏。皇上在京城给他盖了最豪华的宅第，给他封官晋级，可是，为了这次胜利而死去的将士们，尸骨却一直无人收拾，在荒郊野岭中腐烂，其状惨不忍睹。回来的路上，我听说，安禄山领了功从长安回范阳，马上又去攻打契丹，一次死伤数万人。唉，想到我送去的那些年轻人，我心里就难受，他们中间不知有几个能活着回来！"

令狐兰静静地听着，她的心也和丈夫一样，牵挂着边塞将士的安危。

抽出自己的手，高适搂住紧贴在身边的娇小的妻子，轻轻地问："娘子，你在封丘过得习惯吗？"

令狐兰点了点头，马上又说："我只跟着你，你到哪里，我就去哪里。"

"自堪成白首，何事一青袍。"高适说，"回来的路上，我就想，像这样的差事，在封丘县上不会少。我做了这个小小的县尉，以后，不知还要断送多少人家的子弟。这个小官，我，我不想再做了。"

"不想做了，我们就走，"令狐兰说，"不必为它伤神。回我们的睢阳去，或者到别的地方去，都行。"

"娘子也不想我做这个官了？"高适再问令狐兰一次，"想我高适，谋仕前后三十年，仅得此一县尉卑职，丢了它，不会太可惜吧？"

"只要夫君愿意，我不可惜。"

"娘子最知我心。"高适把妻子紧紧地搂在怀里，吻了一下她光滑的前额，深情地说，"辞去这个小官，我重做樵夫渔人，你仍是寒舍小妇，前些年那悠闲的日子，真令人怀念。"

依在丈夫的怀里，令狐兰轻轻地柔声说道："我早想回睢阳去了。"

令狐兰为丈夫的亲情所动，同样向往着他们原来的田园生活。可不知为什么，李白的身影在她的眼前一闪而过。

几个月前，宗璟告诉令狐兰，李白在睢阳，做了他们家的上门女婿，令狐兰有些突然，却没有动情。

随着岁月的流逝，令狐兰对李白的情感已经成了一段难以忘怀的往事。她清楚，过去的李白和令狐兰已经一起成为了过去，无论是李白，还是她自己，他们曾经有过的恋情被深深地埋进各自的心底，早已不可能重新破土萌芽了。重回睢阳，可以再见李白，令狐兰当然高兴。不过，她想回睢阳，并不是为了再见李白。令狐兰想的，是让自己的夫君高兴。

得到妻子的赞同，高适心里宽慰了许多。这天晚上，他们鸳鸯夫妻在一起欢娱之后，又反复地商量、权衡辞去县尉之职的利与弊，直到天快亮时，夫妻二人才酣然入睡。

第二天一早，高适去县府，交过送兵的令牌，对县令大人说："大人，下官这里还有一份辞呈，请大人成全下官。"说着，高适双手将他早起写好的辞职书递交给县令。

县令年轻，人不过三十来岁，是两年前的中榜进士，正在春风得意之时，他无论如何想不明白眼前这位年逾五十的老者，难得一个官职，做得好好的，为何突然要辞掉。

他接过高适的辞呈，一目十行地看过，说："高县尉，为了堂上夫人的喜好，你丢了官职，值得吗？"

"夫人与官职，我都很看重。"高适说，"不过，若二者择其一，高适还是以夫人为重。"

县令听了，脸色有些变化。

"请县令多多见谅，我说这话，绝无半点辱没朝廷之意。我是说，高适命中注定如此。"

接下来，高适将早已编好的话，讲给县令听，好让县令同意他的想法。

高适认认真真地说："我不像县令，天生有才华。四十岁以前，我一直求取功名无望。四十岁以后，我娶有妻室，几年间便顺利通过道科，授了官职。这虽是朝廷栽培的结果，可我曾去算过一卦，老道长说，我的官运全系在家中娘子身上，有了娘子，我才得以做官。他教导我，今后千万不可忽视娘子的意愿。由此，在夫人与官职之间，我只能选择夫人了。"

县令听着，点了点头，问道："她为何不肯做县尉之妻？是嫌你的官职小了？"

"并非。"高适答道，"只因我家娘子是一乡下妇人，她在地里田头忙乎惯了，来到这官府，各处都不习惯。坐在屋子里，她都觉得没有自家的宅基靠得住。这半年，我去边塞送兵，她病过几次。昨日我一回来，她便非让我携她一同回去乡间度日。我想，我的年纪也大了，在官府中做不得更多的事情，因而答应和她一同归去。请大人尽早批复。"

县令见过令狐兰，他心中暗想，那女人看着不过三十来岁，生得俊俏伶俐，没有半点乡下妇人的模样。来封丘前，他们住在睢阳，很可能是在城里居住。睢阳比封丘大。显然，高适这是推托之辞，不知这个老家伙要玩什么把戏。真不想做这个官了，也不能让他想走就走，还要好好磨他一磨才是。

于是，县令笑着说："既然高县尉主意已定，想要强留也是留不住的，我还是成全了你们恩爱夫妻的意愿为好。"

"下官拜谢大人。"高适马上拱手道。

"你先不要忙着谢我，我的话还没有说完。"县令说，"近日，上面正好有批文，说是朝廷大小官员都新近注册在案，今后朝廷调迁，或是官员生老病死，自然减员，都必须上报朝中备案。我想，你这辞职书恐怕也要送去朝廷备个案才好。"

高适明白，县令这些话的意思是，辞职可以，但从今往后断了入朝为官的路子，就怪不得他了。

"高县尉，你真的想好了吗？"县令问，"如果最后定不下来，回去与你堂上的夫人商量商量，再定也不迟。"

高适想了想，说："这点主意，下官可以拿。劳请大人上报就是。"

"好说，好说，"县令笑道，"我这就替你报上去。朝廷批文下来以前，还请高县尉在本县尽职尽力才好。"

高适自然满口答应。

可是，自那以后，差不多一年时间过去了，总不见朝中有批文回来。开始，高适每隔十天半个月就要问县令一次。县令总是爱理不理地将他随便打发了，弄得不好，还要给他一两个苦差事干干。

高适很想尽早离开封丘，他坚持隔不久就催县令一次。日子长了，县令干脆说："你再等它一年半载的吧。在朝廷里做官，又不是住客店，你爱来就来，爱走就走，哪有那么轻松的事情。据我所知，朝廷从来是，想进来的偏偏不让他进来，想出去的，也不会随便让他出去。最后你到底走不走得了，还要看你的命运如何啦。"

高适不再去问了，他清楚，这是县令有意与他为难。想不到，年纪轻轻的，官不大，就学会了平白无故地整治他人。高适想，如此做官，再过些年，有谁还能斗得过他？难怪朝中尽是练达之人。

回到家里，高适抑郁不乐，酒量一天比一天大。

令狐兰看在眼里，急在心上，有意开导丈夫说："官职辞不去也没什么不好的。住在封丘，拿着俸禄，怎么说，日子也过得宽松一些。"

辞不掉这芝麻官，高适每天在县府里受县令的气，人早火透了。听令狐兰竟然如此说话，他的火气冒了出来，冲着妻子没好气地说："你看重做官的，喜欢拿他的俸禄，你去拿好了，我高适不稀罕。"

结婚后，高适对令狐兰很少说重话，发火更是从未有过的事情。

令狐兰愣了一下，马上笑道："看你说的气话，我可早就说过，只要夫君你一个人，其他什么都可以不要。人家怕你气得难受，才想着开导开导你。像你这样，每天喝酒，闷闷不乐的，人不气出病来才怪呢。"

"那你让我怎么办？"高适明知自己不对，可气没有消，话还是说得很冲，"我天天要看着那县令的脸色。不说辞职还混得下去，一说要辞职，他不但不让你走，还专门挑你的毛病，给你小鞋穿。我就不明白，他年纪轻轻的，为何如此歹毒。"

"看你平日沉稳老到，什么事情都看得入木三分，怎么遇到这一点事却想不明白了？"令狐兰说，"人坏与不坏，哪能由年龄来区分。叫我说，有的人活到老，还天真得像个孩子，一辈子与人为善，从来不想坏点子；有的人则不同，嘴巴上还没长毛，心里早生出了许多的毒草，满肚子的坏水，一辈子专以害人为生。你的那个县令，恐怕就是这种人。要不，你哪会被气得回家来找自己的女人出气？"

高适让令狐兰说得笑了，他看着妻子，逗她道："你的嘴上不长毛，心里长了些什么？"

"不知道，反正不长毒草。"

"不长毒草，怕也会长些野草吧？"说着，高适哈哈大笑起来。

令狐兰急了，冲过去，伸出小拳头，在夫君的背上敲鼓一样不停地捶打，嘴上还娇气地骂道："你坏，你最坏，你们男人都是最坏的人，只有你，心里外面都长着野草。"

夫妻二人笑闹一场，烦心的事情被丢到了一边。

夏末，王维外出公干，专程来封丘拜访老朋友高适。这时，王维在朝廷里任给事中，官居四品，来到封丘，受到县令的殷勤接待。

县令宴请王给事中，让高适作陪。宴席间，县令不停地说东道西，问宰相病重的情况，绕着弯探听朝廷里的新动态。王维说话从来谨慎，尤其对不熟悉的人，更是注意分寸。他见高适坐在一旁不多说话，便知道高适与县令之间一定生有隔阂。于是，对县令所关心的朝廷大事，王维更是只说一些桌面上尽人皆知的事情，不加任何看法和分析。

县令是个聪明人，酒喝到一半，就起身告辞道："王给事中，有高县尉陪你慢慢喝酒，下官身边还有些公事等着处理，先走一步。招待不周，还请王给事中多多原谅。"

"大人客气，"王维道，"有事你尽管去办，回头，我设宴专门回请大人一次。"说着，他起身，和高适一起把县令送出大门。

回来坐下，王维说："达夫弟，我看你精神不佳，是不是在这封丘过得不顺心？"

"你看这县令的样子，在他手下谋事，能让你舒服吗？"高适反问道。

王维知道，高适为人一向较有忍性，让他有了这种态度，他与县令之间一定结怨很深了。

"你有何打算，说出来，我们兄弟商量商量。"王维说。

王维和高适二十来岁时就认识，相互视为知己。当年，玄宗下诏书，广招天下贤人，王维曾主动向朝廷推举过高适。高适举试落第，王维特意陪他出长安去各处散心。王维一直认为，高适精于经济，才情并茂，人又谦逊随和，是难得的治国人才。可惜时运不佳，五十来岁了，还没有施展才华的机会。

高适喝了一口酒，说："我正好有一首新诗带在身边，兄弟看了，就知道我现在的想法了。"说着，他把诗稿掏出来，递给王维。

题为《封丘作》，王维读道：

我本渔樵孟诸野，一生自是悠悠者。
乍可狂歌草泽中，宁堪作吏风尘下？
只言小邑无所为，公门百事皆有期。
拜迎长官心欲碎，鞭挞黎庶令人悲。
归来向家问妻子，举家尽笑今如此。
生事应须南亩田，世情尽付东流水。
梦想旧山安在哉，为衔君命且迟回。
乃知梅福徒为尔，转忆陶潜归去来。

185

"老弟欲辞去官职，回归山野？"王维把诗稿交还给高适，问道。

"辞呈早送上去一年有余了，至今不见朝中批文，多半是让县令给压下了不办。"高适说。

"压下了好，"王维说，"幸亏没让你做成这蠢事。"

高适苦笑了笑，道："兄弟，你人不在其中，不解其中苦处。不到万不得已，谁会有官不做呢？"

王维想了想，点头说："我看这个小县令也不顺眼，你不在他这儿干，到别处去谋职也行。只是，那辞呈千万不可送到朝廷里去了。否则，断了官路，老弟，你这一辈子的前程不也被断送了吗？"

高适一个劲儿地摇头，表示他已经没有兴趣。

"我倒有个主意，不知老弟是否听得进去。"王维请高适和他一起干了一杯酒，不紧不慢地说，"李林甫近日病重，估计来日不多了。杨国忠已被他打发去了川蜀，到时候，宰相的位置不知由谁来坐。朝廷里肯定会有大的调整。这样，你和我一起去长安，说不定可以碰上一个好机会，让老弟时来运转。"

"兄弟的好意我心领了，"高适说，"长安，我没少去碰壁。上次为考道科，颜真卿兄和你费尽了心思，到头来，只混上这么个小小的县尉，没多大意思。"

"老弟，这就是你的不对了。"王维说，"官小并不丢人，你我在朝中没有背景，只能从低位一步一步地做上去。想当初，我进士及第，朝廷只让我做了个太乐丞，每天只在太常寺里排练些音乐、舞蹈，比你这县尉之职要差得多了。"

"那不见得，"高适道，"在皇上眼皮底下做官，与放出外地做官，完全是两样。"

"你说得也是。"王维表示赞同，"我做了这些年的官，没有别的经验，只有一条体会最深：做官不怕官小，关键在于你跟人是否跟对了。跟错了人，官做得再大也没有用。上面的人犯了事，你说不定还要跟着一起受牵连。"

其实，高适也并非真心厌倦做官，他主要是不愿被那个年轻县令使唤，再加上去边塞送兵，有感于安禄山在朝中得志，才想到要辞去官职，回归家园。

经王维反复劝导，高适终于又动了心。他答应和王维一起，去长安重新寻找机会。

王维特意回请了一次年轻的县令，感谢他为好兄弟着想，压下了高适的辞呈。他请县令再帮一次忙，把辞呈还给高适，并准高适告长假，回家休息一段时间。

"大人帮了我兄弟的忙，我们不会忘记，"王维对县令说，"今后，大人在长安有事要办，我一定想办法提供方便。"

"给事中大人真是客气，这本是我分内之事，不足挂齿。"县令满脸堆笑道，"能结交给事中大人，才是下官的福气。方便的话，请大人今后多多提携下官，下官感激不尽。"

实际上辞去了县尉之职，又没断绝为官之路，高适心里十分满意。他让王维先行一步，自己把妻子送回睢阳，安顿好，随后就去长安。

8

天宝十一年（752），秋十月，高适又一次来到长安。此时，杜甫已在长安蹲了五六个年头了。

这些年，投文赠诗干谒权贵的事情，杜甫没有少做，却一直未能进入朝廷官员的圈子。真正有权势的人大多不搭理他，倒是那些有名望、无权力的皇亲贵族对杜甫很感兴趣，比如，驸马爷郑潜曜、汝阳王李琎，还有许多其他清闲高官，他们常请杜甫到府上喝酒作诗，一同玩乐。

天宝六年（747），杜甫来长安不久，赶上朝廷"诏征天下士人有一艺者"。杜甫满怀希望，参加了制举考试。同场竞技的还有诗人元结等人。谁知，这次特设的制举考试，根本是一次骗局。李林甫让应试者全部落第，并以此作为他任宰相期间的功绩，上奏玄宗说：大唐国内已"野无遗贤"。明摆着是贤士的杜甫，只能在皇上的眼皮底下以卖药为生。

天宝九年（750），杜甫干谒张垍，没有结果。有朋友劝杜甫投瓯献赋，试试运气。

玄宗继承了武则天建立的延恩瓯制度。

武则天命人铸铜为瓯，在京城东南西北各置一瓯。东门放的是"延恩"，让求仕者投入他们写下的赋颂、献词；南门放的是"招谏"，欢迎指责朝政失误者发表高见；西门设有"伸冤"，是有冤屈者上诉的地方；北门还设有一个"通玄"，专门让那些有预测天象灾变特异功能的人，或者探有军机、想出绝密计策的人，为朝廷立功。

当时，很多文人把投瓯献赋作为一条求仕的出路。杜甫也于天宝九年（750）的秋天，投入了一篇《雕赋》。他自喻为雕，希望皇上赐予他用武之地。可惜，《雕赋》如同石沉大海，没有回声。

杜甫不甘心。天宝十年（751）五月，玄宗在京城举行三大盛典，祭祀玄元皇帝老子，祭祀李唐王室祖宗太庙，并祭祀天地。杜甫马上写了三大礼赋——《朝献太清宫赋》《朝享太庙赋》《有事于南郊赋》，献给皇上。

三大礼赋抓住了时机，受到玄宗的赏识。不久，皇上下旨，杜甫待制集贤院，由宰相亲自对他进行考核。

杜甫兴奋异常。追忆此事，他曾写下四句七言诗。诗曰：

忆献三赋蓬莱宫，自怪一日声辉赫。
集贤学士如堵墙，观我落笔中书堂。

杜甫说，他献上三大赋，完全出乎自己的预料，一日间声名显赫。尤其是宰相亲自主持考试的那一天，中书堂盛况空前，集贤院的学士们围在外面，里三层，外三层，挤得水泄不通，都只为观看他一人落笔作文章。

可惜，考试过后，一场好戏也就收场了。李林甫仍旧不授予杜甫官职，他让杜甫在朝廷之外待制。这一待，待到李林甫去世，杜甫的希望全部落空了。

天宝十三年（754），杜甫再作《封西岳赋》，第三次献赋延恩瓯。新宰相杨国忠也和李林甫一样，对他置之不理。直到天宝十四年（755），杜甫苦守长安整整十年，在安史之乱爆发之前，他预测到国家将有大难，先后写下《前出塞九首》《后出塞五首》等诗作，并上书当时的左相韦见素。终于，在这一年的十月，杜甫被朝廷任命为河西（陕西合阳）县尉。

和高适一样，杜甫也瞧不起县尉的职守。他被授官后，作诗嘲弄这个小小的县尉之职。杜甫在《官定后戏赠》中说："不作河西尉，凄凉为折腰。"杜甫认为，他之所以从政，为的是辅佐国君，救国救民。县尉每天做些"分判众曹，收率课调"的杂事，实在不是他所欲为。

在第一次献《雕赋》，上《进雕赋表》时，杜甫就曾委婉地向皇上表示，希望皇上至少给他一个著作佐郎之类的官职，官阶要从六品上。而县尉，仅从九品下，是最小的一阶官位。由此，杜甫断然拒绝了他求了十年之久才求到的官职，改去做右卫率府兵曹参军，情愿每天看守兵甲武器，管理门卫。兵曹参军，官阶从八品下，高出县尉一级，恐怕这也是杜甫愿意的原因之一。当然，这些都是后话。

高适来到长安，杜甫正在"待制"。

听说老朋友来了，杜甫马上前去看望。走到门口，正碰上岑参、薛据和储光羲，他们三个人也是来看高适的。大家都是时下小有名气的诗人，相让着进到高适住的客房里。一时间，小小的客房热闹非凡。

京城里，任何时候都聚集着一批文化名人。他们有的在京城做官，有的来长安谋官。闲着没事，文化名人们喜欢结伴成群，四处游玩，顺便，相互通报一下各自掌握的朝廷内外的最新消息，也好及时校正自己所在的位置。

客房里的五位诗人，高适和杜甫是来京城谋官的，另外三人都是进士出身，当时已经领有官职。

岑参最年轻，这一年三十六岁。他是天宝三年（744）的进士，先做率府参军，后到安西四镇节度使高仙芝帐下做幕僚，上一年刚回长安，在朝廷里做了右补阙。

储光羲大杜甫六岁，已经四十有六。他是开元十四年（726）的进士，当时正在朝中做监察御史。

薛据的年龄则与高适差不多，业已迈入五十。他是开元十九年（731）的进士，很有才气，曾自恃才名，请求朝廷授予他万年录事的官职。此时，他在朝中做司议郎。

外面秋高气爽，坐了一会儿，岑参提议道："天气正好，这里离慈恩寺不远，我们一起去登大雁塔如何？"

大家同声响应。

唐时的长安大雁塔一直有高耸入云的美誉。据说，当时塔有七级，高三百尺。登上塔顶，秋风从耳边扫过，大家都有凌空出世，与世隔绝，或者飘飘欲仙的共同感受。凭栏眺望，唐代的一个诗人曾形容说："却怪鸟飞平地上，自惊人语半天中。"他奇怪，鸟在地上飞，自己在半空中讲话。由此可见，大雁塔被古人感觉着，真的好比登天一般。

站在雄伟一时的高塔上，诗人们诗兴大发，当即，每人赋诗一首。五首诗，出自五位大诗人之手，自然各具特色。不过，年代久远，薛据的诗作已经失传，还有四首诗可做比较。

登楼观景，岑参说得极好："塔势如涌出，孤高耸天宫。登临出世界，磴道盘虚空……秋色从西来，苍然满关中。五陵北原上，万古青濛濛……"

站在塔楼上，如同立于时代的高处；俯视自然景观，如同鸟瞰整个社会；见景抒情，以比喻的手法暗示大唐社稷的危机，表述独到的个人政治见解，当属诗圣杜甫。

行家们给四位诗人的诗作排名次，说是，论艺术造诣，储光羲稍逊，另外三人"如大将旗鼓相当，皆万人敌"。若论思想深度，杜甫排第一，高适、岑参比杜甫差了许多，可并列第二，储光羲仍只能排在第三。

下了大雁塔，回去的路上，高适向三位做官的朋友打听朝廷里近日的情况。

三个人都很神秘地说，不久就会有好戏看了。

"听说，皇上要是亲自去探望右相，沐浴龙恩，右相的病就会好。"储光羲说，"皇上还真答应去，御医不同意。昨日，皇上只能站在华清池的高坡上，朝右相病卧的方向摇红手帕。说是，这样也能治病。"

"治什么病，人的寿辰到了，要死，谁都拦不住。"岑参说，"今天早晨我还听说，他已经不行了，恐怕熬不过这个月。"

"这右相若真的归了天，在他之后，谁来……"

"后话留着以后再说吧。现在说了也没有用处。"

薛据刚想发表他的高见，被储光羲堵了回去。高适知道，现在朝中关注的焦点正在于此。

几天后，李林甫病死。

正如王维所分析，朝廷中先有舆论认为，杨国忠去了剑南道，张垍兄弟之一有可能继任右相。出乎意料，玄宗命快马追回了往川蜀赴任且还在路上的杨国忠，让他做了宰相，总理朝中大事。

被李林甫压了十几年，文人们本以为盼到了翻身的机会，这下又全部破灭了。

听杜甫说了这几年他在长安的情况，高适更认为，他在朝中求官已没有任何希望了。过了年，高适想要离开长安，回睢阳去。他去王维府上告别。

"达夫弟，你来得正好。"进门，王维就迎上来说，"你若不来，我就要派人去找你了。"

"我是来向兄长告辞的。"高适说。

王维不断线地问道："你想上哪儿去？想回睢阳？想我那漂亮的弟妹了？"

接着王维又说："我敢保证，你见过我堂上的这位朋友，肯定不会回去了。"

王维把高适带进中堂。一位幕府判官正坐在堂上喝茶，他见王维和高适进来，连忙起身迎上。

"来，来，来，我给你们介绍一下，"王维把高适推向前，"这位，就是我给你说过的高适。"

"久仰大名。"幕府判官朝高适拱手道，"兄弟田梁丘，在哥舒翰将军手下挂名。"

"幸会，幸会。"高适拱手还礼。

坐下来，王维对高适说："梁丘弟这次奉命来长安，想找一位文人智士同去哥舒翰帐下做判官。我自作主张，向他推荐了你，不知老弟意下如何？"

这个建议对高适有些突然，他想起在边塞看见的兵士将勇们的惨状，心里不太愿意，可又不好马上拒绝。

高适来之前，王维已经将高适对安禄山以及对东北边塞的看法，告诉了田梁丘。

田梁丘见高适不表态，想他一定是有些犹豫，便现身说法，将哥舒翰的为人大肆渲染了一番，末了，他说："同是边塞将领，哥舒翰与安禄山截然不同。我看，眼下朝廷里也只有我们大将军能镇得住这个安禄山。要想报国，做一番大事业，这可是一个难得的好机会。"

高适被说动了。他想到那天岑参对他说的话。

从高仙芝帐下回来后，岑参一直念念不忘在边塞的生活，很想旧梦重温。高适问岑参这是为何，他说，大丈夫报国，只能在边塞。在朝廷里做官，整天碌碌无为，又有奸臣当道，不如在大将军手下痛快。

"我去军营效力，能行吗？"高适犹豫着问。

田梁丘笑道："大哥谦虚。小弟我都可以胜任，大哥哪里在话下。大哥不要再犹豫，我明日即报告大将军，等军帐的批文到了，我们立即动身。"

事情就这么决定了。

杜甫知道后，专门找过一次高适，直说此事不可为。杜甫说，哥舒翰十分好战，此人已近穷兵黩武的状态，那里不是他们这样的文人可效力的地方。后来，送高适，杜甫把他的这个想法写入了诗里，他形容哥舒翰是"饥鹰未饱肉，侧翅随人飞"。

高适主意已定，杜甫未能劝阻住他。

天宝十二年（753）的夏天，哥舒翰亲自给高适发来了邀请信。第二天，高适即随田梁丘，一起往河西边塞。

杜甫、王维，还有许多的文人朋友前来送别。

杜甫为高适作诗《送高三十五书记十五韵》。诗中，杜甫除去对哥舒翰的微词外，还预测，高适此去，只要坚持住，"十年出幕府，自可持旌麾"。杜甫的这一预测十分灵验。几年后，高适真的做了刺史、节度使，带兵打仗，成为他们这一批文人中少有的实力派（岑参出身幕府，官位也至刺史）。

送高适，王维亦有诗作。他在《送高判官从军赴河西序》中，高度评价高适的才略。王维说，高适老弟"读书五车，运筹百胜。慷慨谋议，析天口之是非；指划山川，知地形之要害"。王维说的似乎有些神了，可在安史之乱中，高适确实如此。

告别朋友，高适与田梁丘扬鞭跨马，一同飞奔出了长安。

路上，高适心里仍在矛盾，他的脑海里不禁又浮现出杜甫在大雁塔上作的那首诗：

> 高标跨苍穹，烈风无时休。
> 自非旷士怀，登兹翻百忧。

方知象教力，足可追冥搜。
仰穿龙蛇窟，始出枝撑幽。
七星在北户，河汉声西流。
羲和鞭白日，少昊行清秋。
秦山忽破碎，泾渭不可求。
俯视但一气，焉能辨皇州。
回首叫虞舜，苍梧云正愁。
惜哉瑶池饮，日晏昆仑丘。
黄鹄去不息，哀鸣何所投。
君看随阳雁，各有稻粱谋。

　　他自己也有一首诗描述此时此刻的心情："主人未相识，客子心忉忉。"可回过头来又想："我本江海游，逝将心利逃。一朝感推荐，万里从英旄……相士惭入幕，怀贤愿同袍。"
　　从此，高适开始了他的十年达官之路。

第 五 章

1

李白穿着一身道袍进了家门。

宗夫人站在院子里，愣住了。她一时不知说什么好。

"娘子，我外出两年归来，不认识了吗?"李白说着，自己走进厅堂，四下看了看，坐在靠椅上，"娘子没有变，家中没有变，一切都是老样子。"

宗夫人跟着进来，她让下人赶紧给老爷沏了热茶端上来，又亲手拧了一把热毛巾，送到李白的手上，有些嗔怪地说："你出去两年，杳无音信，回来怎么变成了老道?"

李白做出惊奇的样子，低头看看自己的道袍，又上下打量着宗夫人，说："夫君记得，我家娘子最喜欢道家人士，怎么，夫君真的成了老道，娘子却不喜欢了?"

"谁和你逗笑，"宗夫人忍着笑，将刚递给李白的热毛巾又拿了回来，自己动手替他擦脸，边擦，边埋怨道："你看你这满身满脸的土灰，不知是从哪家寺院里逃出来的老道，似这样的老道，一天来上十个，也没人要他。"

"我呢，"李白抓住宗夫人正给他擦着脖子的手，"难道老妻嫌弃我这老夫不成?"

其实李白与宗琎成婚，满打满算仅在一起过了半年多的夫妻生活。可不知为什么，他总觉得，他们是老夫老妻，在一起已经有很长时间了，许

194

多话，相互不用说，心灵是通的。外出多日，李白一直心情不畅，走进家门，他的情绪马上有变化，很想和娘子开心逗乐。

"是夫君便要，是老道便不要。"宗夫人含着笑说，她抽出被抓住的手腕，动手解开李白的领扣，"你先把这身脏道袍给我脱下来再说。"

"慢着，"李白又抓住宗夫人的手，问道，"娘子真的不让我做老道？"

宗夫人微笑着，点了点头。

"如若我真心出道呢？"李白再问。

这一下，宗夫人不知李白是逗着玩，还是说真的。她看着丈夫，犹豫着，不知说什么才好。李白松开夫人的手，让她坐下，拉开架势，想把自己的真实想法讲给她听。

"娘子，我这次外出……"

"夫君刚进门，我看，你还是先擦洗了，好好休息一下。"宗夫人打断了李白的话，站起身来，"我去后面看看饭菜准备得怎么样了，有话，我们留着慢慢说。"

在洛阳，李白已经打定主意，要彻底出道。他想先回家看看，和娘子说清楚了，马上就走。这么做，李白以为宗夫人不会感到突然，他想，她会支持他，她自己就成天迷恋在佛学道教之中。可宗夫人回避着不和李白谈出道的事。好多次，李白话刚说出来，就被她给岔开了。李白知道，娘子不赞同他的想法，只好把这事先放一放。

回到家里，宗夫人对李白体贴入微，事事顺着他的心。每天，夫妻二人抚琴吟诗，垒棋作画，或在一起潜心研读佛学思想，日子过得既充实，又舒心，无忧无虑的，很让人留恋。渐渐地，李白好像忘记了要出道的事情。

这天，下完一盘棋，宗夫人和李白到院子里散心。

正值夏季，园子里，草木郁郁葱葱，月季花吐放着花蕾，招来许多美丽的粉蝶，在草地花丛间忙忙碌碌。

走到一块围着低矮的竹围子的草地前，宗夫人停下来，说："这些兰花草是我新种的，那块美丽兜兰，春天已经开过花了，你瞧，那些万带兰也快开花了。听说，它的颜色很多，有蓝的、黄的、粉红的，还有红黄交替的，开了花，一定很好看。"

"美丽兜兰，我们家乡有这种花，"李白随口问道，"你从哪里弄来的?"

宗夫人看着李白,像是想起了什么,说:"你的那个去封丘做县尉的朋友高适,你还记得吗?他的夫人和你是同乡,也是川蜀人氏。"

说者无心,听者有意。李白不知道自己的夫人什么时候和令狐兰认识了,他一时无言可对。

"她很爱花,尤其爱兰花,家里种着各式各样的兰花。"宗夫人说,"你回来前,她上我这儿来玩过几次,是她和我一起种的。"

"他们不在封丘,回到睢阳来了?"

"高适没回来,她回来了。"宗夫人说。

李白更惊奇了:"这是为何?"

宗夫人见李白惊奇到了有些紧张的程度,故意逗着他玩,假装叹了口气,道:"唉,这个女人运气不好,高适丢下她,自己出家去了。"

"他为何出家?"李白听了,开始心里一紧,想了想,又觉得不对,"我从未听高适说过,他也对佛学有兴趣,怎么突然丢下娘子,一人出家去了?"

"你替他娘子担心?"宗夫人问。

"我……"李白更被问愣了,不知怎么回话。

"我以为你是个没良心的人呢,原来还知道替人家的娘子担心。"宗夫人笑着说,"那好吧,有话,我们都说出来。你说,我们新婚不久,你外出一趟回来,为何总想着要去出道?我们的这个家,你不想要了?"

听夫人这么说,李白悬着的心稍稍放下了一些,他笑了笑,说:"娘子不知,我这趟外出,所见所闻,心中实在不畅。我想,娘子平日深爱佛学道教,不如我们夫妻二人双双入道,共同求仙,也好共求永恒。"

"你想得倒好,"宗夫人以责怪的口气说,"入了道门还能有夫妻吗?入道必须戒欲,不戒欲,叫什么入道!只有你,总想出些与众不同的名堂来,入道也有了新花样,还带着娘子去成仙不成?"

宗夫人是虔诚的佛教徒和道家弟子,佛门道家戒律在她看来,是一点也改不得的。她哪里想得到,在出家人中,很多人并未真正地按照戒律条文去做,对外,他们照样是出家之人。

"娘子不是早就想出家吗?"

"那都是过去的事,"宗夫人深情地看了一眼李白,脸有些红了,她低下头说，"夫君，我们在一起，不比什么都好吗？为何还要想着出家？"

"你说高适他真的出家去了？"李白心里已经接受了夫人的想法，嘴上却不说，他把话锋一转，又问起了高适。

宗夫人以为李白是想以高适出家的例子来说服自己，忙把真实情况说了出来："他哪里会想着出家。先前，他没官做时，每日在家种园子砍柴，过着村夫生活，也没听他说过想要出家。现在他做了官，更不会有出家的念头。听他娘子说，他不愿在封丘做县尉，进长安另谋高职去了。"

"几时去的？"

"去年冬天。"宗夫人说，"他把娘子送回睢阳，还来这儿找过你，听说你外出未归，便托付我们姐弟，代他照看他娘子。他把兰姐看得很重，其实，兰姐哪要人照看，她一个人过日子，过得挺好。每天，她有干不完的事情。"

令狐兰长宗珏两三岁，看上去却比宗珏要年轻得多。去封丘以前，通过高适，令狐兰就认识宗家姐弟俩。那时，宗珏是老姑娘，很怕人家说闲话，成天深居简出，不爱与外人多打交道，与令狐兰也很少交往，偶尔外出烧香敬佛，迎面碰上了，只是点头笑笑打个招呼而已。

去年冬季，令狐兰从封丘回来，高适走后，她主动到宗家来过几次，宗夫人也去她家坐坐，三来两往的，两个人接触多了，互以姐妹相称。恰逢各自的夫君都不在身边，两个女人在一起，多以自家的夫君为话题，说长道短，听着像是在抱怨，实际是在变着方式夸自己的外子。

宗珏新婚，李白出去一年多没有音信，她心里想得慌，嘴上不停抱怨李白无情无义，出去了根本不想家。

听着宗夫人抱怨，令狐兰总以好言相劝。她说："有出息的男人都是如此，成天守在家中，离不开女人，那还叫什么男人？真要嫁了那样的男人，相信你也不会喜欢。"她还夸李白，说她早听许多人讲过，他们都很羡慕李白的才华，像李白这样的男人，想把他留在家里，更是不可能的。

这时，宗珏就会接过去说："他哪能和你的高适相比。谁都知道，你家夫君有官相，迟早会做高官。李白可不同，这辈子，他做不了官，我也不想让他再做官。"

照道理，宗夫人是名门之后，识文断字，应该比令狐兰更明白事理，可谈论男人，说到如何对待自家的夫君，往往由令狐兰来开导宗珏。宗珏觉得，她与令狐兰很谈得来，想夫君的时候，她就想找令狐兰聊天。关于李白，关于夫君，两个女人在一起，总有说不完的话。

令狐兰不知道，她与高适成亲以前，曾有人说，宋州有两大才子，一个男才子是高适，一个女才子是宗珏。他们想把这男女两大才子说合成一家。好事者上宗家游说，宗璟没有异议，说给高适听，高适却连连摆手，拒绝了这门婚事。说得明白一点，高适主要是怕宗楚客的名声坏了他的前程。再者，高适对女人的相貌也很看重，他觉得，宗家小姐有才无貌，对他高适没有吸引力。婚事被拒绝了，别人不说，宗珏也猜到了其中七八分缘由。她只说自己与高适没有缘分，平日和高适基本没有来往。

宗夫人也不知道，在她之前，李白与令狐兰曾有过一段难解的情缘。她只是奇怪，天下有那么巧的事情，李白是川蜀人，令狐兰的老家也在川蜀。他们两个人先后出蜀，在内地转来转去，现在，都让她给认识了，一个成了她的夫君，另一个成了她的好姐妹。令狐兰则说，尘世间看起来很大，其实很小。人来来去去几十年，总离不开世间这块土地，到头来，常会碰在一起。俗话说，山不转水转，恐怕就是这个道理。说这些话，看上去，令狐兰很不经意。可在内心，她的苦涩，往事带给她的沉重，局外人很难体会得到。

李白回来后，宗夫人待在家里，很久没有外出。令狐兰不知道，她见宗夫人很久没来了，心里有些挂念。这天，令狐兰外出买东西，顺路来宗家府上看看。

下人把令狐兰领进厅堂，宗夫人和李白正在后花园散心。听说令狐兰来了，宗夫人转身就往回走。李白在后面踱着步子，犹豫着，慢慢悠悠的，看上去并不着急。

"兰姐，让你久等了。"宗夫人三步两脚跨进厅堂，满面春风地招呼令狐兰，又让下人快泡茶来。

"不用，我顺路来看看你，坐坐就走。"令狐兰拦住下人，不让去泡茶，"我常来常往的，不用客气。"

"上门的客人，水都不喝一口，哪有这个道理。"宗夫人说，"别听她的，快去泡茶来，泡最好的。"

"珏妹气色很好，不是有什么喜事吧?"令狐兰问。她已经听下人说李白回来了，故意逗宗夫人高兴。

"他回来了。"宗夫人抑制不住自己心中的喜悦，脸上洋溢着幸福的微笑。

"我说呢，怎么多日不见你出门，原来外子归了家，把你的心拴在家里了。"

"你快别说了，"宗夫人压低了些声音，像是怕别人听见一样，说，"我还想请你来，帮着我劝劝他呢。他穿了一身道袍回来，说是要去入道。"

令狐兰没说话，宗夫人又说："这些天，我在家里想着法劝他，刚才，我们在园子里还在说这事呢。他好像被说动了，没再提入道的事。"

"他可能在外面遇到什么事情了，一时想不开，"令狐兰说，"回到家里，有珏妹慢慢开导，肯定不会再想那些事了。"

宗夫人点点头，说："他就在后面，一会儿进来了，还请兰姐把你家夫君的事情多讲给他听听，也好再劝劝他。"

令狐兰心里很想见李白，又害怕见李白，她正犹豫着是否先告辞回去，担心见了面，万一让宗夫人知道了她和李白过去的关系，大家都尴尬。听宗夫人这么说，令狐兰走不成了，只好故作镇静，坐着和宗夫人说笑。

两个人坐了好一会儿，并不见李白进来。宗夫人打发下人去催，还对令狐兰说："他呀，就是书生气太盛，从不讲究人情世故，知道你来了，我让他快些来，他磨到这会儿还不见人影。兰姐千万不要见怪。"

"没关系，我一个妇道人家随便过来坐坐，何必惊动老爷。"正说着，李白从里面走出来，令狐兰情不自禁地从椅子上站了起来。

宗夫人见李白来了，也忙着起身，她拉着令狐兰的手，热情地向李白介绍说："瞧，这就是我和你说过的兰姐，你朋友高适的娘子。"

李白朝令狐兰匆匆地扫过一眼，马上低下头，拱手道："弟嫂，李白这方有礼了。"

"李老爷客气，"令狐兰也装作不认识李白，客气地回礼道，"你和高适是兄弟，我和夫人是姐妹，叫我令狐兰便是了。"

"坐下说话，"宗夫人拉着令狐兰坐下，说，"我还忘记了，你家夫君比他小，他们是兄弟，你就该称我为嫂子才是。"

令狐兰笑了笑，表情不大自然。她看见李白，简直不相信自己的眼睛，不是宗夫人介绍，走在路上，令狐兰肯定不敢与他相认。李白老得很快，完完全全变成了一个老头子，留在令狐兰心中的李白已经不复存在了。这些年，他一定吃了许多的苦，令狐兰想，心间隐隐作痛。

宗夫人察觉到了令狐兰有些不自然的笑容，她又看了看李白，只见李白木头人一样呆呆地坐着，没有任何面部表情，心中不知在想些什么。

"他们的表情为何同时都有变化？难道，他们两人早就认识不成？"宗夫人突然有这种感觉，但马上，她又自己给自己解脱，"你真是妇人小肚鸡肠，就算他们早认识，又有什么关系呢？"

"听珏妹说，李老爷这次外出，时间不短，回来不会再出去了吧？"令狐兰先开口说话。

"那可说不准，"宗夫人道，"也许，他心里正在想着要离开家呢。"

李白听宗夫人的话，像是话中有话，他强制自己摆脱见到令狐兰的窘态，反问令狐兰说："高适兄弟去了哪里？"

"他在长安，"令狐兰说，"前几日他有信捎回来，说是马上要去河西边塞，到哥舒翰大将军手下效力。"

"他去做军中幕僚？"听到这一消息，李白的窘态才彻底退去，他开始兴奋起来，不停地问道，"杜甫呢，他去了吗？高适兄弟还在信里说了些什么？"

令狐兰想了想，不好意思地摇了摇头。高适常给令狐兰捎信来，信中，他总是简单地说上两句自己的情况，更多的是诉说他对娘子的思念之情，至于其他朋友，他很少提到。

"看你问的，"宗夫人插话说，"人家夫妻间书信，还能说什么军政要闻不成？高适比你强，出去了，知道给妻子捎封信来。不像你，人走出去，便没了半点音信。以后，你不想和我说夫妻间的话，写些军政要闻寄回来，也好让人家放心。"

令狐兰和李白都被逗笑了，气氛松弛下来了。他们又说笑了一会儿，令狐兰提出来要走。宗夫人留她吃饭，她执意不肯。

李白在一旁不说话，宗夫人说："你也说句留客人的话，要不，她怎么好意思留下来？"

"她真心留你，你就留下来吧。"李白马上说。

令狐兰听了，心里很不是滋味，她忍住了不露声色，客气道："我打扰得已经够久了，改日，有时间再来。"边说，她边站起身来往外走。

200

宗夫人没办法，只好和李白一起，把令狐兰送出大门。

待令狐兰走远了，宗夫人回头，见李白仍朝着令狐兰远去的方向发愣，她轻轻地叹了一声，像是自言自语，又像是对李白说道："唉，这也是一个多情的女人，高适走后，她时时刻刻惦记着他。刚才她说，高适来信说，等他安顿下来，马上回来接她。她和她夫君在一起，边塞军营再艰苦，她也愿意。"

李白看着自己的妻子，他听得懂她的话，笑了笑，说："我的娘子又何尝不是多情的女子？"

宗夫人会意地笑了。她知道，李白说的是真心话。不过，她也相信，李白与令狐兰之间肯定有着不同寻常的过去。

"就算他们之间有过什么感情瓜葛，那也是过去的事情了。"和李白一起进了家门，宗夫人想，"现在，她有她的高适，我有我的李白，两个家庭有着各自不同的生活，相互间不会有任何冲突。"

自从令狐兰那儿听说高适去了河西边塞做哥舒翰的幕僚，李白心里又萌发了新的打算。他叫来宗璟与之商量。

"朝廷以胡人将领为节度使，权力最大的当属安禄山。"宗璟分析说，"目前，要说可以与安禄山抗衡的，只有哥舒翰。他是陇右节度使，兼御史大夫。年初，皇上又以他为河西节度使，封凉国公。上个月，哥舒翰相继破了吐蕃洪济、大漠门等城池，收了河源九曲。皇上高兴，进封他为西平郡王，朝中有不少的人投奔于他。姐夫若是愿意，不妨先写信去试探一下，看看哥舒翰的态度，再作打算不迟。"

李白觉得宗璟说得在理，马上提笔，写下《述德兼陈情上哥舒大夫》诗一首，并作赋一篇，自我好好地介绍了一番。

自荐信写好后，李白交给宗璟，请内弟找人替他带去边塞，呈给哥舒翰大将军。

宗璟见李白如此认真，笑着说："我仅仅是建议而已，姐夫若真的想离开家，前去军中效力，还是先和姐姐商量一下为好。要不，此信投出去，一旦哥舒翰那边等着姐夫去赴任，姐姐不愿意，不是又有了麻烦？"

"你说得也是，"李白想了想，点头道，"娘子她总想让我待在家中。我这刚从北面边塞回来不久，又想去西面边塞，如此频繁奔波，不与她商量好，若是投奔没有结果，再想回这个家只怕就难啦！"说着，李白向宗璟要回了自荐信，两人一起笑了起来。

"什么事情，你们笑得如此开心？"两人的笑声还未落地，宗夫人就踩着点子进来，"说给我听听，让我也跟着笑一笑。"

李白和宗璟同时收住了笑声。

见姐夫表情有些紧张，宗璟心中暗自好笑，他故意站起身来，推辞说："是姐夫在说笑话，让他讲给你听，我还有点事，先过去了。"说着，宗璟主动撤退出去。

宗夫人看着李白，等着他讲笑话。李白不说话，他看着宗夫人。两个人大眼对小眼，好一阵没有声音。

宗夫人想，一定是李白又有了新花样，她笑道："怎么，你的笑话只能讲给兄弟听，我却不能知道？"

"当然可以，"李白笑了笑，说，"只是，怕娘子听了，不会笑，反倒会生气。"

"看你说的，我们女人就那么爱生气！有时候，女人的肚量不比你们男人小。"宗夫人说，"你尽管放心，不论该不该生气，我都不会生气。"

"如此最好。"李白说着，将他与宗璟商量的结果讲给宗夫人听了，并把手中的自荐信递给宗夫人，"你看，我刚写好的这封自荐信，通过什么方式送去才好？"

李白的意思很明白，他并不与宗夫人商量哥舒翰那里能不能去，而是问她怎么做更合适。宗夫人清楚，李白的主意已定，她说去还是不去，都是枉然。自荐信投出去之前，他和她商量，仅仅是表示对她的尊重而已。宗夫人想，横竖他在家里蹲不住，去哥舒翰帐下谋事，总比入道要强。

她接过李白的自荐信，看了一遍，说："夫君不必担心我会阻拦，只要你愿意，又是可为之事，我当然会支持你去做。高适正在哥舒翰的帐下，我看，这封自荐信交给令狐兰，请她再找人捎去，让高适替你投书，不好吗？"

"这——合适吗？"李白有些犹豫，他碍着面子，不愿意让令狐兰知道他也想投奔哥舒翰的事情。

"那有何不可，我只说是你的问候信，不说别的。你放心，她保证不会误了你的事。"

宗夫人说得极有把握，李白不再犹豫，点头认可了。

2

哥舒翰看重高适的才能，留他在幕府中做掌书记。

掌书记官职不大，地位却非同于一般。可以说，他是大将军的私人秘书，直接参与军中的朝觐、聘问、慰荐、祭祀、祈祝、升绌等事项，各种机密文书都由他来处理。

能得到哥舒翰的重视，高适心中得意，办事也格外地认真负责。不久，军中上上下下对高适有口皆碑，都说大将军有了一个得力的助手。哥舒翰也把高适视为心腹，事无巨细总愿意先和他商量，以他的意见为参考，再作决断。

这一天，高适收到令狐兰捎来的家信，十分高兴。他回到房里，坐下来，准备细细体会字里行间的夫妻情意。

打开信笺，高适发现字迹不对。以往，令狐兰写信，都是由她一句句地口述，请睢阳城中的一位老贡生笔录下来。高适对老贡生的笔迹早已十分熟悉，它可以把娘子的口吻完完全全地传递过来。可这封信，不是出自老贡生之手，令狐兰的口气好像也有了一些变化。

读下去，高适才知道，这封信是令狐兰请宗珏代写的。娘子在信中说，外出游历两年的李白回睢阳了。现在，她和他们是好朋友。知道高适在哥舒翰军中做幕府官员，宗夫人拜托她随信捎来李白给哥舒翰大将军的自荐信，请高适代为转呈。李白也问高适好。

高适淡淡地一笑，想："这个李白，当初我要给他介绍宗家大小姐，他不愿意。结果，不出我料，他终归还是成了宗家的上门女婿。"展开李白的自荐信，几行诗句先映入高适的眼帘。这是李白特意为哥舒翰大人写下的赞歌。

李白赞道：

> 天为国家孕英才，森森矛戟拥灵台。
> 浩荡深谋喷江海，纵横逸气走风雷。
> 丈夫立身有如此，一呼三军皆披靡。
> 卫青谩作大将军，白起真成一竖子。

在此之前，高适刚接到杜甫的来信。

杜甫在信中说，高适走后，他反复地考虑，得出结论：眼下投奔于哥舒翰帐下不失为正确的决断。他已动了心，欲请高适向哥舒翰大将军举荐他。随信，杜甫附有诗一首《投赠哥舒开府翰二十韵》，期盼高适代为转呈。

和李白一样，杜甫在诗中也一改先前对哥舒翰的看法，高度称赞哥舒翰说："今代麒麟阁，何人第一功？君王自神武，驾驭必英雄。"

高适奇怪，李白和杜甫像是有约在先一般，几乎同时想到要前来投奔哥舒翰。

举荐杜甫，高适没有犹豫。可又要推荐李白，他好费了一番心思。高适想，李白与杜甫都是当朝知名的贤人志士，他们愿意加入幕府，无疑是哥舒翰大将军的荣耀。但他们都来了，恐怕又会生出不少的麻烦，尤其是李白，弄不好就意气用事。

朋友聚在同一幕府，为一个大将军效力，遇到了原则性问题，若是意见相左，不讲原则吧——不行；坚持原则，又会伤了兄弟间的和气。保持朋友关系、兄弟情义，避免原则性的冲突，最好的办法是大家不在一起共事。这么想，高适打定主意，不向哥舒翰推荐李白。不推荐李白，却要举荐杜甫，朋友间似乎也说不过去。于是，杜甫，高适也不举荐了。

高适压下了两个朋友的自荐信，自我安慰说，这么做，完全是出自对朋友的关心。他们不来哥舒翰幕府，自然另有高枝可落，说不定，比他更有前程。

令狐兰收到高适的回信，希望听到夫君推荐李白的消息。可是，高适只字未提此事。听上去，好像他根本没收到令狐兰随信捎去的李白的自荐信。

高适信中说，他在河西已经立稳，本想亲自回睢阳接娘子前来，无奈，军中事务繁多，不便抽身。好在有大将军关怀，允诺派专人以府上车马来接令狐兰。他请娘子在家早早准备，将家安顿收拾好了，车马一到，即刻起程。信的末尾，高适请令狐兰代问李白夫妻好。

好在留了一个心眼，没有拿着这封信直接跑去找宗琰。令狐兰想，要是——让他们知道了高适没有态度的态度，肯定会无形之中伤害朋友之间宝贵的感情。令狐兰猜想，夫君之所以不肯推荐李白，可能与她有关。她一直觉得，高适对她与李白过去的关系有着某种直觉，尽管她从来避开此事不谈。

那天，宗珏来找令狐兰，说到请高适帮忙的事。令狐兰先是犹豫，她感觉着由她捎去李白的自荐信不合适，弄得不好，反倒会适得其反。可她又不能向宗珏讲清楚其中的缘由，只能抱着希望，按照宗珏的意思做了。

信捎出去，令狐兰便翘首企盼着回信。平时，她对夫君的回信总是如此，这回加入了新的因素，她愈加盼得焦急。高适的信按时到了，可另一个希望落空了。

令狐兰不知如何对李白和宗珏说，她不愿意伤害李白的自尊，不愿意伤害了她和宗珏的关系，也不愿意伤害自己的夫君。左右为难，令狐兰只好避着宗珏，不与她见面。

宗夫人本意是不想李白外出，令狐兰没有来告诉消息，她当然不会主动去问。她想着，事情就这么不了了之，渐渐地，李白也会安下心来，不再提外出的事了。

不久，河西军中派来的车马到了睢阳。起程之前，令狐兰犹豫了很久，终于没去与宗珏和李白道别。她收拾好行装，锁上院门，悄悄地离开了睢阳。

夏季匆匆而过，秋天复又降临。

中秋之夜，宗夫人将鲜果和她亲手制作的月饼摆放在庭院中，把弟弟一家人请过来，大家一起吃了晚饭，围坐在院子里，共同赏月。

天空晴朗，一轮又大又圆的明月挂在树梢。

宗璟的几个孩子拿着分到的月饼，开始在院子里追跑着玩耍，他的妻子在一旁不停地叫这个，唤那个，生怕孩子们不小心磕着碰着。宗璟姐弟看着孩子们，十分开心。

李白望着明月，想起了远在川蜀的父母，想起了留在任城的一双儿女。他觉得，父母还健在，儿女也像眼前的这些孩子们一样快乐。他和他们，共在一轮明月下生活，人虽然不能相见，心却由明月相连。

突然，李白想到了令狐兰。自上次见过一回，令狐兰再没来过，托她捎出去的自荐信也没有回音。此时，她一个人守在家里，肯定很寂寞。

想了想，李白问宗夫人："高适不在家，今日中秋，你没去看看你的那个好姐妹？"

"嗳，对了，"宗璟的妻子马上接过来说，"他大姑，你怎么没把她请来，和我们一起热闹？"

宗夫人拈了一颗大大圆圆的紫葡萄，小心地剥了皮，没有吃，也没说话。

"时间还早，我这就过去叫她。"宗璟说着，站起身来，准备往外走。

"你别去。"宗夫人拦住弟弟，却不再说什么。

大家觉得有些奇怪，看着宗夫人。宗夫人装作不知道，她把手中的葡萄吃了，只管抬头赏月。

"他大姑，你和兰姐闹气啦？"宗璟的妻子猜道，"难怪好久不见兰姐过来。以前，姐夫不在家，你们不是常在一起吗？"

"又不是小孩子，有什么气可闹的。"宗璟说。

宗夫人回头看了一眼李白，知道李白也在等着她说话，她这才不无抱怨地说："我怎么会忘记我的好姐妹。上午我去了，她门上一把锁。下午我又去了，她的门上还是挂着一把锁。向她的邻居对门打听，才知道，人家早去了河西。这会儿啊，她正与她的夫君团圆呢。你们还坐在睢阳替她操心。"

"这是真的？"李白听说，心中不知是什么滋味，他莫名其妙地问了一句。

"那还有假，无缘无故，我会编派出假话来怪自家姐妹吗？"宗夫人说，"这个兰姐，哥舒翰那儿没有消息不要紧，她离开睢阳，也不和我们打个招呼。我看她呀，是有意不让我们知道。"

"我想，她不告诉你，自有她的难处。"宗璟说，"姐姐不要怪她。"

"我也不是……"宗夫人还想说什么，被孩子们的尖叫声打断了。

小女儿跑过来，拉着宗璟的衣角大声地说："父亲，父亲，你快看天上的月亮，哥哥说，天上有一只很大很大的癞蛤蟆，正在偷吃月饼呢。"

大人们抬头望去。天上，明亮的圆月已经亏蚀了一道弯弧，弯弧上的黑影还在一点一点地向着银白色的大月盘推进。

中秋之夜正好遇上了月偏食。

宗璟忙说："是蟾蜍，也可能是天狗在吃月亮。天上没有月饼，天狗就把月亮当成月饼啃。我们快去找铜锣来敲打，吓唬天狗，让它把月亮吐出来。"

宗璟带着孩子们找出铜锣，敲打着，吆喝着。看着天狗一点点吞食着月亮，锣声敲得震天响，宗璟的妻子把家里的铜盆也拿了出来，和孩子们一起敲着铜盆，大呼小叫的，卖劲儿地赶着天狗，宗夫人也加入他们的行列，院子里热闹非凡。

观天象，有月食或是日食，社会都将有难。

李白看着月偏食，心思从令狐兰转到大唐社稷，他拿出笔墨，写下乐府诗《古朗月行》一首。

李白诗曰：

小时不识月，呼作白玉盘。

又疑瑶台镜，飞在青云端。

仙人垂两足，桂树何团团。

白兔捣药成，问言与谁餐。

蟾蜍蚀圆影，大明夜已残。

羿昔落九乌，天人清且安。

阴精此沦惑，去去不足观。

忧来其如何，凄怆摧心肝。

好不容易，天狗将吞食进去的月亮吐了出来。

明月依旧高照，孩子们却喊哑了嗓门，宗璟和妻子带着他们先回去睡了。留下李白和宗夫人，他俩又在院子里静静地坐了一会儿。

李白仰面望月，宗夫人借着月光，低头默诵夫君的新作。她看得出来，李白是以蟾食明月，隐喻安禄山的反叛之征兆与朝中杨贵妃受宠及杨国忠祸国之事。宗夫人还从李白的诗中看到了令狐兰的影子，她说不准其中的意思，只隐隐约约地感觉到，夫君的内心深处藏有明月虽好却圆中有缺的忧伤。

宗夫人暗想，好在令狐兰已经悄悄地离开了睢阳。由此，宗夫人心中又十分地感激她的兰姐。

中秋过后，宗璟给李白带来了客人。

"姐夫，李昭兄正在宣州做长史，"宗璟在自己家中设宴，请李白过来陪客，向他介绍说，"这次，昭兄是专程到睢阳来请姐夫的。"

"李长史客气，"李白和李昭并排坐在上座，谦虚道，"我一个老布衣，怎敢劳驾长史大人亲自来请。"

李昭笑道："李翰林不必谦虚。我与宗兄年龄相仿，宗兄是大人的内弟，大人就称我从弟好了。"

"也好，"李白举杯笑道，"我们大家都不必客套，你称我为兄长，我唤你作从弟，一笔从来写不出两个李字，我们本是一家人嘛。"

大家喝着酒，说笑着，李昭讲出他来睢阳之意。

"在当涂化成寺，我读过兄长题写的大钟铭，在天门山上，也见到兄长写下的天门山铭，"李昭说，"其中警言，我时刻铭记在心。兄长说：'噫！天以震雷鼓群动，佛以鸿钟惊大梦。'兄长形容寺院大钟，'声动山以隐隐，响奔雷而阗阗'；比喻天门山，'两坐错落，如鲸张鳞'，寥寥几个字，把那古寺宏钟的气势，把那天门山两山夹江峙立的险势，全盘托出，读过之人无不由衷地赞叹。"

李白笑了笑，说："那是我天宝七年去当涂游玩，为筹旅途盘缠而写下的陋文，不足挂齿，不足挂齿。"

"我这次就是专为此事而来，"李昭说，"还望兄长接应了才好。"

接着，李昭告诉李白，近日，他们宣州（安徽宣州）配合民风教育，准备在溧阳（江苏溧阳，唐朝时为江南道宣州属县）濑水边，为古时候的一贞义女子树碑立传，想请李白撰写碑文，并出席竖碑仪式。

"此女子可是春秋时期救过伍子胥一命的那位？"李白问。

"正是。"李昭道，"兄长可愿为此劳累一程？"

"如此贞烈女子，理应大歌大颂，"李白说，"我去当然应该。只是，从弟，不怕你笑话，这事，还要我家内人点了头才能算数。"

"家姐不会有异议。"宗璟说。

"你敢保证？"李白半玩笑半认真地问。

宗璟还真不敢保证。

"看不出来，兄长堂堂大丈夫，对嫂夫人如此尊崇，这又值得从弟佩服。"李昭说，"我相信，弘扬贞义女子，嫂夫人一定会举双手赞成。我们不忙，吃过饭，去请示她便是。嫂夫人点头，兄长和我即日起程；若是嫂夫人不同意，我也只好携碑文单独回去了。"

三个男子汉哈哈大笑。

春秋时期，濑水河边，曾留下了这么一段贞烈女子救英雄的故事。

当时，楚国人伍子胥的父兄被楚平王所杀，伍子胥只身逃往吴国，立志为父兄复仇。路上，他贫病交加，以乞讨为生。这天，来到吴国境内，伍子胥饥饿难忍，正逢一女子蹲在濑水河边浆洗衣物布帛。伍子胥见她身边放有竹篮和瓦罐，猜想里面定有饭食和米汤，便走上前去拱手道：

"夫人，我乃穷途末路之人，路过此地，腹中饥饿，请夫人施舍些米饭与我，救我一命。"

洗衣女子忙站起身来，低头回礼道："路人原谅。小女子与母独居，四壁如洗，并无米饭可食。"

伍子胥说："我一饥饿之人，不求好食，只求夫人以篮中可食之物施与充饥，渡过难关，日后定当重谢。"

女子抬头观伍子胥，见他膀壮腰圆，气宇不凡，知道此人非同一般。她再不多言，双膝跪在地上，揭开竹篮盖，双手捧着粗糙的糠食和瓦罐，送至伍子胥面前。

伍子胥吃了几大口糠食，又喝了些用作浆衣的汤水，放下瓦罐，准备道谢。

女子却说："前面，大人还有远路要行，为何不将就着吃完剩下的汤食？"

"多谢夫人好心，"伍子胥发现女子对他改变了称呼，担心暴露了真实身份，为楚国探子识破，便叮嘱道，"我在此向夫人讨食之事，夫人千万不可露与他人知道。"

女子听此言语，不禁悲从中来，她跪于地上道："大人差矣！小女子与母独居三十年，自守贞洁，不愿再嫁，亦从不与男人单独言语。今日偶遇大人，便将自带的饭食、浆汤献上，这于小女子已是越礼的举止了。大人不言，小女子心中早有自责，哪里还会去向外人宣扬，羞辱自身？请大人快快离去吧！"说罢，女子从地上站起，转身往河边走了。

伍子胥见女子有了怨气，再不多言。他朝女子的后背拱了拱手，转身自行上路。谁知，伍子胥刚刚迈出几步，突然听见身后的濑水河边发出扑通一声大响。伍子胥站住回首望去，河边已不见女子身影。他三步两脚跑回河边，只见顺流而下的河水，一起一伏，漂着刚才那女子的裙带。

伍子胥想要救人已经来不及了。

几年以后，伍子胥破楚复仇，再次来到濑水河边。他立于河畔，长叹道："当年，此地一女子以浆汤、粗食救我，自己却投水身亡。如今，我家仇已报，想履行允诺之言，以重金报她救命之恩，却不知她家在何方。"

徘徊于河边，伍子胥无处寻找那女子的踪迹，只得将一袋黄金投入水中，怏怏而去。

伍子胥走后，一个年迈的老婆婆边走边哭来到河边。

河边，正有一目击伍子胥投黄金者还未离去，他问老婆婆，为何如此伤心。老婆婆哭诉了她女儿救穷途君子，恐事外露，自己投水身亡的经过，并说："老妇听说，此君子如今身居高位，而我的女儿自伤虚死，不得其偿，老妇所以悲伤啊。"

河边的目击者为那贞烈女子和伍子胥受恩图报的举动所感动，下河为老婆婆将那一袋子黄金捞了上来。至此，贞烈女子的母亲老有所终。

李白将这个流传甚广的故事，完完整整地给宗夫人讲述了一遍。

宗夫人津津有味地听了，夸赞道："真没想到，同样的故事，出自夫君之口，比书中文字要生动多了。不过，有一点，我不明白——那老妇如何知道她女儿是为救伍子胥而死的呢？"顿时，李白愣住了——这个问题，他竟没想过，但他说："传说的故事是不能死抠的。再说，也不是什么我讲得生动，而是这贞烈女子的义举令人感动。为了这无名女子，李长史特意从宣州来，请我替她撰写碑文。我想，此事我必须接应了才好。"

"你是怕我不同意？"宗夫人笑了，"人家村妇命都可舍，我让夫君外出几日都舍不得？若是传了出去，不被外人笑话才怪呢！"

李白也被说笑了，他顺水推舟道："既然娘子没意见，我与李长史即日便动身。"

"今天就走？"宗夫人还是觉得有些突然，她想了想，说，"事情不急，一千多年都过去了，立碑并不在乎这一两日。你给些时间，让我替你准备好了，再动身不迟。"

李白认真地谢过娘子，说："无须准备。我两个臂膀抬着一张嘴，走到哪儿，吃到哪儿，以往出去都没挨过饿，这次有李长史同路，娘子只管放心就是。"

"你呀，"宗夫人疼爱地点了一下李白的肩头，"年纪老大不小的了，出去可要爱惜身子。"

李白点头称是。

不知为什么，有时候，在宗夫人面前，李白总是觉得自己仍很年轻，年轻得像一个不大懂事的大男孩。

4

天宝十三年（754）正月。春节刚过不久，哥舒翰军中接到皇上的圣旨，命哥舒翰即日起程，前往京城。哥舒翰与高适商量，让他准备一下，他们翌日午后出发。

高适回家，告诉令狐兰。

"你能带我一起去吗？"令狐兰犹豫道，"我也想去京城看看。"

令狐兰来河西边塞不到半年时间，周围环境很不熟悉。高适一走，她一个女人独住在军营之中，觉得很不方便，才想着随高适一起去。

高适明白娘子心里的想法，他温柔地安慰她道："娘子不必担心。大将军是去见皇上，我想，他在长安住不了几天，不出一个月准能回来。"

令狐兰动了动嘴唇，话到了嘴边，又收了回去。

高适觉得，娘子来河西军营后，人忧郁了许多，不再像以前那样活泼欢快。

看着令狐兰秀丽而又略带一点伤感的脸庞，高适十分疼惜。他想，娘子实在不适合在军营中生活，全是为了他，她才千里迢迢，独自从内地来到这河西边塞。

高适走过去，把他的娘子搂进怀中，以唇边轻轻地触了触她长长的眼睫毛，这睫毛弯弯的，齐刷刷的，很像是两排柔韧的黑羊毛刷子，高适总爱用它刷自己的嘴唇。

令狐兰紧闭着双眼，享受着夫君的似水柔情。

高适又嗅了嗅她浓密的黑发，说：“都是我不好，让你来军营中陪我。等我从长安回来，马上请假，送你回睢阳。”

“我不回去。”令狐兰睁开大眼睛，看着高适，轻轻地推开他说，“回去了，没法再见宗珏他们。走的时候，我没和他们道别，是偷着走的，人家还不知怎么想我呢。”

高适这才知道，令狐兰的心事原来有一半在此。他想向她解释为何不给李白回信，却又觉得，男人之间的事情不必全对娘子讲明。有时候，讲得多了，反倒会造成更多的误会。

“你不回去，对我有好处，只是苦了你自己。”高适复又把令狐兰搂入怀中，轻声地说，“好好地在军营里陪伴我，等我再混些时候，我们夫妻一同回去。”

“再不回睢阳，我们一起到别的地方去。”

“到那时候，你愿意上哪儿，我陪你上哪儿。”高适说，“娘子现在陪我，以后，理应是我陪娘子。”

令狐兰笑了。她心里清楚，高适这次为官，没有十年八载退不出来。等到那时，她五十多岁，高适已入花甲之年，他再来陪她，就是名副其实的老伴了。现在，她不能自己回去，她必须陪在他的身边。

高适陪着哥舒翰到了长安，受到了杨国忠的热情接待。

此时，杨国忠在朝廷里已占有一人之下、万人之上的重要地位，他大权在握，身兼四十多项职务，完全控制和支配着长安与朝廷。可是，安禄山并不买杨国忠的账，他与杨国忠对立，分歧越来越大。为着与安禄山抗衡，杨国忠迫切地需要找一个强有力的军事盟友，他把自己的目光投向了哥舒翰。

哥舒翰身兼陇右、河西两地节度使，手下统领十四万三千多兵马，又有十多年对付吐蕃的战斗经验，可以说，久经沙场，练就得兵强马壮。杨国忠分析，若再加上他自己兼领的剑南节度使统领的，共有十七万多兵马，足以与安禄山分庭抗礼。

因此，杨国忠放下宰相大人的架子，竭力与哥舒翰亲近。听说哥舒翰到了，他赶往城门口迎接，亲热地说道：“大将军神速，几天工夫就到了长安。都说大将军座下的这乘白骆驼日行五百里，果然名不虚传。”

“有劳右相大人亲自出迎。”哥舒翰坐在高高的白骆驼上回礼，他疼爱

212

地拍了拍白骆驼的驼峰，白骆驼很通人性，马上跪在地上，让主人下来。

"大将军一路辛苦，"杨国忠说，"我在长安城中有一处官府，暂未启用，请大将军往那里休息。"

哥舒翰在长安早有自己的私宅，他不肯平白无故地受用宰相府第，推让道："右相厚爱，老夫只在京城小住几日，不敢烦扰右相。"

"大将军不要见外，"杨国忠满脸堆笑道，"我已派人按照大将军的民族习俗，将府第重新布置过了，里面各种设施一应俱全，比大将军的旧宅要舒适一些。你先住进去，住得满意，我马上派人把大将军的旧宅修整翻新一遍，到时候，大将军再搬回自己家中不迟。"

"不必了，不必兴师动众，"哥舒翰道，"我本以河西边塞为家，来长安住不了几日。"

"恐怕，大将军要在长安多住些时日了。"杨国忠告诉哥舒翰，皇上准备一起接见他和安禄山，而安禄山那边迟迟不见回音，不知他对圣旨是什么意思。

"我已派人再去催他，这次，若他还是迟迟不来，朝中恐有变化。"杨国忠突然神秘地和哥舒翰耳语，随后，又转为大声说道，"大将军既来之，则安之。你们在边塞辛苦，来长安先玩几日，不为过。"

哥舒翰推辞不脱，只好住进了宰相别墅。

玄宗亲自召见东北、西南边关两员大将，由杨国忠而引起。年前，他多次奏本玄宗，说是东北边塞不断有消息传来，安禄山预谋反叛。玄宗不信。杨国忠则建议皇上下圣旨召见安禄山，若是安禄山不敢来京城，足以见他谋反在即。

玄宗想，无事突然单独召安禄山进京，容易引起误会。安禄山本无反心，但他脾气性格粗野，稍不注意，势必弄巧成拙。于是，玄宗召哥舒翰和安禄山两员大将同时进京。

哥舒翰接旨，便有快马回报，他即日起程，赶来京城。而安禄山那边却一直杳无音信。

据此，杨国忠又在玄宗面前吹风，说是安禄山的反心已昭然若揭，请皇上趁早采取行动，除去安禄山，以争取主动。玄宗不允，坚持让杨国忠再派人去请。玄宗认为，不冲着其他，有杨玉环在，安禄山一定会来。

果然，哥舒翰住下几天后，安禄山也应召而至。

安禄山带着贡品，没有重兵相随，来到长安。这一行动，不用他说，杨国忠的断言已经站不住脚了。

玄宗心中十分高兴，他避开哥舒翰，先在内宫单独召见了安禄山。

安禄山则故伎重演，他伏在玄宗脚下，痛哭流涕，声言朝中有人妒恨于他，造谣说他要反叛朝廷，他请皇上替他做主，荣华富贵他安禄山都可以不要，只保住他一条性命即可。

"禄儿放心，"玄宗道，"有朕替你做主，外面的风言风语，你全不必往心里去。树大招风，这是自然的道理。朕从来没有怀疑过禄儿对朕和你养母的忠心。"

"苍天在上，小儿今生今世若敢对陛下有二心，甘愿立即遭天打雷劈，送入十八层地狱，永世不得翻身。"安禄山伏在地上发誓赌咒。

"禄儿快快平身。"玄宗满意了。他对安禄山的忠心大加赞赏，当下命人赐予安禄山大量的宫中财宝。

安抚安禄山，同时，也表示对哥舒翰的重视，玄宗要专门宴请他们二人。

高力士出主意说："陛下宴会，常在宫中举行，安禄山来得多了，不以为然。奴才想，这次宴会要有新意才好。"

"既然大将军心中有想法，这个宴会，朕就交给你去筹办好了。"玄宗道，"宴会办在哪里，朕不问，只要办出特色，让朕和两员边塞大将吃得高兴，玩得痛快即可。"

高力士领旨，命人借了驸马崔惠在京城郊外的一处猎场。

这个猎场建有一座巨型的暖篷。暖篷的外观看上去很像是草原上的帐篷，它的顶篷是圆形的，上面开有天窗，中间没有支柱。与帐篷不同，暖篷的四壁全由夹层火墙构成。冬季，点上柴火，暖篷里温暖如春。游猎过后，进入暖篷，里面宽敞明亮，织有草原风光图案的厚厚的羊绒地毯铺在地面，给人以亲临自然的感觉，又不受风寒的侵袭。

不久前，暖篷刚刚建好，驸马崔惠在这里宴请了高力士，令高大将军大饱了眼福，也大饱了口福。所以，玄宗说要宴请边关将领，高力士马上想到了这个好去处。

崔惠府上有最好的胡人厨子，高力士将他们调来，交代宴会全部做胡人喜爱的饭菜，还特别点了胡炮肉、胡羹等几样他知道安禄山爱吃的花样。

虢国夫人听说皇上要宴请边关大将，也来凑热闹。她先到暖篷看过，点头赞许，又说："我还能为你这室内草原加设一处景致，有了它，保你这室内野餐更有风情。不知高公公是否愿意采用。"

"虢国夫人常有出奇制胜的想法，"高力士说，"我当然求之不得。"

于是，按照虢国夫人的主意，斛形的羊肚牛肚，骆驼皮囊，牛皮腿子，各种经过加工处理过的动物器官、皮毛口袋吊挂在暖篷顶上，用它们装酒，由细羊肠做导管，再配以精美的兽角酒杯，宴会上觥筹交错，自然独具野味。

宴会这天，安禄山、哥舒翰、皇太子李亨，还有杨国忠等几名朝廷重臣，先来猎场。玄宗带着杨玉环并杨氏三姐妹随后驾到。臣子们在猎场门口参拜过皇上和贵妃娘娘后，便随皇上、贵妃进入暖篷。

玄宗一进暖篷，就高声称赞这个地方选得好。杨贵妃解去她的凤羽金锦披风，虢国夫人她们也脱去了各自穿着的千金裘、紫霜裘、翠云裘皮服，杨氏姐妹轻纱裙襦，争奇斗艳，更让暖篷里增添了不少春色。

在上座坐好，玄宗让安禄山、哥舒翰分坐在他的左右两侧，中间插坐着女眷，皇太子、杨国忠等依次排座。

大盆大碟的胡菜端了上来，每道菜都很有讲究：

胡炮肉，安禄山亲自为玄宗做过。

胡羹，是用新鲜羊肋、羊肉清煮，加葱头、胡荽（香菜）、石榴汁调和而成，肉嫩白、菜鲜绿、石榴汁红，鲜、甜、酸，色味俱全。

烤炙好的全羊、小牛犊，装盛在貉炙大函之中，火候好，颜色真，肉已分割成一块一块的，食用时，无须用刀割用手抓，只要用刀叉从羊或小牛犊身上叉下一块，文文雅雅地送入口中，也有胡人吃烤肉"血流指间"的鲜美味道。

西羌酢，出自川蜀羌人的习俗。它是以赤头鲤鱼为原料，用盐和粳米腌酿的生鱼，有些类似于现今民间常吃的酒糟鱼，但据说比酒糟鱼更鲜酥可口。那时，一条野生赤头鲤鱼，足有二尺多长，肉质肥厚细嫩，没有污染，精工酿制成生鱼，当然是最好的佐酒美味。

还有生羊脍、热洛何、鹿舌、糖蟹、海马、胡饼、胡饭、醍醐、茶酥、各色乳酪，葡萄、石榴、胡桃、香枣、刺蜜、巴旦杏，等等等等，各种新鲜奇异的珍馐美味，源源不断地端了上来。

虢国夫人满面春风，穿梭着用细羊肠给皇上、安禄山、哥舒翰、杨国忠、皇太子斟酒，一会儿请他们品尝胡椒酒，一会儿给他们换上西凉葡萄酒，酒味由芳馨酷烈，转为清醇柔美。玄宗吃喝着，赞不绝口。

安禄山装傻出洋相，逗得玄宗和杨玉环直乐。杨国忠阴一句，阳一句，不时与安禄山唱唱对台戏。其他人凑热闹，有奉承安禄山的，也有逢迎杨国忠的，宴席间气氛还算融洽。

玄宗见哥舒翰坐在一边，喝着闷酒，很久没有言语，便亲自夹了一筷子热洛何送入他的碟中，说："爱卿，朕知道，这是你们突厥人最爱吃的食物。"

"臣谢陛下。"哥舒翰双手托盘接住，恭敬道。

"尝尝，比你们自己做的如何？"

哥舒翰夹起一段送入口中，细细品味，老老实实地说："这热洛何与我们的传统做法不同。"

"噢，怎么个不同法？"玄宗很感兴趣。

"我吃着，它是用羊肠，灌了羊血还有豆酱等物做成的。"哥舒翰说，"这种做法，可能他们东北那边喜欢。我们那边做热洛何，都是以新鲜鹿肠，灌入新鲜鹿血，煮制而成，味道比这羊肠羊血要鲜美。"

"噢？朕倒想亲口尝尝你说的这种正宗的热洛何是什么味道。"玄宗说着，马上命人去外面猎场猎鹿，照着哥舒翰的说法做了，端上来。

不一会儿，刚做好的热洛何端了上来。

玄宗先夹了一段，送入口中尝了尝，夸赞道："嗯，鲜膻味美，是最好的野味。不错，确实比羊肠做的好吃。来来来，众位爱卿都来尝尝。"玄宗边说，边亲自给在座的每个人夹了一段，让大家趁热品尝。

大家尝了，异口同声，说鹿肠鹿血做成的热洛何好吃。其实，他们哪里知道，先做的热洛何并非地道的热洛何，它的正名应叫"羊盘肠"，也是胡人的一种传统食法，传到汉人这里，往往把它与热洛何混为一谈。

安禄山一直没把哥舒翰放在眼里，听哥舒翰对热洛何发表看法，心中自然生出不快。现在，哥舒翰又得了脸，尤其是大家都以为那羊肠羊血的做法来自他们东北，安禄山当然更是有气。他把皇上赐予他的热洛何丢入口中，嚼了几下，突然吐了出来，故意大声地说："呸，呸，这是什么腥膻的东西，也敢拿到陛下的宴桌上来！"

玄宗想平息事端，赶紧道："噢，朕夹与禄儿的这一段，怕是恰好不熟，来来来，禄儿重试一段。"

安禄山不去接玄宗夹给他的热洛何，反倒狂妄地说："陛下，这兽类蛮人食物您怎么能吃得下去。奶奶的，我吃了吐出来，嘴巴已是又腥又臭了！"

哥舒翰火了，一拍桌子，指着安禄山道："你野狐，说话嘴巴放干净些，这里可不是你的幽州。"

"嘿嘿嘿，"安禄山怪笑道，"幽州怎样？京城又怎样？两处都是我的家。你这蛮子，敢在陛下面前逞威风！"

"安禄山，你休要仗势欺人！我哥舒翰不吃你这一套！"哥舒翰说着，站起身来，朝玄宗行过君臣之礼，向皇上告辞，"陛下，老臣今日身体不适，先行告退，万望陛下原谅。"

"爱卿，慢……"

"你先别走，"玄宗刚想挽留哥舒翰，被安禄山打断了。他将盛有热洛何的碟子端起，伸向哥舒翰，挑衅道，"带回去，你一人慢慢品尝吧，嘿嘿嘿嘿……"

安禄山举着碟子鬼笑着。不想，哥舒翰猛地从他手中夺过碟子，从上往下，把一大碟菜全部倒在了他头上。

"啊——啊——"安禄山气极了，大叫着，满头满脸挂着黏糊糊的汤水。他站起来，冲着哥舒翰就要打架。

哥舒翰也已拿出了架势，等着安禄山动手。

好在杨国忠等几位大臣已经过去，抱住了如同野猪一般疯狂的安禄山，皇太子拉住哥舒翰，又有玄宗站在他们两人中间，两员边关大将才没扭在一起。

宴会不欢而散。

几天后，哥舒翰准备返回河西。走前，他进宫向皇上告辞，同时为他的部将叙功，并专门奏本皇上，请求特批高适为他的幕府掌书记。

玄宗一一准奏，以安抚哥舒翰与安禄山的不快。

哥舒翰见玄宗对他十分宽容，想了想，进言道："陛下，席宴间，老臣举止有失礼节，可那安禄山信口雌黄，狂妄至极，不教训教训他，他不知自己姓甚名谁了。现今，人们纷纷议论，都说安禄山心怀叵测，陛下不能不防啊。"

"朕明白爱卿的一片赤胆忠心，"玄宗道，"对安禄山，朕也心中有数。爱卿放心，回去，替朕把好西南、西北边关，朕绝不会亏待于你。"

哥舒翰叩头致谢，携高适等人，一同离开了京城。

这次进京，高适在幕府的任职得到了朝廷的正式认可，这为他日后升官晋级铺就了坦途。他还抽空去会了朋友杜甫，向杜甫细细说明了入幕府的种种利弊，建议杜甫另辟佳途，不必非走幕府之路不可（当然，高适并没讲出李白也想入幕府的这一条根本的理由）。高适的中肯，得到了杜甫的认同。

安禄山在宴席上吃了亏，怒焰久久不能平，闹着马上要回幽州。

玄宗担心，安禄山就这么走了，回去会出事。他答应带安禄山和杨玉环一起去华清池住些日子。安禄山去了，在华清池玩得够了，仍怨气冲天。没办法，玄宗又想以官位安抚于他。恰好此时左相陈希烈以年老体弱为由，提出引咎辞职。玄宗立即准奏，并暗示安禄山，他将委任安禄山为朝廷宰相，安禄山这才有了笑脸。事后，玄宗真的召张垍入宫，密令他草拟任命安禄山为宰相的制书。

杨国忠知道了此事，急忙入宫劝阻。

"陛下，以安禄山为宰相，万万不可为。"杨国忠一进大殿，脱口便道。

玄宗好一阵没有说话。他见杨国忠立于殿下，情绪好像缓和了一些，才开口问道："杨爱卿，你从何处听说朕要以安禄山为宰相？"

杨国忠被问得一愣，想了想，便直截了当地说："臣听太常寺卿张垍所言，臣想不会有误。"

"朕确实有此想法，并未最后决断。"

"陛下，且不说安禄山有无反心。"杨国忠又激动了，"臣知道他为朝廷立下不少边功，握有军中大权，可是，他目不识丁，说到底，是一个胡人莽汉，这样的人，怎么做得堂堂大唐的宰相！如若陛下的制书颁发下去，不说朝中众臣难以心服口服，臣担心，周边四夷也会因此而蔑视大唐，笑我们朝中无人哪！"

杨国忠的最后一句话说动了玄宗。玄宗点了点头，道："说得有些道理。只是，这回不给安禄山一个官职，怕安抚不下他的心了。"沉吟了许久，玄宗决定，加任安禄山为尚书省左仆射。

左仆射是一闲职，通常，朝廷将它授予从宰相职位上退下来的大臣。将这样一个有职无权且还挂在杨国忠属下的职位赐予安禄山，安禄山怎么能够高兴？

站在大殿之上，安禄山勉强谢过恩，说："陛下，小儿生来爱马，临行之前，还想向陛下讨个管马的官做做，不知陛下是否开恩？"

当时，唐朝还很强大兴盛。长安往西直到边境，绵绵一万两千多里，桑园农田一望无边，草原牧场，牛羊鹿马成群。特别是陇右、长安西北地区，是朝廷军马的主要产地，军中战马绝大部分来源于此。而这个地区属哥舒翰的权力范围，安禄山向玄宗讨管马的官，想的是插足哥舒翰的领地，同时，好借此机会为自己的骑兵补充一流的战马。

安禄山挺着大肚子，在大殿上公开向皇上讨官，玄宗知道，他不能不给："朕再封你为闲厩使，并陇右群牧使。"

"小儿领旨谢恩。"

"近日天气寒冷，"玄宗又关心道，"禄儿回去，定要注意身体，你把朕这外衣带着，路上也好御寒。"玄宗说着，将自己身上的龙袍脱下，交给高力士，让他赐予安禄山。

安禄山接过龙袍，笑在脸上喜在心头，他伏在地上，向皇上叩头谢恩不止。

玄宗还不放心，命高力士代他为安禄山送行。安禄山正求之不得，他早担心杨国忠对他暗下毒手。

随高力士出了长安南门，安禄山带着一小队随从，马不停蹄，飞奔潼关。到了潼关，他下马便直接登船，一行人由黄河顺流直下，再转道运河，日航行数百里，昼夜兼程，生怕杨国忠从后面赶上来追杀。

当然，安禄山也没忘记履行他陇右群牧使的职责，路上，他派亲信弯道去陇右，为他的骑兵挑选几千匹强壮的战马。安禄山平安地回到幽州，一流的战马几乎同时到达。

站在自己的家门口，对着长安方向，安禄山把玄宗的龙袍抛向天空，又接在手中，拧作一团，得意地哈哈大笑。

高力士送走安禄山，回到内宫，玄宗问："高将军，安禄山走得可高兴?"

"回陛下,"高力士道,"奴才观他心神不宁,似乎很有情绪。奴才问他,他愤愤不平地说,陛下本欲委任他为宰相,制书都准备好了,不知为何突然变卦,定是有人从中作梗。"

"朕只有此想法,并未讲明,他怎么知道得如此清楚?"玄宗像是自言自语,又像是在问高力士,"会不会是杨国忠……"

高力士低头不语。

"高将军,你说,是谁将此事泄露给安禄山的?"玄宗问。

"奴才猜想,"高力士犹豫着,小声道,"这事,与右相无关,会不会……"

玄宗一个手势将高力士的话打断,他眼前出现了一个人。

这个人,就是张垍。

皇上命张垍草拟制书以安禄山为左相,张垍不得不为。回到府上,张垍越想越气。

两年前,李林甫去世,朝中上下,他们张氏兄弟呼声极高,都说他们之一能做宰相。张垍认为,他们兄弟三人,又数他最有希望。结果,他却空欢喜了一场。这是因为有杨国忠在,他是杨贵妃的哥哥。张垍想通了。

年前,皇上单独一人驾临张垍府第,与张垍弈棋、聊天,这已是多年没有过的事情。皇上走后,张垍受宠若惊。他分析,皇上说陈希烈年老多病,顶不得人用,其中话中有话,很可能是让他张垍出来顶左相之职。

张垍的分析没有错,玄宗突然光临,确实有此打算。

可是,情况总是在不断地变化。左相的位置只有一个,朝中对它垂涎三尺的何止一人?仅他们张氏兄弟就有三人。在现有的朝臣中选择宰相,权衡利弊,平衡关系,玄宗自登基以来,伤够了脑筋。这也许是他守着李林甫不愿意换,抓住杨国忠便用的原因之一。正好安禄山又野心勃勃,玄宗想,以安禄山为左相,一来套住了这个难以驯服的胡人,二来可以避免朝中大臣的又一轮争权夺利,他去了心病,又省了精神,当然可为。

张垍并不理解皇上的苦心。他越想越气,越想越想不通。凭什么安禄山这个胡人做得宰相,他却做不得,难道他张垍在皇上眼里连胡人都不如?他把这绝密之事捅给了杨国忠。知道皇上不任命安禄山为左相后,一时气盛,张垍又把草拟制书的事捅给了安禄山,他要报复皇上。

张垍做错了。在此之前，为官二三十年，他很识时务，从来不对上意气用事。只有这一次，他铸下了大错。

杨国忠出面证实，安禄山的消息确实来自张垍。玄宗大怒。他要严惩张垍，不仅是张垍，连带他的兄弟，一同驱逐出京城：刑部尚书张均被贬为建安太守，门下省给事中张埱被贬为宜春郡司马，张垍则贬去做了卢溪郡司马。

张垍不是安禄山，如果他是安禄山，玄宗对他和他的兄弟会客气得多。反过来说，如果把安禄山换成张垍，他也不敢如此猖狂。

朝中老臣、吏部侍郎韦见素接替了左相之职。他和前任陈希烈有着共同的特点，为人谨小慎微，温顺随和，是做傀儡宰相的最佳人选。

夏六月初一，正午时分，出现了日偏食。圆圆的红太阳突然变成了一把弯形的白钩子，钩挂在大唐上空。

养在翰林院中的道士、法师们忙着破译天机。大家得出的结论基本一致，却都做出神秘的样子，不愿张扬。天机不可泄露，弄得不好，老天爷发怒，贬了官职，丢了自家性命是小，还会祸国殃民，动摇大唐社稷。如此大事面前，聪明人都不敢站出来自献聪明。

长安城里，人们议论纷纷，心神不宁，直到怪异的天象自动消失，方才平静下来。

正午，兴庆宫内寂静无声。参天的古树、封闭的长廊和大殿遮挡住了许多的天空，内宫里没有人注意到天象的变化。玄宗在午睡，醒来后，没有人向他禀报天象。

玄宗和他的杨贵妃依旧过着逍遥自在的生活。

5

上一年秋末，李白随李昭一同往溧阳濑水为贞义女作碑文，而后又来到宣城。李昭留他在宣州多住些日子。

"兄长赠我诗言，你我兄弟'知音不易得'，乘着我在宣州任职，兄长在这里多住些日子。"李昭说，"我已在敬亭山为兄长寻得一幽静的好住处。兄长愿意到宣城之外去游玩，就去四处走走，玩得倦了，回到敬亭山下休息，会会朋友，读读闲书，作些诗赋文章，不比兄长去别处好吗？"

李白毫不犹豫地接受了从弟的盛情。

淮南道与江南道的交界地区（现安徽、江苏以及与浙江交界地区），是李白生平游历最多的地方，也是他离世之前的徘徊之地。可以说，李白对这片土地十分偏爱，这里的山水城镇，他走过两三遍不算多，去过五六回不为奇，到过七八次也可算作平常之事。李白的许许多多的诗篇都来自这片土地。

这一回，李白到宣州，他以宣城为中心，划出方圆数百里的半径，又来了一次游山玩水。

游山，李白专游名山。宣城郊外的敬亭山、响山，宣州南面的黄山，青阳的九华山、木瓜山，泾县的水西山，南陵的五松山，铜陵的铜官山，当涂的天门山、龙山、青山，马鞍山的翠螺山和望夫山，都留下了李白的足迹。

名山佳境，必有高僧仙道，李白观景拜佛访仙，一路收获颇丰。

九华山，原名为九子山。李白与朋友一道来游，见它"山高数千丈，上有九峰如莲华"，便突发奇想，和两位朋友联句，给这千古名山改名为"九华"。现存李白诗集中，有李白《改九子山为九华山联句》并序。

李白先曰："妙有分二气，灵山开九华。"

高霁继吟："层标遏迟日，半壁明朝霞。"

韦权舆云："积雪曜阴壑，飞流喷阳崖。"

李白又曰："青莹玉树色，缥缈羽人家。"

访九华，李白与洞僧交游甚密。此洞僧乃新罗国王室贵族金乔觉。他二十四岁于开元七年（719）渡海来到九华山，自称为地藏菩萨转世，住在东崖峰岩洞中苦苦修禅，直到九十九岁（794）圆寂。洞僧身后，九华山成为地藏菩萨道场，它与山西五台山、四川峨眉山、浙江普陀山并称为中国佛教四大名山，并分别为地藏、文殊、普贤和观音四大菩萨显灵说法的道场。

李白上山时，金乔觉六十岁上下，李白则五十四五。两位大师各有所长，金乔觉喜欢汉学诗文，李白崇拜佛教精深，两人在一起，作诗讲佛，无话不谈，关系极为密切。金乔觉曾作诗道："空门寂寞汝思家，礼别云房下九华……好去不须频下泪，老僧相伴有烟霞。"李白后来则写有《地藏菩萨赞》，赞金乔觉"本心若虚空，清净无一物。焚荡淫怒痴，圆寂了

222

见佛"。金乔觉确实如此。佛经中说他"安忍如大地，静虑如秘藏"。现今，九华山肉身宝殿中，尚存有地藏菩萨的誓言。他说："众生度尽方证菩提，地狱未空誓不成佛。"这一誓言对李白后来誓死从政，好像影响极大。

登黄山，李白遇到了另一位老人，黄山胡公。

胡公以饲养白鹇而有名。古人说，白鹇全身雪白，两羽黑尾高翘，看似行止闲暇，其实性耿介，极难驯养。胡公以家鸡孵化出一对，细心呵护调教。他的白鹇取有名字，只需轻轻一唤，便会马上聚拢过来，在他的掌中取食。胡公爱其至深，时时将它们带在身边，不许离开左右半步。李白见此情景，自然想起了他年轻时的师长赵蕤。那时，赵蕤也养了许多的白鹇、锦鸡，也是从掌中觅食。

追忆往事，李白请求胡公，将他的白鹇转卖给自己。胡公视一对白鹇为爱子，千金不卖，哪里在乎李白从怀中掏出来的两块白玉？但他听说，此人乃大诗人李白，又见李白借居于他的草屋之中，每日和他一样，与白鹇亲密无间，便道："老夫不要钱财，唯求你的亲笔书写诗作一首。"李白"闻之欣然，适会宿意，因援笔三叫，文不加点以赠之"。

李白《赠黄山胡公求白鹇》，那种兴致盎然的神色，好像又回转到了他的青年时代：

> 请以双白璧，买君双白鹇。
> 白鹇白如锦，白雪耻容颜。
> 照影玉潭里，刷毛琪树间。
> 夜栖寒月静，朝步落花闲。
> 我愿得此鸟，玩之坐碧山。
> 胡公能辍赠，笼寄野人还。

玩水，李白专往秀水清溪、名湖仙潭边去玩。他重游金陵的梅湖、北湖（玄武湖）；他在宣州的宛溪、双溪流连忘返；他夜宿吓湖；他从三门山下六刺滩，一路观险滩急流，直至陵阳溪下的涩滩。李白惊叹，那里怪石峻立，滩流危急。他道："石惊虎伏起，水状龙萦盘"，"白波若卷雪，侧石不容舠。渔子与舟人，撑折万张篙"。

223

秋天，李白去池州（安徽池州）的秋浦水域游玩。他住在清溪边，和朋友一同宴游清溪玉镜潭，写下了许多令人难忘的《秋浦歌》。

李白的诗歌中常有动物出现，其中，给人印象最深的是猿、白猿或者称之为猩猩的啼叫声。

唐代，一方面是中国古代文明发展的高峰时期；另一方面，读李白（不仅仅李白，还有其他诗人也是一样）的诗歌，又让你感觉到，生活在那时候的动物也是世界的主人，它们和人幸福地共存于世间，它们和他们分享着同一片天空，占有着同一块大地。

人在城镇中走，猿则在山间小道、湖溪水泊边游。同时，城镇中，人能走，猿也能走；乡间湖畔，猿能游，人亦能游。住在乡间，住在城镇，傍晚或是夜间，总有猿声阵阵，正好比现代人每天都可以从 VCD、电视机中听到流行歌曲。

夜间有猿声啼叫，李白的情绪总是不佳。他常会因此思念家人朋友，也时常伴着猿啼，想着自己始终不得顺畅的人生之路。任意节选几段如下：

"君莫向秋浦，猿声碎客心。"

"向晚猩猩啼，空悲远游子。"

"此度别离何日见？相思一夜暝猿啼。"

"望极落日尽，秋深暝猿悲。"

"更听猿夜啼，忧心醉江上。"

"秋浦猿夜愁，黄山堪白头。"

"猿声催白发，长短尽成丝。"

李白还经常看见猿，他说："山光摇积雪，猿影挂寒枝。"他亲眼见过"猴子捞月亮"的情景，动情地叙述道：

秋浦多白猿，超腾若飞雪。

牵引条上儿，饮弄水中月。

如此的活泼景观，现代人只能去动画片中欣赏。经过人工制作，电脑合成，动画片中的一群小猴子，也许比真实的更聪明，更完美，更逗人喜爱。可它们毕竟只是一群想象中的小猴子。生活在现实中与生活在遐想中

224

截然不同。想要回归自然，向往着返璞归真，今人对古人羡慕不已。

很多后人替李白担忧，不知他四处游玩，巨额的差旅费从哪里开支？

郭沫若曾经挺有把握地分析说，李白的父亲从商，李白还有兄弟从商，"李家商业的规模相当大，它在长江上游和中游分设了两个庄口，一方面把巴蜀的产物运销吴楚，另一方面又把吴楚的产物运销巴蜀。从这里对于李白生活费用的来源才可以得到说明"。否则，李白"将近四十年间没有回到故乡去过。这样长时期的漫游浪费，没有富厚的后台是不能想象的"。

其实，李白既已离家，绝不可能一辈子靠父兄养活（就算他还有兄弟）。在最困难的时候，李白有许夫人、宗夫人替他排忧解难。当然，堂堂的大男子汉，不会一辈子花娘子家的钱。更何况，到了后期，李白已有了相当的社会声誉，皇上对他赐金放还，他在外面游走，结识了大量的做官的朋友。朋友做官，他自然享有方便。正如安史之乱以前，李白在宣州一带游玩，认宣州长史李昭为从弟，他走遍宣州境内，所有李昭属下的官员都会主动与李白结交。

唐朝又有崇尚文人的习俗。很多人喜欢请有名的文人登门作诗，陪客，附庸风雅。李白出门在外，利用此习俗正好解决了食宿问题，何乐而不为？他还靠撰写文赋、题写各类碑铭挣钱，收入不论多少也足够他自己一个人的开销了。李邕不是曾靠撰写碑文发过大财吗？

达官贵人们多是出自虚荣而利用李白，平头百姓们却是真心地崇敬李白。

有故事说，李白登九华山，口渴难忍。一位老茶农想给他泡一碗解渴的茶水，四处寻找上好的泉眼。老茶农跑了许多的路，意外地发现了一个簸箕大小的石凼，丝丝细流由地下渗出，他舀此清泉为李白泡了一碗茶水。李白喝过，连连夸赞："好香茶！好香茶！"老茶农把李白引至泉边。李白发现，泉底有耀眼的金沙铺地，遂提笔在泉边写下三个大字：金沙泉。从此，金沙泉四季不竭，用金沙泉泡的茶水，香飘千里。

金沙泉边长着金钱树。历来，九华山上有三宝：娃娃鱼、金钱树和叮当鸟。传说，金钱树是李白游山时拄过的手杖所变。李白在九华山上沽酒，站在酒家门口，他顺手将挂有铜钱的手杖往地上一插，手杖就地长成了金钱树，造福于后人。也有人说，是李白取钱沽酒，一不小心，将系在手杖上的铜钱跌落在地上。铜钱落地生根，长出了金钱树，金钱树结出的

225

全是"太白钱"。

李白好酒有名。

宣城内有一老者，善酿老春酒。每次，李白去喝酒，他买一壶，老者送他两壶；他喝二升，老者再送他二升。在宣城，李白常以老者的酒肆为家。老者的酒肆有了李白，生意越发兴旺了起来。李白走了，酒肆的生意也就越做越淡了，尽管老者酿造的老春美酒依旧飘香。

后来，李白再来宣城，他又往这家酒肆寻酒。可惜，老者已去了黄泉。李白《哭宣城善酿纪叟》，他想着，坟地里没有他李白，纪叟酿造的美酒卖给谁喝？

李白如此悲切道：

> 纪叟黄泉里，还应酿老春。
> 夜台无晓日，沽酒与何人？

五松山下，一位姓荀的老妇同样令李白难忘。

李白去五松山游玩。夜幕降临，他急忙下山，随意入一农舍草屋求宿。这家老妇，刚从山上砍柴归来，她的儿媳妇下田也才进家门。婆媳二人见李白腹中饥饿，忙去后院点着松枝火把，舂米做饭。等到夜深人静，饭才做好。老妇双膝跪在地上，双手将热腾腾的客饭捧送到李白的面前。端着这碗难得的客饭，借着银色的月光，李白才知道，这是一碗"雕胡饭"。

雕胡米又叫菰米。菰就是茭白，或者叫作茭瓜，是一种常见的蔬菜。这种植物的果实便是菰米，舂过了可以煮食。如今，人们仍吃茭白，绝没有人再食菰米，很多人甚至一辈子都没听说过，曾经有这样一种米，可以当饭吃。雕胡饭肯定难以下咽。

农家婆媳二人待李白为上宾，临时舂菰米为他做饭。李白捧着这碗雕胡饭，想到漂母接济韩信，情深义重，不敢享用。他有诗作《宿五松山下荀媪家》。

李白诗云：

> 我宿五松下，寂寥无所欢。
> 田家秋作苦，邻女夜舂寒。

226

> 跪进雕胡饭，月光明素盘。
>
> 令人惭漂母，三谢不能餐。

另，还有一个叫作汪伦的村夫，与李白也有厚谊深情。

汪伦比荀媪富有，李白借宿他家，汪伦常以美酒盛情款待。李白忘不了汪伦的美酒，更忘不了汪伦赶来岸边送他，和村人手拉着手，有节奏地踏地而歌的情景。李白情动于衷，写下四句情真意切、自然而又余韵无穷的诗句。从此，汪伦的名字便随着李白的诗歌百年千年流芳后世。

> 李白乘舟将欲行，忽闻岸上踏歌声。
>
> 桃花潭水深千尺，不及汪伦送我情。

在外周游，李白又来到扬州。他走进一家酒店，想随便喝两杯水酒，歇一歇脚。

李白刚坐下，一位山人打扮的年轻人就兴奋地朝他走过来，拱手道："请问前辈，可是李翰林李太白？"

李白点点头，不想和他多言。二出长安后，李白在外行走，常遇上一些容易激动的年轻人。他们听说了李白的名声，不分场合地点，围着他请教诗赋学问。开始几个，李白热情相待，有问必答。后来问得多了，特别是当李白心境不好，人又劳累疲乏之时，他更是很不情愿搭理。

"前辈真是李太白？"年轻人又问。

李白再次点头认可，并示意让年轻人坐下说话。

年轻人站着，再仔仔细细地看过李白，说："李太白五十出头，乃川蜀人士，喜佩宝剑和酒葫芦……"

"你找他有何事？坐下来慢慢地说。"李白打断了年轻人的自言自语，他发现，这个年轻人对他非同一般。

"前辈，你若真是李太白，那我可要谢天谢地了，"年轻人在李白对面坐下，说，"我自王屋山出来，前后已有两年多的时间了，寻李白寻得好苦。"

听说年轻人从王屋山下来，李白有了亲近感，他笑道："我说我是李白，你不相信。我不是李白，你又会失望。你看，我应该怎样，才能让你

227

满意?"

"前辈原谅，"年轻人说，"请前辈吟诵一首诗赋如何?"

李白笑着，点头认可。他想了想，先吟诵了自己年轻时的得意之作《大鹏赋》，后吟诵了他的《蜀道难》。

年轻人听得很认真，末了，不好意思地说："前辈，李白的这两篇诗赋喜欢的人很多，《大鹏赋》在京师可说是家藏一本，我不敢肯定……"

"你依旧怀疑我是否是李白?"李白问道，忍不住哈哈大笑了起来，边笑，他边说，"既然如此，你继续去寻你的李白好啦，看看，哪里还有一个真正的李白，哈哈哈哈……"

年轻人也跟着大笑了起来。他想，不管这位前辈是不是李白，他肯定是一个十分有趣之人，值得一交。他和李白的关系开始融洽了。

李白要来一壶水酒、两碟小菜，给年轻人也加上一双筷子。他先自己倒了一杯酒，再给年轻人也斟上，说："喝上酒，我们慢慢地聊天，聊上一会儿，你便知道我是谁了。"

"前辈是不是李太白都不要紧，李太白我总是要寻到的。"年轻人举起酒杯，庄重地说，"今日，魏万在此得遇前辈，能与前辈喝酒结交，也能说明我魏万有好运气。前辈在上，请先受晚生一拜。"说着，年轻人一口喝下杯中的酒，站起身来，双手合围，朝李白一连鞠了三个九十度的大躬。

李白凝视着眼前的年轻人。从他身上，他看到了自己当年的影子。当年，他全身上下，自里向外，也同样充满着朝气，他也同样崇拜名人前辈，同样喜欢随处结交朋友。三十年前，他独自出蜀，来到扬州，事情好像就发生在昨天。想着这些，李白情不自禁，随口吟出一首《容颜若飞电》:

> 容颜若飞电，时景如飘风。
> 草绿霜已白，日西月复东。
> 华鬓不耐秋，飒然成衰蓬。
> 古来贤圣人，——谁成功?
> 君子变猿鹤，小人为沙虫。
> 不及广成子，乘云驾轻鸿。

年轻人听着，瞪大了眼睛。好半天，他才开口说话："前辈正是我要寻的李翰林，一点不错，正是李太白。师长就在眼前，晚生有眼无珠。"魏万激动着，撩起衣袍就要往地上跪拜李白，"师长在上，请受学生魏万参拜。"

　　李白连忙起身拦住，说："不必如此，不必如此，我们还是结交朋友为好。"

　　魏万坚持不肯，非要拜过李白为师不可。李白无奈，只得坐下，让魏万拜了。

　　酒店里过往客人不少，见这边收徒拜师，挤过来看热闹。有的人听说受拜者是李白，凑近跟前，有与李白攀家门的，有称李白为同宗的，有要拜李白为师长的，还有的马上愿与魏万结为师兄弟。

　　李白不受，大家推推让让，客气着，一时间，把个小小的酒店闹得热火朝天。很快，酒家里三层外三层，围观的人越来越多，外面的人探头探脑，不知里面出了什么事情，只想一个劲儿地往里面挤着看热闹。李白和魏万被挤在中间，左右应付不过来。天气不热，人却急得满头大汗。

　　最后，店家带着他的伙计们，把李白和围观的人群一起赶了出去："去去去去，这里是喝酒的地方，不是拜师学艺的场所，要拜师，你们上外头拜去。去，去，去，外头地方大，任你们怎么拜都行。"

　　李白和魏万这才从重围中解脱出来，酒钱也不用付，一路逃之夭夭。

　　跟着李白，魏万告诉说，两年多来，他为寻访李白，游梁园入吴楚，来来回回走了不下三千余里，李白游过的地方，他基本全都游了一遍。在王屋山入道，他听说李白可能会在梁宋一带，便再去睢阳寻找，果然从宗府打听到了李白确切的消息。

　　宗夫人指引他来宣城。可在敬亭山，他静候多日，仍不见李白的踪影。他又往附近各处名山湖潭寻踪，所到之处，众口一词，都说李白不久前来过，业已离去。他寻寻觅觅，最后几近失望，想来扬州碰碰运气，实在碰不上，只好先返回山中，过些时日再作打算。

　　"不想，果真在扬州得遇师长。"魏万说，"老天有意成全我心，回头我要好好地谢他一谢。"

　　李白问魏万的家事，才知道，原来，魏万是唐朝有名的开国大臣魏征

229

的曾孙。

唐朝初期，魏征在太宗朝上做谏议大夫，以敢于犯言直谏而闻名于世。他曾向太宗陈谏二百余事，辅佐太宗成功地巩固了大唐王朝的基业。

魏征的许多谏言，后来传为警世名言。如，他告诫太宗"兼听则明，偏听则暗"；又如，他把君王比作舟，民众比作水，点明"水能载舟，亦能覆舟"的道理，劝太宗做一个"居安思危，戒奢以俭"的开明皇帝。

史书记载，太宗在宫城内盖玉华宫，房玄龄和高士廉二人前去询问，有阻挠之意。太宗知道后，大有不悦之色，他对房、高二人说："朕在北边有一点小小的营造，干你们何事？你等管好南衙之事足矣！"魏征听说，进言道："房玄龄等大臣就是陛下的手腿和耳目。建造房屋之事，为何不许他们知道？若陛下所做的是好事，他们理应协助完成。若所做之事不对，他们应当奏请陛下立即停工。这是臣子侍奉君主的原则。"由于众位忠臣劝谏，太宗营建玉华宫时，尽量节省开支。宫殿盖成后，只有寝殿顶上盖了瓦，其余大殿顶上都用茅草覆盖。即便如此，所开销的费用仍以万亿计。

谈到魏万曾祖，李白十分敬佩。

"我们家风历来如此，"魏万说，"从小，家父即以'忠义'二字为训，家母则引我读师长的诗文。我是读着师长的诗赋，听着师长的传闻故事长大的。"

"小弟言过了，"李白笑道，"我虽胸有大志，一直不得如愿，小弟如此推崇于我，实在心中惭愧。"

"师长谦虚，"魏万说，"学生纵观古今文人大师，似师长这般的杰出才子，并不多见。至于得志不得志，并非师长没有真才实学，而要看当朝者有无见识了。"

后来，魏万将李白托付给他的诗文汇编成《李翰林集》，他在《李翰林集序》中，开篇便高度评价李白道：

> 自盘古划天地，天地之气艮于西南。剑门上断，横江下绝，岷、峨之曲，别为锦川。蜀之人无闻则已，闻则杰出。是生相如、君平、王褒、扬雄，降有陈子昂、李白，皆五百年矣。

和魏万论朝政，讲诗文，李白青年时期的高远志向、长期怀在心中的宏伟大志，重又表露出来，他敞言抒怀："历代朝政与文辞兴衰相一致，正如孟子所云：'王者之迹息而《诗》亡，《诗》亡然后《春秋》作。'古来由秦自汉，屈原、司马相如、扬雄，一代文人骚客，多有大雅之作。可是文风随战乱颓靡，文章法度日渐沦丧。尤其到了建安之后，诗经文章辞多绮丽，不足为贵。后朝，虽有谢灵运、小谢等人复出，终无回天之力。我朝中兴，倡导无为、清真，使得文坛群才辈出。不过，要做出孔丘那样的《春秋》大作，要真正复归大雅之声，舍我李白，还有谁可担此重任？"

　　魏万听得连连点头，他早将李白认作一代文坛英豪。

　　"唉，可惜啊，可惜，"李白突然仰天长叹，高声道，"我李白少壮年华已过，去日不多矣！"

　　"师长何出此言，"魏万马上反对说，"师长胸怀伟志，又已知天命，正是成大业之时。"

　　"你果真这么看？"李白问。

　　魏万不假思索，十分肯定地点着头。

　　"好，拿笔来，我们将它书录在纸上。"受到年轻人的鼓励，李白复又来了精神。他让魏万准备好纸墨，提起笔来，一挥而就，写下了一首很有气魄的诗作：《大雅久不作》。

　　　　大雅久不作，吾衰竟谁陈？

　　　　王风委蔓草，战国多荆榛。

　　　　龙虎相啖食，兵戈逮狂秦。

　　　　正声何微茫，哀怨起骚人。

　　　　扬马激颓波，开流荡无垠。

　　　　废兴虽万变，宪章亦已沦。

　　　　自从建安来，绮丽不足珍。

　　　　圣代复元古，垂衣贵清真。

　　　　群才属休明，乘运共跃鳞。

　　　　文质相炳焕，众星罗秋旻。

　　　　我志在删述，垂辉映千春。

　　　　希圣如有立，绝笔于获麟。

李白和魏万年龄虽然相差很大，两个人的性格、气度却有许多相似之处。李白抱负远大，魏万也自负极高；李白常任性奔放，魏万也常有狂热之时。两个人在一起，同游扬州、金陵，度过了一段难忘的日子。

入秋，魏万要赶回王屋山参加一次道事。他约李白同去，李白说是要回宣州去和李昭道别，暂时不能同往。

"那我先行一步，"魏万说，"秋末，师长一定来王屋山同我会合，学生好日日听师长教诲。"

"此后，你我便住在王屋山了？"李白问，他不等魏万回答，又说，"你爱文好古，隐居山间是一条路；入朝考取功名，也是一条路。若听师长之言，我劝你乘着年轻时光好，先以功名为重。日后，你一定能著大名于天下，到那时，再入山林不迟。"

魏万把李白的话记在心中。

六年以后，魏万果然在长安登进士第，入朝为官。而李白的生命只剩下了最后的一年。最后，他还在奋起抗争。

第 六 章

1

天宝十四年（755）冬十月，玄宗携杨玉环又一次到了华清宫，准备在温泉宫度过这个寒冷的冬季。

一进宫，玄宗和杨玉环便兴奋不已。宫里与外界有着截然不同的气象。外界已是秋末初冬，郊野霜白，而华清宫里，桃花杏花芬芳吐艳，春光竟然越过冬季，先行降临园内了。

左右侍从们纷纷争相奉承道：

"陛下，春色早到，预示着大唐社稷昌盛，陛下龙体青春常在。"

"有贵妃娘娘的春风，才艳羡得桃杏花开，使得华清宫内春色明媚。"

玄宗和杨玉环被说得心花怒放，连日里在温泉中游戏，在园内赏花演奏歌舞，如同新婚节日一般。

翰林院中的道长和法师们知道了这件事情，暗算天机，联想到前年中秋的月偏食、去年夏季的日偏食，几位大师同时断定：天象反常，大事不妙。他们再不敢有半点怠慢，连忙去见杨国忠，道明天象事理，请宰相大人万万不可轻视。

杨国忠有口难言，他将大师们打发回去，心想，这无非是说安禄山已有了反心，迟早会反叛大唐。可这同样的话，他在皇上面前已经说过上百次了，皇上只是不信。

今年春上，安禄山派他手下的副将入朝，奏请皇上特许他以三十二名将领顶替汉将。平日不爱多管事的左相韦见素认为事关重大，不得不开口

233

对杨国忠说："安禄山怀有异心已久，又请求以蕃将调换他手下的汉将，反叛之意十分明显。"杨国忠与他相约，翌日早朝一同进谏皇上。可在早朝上，杨国忠说过，韦见素站出来还没开口，玄宗便说："朕知道，你们都是怀疑安禄山此举心怀不轨，朕已说过多次，这事你等不必多言，朕心中自有主见。"玄宗准了安禄山的奏，还让他的副将给他带去大量的赏赐。

韦见素和杨国忠商量，直谏之言，皇上怕是听不进去了，非得想出一个办法，治住安禄山不可。他们想，如果能把安禄山调入长安，架空他，剥夺了他的军权，安禄山纵有反心也是枉然。

于是，左右二相又一同入宫，由韦见素向皇上进言道："陛下，俗话说，害人之心不可有，防人之心不可无。不论安禄山是否有反心，如今他权势过大，非防他一手不可。我们想，陛下若是调安禄山入长安，授他为同平章事，他的范阳、平卢、河东节度使之职则可另选三人出任。这样，既让安禄山满意，又分散了他的势力，朝廷安危有了保障，岂不一举两得吗？"

玄宗觉得有些道理，命人起草制书，准备召安禄山进京。然而，过了几天，不知为何，玄宗又变了主意。他压下制书没有颁发，另派宦官辅璆琳作为遣中使，带着他特赐的珍贵果品前去慰问安禄山，顺便暗中观察东北边塞的动静。

辅璆琳在幽州受了安禄山厚赂，返回长安，自然极力在皇上面前替安禄山美言。

玄宗放心了，他把杨国忠和几个重臣召进宫中，对他们说："朕知道安禄山不会怀有异心！岂有朕以诚心待他，他不报恩却要反朕之理？从今往后，朕亲自保安禄山，你等再不必为此事担忧了。"

秋七月，安禄山上表，说是要向朝廷献马三千匹，每匹马配两人护送，并由二十二名蕃将领队入长安。

玄宗先是高兴，杨国忠等人均说此事有诈，恰好又接到河南尹达奚珣的密奏，说是安禄山包藏祸心，朝廷不可不防，玄宗才派遣中使冯神威带着他的亲笔玺书前去幽州。

安禄山见到皇上的使者，并不下拜。他让手下把皇上的玺书拿过来，自己看了，然后大笑道："皇上说，他为我在华清宫新修了一汤池，召我十月进京。他不让我献马便罢了，还怕我不进京去？他不召，我自会去。"

笑罢，安禄山命左右将冯神威带下，再不见他。冯神威回到长安后，向玄宗哭诉道："臣此去幽州，险些不能回来再见陛下龙颜了。"玄宗对冯神威的话仍然似信非信。

杨国忠为了证实自己的推断，开始在长安城内搜捕和处置安禄山的亲信，很多人被贬官、处死。安禄山的一个儿子久住长安，娶荣义郡主为妻。这本是朝廷防范安禄山反叛的一个措施，而安禄山则视为他安插在朝廷身边的一个监测站，朝廷的一举一动，都由他的这个儿子很快送到了幽州。在杨国忠的一再高压下，本想等玄宗驾崩后再寻事端的安禄山终于最后下定决心，立即起兵谋反。

十一月十四日，午后，玄宗与杨玉环来到园中散步。

"三郎，"杨玉环站在园中，观赏着盛开的桃花杏花，说，"春天的花此时开得如此艳丽，蜡梅为何没有动静？它应该开在桃杏花之前才对。"

玄宗道："蜡梅蜡梅，就应在腊月里开放。不过，朕的娘子是花仙，桃花杏花可为娘子在初冬时节开放，娘子愿意的话，蜡梅也会早早前来报春的。"

"三郎说的是真话？"杨玉环得意地问。

"朕从来不说假话。"玄宗道，"不信，你我以歌舞催它，朕相信，不出三日，蜡梅必定能开。"

杨玉环高兴，马上与玄宗一道在园中演奏春光曲。她吹玉笛，玄宗击羯鼓，还招来了许多舞女围在梅花树下翩翩起舞。众人催梅兴致正浓，高力士突然疾步入园，凑到玄宗跟前，小声地低语了几句。

"有这等事情？"玄宗停住手中的鼓槌，怀疑道，"宣他进来，朕当面问他。"

高力士应着，扭头示意身后的宦官出去传快报进来。很快，一个风尘仆仆的快报慌慌张张地小跑着到了皇上的面前。他双膝往地上一跪，惊呼道："陛下，安禄山在幽州反了！陛下快快发兵！"

杨玉环和所有在场的人都愣住了。

"讲清楚，"玄宗道，"你这消息从哪里来？安禄山为何要反？"

快报不敢抬头，他伏在地上努力让自己镇静下来，说："回陛下，小的从太原来。太守命小的火速来长安向陛下报告，十一月初十那天，太原副留守被安禄山手下将领何千年等劫走，太守认定，幽州必有兵变。至于

235

他为何要反，太守未做解释，小的一时也道不明白。"

"幽州方面还有其他异常情况吗?"玄宗问。

快报想了想，跪在地上摇头。他听出玄宗的口气，像是不相信他的话，又大声道:"陛下，安禄山是真的反了!请陛下快快发兵，要不，大事不好!"

"朕知道了。你的任务已经完成，"玄宗说，"高将军，派人带他下去休息，要好好地款待他。"

快报走后，玄宗沉思不语。

杨玉环命舞女们全部退下，自己一个人静静地留在玄宗身边。过了很久，她见玄宗用疑惑不定的眼光看着她，便开口道:"三郎，妾见识短浅，从来不敢过问朝政。不过，安禄山谋反一事，妾总是想不通。三郎待他如同生父一般，给他的官禄最厚，要说他恃宠骄狂，在他的小天地中称王称霸，妾相信。可说他一定反叛大唐，妾总有想不通的地方。难道，安禄山真那么傻，放着高官厚禄不要，偏要去自寻死路不成?"

玄宗听得连连点头，他也想不通安禄山为何要反。

杨国忠听到了消息，匆匆来见皇上。他的脸上略带些喜色，向玄宗进言道:"臣早知安禄山必反。陛下，朝廷要赶紧发兵，尽早将他平定了才是。"

"单凭一个快报不足为证，你派人去幽州方面打探清楚，回来再议。"玄宗说，"朕怀疑，这情报不真，或许是有人出于嫉妒，造谣加害于安禄山。"

"陛下，快报肯定没错。安禄山他……"

"你先回去安排打探之事，其他话不必多说了。"玄宗有些不耐烦地打断了杨国忠的话。他把手向外拨了几下，示意杨国忠马上退下。

杨国忠看了看坐在玄宗身边的杨玉环。杨玉环面无表情变化，看得出来，她也不为安禄山反叛之事担心。"他们对安禄山如此信任，对我的话却倍加怀疑。难道，在他们眼里，我比安禄山还不如吗?"这么想着，杨国忠气得脸色都变了。他还想说什么，玄宗先起身道:"朕在外面坐得久了，娘子，随朕进去休息。爱卿你也快些回长安去，将打探之事布置了，早些回话给朕。"

不等杨国忠回去布置，第二天，又有快报送来太原的奏本，详细禀报了安禄山十一月初九在幽州起兵反叛之事。此时，安禄山起兵前后已有六天，河北方向陆续有消息传来，说是安禄山大兵如卷席，自幽州向南一路烧杀抢掠而来。

玄宗这才震惊，愤怒不已，他急忙在华清宫召见近臣，商量平反之事。

安禄山终于反叛了，杨国忠总算在皇上面前证实了他预言的正确性。他见玄宗气急的样子，掩饰不住自己的得意，轻松地夸下海口，说："陛下不必过于忧虑。反叛的只是安禄山，三军将士未必愿意跟着他作乱。我料定安禄山的日子长不了，十日之内，必有将士斩了他，携首级前来报功。到时候，若是安禄山仍活在世间，陛下再发兵讨伐，以天子旗号诛杀叛逆，消灭反贼，也可不费吹灰之力。"

玄宗觉得杨国忠说得在理，情绪渐渐地平静下来。他和近臣们商量，虽说安禄山的叛军成不了大气候，但朝廷对防御之事必须抓紧。

当时，从幽州通往长安有两条路可走：其一是向西进攻北都太原，再沿着当年唐高祖李渊反叛隋朝的路线，朝西南方向直下，最后夺取关中长安。其二是直接南下，扫荡河北，越过黄河，再转向西进，占领东都洛阳，最终夺取长安。

安禄山抓走了太原副留守，河北方向也有战报，玄宗和他的大臣们一时难以把握安禄山的真实动向。作为防御，皇上第一次部署，派特使毕思琛先赴洛阳，遣金吾将军程千里往河东道太原，分头就地招募兵士数万人，以备安禄山叛军的袭击。

幽州。十一月初八傍晚，安禄山突然召集军中将领紧急会议。说是会议，其实是安禄山向他的高级将领们宣布他反叛的行动计划。

安禄山宣称，刚才接到长安送来的紧急密敕，令他率部立即入朝，声讨奸贼杨国忠。他已做出决定，九日拂晓前出兵，挥师南下，讨伐杨国忠。接着，安禄山抽出令牌，中锋、先锋、左路、右路、后卫、留守，等等等等，一一分派得井井有条。

许多蕃将对这一行动当然早已心中有数，汉人将领虽然也知安禄山早就怀有反心，却不知事态的发展变化居然如此迅速严重。他们对朝廷的所谓密敕抱有怀疑也不敢多言。军令如山，将军们领到主帅军令，只有将令牌持在手中，必须毫不犹豫地执行。

元演呆呆地站在帐下，脑子里旋涡一般飞转：讨伐杨国忠仅仅是一个借口。很显然，安禄山突然起兵十五万，号称二十万，且只在夜间急速推进，矛头仅仅是杨国忠？不，目标还有大唐社稷和当今皇上的金銮宝座！

长久以来，元演对皇上的骄奢淫逸，对李林甫、杨国忠的专权，对忠良受害等朝廷弊端深恶痛绝。可是，真让他加入反叛之列，背弃传统的忠孝礼义，他又绝对不能接受。元演早想离开幽州，却又不舍已有的爵位，一时难以下定决心。此时此刻，是随从还是反对，元演进退两难：随从吧，大逆不道，违反天意，终归没有好下场；反对吧，安禄山十分残暴，弄得不好，立即丧命。接令牌时，元演犹豫了。

安禄山双眼射出利箭，笔直刺入元演的心尖。他嘿嘿一笑，道："元将军，你怕我的令牌烫手吗？"

"主帅恕我直言，"元演只好说，"如此贸然进兵中原，其结果未必会好。"

"你怀疑朝廷的密敕，还是想替杨国忠这一奸贼效力？"安禄山冷笑着问。

"主帅，我想……"

"少啰唆，"安禄山大吼一声，道，"你先在这军帐前给老子宣誓，誓死效忠本帅，再接令牌。否则，将你的头颅献来，祭祀我军中将勇。"

元演的性格虽有优柔寡断的一面，火气攻心时，却又十分百分的刚毅。面对安禄山的猖狂，元演顿时怒火中烧，他不顾一切，挺直腰杆冲着安禄山，一字一句道："效忠天子朝廷可以，逆道义而行，胁从反叛，元演不为。"

"嘿嘿嘿嘿，哈哈哈哈……"安禄山仰面大声笑罢，将手中的令牌往地上一掷，令牌唰地斜插入土中。

安禄山道："元将军，这道令牌就是你的生死牌，你跪在地上，用嘴把它叼住了爬出去，我安禄山饶你一命，留你在军中戴罪立功。你若不肯，休怪本帅翻脸不认人！"

元演哪里肯做出这等猪狗不如的事情，他站着不动。

"你真有胆量？"安禄山逼问。

元演的双腿开始微微地颤抖，但仍然未动。

"拉下去!"安禄山气急了,大声下令道,"将他的狗头砍了,祭祀三军!"

安禄山发火时,手下的将领皆十分害怕。元演的几位朋友想出来替他求情,又怕殃及自身,站在一旁不敢言语。

元演被闻令拥进来的刀斧手们拖出了军帐。

立在军帐外,他紧闭着双眼,脑海中突然闪现出了李白与他分手时的情景。那时,李白劝他早日离开幽州,可他没听朋友的劝告。一切都晚了! 元演最后想。

很快,一颗血淋淋的头颅献到了安禄山的面前。

安禄山瞟了一眼这颗已经难以分辨容颜的头颅,面部肌肉抽动了两下,下令道:"提出去——放在祭坛上,拂晓前我好用于祭祀。"

转脸,他又对属下说:"你等好好听着,此次行动,只准进不准退,有谁胆敢违令,这狗头就是最好的榜样。"

拂晓前,安禄山祭过天地,一声令下,各路兵马拔寨出发,扫荡南下,直奔黄河。古书中有道是:"禄山一呼,而四海震荡。"前后历时七年零三个月的安史之乱从此开始了。

安史之乱,是大唐王朝的转折点。由此,玄宗的开元、天宝盛世宣告结束,建朝立都一百三十七年的李唐王朝也从顶峰跌落下来。

关于安史之乱,李白写下了许多诗篇。其中一首《公无渡河》,起始两句惊天动地,强烈地描述了当时安禄山起兵幽州,不可一世的气势。随后,又以黄河洪水泛滥、披发之叟,喻苍穹大地,喻个人身世,悲伤血肉之躯挂在长鲸白齿之上,大唐社稷不幸,自身遭遇不幸。

李白悲愤道:

> 黄河西来决昆仑,咆哮万里触龙门。
> 波滔天,尧咨嗟。
> 大禹理百川,儿啼不窥家。
> 杀湍湮洪水,九州始蚕麻。
> 其害乃去,茫然风沙。
> 披发之叟狂而痴,清晨径流欲奚为?
> 旁人不惜妻止之,公无渡河苦渡之。

虎可搏，河难冯，公果溺死流海湄。

有长鲸白齿若雪山，公乎公乎挂罥于其间。

箜篌所悲竟不还。

2

安史之乱前夕，李白还在宣城。

十月，宣城新到任的太守赵悦在城南建了一座新亭，请李白为新亭题词。李白欣然答应。

赵悦一行官员簇拥着李白来到新亭。

只见这新亭建在池水边。深秋季节，原本碧绿的池水干枯了许多，池边露出一围乌青的淤泥，足有两三丈宽。岸上，柳树绿叶脱落，只留下柔韧的细枝在秋风中摇曳。新亭没有红漆碧瓦，而是以花岗岩做亭柱，亭顶则是由一块巨大的青石雕镂而成，看上去老成持重，还有些老气横秋的感觉，不像是一座新建的亭子。

李白玩笑道："这亭子刚刚诞生就有了百年容貌，百年之后，当是千年不朽之亭。"

"以青石麻石建造，其意正在于此。"赵悦说，"我来宣城就任，很想做一番事业，造福宣城百姓。建了这座新亭，让它记下政绩得失，也好让后人点评。"

"赵太守为官，怀有历史使命，又想着普通民众，真是宣城百姓的福分啊。"李白夸赞赵悦道。

赵悦和李白的年龄大体相当，头发也已花白。他一辈子官运不顺，磕磕碰碰几十年，才有了一个偶然的机会：通过远房侄子的引荐，进过一次杨国忠的府第。他给杨国忠献了一套春秋时期的古玩，宰相大人很是喜欢，当即封他为宣城太守。

上任伊始，赵太守做的第一件事，就是为自己修建一座牢靠的石亭，好让宣城记住他赵悦在此为官一任。听说著名的诗人李白正在敬亭山居住，他又专程将李白请来，让李白留些笔墨在亭子里，也好为他增添色彩。

进入亭子，赵悦站在正中，抚摸着立在那里的青石板，对李白说：

"李翰林随便留些词句在上面，也将与碑亭永存。"

驮在千年石龟背上的这块青石碑，宽三尺，高一丈有余，两面油光放亮，想必题词刻字皆十分顺畅。李白拍了拍青石板，心想，永存的只是它，不是我李白。

"昨晚我已将新亭颂写好，不知太守是否中意，"李白说着，从怀里掏出他准备好的新亭颂，双手呈送到赵悦面前，"太守先阅过，我再往碑上写。"

赵悦高兴地接过李白写好的《赵公西候新亭颂》，小心翼翼地展开来，一行一行地往下读，越读他越兴奋，读到最后竟不禁摇头晃脑地念出声来：

> 耽耽高亭，赵公所营。如鳌背突兀于太清，如鹏翼开张而欲行。赵公之宇，千载有睹。必恭必敬，爰游爰处。瞻而思之，罔敢大语。赵公来翔，有礼有章。煌煌锵锵，如文翁之堂。清风洋洋，永世不忘。

"好，好，写得好！"念罢，赵悦大声叫好。他的属下官员也跟着助兴，新亭里一片赞颂之声。

"李翰林真乃谪仙人也，"一个官员说，"不到新亭，便知新亭面貌。以石建亭，是我们太守的创新，而李翰林以文翁之堂相比，形似神似，令人叹服。"

李白在新亭颂中提到的文翁，是西汉景帝时期的蜀郡守，他建有石室，作为文学精舍和讲堂，在历史上有些名气。李白以此作比，石室与石亭确有相通之处。

衙役送上笔墨，李白挥毫，将亭颂录于青石板上。最后提笔之时，新亭内外又是一片赞叹之声。

赵悦更是喜得合不拢嘴，命人为他和李白在新亭前作画，说是要把这画挂在府上的厅堂正中，他和李白从此就是兄弟了。

从新亭回来，赵悦又单独宴请了李白，他不要属下官员作陪，只选了四名很有姿色的女子和他们一起欢乐。

女子们在本城太守面前极尽媚态，不等酒喝完，就拉着太守进房"休息"，说是她们要好好地侍候太守，保管比美酒还要甜美刺激。

赵悦乐呵呵地一边搂着一个，道："本太守有两个就足够受用了。李翰林，那两个归你，你只管好好享用，玩得不够，带去敬亭山多住些日子，宣城女子独有一道风景。"

"太守放心，我们不会慢怠了翰林大人，"两个女子拥到李白身边，差不多快把他抬了起来，"翰林先随我们进房，休息好了再来饮酒不迟。"

李白已经很长时间未近女色了，喝了些酒，又被两个年轻艳丽的女子抬了，马上有了飘飘然的感觉。他放下手中的酒杯，不动声色，两条腿自动地随着女子往客房中去了。

第二天正午，李白还在客房中休息。他躺在床上，全身无力，只想好好睡他三天三夜。

天亮前，李白就将两个女子打发走了。他觉得自己已经上了年纪，精力不比当年，被两个女子侍候，身体实在吃不消。想着岁月无情，李白不免有些伤情。

"李翰林，"赵悦笑吟吟地推门进来，"怎么，玩得累了，直到现在还在床上睡着？"

"赵太守笑话，"李白赶紧起身，"我已老了，不比太守老当益壮，有年轻人的精力体力。"

"你别动，觉得累了就躺着，"赵悦说，"我叫两个极善推拿的女子来给你捏一捏，松松筋骨，保管舒服。早起，我也有些腰酸腿软，她们给我上上下下捏了几遍，现在可是轻松多了。"

李白谢过赵太守，还是起身下床。他想与赵悦告辞，回敬亭山去。

"不急，不急，"赵悦说，"李翰林随我去用过中餐，我还有事相求。"

原来，赵悦昨日读过李白的新亭颂，深感李白下笔不凡，他想借李白的笔，再去讨好宰相杨国忠。

喝着酒，赵悦说："我来宣城上任后，一直有一心愿未了，不知李翰林是否能帮助兄弟。"

"有话太守尽管说，只要李白能为，绝无推托之理。"李白的豪爽又在酒席间显露出来，他笑着说，"只怕我人微言轻，不能为太守所用，反倒为太守所累。"

"翰林说哪里的话，"赵悦道，"我若有三分翰林的笔力，官职俸禄皆可不要，一生一世足矣。"

"赵太守夸奖，"李白被赵悦说得高兴，一连喝下两杯白酒，"我能遇到太守这样的知己，也是三生有幸啊。"

时机已经成熟，赵悦开口道："不怕翰林笑话，本官想借你的笔给杨右相写一封上书，感谢右相大人对我的栽培，不知翰林是否能给本官面子。"

这时候，杨国忠虽然权势极大，却已经在朝廷内外声名狼藉，稍有爱国之心的人都对他恨之入骨，人们普遍认为，杨国忠若再当权，大唐社稷将断送在他的手上。

前不久，李白听说，去年六月初一，正午的太阳突然出现偏食，是由杨国忠作孽而生。

继天宝十年（751）杨国忠派剑南鲜于仲通率兵攻打南诏，士卒伤亡六万多人之后，上一年，杨国忠又指使剑南留后李宓率兵七万进讨南诏。结果，南诏王诱敌深入，将李宓的军队困在太和城下多日。唐军水土不服，又加上瘟疫流行，粮草用尽，未战已饿死病亡十之七八。南诏王乘机与唐军决战，唐军七万人无一人生还，主将李宓也落江而死。杨国忠隐瞒战败的实情，在皇上面前谎称打了胜仗，继续在中原拉夫征兵，调遣兵力去攻打南诏，前后总共战死了二十多万人。朝廷里，居然没有一个人敢向皇上奏明此事。

到了秋末，关中地区暴雨成灾，许多地区颗粒无收，而杨国忠却睁着眼睛说瞎话，向皇上道喜说："虽然雨多天气反常，农家托了陛下的洪福，又获得了大丰收。"杨国忠盘剥百姓，聚敛天下，强行征收各种捐税，把皇宫中的左藏库装得丰实饱满，很受玄宗的赞赏，而天下民众饿死冻死的不计其数。

李白听说，日偏食出现，有方伎之士预言："玄象有变，半年间有兵起。"可杨国忠见玄宗不问日食之事，便佯装无事，不但自己不向皇上禀报，还不许其他人多言。

如此奸相，赵悦还要上书效忠，李白内心对他生出了许多的蔑视。可赵悦对李白实在客气，拒绝他的请求，李白又拉不下面子。将心比心，李白想，赵悦受了杨国忠的恩惠，没有杨国忠，他这一辈子恐怕当不上太守。当不上太守，他的生平夙愿也就无法实现。从这点出发，赵悦感恩于杨国忠还是可以理解的，帮他这个忙，也算是解人燃眉之急。

李白说："看在赵太守的面子上，我愿下笔成书。不过，话得说清楚，这个杨右相祸国殃民，我对他的所作所为已近乎深恶痛绝，若出自我个人意愿，绝不会上书于他。"

"这个……嘿嘿……我也是……"赵悦被李白说得满脸尴尬，支吾着，一时找不到合适的回话。

"赵太守不要见怪，"李白又说，"我只是说说我个人的看法。太守知恩图报，心情我能体谅。"

"近年来，杨右相的口碑确实越来越不好，"赵悦恢复了自然，说，"我想，这并非全由杨右相自身引起，很多事情，是小人造谣，强加于右相的。我见过右相，他本人不像人们说的那么坏。起码，他堂堂的宰相大人愿见我这卑官小吏，还慧眼过人，任用我为太守，不瞒你说，我赵悦由衷地敬佩他。"

李白不语，没有呼应。

"好了，好了，不说了，不说这些了，"赵悦连忙转了话题，"我们继续喝我们的酒。"

李白与赵悦对饮了一杯，说："赵太守想对杨国忠说些什么，讲给我听，我马上替你写下来。"

"不说啦，不说啦。"赵悦推辞道。他一是不好意思再在李白面前向杨国忠献媚，二来也怕李白写不好这上书。

李白却偏偏要写。他问酒家要来笔墨，不顾赵悦的一再劝阻，伏在宴桌上，很快写下一封《为赵宣城与杨右相书》。写完后，他又拿起来，自己细细地浏览了一遍，然后，送至赵悦的手中。

赵悦想，李白不骂杨国忠就算不错了，字里行间肯定夹有不少的讥讽之词。

没想到，读了几行，赵悦便喜出望外。李白替他写的这封上书，超出了他的想象。所述之言，情真意切，看不出半点虚假，字字句句皆似出自肺腑真情。

开头，李白替他向杨右相祝福，道："首冬初寒，伏惟相公尊体起居万福。"接着，李白替他将杨国忠大赞了一番，向杨右相谢恩说：他承蒙宰相大人恩举，才在齿朽年迈之时，得以"落羽重振，枯鳞旋跃"，他将终身"犬马恋主"，为宰相大人效力。如今，他虽然已进入枯松晚岁时节，但"老骥余年，期尽力于蹄足。上答明主，下报相公"。诚心诚意，直至咽气的最后一刻，他都必将"瞻望恩光，无忘景刻"。

"李翰林好笔力，好笔力，"赵悦夸赞着李白，将上书仔细地收好，"真没想到，同样一支笔，用在李翰林手下，便能随心所欲，哪怕是违心之作，也做得如此出色。"

李白笑了笑，连着喝了好几大杯烈酒，不再多言。看得出来，他的心里很是矛盾。

回到敬亭山，已是傍晚，李白独自坐在山下的庭院中，望着墨绿色的山脊，看着山峰间披挂着的五彩晚霞，听着夜鸟回归山林的鸣叫，想着白日里交往过的人和事，心中百感交集，想想，又吟出五言一首：

众鸟高飞尽，孤云独去闲。
相看两不厌，只有敬亭山。

十一月十八，早起天上下起了小雪。落在地上的雪花都化了，挂在树上的却完好无缺，不一会儿，敬亭山的松枝柏树上像是绽开了一朵朵小小的白花。李白立在窗前观景，心想，青山披挂白花，兆头不太吉利，是不是……

正想着，李昭出现在门口。李白忙迎了出去。

"兄长，局势有变，"李昭见到李白便神秘地说，"安禄山在幽州反了。"

"长史这消息从哪里得来？"李白边把李昭让进屋里，边急切地问道。

坐下来，李昭说："昨日，我的一位朋友从北面回来，一路上他快马加鞭，赶得十分辛苦。他说，他在黄河那边听说，安禄山的兵马已经打到了河北赵州一带，正朝黄河这边横扫过来。我怕兄长担心家里，早起先过来给你送信。"

"朝廷可有檄文？"

"暂时没有，"李昭说，"估计这消息不会有假，三两天之内，朝中必有快报送来。"

安禄山南下黄河，意在长安。过了黄河，他必走汴州，然后转向西行。汴州与睢阳靠近，很可能他还会先占睢阳，再向西进，李白想。

"我想，兄长还是暂时住在宣州不动为妥。"李昭见李白不说话，提议道，"不管怎么说，这里距黄河路远，安禄山本事再大，打不下江南。睢阳就不保险了，我马上派人去把嫂夫人和宗兄一家接来宣州，与兄长会合。我今日来，就是要与兄长商量此事。"

李白拒绝道："我自己回去。"

"安禄山打过来，睢阳是朝廷与江南的通道，甚是危险，兄长回去不得。"李昭说，"嫂夫人他们，我一定负责接来，兄长放心好啦。"

李白连连摇头，说："不仅是家人之事。国难当头，匹夫有责。我要回去看看，若有机会，也好替朝廷出些气力。"

李昭十分钦佩李白的报国之心，但他仍劝说李白，战争非同平常，单凭满腔热血不行。他说，李白年纪大了，不应再卷入战事，还是远离为好。

李白不听，非要马上就走。

"既然兄长非走不可，我也留不住你。"李昭说，"不过，请兄长听我的，和我同去城内等一两日，待朝中有确切消息来了，知道前方战事的情况变化，兄长再走不迟。"

不知为什么，李白听说安禄山反叛，一方面为大唐社稷和自己的家人担心，另一方面，又有一种不可言说的冲动迅速地在他心中升腾。李白恨不能立即赶去长安，或是河北前线，直接与安禄山的叛军作战，好像他多年来寻找的机会终于到了。

李白没有接受李昭的建议，他和李昭一同回城，当天下午便动身赶回睢阳。

跨上李昭送给他的高头大马，李白扬鞭朝北飞奔。他觉得自己一天之内好像突然年轻了许多。

睢阳。宗夫人他们早几天就听说安禄山反叛朝廷，正朝黄河这边打来。

几天里，黄河北面逃来的难民越来越多。每过一批难民，宗夫人都要去向他们打听一次前方的动向。情况一天比一天紧急，安禄山的兵马过了定州（河北定州），过了赵州（河北赵县），快到邢州（河北邢台市）了。

246

听到这些消息，宗夫人心中十分焦虑。

叛军势如破竹，来势汹汹。河北地区本来就在安禄山的权力之下，况且他又打着"声讨奸贼杨国忠"的旗号，所以，从幽州反叛近十天来，基本上没遇到什么抵抗。安禄山更加猖狂起来，将夜晚行军改在白天，一路烧杀抢掠，席卷河北平原。依照这个速度，再有十来天的时间，叛军就将打到黄河边上了。

睢阳城里，很多人家都做好了出逃的准备。宗璟也和姐姐商量，收拾好随身要带的东西，一旦情况有变，马上弃家外出逃难。宗夫人想着李白，嘴上答应了，心里却不想走。她怕李白知道战乱赶回家来，而他们却离家外出，夫妻无法碰面。

宗夫人一天几次去城南路口，朝南面宣州方向张望，她盼着能突然发现李白的身影。可是，大路上，只见一批一批的难民拖儿带女朝南面匆匆而去，很少见有南边来人。

这天，宗夫人站在城南路口一直等到天黑，路上已经看不清人影了，她才回家。

进到屋子里，宗夫人刚刚坐下，就听见下人在外面高声地唤道："老爷回来了！老爷回来了！"紧接着，宗夫人又听见有马的嘶鸣声。她赶紧起身，出去看个究竟。

院子里，李白朝宗夫人走了过来。在他的身后，下人牵着一匹高头大马，马的两个鼻孔一下一下喷出白色的雾气。它跑得急了，停下来，依旧气喘吁吁。

"你还知道回来？"宗夫人迎到李白面前，一把抓住他的衣袖，兴奋地责怪道。

"前方的战事怎样了？"李白开口便问。

"看你赶得满头冒热气，家门还没进就先问战情，"宗夫人说着，拽着李白的衣袖，把他往屋子里拉，"进去坐下，歇会儿再说吧，你又不是前方的将军。"

李白坐下来，一脸严肃道："不是将军，便不能关心前方的战事吗？路上，我见不少的难民向南逃去，看样子，安禄山离黄河不会远了。"

"你回来得正是时候，"宗夫人说，"再晚几天，可能我们也外出避难了。等着你回来，我快要急死了。"

李白看着妻子，这才发现宗夫人好像老了许多。她的脸上愁云密布，眼角边生出了一道道的鱼尾纹，借着油灯昏暗的光线也能看得清清楚楚。李白心里有了自责。和妻子成婚，他在家里前前后后住了不过一年时间。第一次上幽州，他一去两年；第二次下宣州，一晃又是两年。李白觉得，他很有些对不起妻子。他想对宗夫人说些安慰的话，可一时不知说些什么。

宗璟听说李白回来了，过来看姐夫。李白和他说话，开口又问前方战事。

"朝廷没有任何防备，河北道已被安禄山占去了一半。"宗璟说，"今晨，州府收到了朝廷的最新快报，快报说，对付安禄山，皇上有新的部署。河东方面，封朔方右厢兵马使、九原太守郭子仪为朔方节度使；河北方面，叛军还未通过的州郡都新派去了防御使，范阳、平卢节度使改由安西节度使封常清出任，封将军已在洛阳招募队伍；这边，新置了河南节度使，由卫尉卿张介然统领，防备区域包括汴州府陈留等十三个郡。下一步，朝廷还要组织东征大军。"

李白听说郭子仪做了朔方节度使，猜想，元演不会加入安禄山的叛军，很可能他也带了队伍去与郭子仪会合了。李白想去投奔郭子仪，在他的军帐中做一番大事业。趁着宗夫人不在旁边，李白把自己的想法说与宗璟听了。

宗璟心里有些吃惊，朔方治所在灵州灵武郡（宁夏银川）。战乱中，战事发展变化极快，几千里的路程，李白五十好几的年纪了，去投奔军旅，不是拿自己的性命开玩笑吗？

想了想，宗璟说："从现在的战事来看，前线在我们这边，灵州那边，还只是后方预备队。睢阳距灵州路途遥远，我看，姐夫还是暂时不去为好。"

李白想了想，也认为宗璟说得有理，便将投奔郭子仪的打算暂时搁到了一边。他想看看战事的变化再做出自己的决定。

3

朝廷里，十一月十五日，安禄山反叛被确认，杨国忠处于兴奋状态，他不停地夸海口说大话，使玄宗基本认同了他的乐观。十六日，玄宗听说封常清由塔里木盆地返回长安，立即在华清宫召见这位边塞将领。

作为边镇节度使，封常清历来以勇猛善战、勤俭耐劳而著称。早年，他投身于著名的胡人将帅高仙芝帐下。当时，高仙芝是安西四镇节度副使，他用封常清为掌书记。天宝六年（747），小勃律王和附近的二十多个小国归附了吐蕃，不肯再向唐朝进贡。唐军多次与小勃律作战，均告失败。玄宗遂以高仙芝为行营节度使，命他前去讨伐。高仙芝出师，旗开得胜，俘获了小勃律王和吐蕃公主。玄宗大喜，又任命高仙芝为安西节度使。封常清跟着高仙芝屡建战功，成为高仙芝帐下的得力助手。天宝十一年（752），封常清接替高仙芝职位，升任为安西节度使，并封为朝廷摄御史中丞；高仙芝则入朝拜为右羽林军金吾大将军，封密云郡公。

玄宗特许封常清坐在他的对面，客气地向他讨教征服安禄山叛军的良策。

"回禀陛下，"封常清从座位上站起来，慷慨陈词道，"常言说，得道多助，失道寡助。安禄山贼胆包天，负陛下洪恩，逆天行事，不得长久。臣请命走马东都洛阳，开府库，募骁勇，组成精兵强将迎战反贼。近日内，臣定将安禄山的首级提来面见陛下。"

封常清的轻敌之言，令玄宗振奋一时。手下有如此义勇的将领，不怕打不败安禄山。当即，玄宗将原来封给安禄山的头衔——范阳、平卢节度使转赐给了封常清，并勉励他道："朕相信，爱卿的豪言壮语定能实现。大唐社稷、长安皇宫的安危全系在爱卿的身上了。"

肩负重任的封常清谢过皇恩，当天下午出发，赶赴洛阳招兵买马。几天的时间，封常清招募了六万人马。可他忽略了重要的一点：匆匆招募的六万人，大多是市井间的小商小贩和无业游民，作为兵士，他们只能被称作乌合之众，根本不堪一击。

封常清走后，玄宗的压力减轻了，他和他的贵妃美人继续在华清宫里休闲。

又过了两天，河北方面战败的消息接二连三地报来，安禄山以南下为主攻方向已十分明显。二十日，有战报禀告：叛军已攻下邢州。这等于是说，从幽州南下至黄河，安禄山只用十来天时间，便破了河北数镇，突进了一半左右的路程。照此速度，再有十来天，叛军即可到达黄河岸边。

听过战报，玄宗复又恐慌起来，他匆忙带着杨玉环返回长安兴庆宫。作为报复，玄宗下令处死安禄山的儿子安庆宗，迫他的妻子荣义郡主自缢。同时，玄宗迅速做了第二次部署：增设新的军镇，将朔方、河西、陇右的主要兵力调入内地，并任命了一大批新的军中将领。

二十二日，玄宗做了第三次部署，以第六个皇子、荣王李琬为元帅，高仙芝为副帅，统领各路兵马东征。由此，对付安禄山叛军，朝廷以黄河为界，自东向西，仓促地布下了四道防线：

第一道防线，设在黄河边上的灵昌（河南滑县以东），欲凭借着黄河天险，阻挡叛军继续前进。

第二道防线，设在汴州陈留郡（河南开封），这是中原通往各地的交通枢纽，战略地位十分重要，玄宗派新上任的河南节度使张介然亲自把守。

第三道防线，设在洛阳，由封常清坐镇指挥，他拆毁了河阳黄河大桥，准备力保东都。

再往西退，即是陕郡（河南三门峡市陕州区）和灵宝（河南灵宝市），这算是保卫长安的第四道防线，副帅高仙芝把他的指挥部设在这里，手下有五万兵马。

经过十天的准备，十二月初一，高仙芝率东征天武军从长安出发。玄宗事先在兴庆宫的勤政楼宴请东征将领，初一，又亲自前往望春亭送行，他对这支天武军寄托着极大的希望。

这边刚刚浩浩荡荡地出征，十二月初二，安禄山的先锋兵马已打到了黄河边上。

朝廷在灵昌的守军不堪一击，天老爷也凑热闹，为安禄山助兴。严寒袭来，黄河上北风凛冽，叛军先天晚上以粗草绳细树棍将一只一只的破木船连接在一起，横于黄河之上。第二天早起，河水冰冻，安禄山十余万兵马踏着"浮桥"飞速过河，顺利地通过了朝廷寄予厚望的黄河天险。

三天后，叛军攻打陈留。

河南节度使张介然才到任几天。

张介然仓促应战，亲率一万多兵士登上城楼抗敌。叛军以虏骑开路，十余万气势汹汹的精兵强将从四面八方拥来，喊杀声震破寰宇，烟尘弥漫数十里。一时间，天昏地暗，不要说一个陈留郡所，好像整个世界都有被叛军吞没的可能。陈留太守郭纳为叛军的气势所吓，一夜未眠，天亮前备受噩梦折磨。为保住性命，第二天，郭纳擅自下令，打开城门，投降叛军。张介然抵抗不住，被俘于城楼。

进入城内，安禄山听说儿子已被玄宗处死，下令将张介然连同数万投降将士一起斩杀。随后，率军马不停蹄，继续向西突进。

十二月初八，叛军来到洛阳东面的军事重镇荥阳（河南荥阳市），重演在陈留城下的攻势。

荥阳守军大多是封常清募来的新兵，城内的居民根本没见过战争场面。太守率将士们登城抗敌，没有经过任何训练的兵士，看着城下蛮胡铁骑飞奔，兵勇矛戈如林，又听鼓角连天，喊杀声震耳欲聋，已被吓得魂飞魄散。惊慌中，许多军士失去了自控，纷纷由城楼上自坠于护城河中。很快，荥阳城不攻自破，太守及余下的将士全部被杀。

接到前方战败的消息，封常清心中焦虑不安，他亲自前往保卫洛阳的二道关卡武牢督战。武牢位于洛阳东面，地势险要，封常清以为可在此煞住安禄山叛军的士气。

没想到，安禄山手下全是训练有素的精兵，他用骁勇善战、装备精良的胡骑为先锋，以势不可当的气势，一下将封常清的新兵列队冲得七零八散。武牢阵地如同受到黄河洪水的冲击，一处决口，大堤四处崩塌，唐军大败西逃。

封常清集合败兵，在洛阳城东的葵园与叛军恶战，将士们豁出一条命，总算砍杀了叛军先锋的数十骑兵马。但好景不长，安禄山后继大军赶到，唐军再败，退入洛阳城内。

叛军紧追不舍，一直追至洛阳上东门内，又是一场血战。接着，安禄山的十万大军冲入洛阳，封常清四面受敌，边战边退，终于抵挡不住，由洛阳苑西破墙西逃，奔陕郡高仙芝去了。

十二月十二日，东都洛阳城陷。

这天，正好遇上大雪纷飞。叛军连日征战千里，杀唐军百姓数十万人，一个个早将双眼杀得血红，人性丧失得一干二净。他们攻入城内，见人就砍，遇活物便杀。等到黄昏时分，叛军鸣金收兵，东都城池已是遍地死尸。人体身首分离，牲畜肚肠横流，地上白雪红血，街头巷尾腥风阵阵，其状惨不忍睹。

夜幕降临，洛阳城由狂乱的喧嚣转入恐怖的寂静。一只老野猫蜷缩在残墙断壁之下，每隔一会儿，发出两声令人心惊肉跳的悲哀的嚎叫。它被眼前的情景吓得不知所措，脊背上的绒毛直立着，瑟瑟发抖。这个世间，已经变成了十八层地狱。

封常清败退至陕郡，见到高仙芝，将安禄山叛军锐不可当的真实情况向副帅报告了，他说："累日血战，常清才知低估了叛贼。安禄山正在疯狂之时，洛阳保不住，陕郡也无险可守。现在，要保住长安，唯一的办法就是退入潼关，借潼关的险势，挡住叛军。"

高仙芝对封常清从来十分信任，听封常清分析得有道理，当天夜里即下令，打开陕郡丰实的"太原仓"，能拿走的，全让将士们拿走，余下的放火烧光。天亮前，唐军大队人马仓皇撤离陕郡，西退潼关。

路上，由于主将心情紧张，组织不得力，兵士们也跟着惊恐慌乱，虽然无叛军在后边追击，自家的人马却相互拥挤践踏，死伤众多，沿途一片狼藉。

史书上说，高仙芝矫健勇猛，善于骑马射箭。他贪婪爱财，家有财富巨万，收藏着金骆驼、名马宝玉和大量的奇石古玩。同时，高仙芝又好施舍助人，经常散施财物。他对自己的部下兵士特别爱护，有人向他求助，他从不拒绝。打开太原仓，高仙芝将仓中的绢帛钱粮全部分给了手下的将士。

军中，玄宗特派宦官边令诚做监军。边令诚对高仙芝退守潼关持有不同的看法。来到潼关后，他乘机向高仙芝索要金骆驼，如不能得到金骆驼，他便要将高仙芝自动放弃数百里国土，擅自开仓盗取国库的罪行奏本于皇上。高仙芝拒绝了边令诚的无理要挟。

于是，边令诚快马赶回长安。

见到玄宗，边令诚痛心疾首，一下跪拜在皇上面前，大声哭喊道："陛下，前线错用人矣！"

"爱卿不要激动，平身，平身，慢慢讲来。"玄宗嘴上安慰边令诚，心里却吃惊不小。他对前线战事万分担忧，赐座于边令诚，让他坐下来细细禀报前方动态。

边令诚站着不肯坐下，继续激动地说道："封常清兵败洛阳，逃至陕郡造谣生事，大长叛军的威风，乱我军心。高仙芝贪生怕死，不战而自弃陕郡、灵宝，龟缩于潼关，还大肆窃取国宝，据为己有。臣出面劝阻，险些丧命。陛下，东征军的大权握在这两个人的手中，长安不可保！皇宫不可保！臣恳请陛下早做决断，否则，后患无穷！"

玄宗听了，怒火中烧。他没想到，大敌当前，封常清竟变得如此之无能！高仙芝胆小如鼠不算，还贪得无厌，自毁长城！大殿之上，玄宗立下敕令，命边令诚马上返回潼关，将高仙芝和封常清这两个无用之徒就地处斩。

带着圣旨，边令诚回到潼关。他不进临时帅府，立于门外，先召封常清出来听旨。这时，高仙芝在外巡视城防，帅府中只有封常清一个人。

听说边令诚带着圣旨回来了，封常清知道，皇上绝不会轻饶自己。他带着早已准备好的遗表，走出帅府。

"罪臣封常清接旨。"不等边令诚发话，封常清已跪在了他的面前。

边令诚宣读圣旨，前面皇上说了些什么，封常清全没听见，他只听清了最后的一句："……葬送吾大唐社稷，罪当十恶不赦，就地腰斩！"

"苍天在上，可知常清的一片丹心。"封常清将手中的遗表高托过头，倾诉他最后的心声，"陛下，常清征讨逆胡无效，情愿以死抵罪。蒙陛下之宠幸，常清一生无以报答，临行献上遗表一份，尽吐常清之心思。我封常清生为朝廷之臣，死为圣朝之鬼，来世有缘，再为陛下效劳。"

封常清跪在地上，等着边令诚过来接他的遗表。可是，边令诚冷笑了一下，并不来接。他向身边的刀斧手下令道："执刑！腰斩罪臣！"

两名刀斧手接令，跨步向前，手起刀落，封常清的身子顿时分作三截。

头颅滚落在地，上身与下肢分离，可上身的一双手还紧紧地捧着那封已喷满了鲜血的遗表。遗表中写的是封常清以数万兵士和他自己的鲜血换来的教训："望陛下不轻此贼……"

封常清刚死，高仙芝巡城归来。见状，他指着边令诚骂道："你这阉人，竟敢在前方帅府残害忠良！来人哪，替本帅将他拿下！"

"圣旨在此，谁敢胆大妄为！"边令诚并不示弱。他将圣旨平伸在前，没有人敢近他的身旁。

"罪臣高仙芝，跪下接旨！"边令诚看了看周围的将士，拿腔拿调道。

面对圣旨，高仙芝无能为力了。他只得双膝跪在地上，听从边令诚对他的宣判。此时，已有成千上万的将士来到了临时帅府的门前，听过圣旨，他们一起跪在地上，三呼万岁，同时为他们的副帅求情。

边令诚冷面相对，不发一语。

高仙芝从地上站起身来，面对众人慷慨陈词道："将士弟兄们，我不战而退，罪也，万死不辞。然，退入潼关，为的是确保长安；开太原仓，为的是备我军饷，断敌粮草，有何罪也？今日，我死不足惜；明日，将士弟兄们为我向叛贼讨回血债！"

说完，高仙芝又慢步走到封常清分开三段的尸首前，悲切感慨道："封二，你随我戎马一生，今日，我要与你同死，此乃天命矣！"

高仙芝和封常清一样，被两个刀斧手一人一刀，砍作三段。将士们悲愤至极，喊冤声，哀号声，在潼关山谷内久久回荡，整夜不肯散去。边令诚却早提着两颗冤死鬼的头颅，骑上快马，回长安向皇上请功去了。

这一天，是十二月十八日。

从安禄山打至黄河到他占领洛阳，再到唐朝两员东征大将惨死，短短的半个月时间，玄宗布下的四道防线全被冲破。这是安禄山的厉害，也是玄宗的昏庸和官吏的腐败。或者说，安禄山占去的大片国土和攻破的东都，是朝廷对他的又一次恩赐。

4

叛军南下，过黄河，转向西进，突破唐军防线有迅雷不及掩耳之势。

李白一家在睢阳，每天关心战事。可是，战情发展出乎意料的快。刚听到一个消息，前方又有了重大的变化，他们根本想不到，安禄山如此之快就占领了洛阳。

这样一来，睢阳北上之路全被叛军切断了，李白去朔方投奔郭子仪的想法也就落空了。住在家里，李白十分沮丧，他后悔不该听了内弟的话，犹豫着没有早去投军。

家里，宗夫人和弟弟已收拾好了几大包东西，备下了车马，时刻准备着南下躲避战乱。带不走的东西，该埋的已经埋好，衣箱柜子都已上了封条，交代给一位年老体弱不愿离开故土的下人照看。李白说，他也不走，要留下来和这个下人做伴。为了这句话，宗夫人真的和李白动了气，好几回她被他气得直掉眼泪。可无论李白怎样固执，宗夫人一定要他与家人同行。

这天早晨，一家人刚吃过早饭，听见外面喧闹异常。宗夫人让下人去看看出了什么事。下人去了，宗夫人不放心，自己也跟着去了。

不一会儿，宗夫人神色慌张地从外面回来了，她非拉李白进睡房去，让他在里面再加上一件棉背心。

"你这是怎么了？"李白坐在椅子上不动，不耐烦道，"在家里有火烤，穿什么棉背心。你嫌我穿得还不够多？里三层，外三层，要把所有的衣服都穿在身上，你才满意啊？"

"街上传言，叛军朝睢阳打过来了，很多人家都在出逃，"宗夫人说，"我们做好准备，等弟弟回来，听到确实的消息，要走的话，好马上上路。"

李白叹了一口气，很不情愿地接过宗夫人递过来的棉背心。穿上它，李白觉得，自己变成了一个畸形老头，后背驼着，前胸也凸着。他怪宗夫人道："你看看，我变成什么了。这棉背心，我不能穿。"说着，他就动手往下脱。

"不许脱。"宗夫人把李白的手打开，替他拍了拍前胸后背，把棉背心压紧了点，说，"你又不是出去相亲，打扮得那么漂亮干什么？大冬天，坐在车上，多穿些衣服冻不着。"

李白没办法，又是一声长叹。夫人对他好，他知道。可他总觉得，他不应和家人一起出去躲避战祸。朝廷、国家有难，应该有他李白的用武之地。

宗璟过来，见到姐姐、姐夫，开口便说："今天我们非走不可了。朝廷的军队已退至潼关，很可能安禄山一时攻不下来，会掉头来打睢阳，进攻江南，或是绕道西进长安。"

"安禄山想要进攻江南，我们往那里逃，不是白白地让他追着打吗？"李白说，"我看，还是哪里都不去的好，他来打睢阳，我们就和他斗，多一个人多一分力气。大家都逃跑了，睢阳谁来保卫？"

宗璟被李白说得哑口无言，他愣愣地站着，看着姐姐。

"你留在睢阳能顶什么事？一个老头子，只会给朝廷的军队添乱。"宗夫人有意抢白李白道，"再说，弟弟家有几个年幼的孩子，弟妹身体不好，

255

我一个出了嫁的女人，你愿意再给弟弟添麻烦吗？"

"姐姐，我不是这个意思……"

"我在和你姐夫说话，"宗夫人打断了兄弟的话，很严肃地说，"我问你，这个家，你到底管还是不管？"

"管，管，管，你们说什么时候走，我跟着便是。你们现在要走，还站在这里干什么？"听得出来，李白心里很不愿意，他烦躁不安，可又没有任何办法。

宗夫人高兴了。她不管李白生不生气，只要他答应和他们一起走，就是第一步的胜利。她让宗璟赶紧回去准备，她这边也备些干粮，吃过午饭，一家人上路。

南逃的路上，李白和宗夫人带着宗璟的两个大一些的孩子同坐一辆马车，走在前面，宗璟和妻子带着三个小的坐了另一辆马车，跟在后面。他们接受了李白的意见，要南逃，就往宣州去。一家人已经在路上走了两天了。

路上有不少和他们一样南逃的难民，又遇上天寒地冻，马车跑不起来，很多时候，像老牛拉破车一样，在高低不平的路上慢慢地颠簸。李白本来就心情不畅，坐在车里，颠簸得久了，生出不少的怨气。

"我早说过，让我骑着马走，你就是不肯。"李白怨宗夫人道，"一辆车子坐四个人，路又不好走。这样下去，猴年马月才到得了宣州。"

"坐在车上，总比走路强，"宗夫人想化解李白的情绪，心平气和地说，"你看路上的这些人，我们不比他们快吗？你又不去宣州赶着办事，不必着急。"

"我怕安禄山已经到了宣州，我们还在路上慢慢地爬。"李白顶她。

"姑姑，安禄山真会打到宣州吗？"一个孩子担心地问。

"哪有的事，姑父说笑话呢，安禄山跑得再快，也赶不上我们。"宗夫人笑着安慰孩子，又对李白说，"你和家人在一起的时间太少，这一回，要好好磨磨你的性子才好。"

话虽这么说，宗夫人还是十分心疼丈夫。她担心李白在车上坐久了，腿蜷着难受，又担心他肚子饿了，身上没有热量受冻生病。

正好，路边有一个小镇，宗夫人招呼车夫停车："大家去客店里吃点热食，休息一会儿再走。"说着，宗夫人先下了车。

这个路边小镇，说是小镇，其实只是靠着路边建有几座低矮的草屋，几家人家开了几个路边小店而已。等宗璟他们的马车到了，宗夫人过去和弟弟说明意思。宗璟先进了一间草屋，看看有什么食物可买。

很快，他从草屋中走出来，两手一摊，说："对不起，这是一家小酒店。店家说，饭菜全让前面过来的难民吃完了，只剩下白酒了。"

宗夫人去酒店相邻的小客店商量。不到开餐的时候，他们又不住店，人家也不愿意专门为他们准备饭菜。

李白下了车，他见夫人和内弟为难的样子，径直走进了小酒店的草屋。不一会儿，李白出来，对宗璟说："你快去把笔墨取来，让孩子们下车，店家答应专门为我们准备些酒菜。"

宗璟回到马车上，翻出笔墨，叫妻子和孩子们跟他一起去小酒店吃饭。他安排车夫先留在车里看东西，等他们吃完了，再来换他。

车夫指着李白他们的马车夫，说："老爷，您让他先去，两辆马车我一人看着。他快些吃了，出来换我。"

宗璟答应了，没往别处多想。

李白和宗夫人，加上宗璟一家带上一个车夫，十号人分坐了两张小方桌。草屋里只摆着这两张小方桌。一时间，小酒店热闹了起来。

店家给他们沏上茶，找来一块长方形的白粗布，铺开在李白面前的小方桌上，恭敬地说："李老爷，您看这块自家纺的粗布行吗？我的店小，家也不富，一时找不来白帛。"

"行啊，只要你愿意挂，我不在乎。"李白说着，让宗夫人替他研墨。

"不用夫人动手，我来，我来。"店家忙说。他从宗夫人手上接过墨碇，连轴转地研了起来。

店家是个爱说的人，他的手不停地研着墨，嘴巴仍不停地说着话。他讲他酒店幌子的故事，一个劲儿地喋喋不休。

"不瞒老爷您说，我这小酒店，酒好，饭菜好，就缺一帘像样的幌子。我早想求人写一帘。可惜，我们这里，方圆十几里地只有一个认得字的人。这个人哪，认得字，却写不得字。开头我不相信，非求他替我写了一帘幌子。拿回来挂在门外，过路的人看了都哈哈大笑。他们说，我那幌子不是出自人手，倒像是鸡爪子抓出来的。挂了没几天，店里的生意越做越

257

淡，我只好把它给摘了。后来，我又向一位过路的先生求字。我给他备下了好酒好菜。过路的先生说，等喝过了酒，精神头上来了，再替我写。没想到，他一喝喝得烂醉，非用筷子做笔给我写幌子。那筷子写出来的字，连我这个不识字的人都看不过去。他还拍桌子打板凳，硬说他写的是空前绝后的筷子书法。我担心他把我的桌子板凳砸坏了，酒菜钱都没敢要，就打发他走了。你说说，李老爷……"

"你说了这么多，意思我全明白，"李白打断了店家的话，"墨研得够劲儿了。这回，喝酒以前，我先给你写一帘称心如意的酒家幌子。"

"托李老爷的福，"店家放下墨来，搓了搓研得有些酸了的手，赔上笑脸道，"李老爷先给我这小酒店起上个店名，才好写幌子。"

李白笑了笑，说："你放心，幌子写好了，店名也就有了，挂出去，保管你酒店的生意越做越好。"

"谢谢李老爷，谢谢李老爷。"店家连声道谢。

李白从几支毛笔中选了一支大号的，在砚边上舔了舔，将笔头舔齐，又对着窗口，从笔尖上挑出两根突出的毫毛，下笔，一气呵成，在白粗布上写下"太白酒家"四个大字。

店家不识字，他看着白粗布上的四个大字，龙飞凤舞，很是漂亮，高兴道："李老爷，您写的是几个什么字，如同墙上挂的画一样好看！"

宗夫人笑了，说："这位李老爷啊，是有名的酒仙，他以他的字给你做酒店幌子——太白酒家。这以后，你的小酒店不愁没有酒客上门了。"

"谢谢李老爷，谢谢夫人，等它干好了，我就把它挂出去。"店家高兴得不停地道谢。他唤出自己的女人，夫妻二人一起，小心地将李白刚写下的四个大字抬了进去。

这顿临时做出来的饭菜，店家下了些功夫，酒也上的是最好的。李白和宗璟吃好了，喝足了，女人和孩子们也吃得饱饱的。从睢阳出来，这是第一次。放下碗筷，大家准备上路了。

这时，宗璟才突然想起来他的车夫还没进来吃饭。他发现，先进来的车夫仍和他的孩子们坐在另一张小方桌旁。

"你怎么没出去换他进来吃饭？"宗璟问车夫。

车夫连忙站起身来，说："回老爷，我出去叫他，他说他已经吃过干粮了，不肯进来。"

宗璟听了，眉头一皱。天这么冷，谁愿意总在外面待着？这个车夫是宗璟临时找来的，以前并不认识。该不会出事吧？宗璟想着，站起来就往外走。

车夫见老爷变了脸，吓得跟在他后面，一个劲儿地说："老爷，您坐着，我这就去叫他，我去叫他。"

宗璟不回话，走出小酒店，车夫和他同时愣住了。路上只停着一辆马车，另一辆已没了踪影。

"马车呢？他和马车去了哪里？"宗璟急了，朝身边的车夫大声吼道。

"我……我不知道，"车夫很是害怕，结结巴巴地说不清楚，"刚……刚才，刚才我出来叫他，他还在路边车上坐着。"

大家都出来了。

宗夫人上车点了点东西，她和李白的衣物一样不缺。那个车夫算是手下留情，没动这辆车上的东西，只把宗璟家的衣物钱财，连同马车一同盗走了。

宗璟的妻子急得哭出声来，她非让丈夫赶紧去追。宗璟也很着急，他和车夫一起，手忙脚乱地松开马车套子，跨上光溜溜的马背，往前方追去。

车夫料到宗璟一定会出来追赶，他走的是另一个方向。

宗璟追出几十里路，没见马车的踪影。直到天黑后，他才返回来。这天晚上，他们只好在路边的小客店里住了一夜。

丢了钱物，宗璟一家的吃穿只能靠姐姐了。宗夫人安慰弟妹，劝她不必过于着急。她拿出自己带着的银两，一分两半，送到弟妹的手上，说："这些银子，节省着用，足够你们一家吃穿用了。我们在一起，孩子们不会挨饿。"

李白更是豪爽，他给宗璟夫妇宽心，满不在乎地说："丢了就丢了，不必再去想它。钱财乃是身外之物，丢了它们还少些负担。我出门在外，从来不愿意多带钱物。到时候，总会有吃的，有用的，你们只管放心。"

上路后，李白坚持和宗璟一同步行，让孩子们和两个女人挤在一辆马车上。

天很冷，孩子们听说走路身上热乎，都争着下来走路。两个女人心疼自家的丈夫，当然不愿意总坐在车上。大家争来让去地轮换着走路，速度比原来慢了许多，亲情友爱的气氛却使人心情愉快。宗璟和妻子很快摆脱了丢失财物的气愤和焦虑。

来到宣城，已是天宝十五年（756）正月十五。按照习俗，双十五，又是元宵佳节，人们非热热闹闹地庆贺一番。可是，这一年的宣州城里，冷冷清清，街上看不到一盏花灯，也没有爆竹声声。

李白他们住下来，宗璟去找李昭。不想，李昭已调离宣州。州府当差的告诉他，年前，长史大人被紧急召去长安，他把家眷留在宣城，独自去了。

赵悦听说李白转回了宣城，客气地前来看他。他见李白带着一家大小与难民们一起挤住在客店里，直说怠慢了李白。他请李白搬去州府居住，说是州府里居住条件虽然简陋，房子宽敞得多，有事，他还可随时找李白商量。李白知道赵太守的商量，其实是想借他的笔当文书用，他不喜欢赵太守攀附高枝的为人，婉言谢绝了他的盛情。

"我在路上听说，安禄山已在洛阳称帝，可真有此事？"李白问赵悦。

"他正月初一登基，自称为大燕皇帝，改年号圣武。河南尹达奚珣归顺了安禄山，在他手下做了侍中。"赵悦摇头叹气地说，"如今，天下有两位天子了，不知哪一个是真龙天子。要说安禄山不是，也让人怀疑。他打着反杨右相的旗号反叛，一个多月就做了皇帝，没有天意怕难成事。当年，李太祖在太原起兵，不也是举着勤王的旗帜号召天下的吗？"

"太守此话欠妥，"李白说，"安禄山叛贼行径，不可与李太祖替天行道相提并论。我听说，河北一带颜真卿兄弟正在起兵反抗，不少安禄山占去的县郡，又纷纷起义回归大唐。大唐王朝还在，安禄山的河北后院又不稳定，他这个皇帝是个假皇帝，日子长不了。"

"说得也是，"赵悦马上附和道，"朝廷发了檄文，令军民齐心合力抗贼。安禄山称帝前，就有战报传来，朔方节度使郭子仪在河东地区与叛军交战，连连得胜。郭大将军打败了叛将高岩秀，派他手下兵马使李光弼、仆固怀恩在河东静边军一次坑杀叛军骑兵七千多人，斩叛将周万顷，战绩确实不小。"

原来，安禄山攻占洛阳后，本想继续西进，一鼓作气，攻下潼关，打进长安。可天不作美，偏偏在这个时候让安禄山的眼疾大发。他的双眼被白雾所蒙，时明时暗，发作起来，人站在他的面前，他只看见一个黑乎乎的身影。安禄山担心自己继续征战，过于劳累以致双目失明，放慢了西进的节奏，准备在洛阳养几日再说。

被安禄山一扫而过的河北道，二十多个州郡，虽然都降了，基础却十分不稳固。当时，颜真卿贬至河北道平原（山东德州地区）做太守，安禄山没打到他们那里，他已做了充分的准备——高筑城墙，深挖壕沟，充实城中库存。安禄山以为颜真卿不过一介书生，没把他放在眼里。但安禄山哪里知道，他去了洛阳，颜真卿竟在河北积极串联，发动起义。

颜真卿派了许多的信使宾客，秘密传递悬赏搜求反贼的官方文书，游说起义。他自己还四处招募勇士，每到一处，颜真卿细细说明他准备起兵讨伐安禄山的想法，说着说着，总是不禁泪流满面。地方勇士们被他所感动，群情振奋，纷纷加入他的行列。十天之内，颜真卿便拉起了一支一万多人的起义队伍。

颜真卿的堂兄颜杲卿在常山（河北正定县）任太守。安禄山打过来时，他没有力量抵抗，只好假装投诚。安禄山赐予他金鱼袋和紫官服，将他的家人扣作人质，留他继续做常山太守。为了防范河东的朝廷军队东进，安禄山还派将军李钦凑率几千人驻守在井陉口（河北石家庄西井陉山上）。

待安禄山大队人马过去后，颜杲卿立即行动，与手下商议起义。这时又正好接到颜真卿派外甥送来的密信，约他两地联合起兵，断了安禄山的退路。于是，颜杲卿便假冒安禄山的名义，召李钦凑带兵下山来接受安禄山的犒劳赏赐，乘机将李钦凑灌醉斩杀，一举收回了河东与河北相通的井陉口。接着，颜杲卿又设计抓了叛将高邈、何千年，收降了他们两人。

饶阳（河北献县）太守卢全诚，积极抵抗安禄山，安禄山攻城不下，便派张献诚率兵久围饶阳。颜杲卿接受何千年的计策，巧布疑阵，吓跑了张献诚，解除了饶阳的围困，并派人入饶阳城慰劳官兵将士，城内官兵民众大受鼓舞。

在颜杲卿的感召下，河北各郡响应起义，前后有十七个郡重新归顺了朝廷，兵力合计达到二十万人。河北仍归属安禄山的仅仅剩下范阳、卢龙（河北卢龙）等六个郡。

听说河北有变，安禄山想退回去保住老巢。好在史思明急驰捷报，解除了他的后顾之忧。

颜杲卿起兵的第八天，史思明率兵攻到了常山城下。颜杲卿率城内军民奋力抵抗，并向太原尹王承业驰书告急，请他派兵救援，王承业却拥兵不动。常山官兵在颜杲卿的带领下，日夜作战，直至粮食吃光，箭全射完，城池被叛军攻陷。

颜杲卿与他的同僚被捆着送到了洛阳。

安禄山见到他，十分气愤。他指着颜杲卿咬牙切齿地说："颜杲卿，你真是忘恩负义之徒！你做判官是我奏请皇上批准的，没几年，我又升你做了太守。我如此厚待你，你为何要背叛于我？"

颜杲卿朝安禄山啐了一口唾沫，大声骂道："你这胡贼，原是放羊的羯奴，大唐天子提携你做了三道节度使。皇上对你宠爱过人，有何对不起你的地方，你却要反叛朝廷！我颜氏一族世代为唐朝臣子，所受俸禄官职皆属于朝廷，你虽为我奏请过官位，我也不能随你反叛。我替天行道，讨伐你这叛贼，恨不能砍下你的猪头！今日，我既落入你的手中，不必多言，你快快杀了我就是！"

安禄山被气得暴跳如雷，命人立即将颜杲卿拖下去，凌迟处死。和颜杲卿一起被凌迟的还有他的同盟——常山长史袁履谦。两个人在刑场上，肉被刽子手一刀一刀地生割下来，仍叫骂不止，直至英勇就义。

颜真卿得知堂兄死于安禄山之手的消息后，义愤填膺，更加积极地在安禄山的后方组织抗敌力量。后来，他为唐朝平定安史之乱立下了大功。安史之乱中，颜氏一家先后被杀三十多人，可谓忠烈一门。

河北地区义旗高举，朔方郭子仪、李光弼东进，大有从井陉口插入河北，北上直捣安禄山老巢，南下平定安禄山之势。这形势对安禄山极为不利。

安禄山生怕自己冒险起兵白累了一场，做不得皇帝。于是，天宝十五年（756）正月初一，急急忙忙地粉墨登场，在洛阳做了自命的大燕皇帝。

李白和赵悦正如此这般地谈着前方局势，门外突然乱哄哄地吵作一团，像是有人在聚众闹事。

赵悦留在外面的一个随从进来报告，说："太守大人，客店里的难民拒不交房钱，客店老板带了一帮人，难民们纠合了一伙人，相互打了起来。"

"还不快去叫人来制止了他们！打出了人命，弄乱了城里的秩序，你负责啊?"赵悦生气了,"这样的事情还要等我发令,真是个蠢材!"

随从应着,老老实实地退了出去,跑回州府搬兵去了。

外面闹得很凶,赵悦不敢出去,李白要出去,他也不让。他对李白说:"近一个月来,逃来宣州避难的人越来越多,城里秩序很难维持。我看,你还是搬到我们州府去住,总比住在这杂乱的客店里安全。"

"上次我来宣州,李长史替我在敬亭山下找了一个住处,"李白说,"本来,我同内弟想带家人一起到那里去住,谁知,李长史已调去了长安……"

"李长史不在,还有我赵太守在嘛。"赵悦打断李白的话,做出不高兴的样子说,"你将他认作从弟,难道,我和你们不同姓,就如此见外吗?"

"赵太守千万不要见怪,我只是说……"

"敬亭山下的那处院所归我们州府所有,"赵悦不让李白说话,只管表现他的仗义,"你愿意的话,尽管去住好了。我没想让你去,是担心那里离宣州城十多里路,生活多有不便。去那儿也好,我派两个差役跟着,让他们照管好你们两家的生活。"

"不用,不用,赵太守客气了。"李白道谢说,"赵太守让我们借住那里,已是很大的面子了,哪里还需要什么差役随从。州府内公务繁忙,我不可再给太守添乱了!"

等到外面闹事的被全部制服,赵太守与李白已坐了很久。赵太守把随从叫了进来,当着李白的面,交代说:"你马上找车马来,送李大人一家去敬亭山。"

"赵太守不必性急,"李白赶紧说,"今日时间不早了,等明日再去不迟。"

"你放心,我让他们替你安排好。"赵悦不容李白推辞,起身边走边说,"只是我今日不能多陪你了,改日有时间,再去敬亭山看望。"

送赵悦上轿子,李白在客店门口反复地谢了又谢。李白觉得,赵悦很够朋友。他给赵悦题过一次碑文,写过一次效忠信,赵悦全记在了心里。有机会,一定要报答于他。这样的人,虽有些毛病,却也难得。

敬亭山下的住所是一处小院落,一间正屋,三间居室,原是州府为临时来敬亭山游玩的客人准备的。李白和宗璟两家住进去,有些拥挤。院门旁边有一间小厢房,住着派在这里看守房子、照顾房客的门人,宗璟让车夫和他挤住在一起。

两家人的吃喝，要从宣城买来。住了几日，宗璟的妻子觉得实在不便，她想起自己有个姨妈在金陵，提出要带孩子们去金陵投奔姨妈。宗璟认为可行，便和姐姐、姐夫商量。宗夫人又拿出些银子给他们，李白又让他们把车夫带去。第二天一早，他们就上路了。

孩子们突然离去，小院子安静了半边天。从早到晚，李白和宗夫人要是不说话，小院子就好像没人居住一般。

外面阴雨连绵，不能出去，李白坐在屋里无事，想起了自己远在东鲁的儿女。战乱中，两个孩子不知怎么样了，吴氏的酒楼还能开得下去吗？平阳快有二十八岁了，恐怕已经出嫁做母亲了。她的夫君是谁？兵荒马乱中，他们带着孩子，不知生活得怎样。伯禽十九岁了，会不会被征去从军？想着这些，李白心中焦虑起来，他和宗夫人商量，很想把孩子们从任城接来。

"能接来最好，全家人在一起，互相有个照应。"宗夫人说，"只是，眼下正乱，天气又冷，你去，我不放心。"

李白叹着气，没有办法。他也知道，眼下这种情况，自己要从宣州走去任城，确实不容易。

门人武谔收拾碗筷时发现，一连两天，李老爷和夫人没吃什么东西。他做多少饭菜端上来，再进来收拾时，饭没吃多少，菜也剩下很多，李老爷连酒都没喝。

武谔觉得奇怪。原先，李白来这里居住，一直是他照顾。闲着没事，李白总爱叫上他一起喝酒，和他说说笑笑的，很少有愁眉不展的时候。这次李白来，尤其是他内弟一家走后，李白变了许多。武谔悄悄地偷听了李白和宗夫人说话，才知道，李白是为了接孩子的事犯愁。

李白对武谔很好。武谔想："李老爷的事，我一定要帮。"他把自己的意思对李白说了。

"你愿替我去任城接孩子？"李白惊喜万分。

"只要李老爷信得过，武谔愿为李老爷走一趟。"武谔很真诚地说。

李白想了想，又说："这一路很不好走，他们一大家子，孙子怕有好几个了。让你替我辛苦受累，我于心不忍。"

宗夫人则说："我看，把这件事拜托给他，能行。"

"李老爷放心，武谔一定尽全力将李老爷的家人接来。"

李白高兴了。李白和武谔一起去宣城，向赵悦讨了一匹好马，又特意在宣城的酒家请武谔喝酒，然后送他上路。

武谔在马上给李白留下话，他说："四个月之内，武谔若是没把老爷的家人接来，李老爷也请放心，那是武谔路上有难，李老爷的家人绝不会有事。"

送走武谔，李白为他的义气所感动，写下《赠武十七谔》诗一首。李白盛赞武谔的义勇之举，同时，也表述了自己思念儿女的牵挂之心。他请上天庇护武谔，让他和孩子们早日相见。

李白诗云：

马如一匹练，明日过吴门。
乃是要离客，西来欲报恩。
笑开燕匕首，拂拭竟无言。
狄犬吠清洛，天津成塞垣。
爱子隔东鲁，空悲断肠猿。
林回弃白璧，千里阻同奔。
君为我致之，轻赍涉淮原。
精诚合天道，不愧远游魂。

5

玄宗杀掉高仙芝和封常清，欲找新的将领镇守潼关。可朝中居然一时半会儿找不到合适的将领。万般无奈，玄宗想到了哥舒翰。

照道理，用哥舒翰对付安禄山是最明智的选择。两个强悍的胡人同朝为边关大将，结怨甚深，像天敌一样，早就互相怀有仇恨。但安禄山反叛之前，哥舒翰已卧床不起，病在长安半年多了。

哥舒翰虽然年纪大了，身体一直很壮，这次生病谁都没有料到。也许，这是上天的有意安排，故意在安禄山反叛之前，让哥舒翰病倒，使李唐王朝不可避免地遭受安史之乱一劫。

天宝十四年（755）春上，哥舒翰突然心血来潮，要回长安一趟。路过土门军，他带着高适等人在那里留宿。

当晚，土门军的地方官员为哥舒翰设下丰盛的酒宴，还选派了三个美貌绝伦的艺妓作陪。酒宴上，哥舒翰贪杯，与地方官员们狂饮了很多的酒。酒宴散去，回到房中，他又贪恋女色，一人独霸了三个艺妓，和她们一直混到深夜。

天亮前，哥舒翰觉得身体有些不适，想要睡了。一个艺妓说："大人是玩得累了，我们陪您去洗温泉，用温泉水泡一泡，疲劳很快会消失，还能睡一个好觉。"

哥舒翰被说动了，带着三个艺妓跳进了温泉池。在水中，赤身裸体的艺妓们媚态百出，又撩起了他的欲火。他搂住一个最丰满的，可是，被他抱住的那个艺妓忽然觉得他手一软，没了力气。另外两个艺妓还以为大人是和她们闹着玩，好一会儿，她们才发现，哥舒翰大人是真的病了。三个艺妓慌忙把他抬出池子，放在池边的躺椅上。她们不停地给他上下按摩，以为推拿按摩过后，他自然会恢复过来。

半个时辰过去了，哥舒翰光着身子，受着寒气的侵袭，上身抽动得厉害，下身却不再动弹，无论艺妓们怎样按摩都没有任何反应。艺妓们这才害怕了，她们在温泉池边尖叫不止。待到高适他们赶来，再请来郎中，哥舒翰已经中风多时了。郎中说，现在还好，只是下身瘫痪，若再晚半个时辰，怕是命都保不住了。

高适护送重病的哥舒翰到了长安。玄宗下旨，让哥舒翰留在京城养病，并指派宫中最好的御医替他诊治。可病根一旦种下，很难根除。御医们认为，在现有的基础上维持生命，就是最好的结果。

哥舒翰留在了长安，高适也必须留在这里。他估计，至少一两年内，大将军无法返回河西。于是，他回去把令狐兰接来，准备在京城长期居住。

潼关急需有威望、有胆识的将领镇守。玄宗找不到合适的人选，开始想以皇太子监国，自己亲自挂帅出征，讨伐安禄山。他和杨国忠商量，吓坏了杨国忠。

此时，杨国忠十分清楚自己的地位。人们都说，安禄山反叛皆因杨国忠引起。杨国忠是祸国首犯，杀了他，平复叛乱才有基础。平日，杨国忠根本没把皇太子放在眼里，杨家姐妹也常在皇族中称霸。杨国忠知道，若让太子监国，太子首先要拿他和他们杨家开刀。回到府上，杨国忠和杨氏姐妹们商量，随后，与虢国夫人一起急入内宫求见杨玉环，请她一定阻止皇上亲征。

杨玉环当然明白其中的利害。等玄宗下朝返回内宫，她口衔黄土，泪流满面，跪拜在玄宗的面前，恳请三郎看在恩爱夫妻的分儿上，爱惜自己的身体，不要亲征。

玄宗对杨玉环的举动大吃一惊。他马上意识到，在他之前，杨国忠肯定来过内宫。但这时候的玄宗，毕竟是七十一岁的老人了，他很容易为美人的真情所打动。面对跪在自己面前的心爱的小娘子，玄宗双手将她扶起，许诺说，他哪里都不去，只伴在贵妃娘娘的身边。

于是，潼关只好让哥舒翰去守了。玄宗亲自到哥舒翰府上召见他，将高仙芝的头衔转授给哥舒翰。瘫卧在病床上的哥舒翰虽然心中苦不堪言，怎奈皇上亲临枕边，如此恩惠于他，他不能不挺身而出了。哥舒翰趴在床上向皇上叩头谢恩，承诺五日之内立即出征。

出征前，东征元帅荣王李琬不幸突然去世。李琬从来风格秀整，身体强壮。他突然离世，死得莫名其妙，朝中对此事议论纷纷。以皇子为正职，统领一方，而实际上皇子并不负其责，只是挂个虚名，这是唐朝的惯例。尽管如此，出师未捷，主帅先折，总是不吉利的。玄宗亲自为哥舒翰更换了头衔，委任他为皇太子先锋兵马元帅，同时任命高适为左拾遗，转监察御史，辅佐哥舒翰镇守潼关。

十二月二十三日，哥舒翰统领八万兵马出征。加上潼关原有的五万人，以及封常清留下的残余兵马，哥舒翰手下有十八九万军队，号称二十万人，与安禄山叛军的数量大体相当。

出发前，玄宗在兴庆宫勤政楼亲自为将士们饯行。皇上传有旨令：朝中所有大小官员连带杂役奴婢全部出动，举着彩旗，分列于长安大街两旁，为出征的勇士们送行。守住了潼关，就等于保住了长安。长安的百姓们也纷纷拥出家门，走上街头欢送官兵将领。

长安城内，鼓乐号角齐鸣，彩旗飞扬。出征的官兵将士们排着整齐的队列，英姿勃勃地行进在欢送的人群中。群情激动、满怀希望的欢送队伍则从城里伸到城外，一直延绵了二十多里。

令狐兰也夹在欢送的人群中。她跟随着出征的队伍，默默地目送着自己的夫君。连日来，高适忙得顾不上回家。他只在哥舒翰受命镇守潼关的那天晚上，回家把即将出征的消息告诉了令狐兰，以后，再没有机会回家与妻子告别。令狐兰盯着骑在高头大马上的夫君，她觉得，几天之内，高适变了许多。他人瘦了、黑了，脸上棱角更加分明了，更加英俊了。行进在出征队伍的前列，高适精神焕发，根本看不出来是一个五十多岁的老人。他成熟稳健，很有大将风度。

高适没有看见令狐兰，他的眼睛始终注视着前方。出了城门，队伍的行进速度渐渐加快，高适突然想起了妻子。他想，刚才令狐兰一定挤在人群中为他送行。高适后悔自己早没想到，没去人群中寻找妻子深情的目光。骑在马上，高适回头看了一眼已被甩在身后的长安城楼，他在心里默默地与妻子道别，他让令狐兰放心，好好地照顾自己，等着他平安归来。

令狐兰跟不上队伍了。她站在城楼下，目送着高适渐渐远去的背影，同时，她也在心中默默地为夫君祷告，她祝福高适一路平安，早日凯旋。

镇守潼关，哥舒翰坚持以守为主，绝不轻易出击的方针。正月里，安禄山称帝后，派儿子安庆绪攻打潼关，没有成功；又派先锋崔乾佑多次逼关，引诱哥舒翰打开关门迎战，也未能奏效。玄宗对哥舒翰打退叛军的进攻很是赞赏，于正月初十，加封哥舒翰为左仆射、同平章事，给他挂了一个空头宰相的名号，以示皇上对他的宠幸。

哥舒翰虽然瘫病在床，脑子还清醒。他清楚地知道，拥兵二十万镇守潼关，他在朝廷里已经处于举足轻重的地位。长期以来，哥舒翰不但与安禄山有矛盾，与安禄山的堂兄、原朔方节度使安思顺也结怨很深。安禄山反叛后，安思顺没有响应，他被玄宗调回长安做了兵部尚书，他的朔方节度使之职则由属下郭子仪接任。这等于实际上剥夺了安思顺的军权。哥舒翰还不满意，他要置安思顺于死地。

在潼关，哥舒翰命人伪造了一封安禄山给安思顺的密信，送去长安，奏本皇上说："这封信是从关门上抓到的秘密信使身上搜出来的，安思顺私通安禄山，是隐藏在朝廷里的奸细。"玄宗信以为真，不做任何调查分析，当即下令搜捕安思顺的官府，将他就地正法。

哥舒翰的计谋成功了，可他万万没想到，他设计杀了安思顺，却给自己引来了灾难。

从安思顺的死，杨国忠看到了哥舒翰的厉害。他担心哥舒翰拥兵自重，图谋宰相实职。也有煽风点火的人，在杨国忠面前搬弄是非，说："对哥舒翰不能不防。像目前这种局势，一旦他反背将矛头指向朝廷，长安只能坐以待毙。从这个意义上说，哥舒翰比安禄山还要危险。"

这时候，也确实有人在哥舒翰面前献计说："杨国忠是一大祸害，皇上重用谁，他便要加害谁。元帅何不借此机会，将他除掉，以防杨国忠先下毒手。"

哥舒翰没把此话放进耳里，杨国忠却真的开始动手了。他奏明皇上，为安全起见，要在潼关与长安之间增设一道防线。玄宗当然没有异议。杨国忠便调来两队兵马，驻扎在灞上（陕西西安市东）。这两支兵马，一支由杨国忠的嫡系剑南将军李福德、刘光庭统领；另一支由杨国忠的心腹杜乾运直接控制。杨国忠明确指令他们，密切监视前方哥舒翰的动向。

四至五月，哥舒翰坚守潼关已近半年时间，郭子仪、李光弼指挥的唐军在河北战场上取得了重大的胜利，颜真卿组织的敌后战斗队伍也日益壮大，形势明显地向有利于朝廷的方向发展。玄宗十分高兴，任命李光弼为河北节度使，加封颜真卿为河北采访使。他想要尽快平定这场叛乱。

安禄山称帝于洛阳，进不能进，退不能退，处于两面受敌的焦困之中，眼见着没有了出路。他气急败坏，眼疾越发厉害。

这天，安禄山又接到河北战败的消息：史思明与郭子仪、李光弼大战于嘉山（河北曲阳），史思明部损失惨重，被唐军斩首四万，俘去千余人，丧失战马五千余匹。史思明在拼杀中被打落马下，赤足逃往博陵。

听过战报，安禄山大发雷霆，他把属下大臣叫来，破口大骂道："都是你等这群小儿，鼓噪着让老子起兵反叛。你们说唐军不堪一击，反叛万无一失。如今，我拿不下长安，又回不得范阳。你们让老子到这里来送死吗？老子死之前，要将你等统统杀掉！"

大臣们吓得好几天不敢见他的面。

没办法，大将田乾真出面劝说道："陛下，自古以来，帝王创业总有波折起伏。眼下我方处于困境，陛下更应冷静处事，万万不可意气用事。"

安禄山接受了田乾真的劝告，与他商量，准备先退回范阳，养精蓄锐，再图大唐江山。可是，撤退的事又遭到了部分属下的反对，安禄山只好先将它搁在一边，继续留在洛阳没动。

哥舒翰不满杨国忠在他背后布兵的做法，一再向朝廷请求将灞上的兵

269

权交归他统领。杨国忠不肯，玄宗当然也不点头。哥舒翰便又想出一条计策。他把杨国忠的心腹杜乾运招来潼关，借故将他斩杀了。

这下，杨国忠更把哥舒翰视为他的心腹之患，常在玄宗面前挑拨，说哥舒翰龟缩潼关拒敌不战，白白地贻误了战机不算，很可能还有其他不良企图。

玄宗不信，但也急于扩大战果，尽早平叛。

五月底，河北郭子仪、李光弼那边传来大捷。潼关也有人来报，安禄山的先锋崔乾佑驻守于陕州，兵力不足四千人，军纪涣散，人心不稳，对唐军没有任何防备。玄宗认为这正是机会，遂下令哥舒翰出击陕州，收复洛阳失地。

哥舒翰久经沙场，是一块老姜。他知道，崔乾佑表现出来的兵力单薄、涣散无防备的样子，全是用兵之计，目的在于诱他出关，好与他决一死战。哥舒翰上奏皇上说："安禄山久习用兵，切不可轻敌。叛军远道而来，盼望速战速决。我方据险坚守，就是胜利。成功不在速决，待叛军被拖得疲惫不堪，内部将起祸乱之时，我方再乘乱出击，才能大获全胜。"

哥舒翰分析得句句在理，玄宗考虑着是否收回他的圣旨，杨国忠却进言道："陛下，哥舒翰这全是推托之词。此时不抓住大好战机，让安禄山苟延残喘，缓过了劲儿来，恐怕再难置他于死地了。再说，哥舒翰长期拥兵潼关，对长安确实威胁极大，我们对他不能不防。陛下，安禄山之教训一定要记取啊！"

玄宗听信了杨国忠的谗言，一连几天，朝廷天天以皇上的名义通令催促哥舒翰立即出兵。最后一道通令说得十分严厉，声称，哥舒翰大元帅如若继续按兵不动，贻误了战机，朝廷将不得不以军法论处。

高适为元帅读完最后一道通令，哥舒翰靠在床头，捶胸痛哭不止。他明白，潼关保不住了，他的老命也将保不住了。

"元帅，让我回长安一趟，将潼关的情况面奏皇上。"高适向哥舒翰请求说。

哥舒翰只是摇头痛哭，过了好一会儿，才将哭声止住，绝望地说："没有用了，谁说都没有用了。我们只能背水一战，是死是活，在此一举。"

六月初四，哥舒翰被人抬上马车，半卧着亲率大军出关。临出关前，他留下高适，交代说："我此去十之八九会失败。你在关内密切关注战情，一有变化，赶快回马长安，报告皇上。"

高适与哥舒翰挥泪道别。

哥舒翰将十八万兵马分为三路。五万精兵做先锋，由王思礼统领先行；庞忠领十万大军紧随其后；他自己领三万兵马于黄河北岸的高处，击鼓助战。

六月初七，王思礼的先头兵马到达灵宝西原。灵宝的地形十分特殊：南面靠山，北临黄河，中间有一条七十多里长的狭窄的山道。王思礼怕有埋伏，不敢贸然前进。他先派兵士前去侦察，确信叛军崔乾佑部仅有一万多人，且松散无防备，便发起了迅速的进攻。刚一交战，叛军慌忙撤退，王思礼放松了警惕，领兵紧追不舍。庞忠的兵马也跟在后面，长驱直入。

不想，唐军全部进入狭窄的山道后，叛军伏兵突起，滚木檑石从山上源源不断地砸向唐军。隘道上，唐军兵士前后拥挤，只能挨打，无力抵抗，损失惨重。

等王思礼反应过来，组织战车在前面冲击，想以此为自己的队伍打开一条通道时，叛军又将早已准备好的草车推出，堵住路口，并放火焚烧草车。大火燃起，浓烟滚滚，唐军被熏得晕头转向，鼻涕眼泪横流。他们以为叛军就在浓烟之中，不顾一切地乱发弩箭。直到太阳西下，浓烟散去，他们的弩箭全部放完，方才发现又中了叛军的奸计。唐军自伤了许多兵马，再次遭受重大损失。

天还没黑，唐军仍在混乱之中，崔乾佑命同罗精骑从唐军背后杀来(同罗是中国北方古代民族铁勒人的一个部落。在突厥语中有豹的意思。唐代，在突厥人的打击下，同罗部落逐渐分裂，其中部分逐渐迁入内地。在安史之乱中，同罗部是安禄山叛军的一部分)。王思礼和庞忠的十几万人马拥挤在狭窄的山道上，前后受敌，惊慌失措，乱成一团。一些人弃甲逃入山谷，许多人慌乱中被挤入了黄河，还有的人吓软了双腿，从山顶滚落到了山下。人的悲号声，马的嘶鸣声，叛军的喊杀声，枪矛铁器的碰撞声，交织在一起，惊天动地。战场的惨状，令鬼神都惊颤不已。

哥舒翰领着的三万兵马在黄河北岸，眼见着自己的队伍被叛军杀得血肉横飞，手下将士吓破了胆，很多人乘着天黑，慌忙溃散逃跑，自寻生路去了。

兵败如山倒。哥舒翰半卧在马车上，根本无法控制局面，只得任惊恐的战马拉着帅车狂奔回潼关。出关前，为加强防守，潼关城墙外挖有三道壕沟，每道壕沟宽两丈深一丈，慌乱败退的官兵退至关下，收不住马蹄，挤不上吊桥，纷纷落入壕沟。一批批的人马掉进去，壕沟很快被填满了，后面的人马便踩着他们急退入关内。

等哥舒翰回到潼关，收拾残局，十八万大军仅剩下八千余人。惊魂未定，六月初九，天亮前，崔乾佑的追兵就赶到了潼关。哥舒翰的手下完全丧失了抵抗力。没费多少力气，叛军即攻破关口，占领了潼关。

混乱之中，高适带着几个随从，化装逃出潼关，朝长安方向飞奔而去。

哥舒翰被弃在元帅的马车上。他的车夫和手下随从早已一哄而散，各自逃命去了。

看着遍地的尸首，哥舒翰彻底绝望了。他戎马一生，从来没败得像今天这样惨，从来没输得像今天这样光。这种丧失了所有，光秃秃的、赤裸裸的感觉，令哥舒翰想起了那天晚上，他在土门军光着身子中风的耻辱。

"啊……啊……"哥舒翰对天狂叫着，将握在手中的马鞭用力朝自己的喉咙底部伸去。

他要自杀！哥舒翰属下的一名蕃将火拨归仁突然蹿了出来。他冲上去，夺下元帅的马鞭，将他的双手反捆在马车上，送往洛阳。火拨归仁以哥舒翰为见面礼，投降了叛军。

洛阳，安禄山的皇宫里。

安禄山当了皇帝，高高地坐在龙座上。精神完全崩溃了的哥舒翰被丢在大殿上，伏卧在地下。他的双腿瘫痪了，想站也站不起来了。安禄山看不清哥舒翰的面部表情，他只知道，下面趴着的是哥舒翰，心里就十分舒服了。

带着得意的腔调，安禄山开口问道："哥舒翰，你骂我是野狐，瞧不起我安禄山。现在，你还有什么话可说?"

原来的哥舒翰，在潼关失守的那一刻已经死去了。现在，趴在地上的哥舒翰，是另一个哥舒翰。此时此刻，他只有一个想法，他想再多活几天。他可怜地说："请陛下原谅哥舒翰肉眼凡胎，不识圣人。如今陛下天

272

下未平，李光弼、鲁炅等人原先都是我的部下，陛下留我一命，我愿招他们归降于陛下。"

"哈哈哈哈……哈哈哈哈……"安禄山高兴得大笑不止。这是他登基做皇上后的又一个快乐的日子。

安禄山没有杀哥舒翰，他说火拨归仁对主人不忠，把火拨归仁给杀了。

留着哥舒翰，安禄山封他为司空、同平章事。哥舒翰不食其言，四处写信，为安禄山招降。可是，他原来的属将却不听他的召唤了。不但不听，有的还回信谴责他的不忠。面对无用的哥舒翰，安禄山将他囚禁在洛阳苑中，好让自己看着这个已经变成废物的对头高兴。安禄山死后，哥舒翰死在了安庆绪手上。

有人说，哥舒翰大败于潼关，没有逃回长安，若他逃了回去，在玄宗面前，也会落得和高仙芝、封常清一样的下场，肯定只有死路一条。相比之下，安禄山比玄宗要明智，他没有杀哥舒翰，比玄宗要高明些。

其实，安禄山并不是明智，玄宗也并不见得比安禄山残忍。他们两个人，一个是所谓的猪身龙首假皇帝，一个是所谓的真龙天子。虽然两人有真假之别，但毕竟都是皇上。皇上处置自己的臣子，有绝对的权威，别人没有评说的权力。在哥舒翰，伏在安禄山或是玄宗面前，活着或者死去，恐怕没有太大的区别。尽管他后来很想活，还是没有活多久。

六月初九，亦有哥舒翰的部下急入长安皇宫，通报潼关告急，要求面见皇上。宫人回说：皇上今日有要事在身，不能接见。潼关之事，杨右相已命剑南将军李福德等人率部前去援助了，你等请回吧。

从潼关跑回来的战报使在宫门外大哭不止，没人理他。

这天早起，杨玉环心爱的白鹦鹉突然被外面飞来的恶鹰啄死了。上午，玄宗正陪着心情沉痛的杨玉环，在兴庆宫的御苑内给这只乖巧的鸟儿送葬呢。

开元末年，杨玉环入宫做太真女道士不久，岭南有人献来白鹦鹉。玄宗将它转送给杨玉环。这只白鹦鹉聪慧性灵，通晓言辞，很逗人喜爱。杨玉环给它起名叫雪衣女，一直养在身边。

前几天早起，杨贵妃正在梳妆，雪衣女突然飞落到她的镜台上，诉说道："娘娘，雪衣女昨晚梦见有鹰来啄我，雪衣女将不久于人世了吗？"杨贵妃请来道士，日夜不休地替雪衣女诵了三天三夜的《多心经》，以安抚白鹦鹉的恐惧。

谁想，昨天诵经的道士刚走，今晨，白鹦鹉飞至寝宫外面的长廊中梳理羽毛，天外忽降一只大鹰，直扑向白鹦鹉。左右还未来得及反应，白鹦鹉已被恶鹰叼起。好在卫士中有神箭手，一箭将恶鹰射落下来。恶鹰被箭射死了，白鹦鹉则连惊带怕，啪的一声摔在了地上，一命呜呼了。

杨玉环伤心至极，经玄宗反复地劝了，才忍住悲痛，答应将她的雪衣女葬在御苑深处。玄宗亲自陪同，下令为白鹦鹉立碑，并亲笔题了"鹦鹉冢"三个大字。

忙过白鹦鹉的葬礼，玄宗才想起了潼关的战事。他把杨国忠叫来询问，杨国忠很轻率地说："陛下放心，我的剑南军已前去援助，不会有什么大事发生。"玄宗也就放下心来。

自从唐军退守潼关以来，每到黄昏，潼关与长安之间都要用烽火台上的平安火传递平安无事的信号。六月初九这天，天已墨黑了，长安烽火台的瞭望哨还是没看见潼关方向传过来的平安火。瞭望哨心里很是着急，又怕谎报了军情，想再等等看。

玄宗在宫中用过御膳，黄昏已过，仍不见有烽火台的平安消息来报，心中疑虑，派人前去查问。

不一会儿，杨国忠进宫来，见到玄宗劈头一句就是："陛下，潼关失守了！我早说过，哥舒翰这个老王八蛋靠不住！"

玄宗害怕了。他一下六神无主，愣了半天，才向杨国忠发话道："赶快把大臣们召进宫来，好商量下一步的对策。"

玄宗和朝中大臣在内宫一直商量到子夜。

大臣们各有一套主张，每个人都侃侃而谈，极其严密地论证了一番。玄宗不知听谁的才好。商量来，商量去，终归还是定不下来。玄宗只好让他们退下，回去好好地想一想，明天早晨再接着商议。

大臣们走后，杨国忠留下来，说："陛下，时间不早了。三十六计走为上。眼下形势紧迫，我劝陛下还是依我事先的安排，退入川蜀，再作打算为好。否则，死守着长安，万一叛军打了进来，连老祖宗的家业都会丢光的。"

其实，玄宗心里早已偏向于杨国忠的建议了。大臣们走后，杨国忠再这么一劝，他便决定马上行动：天亮前，他们离开长安！

于是，杨国忠紧急召见崔光远，命他为长安留守；又召来龙武大将军陈玄礼，命他立即整顿三军，选厩马九百余匹，准备马上出发。

寅时，玄宗带着杨玉环和她的姐妹们，再加上皇太子、太子妃和住在皇宫内的公主、皇孙，以及最亲近的大臣、宦官、宫人，在龙武军护驾下，悄悄地逃离了皇城。

天刚蒙蒙亮，大臣们便急急忙忙地赶来早朝。他们中间很有些人昨晚一夜未睡，为皇上苦思冥想出了消灭叛军的新对策。

早朝钟声响过，不见杨国忠的人影，左相韦见素也没来，皇宫里面静悄悄的，没有声响。等了许久，大臣们才得到确信，天亮前，皇上已经带着他最亲近的人一起出逃了！

顿时，聚集在皇宫前的大臣们群龙无首，如惊弓之鸟，慌乱得四散而去。长安城里也跟着鸡飞狗叫，乱成一团。人们争先恐后地从长安城往外逃跑，好像叛军已经打到了城下。

而当时，安禄山还没有进攻长安的想法。他没有料到玄宗会这么快逃离京城。崔乾佑攻下潼关之后，安禄山命他守住关口，待探得了长安动向，再行动。玄宗自动地放弃了京城，自然正中安禄山下怀。安禄山在睡梦中大笑道：美人贵妃娘娘，你暗中为养子出力，禄山来了，也绝不会亏待于你！

而这时，杨贵妃正跟着玄宗可怜地爬行在逃亡路上。

6

逃离长安十分仓促。

属下没为皇上准备任何吃的东西，随行的将士们也没带一点食物。

路上，老百姓给皇上献了一些粗食，皇亲贵族们以金银珠宝换得一点糠米充饥，可随行的官兵将士们却连一口水都喝不上。

走到马嵬驿，天黑了下来。

高力士安排玄宗在简陋的驿站里休息。皇太子和杨国忠他们还在四处寻找住处。龙武军有三两千人，无处栖身，只能蹲在路边过夜了。将士们又饿又累，个个怀有一肚子怨气。

将军陈玄礼本来就仇恨杨国忠。此刻，他见杨国忠骑在马上，耀武扬威地在他的队伍前面走来走去，指责这个，训斥那个，更是气愤得忍无可忍。他真想杀了这个祸乱根子！陈玄礼把自己的这个想法悄悄地告诉了皇太子李亨的贴身宦官李辅国，他请李辅国转告太子，若太子同意，他立即动手。

事关重大，皇太子李亨犹豫不决。

正好就在这个时候，二十多个吐蕃使者也从马嵬驿站路过，说驿站里的所有食物都被皇族给分光了。他们找到杨国忠，围在杨国忠的马下，向宰相讨要食品。杨国忠答应替他们解决，让吐蕃使者和他一起去驿站。

一个军士在旁边立即乘机喊了起来："杨国忠伙同胡虏谋反啦！快拦住他啊！"

马上就有人响应，拉开弓箭朝杨国忠射去。

一只利箭飞鸣着擦过杨国忠的耳边。

杨国忠大吃一惊，回马便跑。军士们围追上去，将他拖至马下，一刀结果了他的性命。紧跟着，又将他的家人及杨氏姐妹全部砍杀得一干二净。

将士们举着他们的长矛，挑着杨国忠的头颅，跟着陈玄礼，一齐来到驿站门口。

玄宗听外面异常喧哗，让高力士赶快出去看看究竟出了什么事情。

高力士急忙跑出去，与陈玄礼正好撞个满怀。

陈玄礼大声地对他说道："杨国忠图谋不轨，被将士就地正法了。烦高大将军进去，禀告陛下，杨家姐妹业已一并被除，杨贵妃不得再侍候陛下，请陛下忍痛割爱，立即将她处死。否则，三军将乱。"

"请陈将军先劝将士们息怒，"高力士微微一怔，继而又缓言道，"容老臣进去，转述众将官的意志，相信陛下一定会以大局为重，以众将官的意愿为重。请陈将军给些时间。"

"你进去吧，我们在外面等着。"有人答道。

高力士还没进来，玄宗和杨玉环已在驿站门边，将外面的对话听得一清二楚。

杨玉环听见将士们要求把她也杀了，顿时吓得脸色煞白，她伸出双手，紧紧地拉住玄宗的衣袖，带着哭腔哀求道："三郎，三郎，你要救我！你要救我！"

玄宗微微地战栗着，没有答话。

"三郎，你忍心让臣妾去死吗?"杨玉环拼命地摇着玄宗的胳膊，哭着说，"三郎，臣妾在后宫陪你，并未犯下过错！你一定要救我！臣妾以后还要好好地陪你！三郎，你有办法救我！你是皇上，一定有办法救我！"

玄宗已经泪流满面，仍不说一句话。他心里知道，他这个皇上，此时此刻，已经救不了这个可怜的美人了。

高力士进来，站在玄宗和杨玉环的身后，冷冷地看着哭得死去活来的杨贵妃，也无一句话。

外面静了下来，驿站里更是死一般寂静。

杨玉环失望了。她环望四周，四周一片漆黑。她又抬头看了看天空，靛蓝色的天幕上，没有月亮，只有满天的星星，它们一个一个倒挂在天上，使劲儿地眨巴着亮晶晶的小眼睛，好像都在等着看她的热闹。

杨玉环的心凉了。她慢慢地松开抓住玄宗的手，转身，一步一步地走向驿站的里屋。

一条白色的裙带松散了，它垂在杨贵妃的身后，跟着她轻飘飘的步履，不停地上下舞动着。后来，玄宗想起杨玉环，眼前总会出现她身后的这条会舞动的裙带。他一直认为，这条裙带是一条毒蛇，是它杀死了他心爱的美人。

"陛下，时候不早了。"等杨贵妃离去，高力士小声地催促玄宗，快下决心，"再拖下去，恐怕外面的将士等得急了。陛下的安全要紧，万望陛下从国家、从社稷大局着眼……"

玄宗痛苦地挥了挥手，示意让高力士去执行。

高力士急忙朝玄宗行过一个君臣大礼，好像玄宗救了自己的命一样，尾随杨贵妃而去。

走出了好几步，高力士才听见玄宗在他身后念叨："好好地送她上天，不要弄疼了她。"

不过半个时辰，高力士走出驿站，请陈将军及将士代表进驿站验尸。

陈玄礼点了十名将士一起走进驿站。他们想先向皇上问安。高力士说："皇上年高体弱，受不得刺激，已经休息了。请陈将军去里面验看贵

277

妃娘娘的遗体，好安抚三军将士。"

杨贵妃安静地躺在驿站里屋的地上。

死前，她悲愤万分；死后，她的面部表情却异常平静，秀美动人的脸蛋上甚至浮现出一抹红霞，活灵活现的，美若天仙。

陈玄礼他们进屋看了，先是吓得不敢走近她的身旁。他们不知道躺在地上的贵妃娘娘是活人，还是死人。

"贵妃的魂灵已经升天了，是王母娘娘派仙女下凡来接她去的。老臣亲眼所见。"高力士把他向玄宗禀告过的话，再重复一遍给陈玄礼他们听。

将士们这才放大胆子走近杨贵妃的身旁。

立刻，男人们的目光被杨贵妃的遗体紧紧地吸引住了。他们死死地盯着贵妃娘娘那美丽的面容，那稍微有些蓬乱的青丝秀发，那高挺的乳峰，那丰韵的腰身，那白嫩的、半遮半掩在裙襦下的小腿，看也看不够。他们根本忘记了，他们是来验证尸体的。做了一世的男人，他们也没见过如此美貌的女人，有机会在近处仔细地欣赏一次贵妃娘娘的尸体，他们很是满足了。

陈玄礼见过活着的杨贵妃，不像其他人那样惊讶。他怀疑杨贵妃没有死，抬脚在她的身体上轻轻按了一下，又蹲下去，伸手在她的脸上试鼻息。确信杨贵妃已经没了呼吸，陈玄礼站起来，对他的属下说："她真的死了，我们回去吧。"

这一年杨玉环三十八岁。

第二天，玄宗命高力士把杨玉环给葬了。坟墓只是一个小小的黄土包，没有立碑。玄宗悲痛地想："红颜命薄啊。玉环，你的命连雪衣女都不如。朕可以为雪衣女的碑题字，却不敢为你留下半点笔墨。你可不要怪罪于朕啊。"

走出马嵬驿站，玄宗带着韦见素等几个大臣，领着自愿随他一起去川蜀的将士，继续上路。

陈玄礼跟在玄宗小队人马的后面，他很害怕，生怕皇上什么时候发怒，将他处死。可他又不愿就此离开皇上。陈玄礼觉得，他所做的一切，都是为了皇上，为了社稷大业，他对李唐王朝是有功之臣。

皇太子李亨没和父皇一起去川蜀，他领着一群人西行，再转向北，去了朔方镇的大本营灵州灵武郡，准备在那里登基，号召天下共同讨伐叛军。

十天后，安禄山的先锋兵马如履平地一般，威风凛凛地开进了长安。

进城，叛军烧杀抢掠，无恶不作。安禄山下令，将没来得及逃跑的霍国长公主及王妃、驸马、王孙、郡主等几十人一次斩杀，挖出他们血淋淋的心，在崇仁坊祭祀他被杀的儿子。还有杨国忠、高力士的同党，安禄山以前痛恨的朝廷官人，被抓到的统统杀掉，对他们家中的婴儿也不放过。

长安城内，血流成河。

已退位的宰相陈希烈觉得自己从来没在玄宗的朝中伸直过腰，心中一直怨恨杨国忠和玄宗。叛军进城后，他带头向安禄山俯首称臣。紧跟着，一批被玄宗扔在城里，做了叛军俘虏的朝廷大臣也向安禄山投降了。

安禄山任用陈希烈、张垍为宰相，张氏的另外两个兄弟，还有王维等著名文人，安禄山全部封了官。

王维领了官却不为安禄山出力，安禄山很生气，把他拘押在长安菩提寺中。困于菩提寺，王维以炭作笔，在墙上题诗一首，表示他对安禄山叛军的不满。王维写道：

> 万户伤心生野烟，百官何日更朝天？
> 秋槐叶落空宫里，凝碧池头奏管弦。

后来，肃宗用一年左右的时间收复了西京、东京两都，所有投降于安禄山的大小臣子都受到了严厉的惩处。达奚珣等十八人被斩首。陈希烈、张均等七人被命令自杀。张垍虽有他做了皇上的大舅子肃宗出面担保，仍被流放岭南，死在了路上。这首诗救了王维的命，他只被贬了官职，没受其他处罚。晚年，王维搬至终南山下居住，他在那里养花种草，作些山水诗歌，清闲地度过了余生。

再说高适和几个随从由潼关飞奔而出。路上，随从们边跑边散，待高适独自一人赶到长安，玄宗已经出逃了。

高适心中失望，他马不停蹄又飞奔出城，想去追赶皇上，禀告潼关的真实战况。可出了城门，他又想起了令狐兰。高适想，潼关失守，皇上出逃，长安将很快陷入叛军的手中。到时候，城里的官府民宅肯定会被血洗一空，令狐兰留在城里十分危险。于是，他又拨转马头再往城里去。

城里，人心惶惶。外面到处传说，皇上跑了，安禄山马上就要来了。令狐兰在家里坐立不安，她为去了前线的丈夫担心，生怕潼关失守，高适也陷入其中。有人劝她快些收拾了东西，跟着大家出逃，令狐兰不肯走，她要等高适回来。

"娘子，娘子，你在家吗?"高适人没进门，就在外面大声地召唤着令狐兰。由于干渴，他的嗓音有些沙哑。

令狐兰跑出屋子，她站在门边，用激动、惊讶和有些陌生的眼光看着眼前的夫君。

高适完全变了。他挽着衣袖，提着马鞭，战袍高高地撩起，紧扎在腰间。他的头盔有些歪斜，黑里透红的脸上蒙着一层厚厚的尘土。在他的身后还跟着一匹大汗淋漓的战马，一看便知他是从前线回来的将官，原有的文人幕僚模样已经荡然无存。

"娘子，你还在家!"见到令狐兰，高适激动地张开双臂，朝她迎了过去。他希望令狐兰离开长安，避开这个面临危险的地方，又担心自己赶回家见不到娘子。

搂住朝他扑过来的娘子，高适心中十分宽慰。他知道，令狐兰是在家里等他，她的心时时刻刻都在牵挂着他。高适恨不能将他的小娘子抱起来，举过头顶。可他的这份年轻人的激情已经没有臂力来完成了。

"你回来啦……"令狐兰甜甜地依偎在丈夫的胸前，这胸前有股浓浓的土腥味，她觉得很是新鲜。令狐兰隔着尘土深深地吸进夫君的气味，小声地说，"我再不让你走了。"

"我也不想走，"高适说着，和令狐兰一起进屋，"我把你安排好再走。"

"再回潼关?"

"潼关失守了。我要去追赶皇上，报告那里的情况。"高适坐下来，接过令狐兰递给他的茶水，一连喝了两大碗。抹了抹嘴，他笑道，"我在外面，天天想喝你泡的茶水。"

"那你带着我，"令狐兰说得很认真，"我和你一起走。"

高适低下头，不看令狐兰，说:"这次不行。你住到乡下去，等我追到皇上，再回来接你。"

"你知道皇上去了哪里？这兵荒马乱的，你上哪儿去追他？"令狐兰不愿高适冒险，她不想让他去。

"听说，皇上准备入蜀。我走蜀道，一定能追上。"

高适主意已定。当天，他和令狐兰一起收拾了家什，东西能不带的，他尽量不让她带。从潼关逃出长安，高适身上已经没了银两，他让令狐兰把她那几件首饰带上，急需时好用它们换钱。

这几样首饰，是结婚后高适慢慢给令狐兰制的，令狐兰看得十分珍贵。令狐兰把它们放进包袱里，想了想，问："你身上带钱了吗？"

高适像是没听见，故意不回话。

令狐兰走过去，在高适的身上又上下摸了一遍，能放银两的地方她都摸到了，高适身上空空如洗，没有一文钱。令狐兰责怪夫君不该这样。她把首饰拿出来，用帕子包成一个小布包，塞给高适，说："家里还有钱，你把它们带着，在外面用得上。"

高适不肯。他说，他在外面怎么都饿不着，只要令狐兰自己照顾好自己，他就放心了。

夫妻俩推来让去，谁都不肯要。最后，令狐兰重新打开小布包，把里面的几样首饰分成两份：耳环、手镯一人一个，戒指她自己留着，银步摇给了高适。还有一个小小的金葫芦，令狐兰总把它挂在胸前，藏在心窝上。它是高适当上县尉，领到第一次俸禄回来看她时，给她买的。

令狐兰把它取下来，佩挂在高适的腰间，说："我挂了它好些年了。你带上，该用的时候就把它用了。以后，我们有钱再买新的。"

将妻子送至乡下，安顿在一户农家住好，高适马上起程，抄小路去追皇上。

路上，高适遇到同去追赶皇上的房琯、李煜。他俩和许多的大臣一样，被玄宗弃在京城，却不甘流落，决心尾随皇上进入川蜀。高适和他们一道，骑马日夜兼程，翻过秦岭，终于在凤州河池郡（陕西凤县）赶上了皇上的小队人马。

从马嵬驿站出来，玄宗的心境一直不好。他听说有朝廷大臣赶来，心中得到一些安慰，连忙打起精神接见。

给陛下请过安，高适迫不及待地禀告潼关战情。他讲到官兵将士与叛军作战的英勇和杨国忠错误地估计敌情，十分动情。可高适没想到，潼关

281

对于皇上，已经是过去的事情了，那里战死了多少人，此时皇上并不关心，也不想听。

高适说着说着，玄宗皱着眉头打断了他的话，开口道："具体过程你不必再说了，朕只想知道，哥舒翰他去了哪里？"

高适更激动了，他站身起来，回复说："陛下，哥舒翰大将军是忠义之士。臣深知，即使大将军不幸身陷叛军巢穴，他也绝不会屈服于反贼，潼关失陷时……"

"哼，但愿如此。"玄宗再次阻止了高适，朝他做了个手势，让他坐下。然后，玄宗问一直坐着没说话的房琯："你从京都出来，可曾见过张氏兄弟？"

房琯想了想，说："陛下，出发前，臣去找了张均、张垍。臣约他们一同前来，他们答应了。可走到西城门，他们两人停下来不肯再走了，臣看他们心中好像另有打算。"

玄宗听了房琯的话，对张氏兄弟的举动不说什么，只朝身旁的高力士道："高将军，怎么样，朕说得不错吧？"

高力士连忙说："陛下高明，老臣错看了人。"

原来，房琯他们到来之前，玄宗与高力士有过一番议论，分析朝廷大臣对他的忠心，分析谁会尾随他来，谁不会来。

高力士说："张氏兄弟平日备受陛下的恩宠，张垍又是陛下的乘龙快婿，他们一定会来。至于房琯他们，老臣不敢肯定。安禄山曾向陛下举荐过房琯，我想，他恐怕会留在长安。"

玄宗知道，因为任命宰相之事，张垍怨恨于他。他们兄弟一同受贬，虽然不到一年又都调回京城任职，但他们一直将此事记在心里。他们未必会来。

果然，房琯的话验证了玄宗的猜测，他对自己的判断力恢复了一些信心。同时，玄宗心中也有许多的凄凉和酸楚，自己的女婿都和他离心离德，还有谁会忠心耿耿地跟着他呢？玄宗想，他已经老啦，该是退位的时候了。

为表彰房琯、高适对他的忠心，玄宗封房琯为同平章事，任命高适为侍御史。

路上，玄宗还亲下制书：任命太子李亨代理天下兵马元帅，命诸位皇子分镇天下，分别代理各道节度使。其中，以第十六子永王李璘为山南节度使，以第十三子李璬为剑南节度使。玄宗想以此来加强朝廷的后方力量，保障兵源和粮食给养。

高适出于皇上集权的考虑，出面力劝玄宗，不可令诸位皇子分镇天下，否则，旧乱未平，又将引出新的纷争。玄宗不听，还是照自己的想法做了。

对于高适敢于出面大胆劝谏，玄宗留下了深刻的印象。逃到成都后，他专门下诏褒奖高适。诏书说：

> 侍御史高适，立节贞峻，植躬高朗，感激怀经济之略，纷纶赡文雅之才。长策远图，可云大体；说言义色，实谓忠臣。宜回纠谪之任，俾超讽谕之职。可谏议大夫，赐绯鱼袋。

战乱之后，玄宗和后来的肃宗朝廷手中钱财不多，又必须大批地奖赏朝臣，以激励他们为朝廷拼命效力。于是，封官授爵，赏赐鱼袋，便成了最为经济可行的方式。

史书记载，到肃宗至德二年（757），朝廷府库没有积蓄，只好用官位作为赏赐，他们将没有填写姓名的空白委任状，直接交给各位大将军掌管，听凭其任意使用。为招兵买马扩充实力，大将军们随手填写将军、紫袍和鱼袋等官职爵位的委任状，广泛散发。后来，这些官爵又被用来收集溃散的兵卒。官爵泛滥，使得一张大将军的委任状，只能换一壶酒。凡是应募参军的人，全都可以穿紫袍，佩金鱼袋。由此看来，高适被授予一只绯鱼袋，实在不值得夸耀。

天宝十五年（756）秋七月，皇太子在灵武即位，史称唐肃宗，尊称玄宗为上皇天帝，大赦天下，改年号为至德。玄宗的天宝年号就此结束，年历变为至德元年。

玄宗在成都接见了灵武派来的肃宗使者后，心中充满了极度的失落感，但他还是十分明智，表示高兴道："朕的皇儿顺应天道民意，从此，朕可以不怀忧虑，安享晚年了。"

随即，玄宗以太上皇的名义，下制书告天下："至即日起，朝廷制书敕书改为诰，上表上书统称太上皇。国中军务大事皆先呈报皇上，决定可行否，再报奏本皇备案。待朝廷收复京都，朕将从此不再管理和过问朝中要事。"

下过制书后，玄宗又派韦见素、房琯和崔涣三个他任命的同平章事，捧护国宝和玉册，到灵武正式传位，高适等大臣也跟着去了。其实，所谓"传位"仅仅是一个形式，肃宗在灵武早已封官排座次，调兵遣将，行使他的皇上权力了。

叛军攻下潼关时，杜甫在长安。他担心居住在奉先（陕西乾县）的妻子儿女，急忙西出长安，返回奉先家中。

奉先在长安西面偏北方向。当时，玄宗出逃经马嵬驿站（陕西兴平），再往扶风，与奉先距离不远。杜甫不知道皇上就在附近，只知沿途风声紧迫。他回到家中，四邻五舍的居民都已经逃难外出了。杜甫也于第二天，携家人匆匆忙忙地往长安北面的白水（陕西白水县）逃去。一路上，杜甫和家人千辛万苦，历尽磨难。为此，杜甫写了不少长诗将其间的所见所闻所想记录在案。

从长安返回家时，杜甫骑了一匹老马。逃难的路上，他身体不好，家人照顾他，仍让他骑马前行。杜甫带着小女儿坐于马上。不幸，路遇强人，把他们这匹唯一的老马也抢了去。无奈，杜甫只能步行了。

黄昏时，天下起了暴雨，道路泥泞，行走艰难。走着走着，杜甫渐渐地落在了家人的后面，他一不小心，掉进了小路边的一个很深的蓬蒿坑里，当即昏了过去。家人走出去十几里地，找到一家农户借宿，才发现杜甫不见了。杜甫的侄儿马上又原路返回，一路呼唤寻找，直到第二天天亮后，才在积满了泥水的蓬蒿坑里找到杜甫，把他救了出来。对这个救过自己命的侄儿，杜甫一直感激不尽。

一天夜里，杜甫一家爬行在荒山野岭之中，很久很久也找不见人家。他们只能继续往前走。带的干粮早吃完了，找不到借宿地，一家人饿了一天肚子。小女儿饿得急了，伏在杜甫的身上，又哭又叫，拼着命咬老父的皮肉。杜甫怕周围的虎狼听见小孩的哭叫，顺声觅食，殃及全家老少，便紧紧地堵住小女儿的嘴，不让她哭喊。小儿子十分懂事，天亮后，他采来野李子逗着妹妹吃。可他哪里知道，这种苦涩的李子不能食用。小妹妹咬了一口，两片嘴唇立刻肿了起来。小女儿哭，小儿子哄，杜甫眼见着小儿小女跟着自己受苦，心中的苦涩比野李子更甚。

好不容易到了白水。白水也是人心惶惶，人们都向北逃窜。杜甫一家又跟着人流再奔向北，逃往鄜州（陕西富县）。

路上，又遇山洪暴发。一连几日，杜甫一家和许多难民只能躲在土山包上。看着山洪狂泻，看着黄土山坡被洪水冲得沟壑纵横，杜甫真担心顷刻之间自己脚下的小土山包也会被洪水哗地冲走。

来到鄜州，杜甫把家安在羌村。听说肃宗已在灵武称帝，杜甫立即告别家人，自己继续北上延州（陕西延安），杜甫想北出芦子关（陕西榆林市横山区），去灵武投奔新的朝廷。

不想，偏又路遇叛军，杜甫被俘。叛军将他作为可疑分子，随俘虏们一起遣送长安。两个多月来，杜甫艰难北上，与这次南下相比，人是自由的。身陷敌手，重返来路，路途中的艰难数倍于北上，杜甫所受之罪可想而知。

困于长安，杜甫的身份始终没有暴露，叛军对他的看守也渐渐松懈。第二年，也就是肃宗至德二年（757）四月，杜甫终于找到机会，从长安城内逃了出来。他跑到凤州（陕西凤翔），肃宗朝廷正移至这里，准备收复长安。

肃宗见杜甫赤脚麻鞋，衣袍破旧不堪，两只胳膊肘露在袖筒外，感念他的赤胆忠心，封他做了左拾遗。

第 七 章

1

李白和宗夫人一直住在敬亭山等着武谔和儿女的消息。

这天，有宣城官府送信来。李白打开看了，才知是老朋友张旭托赵太守转来的问候。

张旭本是苏州吴人。战乱前，朝廷放他回家乡做了个小小的常熟尉。他听赵太守说，李白正在宣城避难，便托赵太守给李白带来一封信，说是春三月，他有公干要往溧阳一趟，约李白届时前往和他见面。

宣城与溧阳相距不远。李白算了算，当初，他们风靡京都的"酒中八仙"，如今只剩下他和张旭、焦遂三个人了。因为战乱，焦遂不知去了哪里，能与张旭见上一面，他心中十分高兴。可想到他这一走，将宗夫人一个人留在敬亭山下居住，又放心不下。左思右想，李白犹豫不定。

宗夫人平时最不愿意李白外出。但近日，她和李白在一起，常为远在任城的孩子们担心。两个人天天盼着武谔能早些把他们接来，可每天都在空等。李白的心情不好，宗夫人想让他出去走走，散散心。李白不去，她还鼓动着让李白去。

"我去了，留娘子一人住在这敬亭山下，荒山野岭的，我不放心。"李白说。

"唉，我看你呀，就是该操心的你不操心，不该操心的你尽瞎操心。"宗夫人做出轻松的样子说，"我如今老都老了，不会有人来贪色；这小院子里外空空，我们又没有什么钱财，不会有人来贪财，你出去几天，操的什么心？”

"我怕……"李白想了想，说不出什么更多的理由，"反正，娘子一人在家，我放心不下。要不，这次，娘子与我一同前去，如何？"

"我走了，要是武谔带着孩子们来了，那怎么好？"宗夫人反问道。

李白感激夫人对他的体贴。他决定快去快回，到溧阳与张旭见上一面，马上就赶回来。李白保证，这回他出去，再不会像前两次那样，一去便多日不归家了。

三月底，李白来到溧阳，张旭早在溧阳酒楼泡了五六天了。李白在溧阳酒楼上找到他，他正喝得酩酊大醉。

"什么？你是李白？是太白兄？哈哈哈哈……"张旭的癫劲儿又发作了，他拨开李白搭在他肩头的手，不停地大笑道，"如今天下什么都缺，唯多假冒者也！东都城里有假皇上、假宰相、假大臣、假公公，什么都是假的，看上去却和京都城里的一套真的一模一样，哈哈哈哈，假的，统统都是假的……"

"颠兄，你酒喝得多了，连我李白都不辨真假了吗？"李白坐在张旭的对面，好笑道，"你说我是假的，有何凭证？"

张旭强睁着挂满血丝的醉眼，看着李白，颠三倒四："假的很像真的，真的很像假的，真真假假混在一起，真的也是假的，假的也是真的，大家全是假的，没有真的，没有真的，如今全是假的，全是假的，哈哈哈哈……"

"这么说，颠兄自己也是假的了？"李白有意激张旭。

"我？你说我是假的？"张旭气愤了，拍着自己的胸膛说，"都是假的，唯我独真，我张旭走到哪里都以癫狂为真。不信，你我比酒，你喝得过我便是真的，喝不过我便是假的。"说着，张旭大叫来酒。

酒来了，他和李白对饮起来。没喝几杯，张旭便醉过了头，伏在酒桌上，呼呼地大睡了起来。李白则一个人继续喝。他知道，张旭睡上一会儿马上就会醒过来，只要他一醒过来，人便同时清醒了。

果然，没过多长时间，趴在酒桌上大睡的张旭鼾声仿佛被一刀切断，他睁开眼睛抬起头，看着坐在对面正仰头喝酒的李白，随即，抓起面前两只油渍渍的筷子，在酒杯、饭碗、菜碟边，叮叮当当地一阵乱敲，奏出一支迎宾曲。

287

李白哈哈大笑，说："颠兄，你睡过一觉，才承认我是真的了？我在这里已坐了多时，酒也喝得差不多了，你若再不醒来的话，我便要回宣州去了。"

"太白兄怎么可以回去，"张旭道，"我们难得见面，战乱中也难得一乐。今日，我们兄弟要喝它个够，忘掉所有的烦心之事。"

说着，张旭又大叫上酒。

张旭执着酒壶，李白以碗盛酒，两人连碰连饮，一会儿开心大笑，一会儿愁眉苦脸，直至号啕大哭起来……

哭罢，李白还算清醒，他见天色已经晚了，忙叫酒家过来算账，准备和张旭回客店去。

不想，酒家却点头哈腰，过来站在酒桌旁边，小心翼翼地客气道："李大人有所不知，张大人已在我这酒楼喝过好多回酒了。事先，张大人和小的说好，喝酒不付现钱。过后，请张大人留些墨迹即可。今日李大人也光临本店，小的想请李大人与张大人合作，为我溧阳酒家留些方便。"

张旭人醉了，心里还明白。他见酒家编着话骗李白，从腰间掏出一锭银子，重重地往酒桌上一放，质问道："我说过喝酒不付现钱吗？"

"是小的说的，张大人没有说过。"酒家吃了一惊，忙着改口说，"二位大人的诗歌、书法名震天下，小的从来羡慕不已，巴望着能收有真迹。小的在这里给二位大人作揖了，谢谢二位大人看得起。"

"既然如此，你快去准备笔墨来，"李白答应了，"我作诗一首，请颠兄录下，我们转送给你。"

"多谢大人，多谢大人。"酒家高兴得连连道谢。他回头朝柜上的小二使了个眼色。小二连忙飞跑着，将早已准备好的笔墨纸张一并送了过来。

李白喝了酒，又动过了感情，诗兴大发。酒家和小二利索地收拾了桌子，铺平了白纸，李白把笔递到张旭的手上，说："有劳颠兄动笔。"

"你只管道来，我的狂草不会比你慢。"张旭接过了笔，挽起袖袍道。

张旭的书法以笔画省简、连绵回绕而著称。他行狂草，常一笔数字，一气呵成，字与字之间，行与行之间，断字隔行，从不断气势，令世人赞叹不已。到了晚年，许多人向张旭求字，他一般都不肯接应。据说，当年颜真卿欲拜他为师，为求得他的几个亲笔字，很是吃了一些苦头。

李白见张旭很给他面子，越发兴奋了起来，他稍作沉吟，便以《乐府诗集·相和歌辞》之《猛虎行》为题，吟诵道：

朝作猛虎行，暮作猛虎吟。
肠断非关陇头水，泪下不为雍门琴。
旌旗缤纷两河道，战鼓惊山欲倾倒。
秦人半作燕地囚，胡马翻衔洛阳草。
一输一失关下兵，朝降夕叛幽蓟城。
巨鳌未斩海水动，鱼龙奔走安得宁？
颇似楚汉时，翻覆无定止。
朝过博浪沙，暮入淮阴市。
张良未遇韩信贫，刘项存亡在两臣。
暂到下邳受兵略，来投漂母作主人。
贤哲栖栖古如此，今时亦弃青云士。
有策不敢犯龙鳞，窜身南国避胡尘。
宝书玉剑挂高阁，金鞍骏马散故人。
昨日方为宣城客，掣铃交通二千石。
有时六博快壮心，绕床三匝呼一掷。
楚人每道张旭奇，心藏风云世莫知。
三吴邦伯皆顾盼，四海雄侠两追随。
萧曹曾作沛中吏，攀龙附凤当有时。
溧阳酒楼三月春，杨花茫茫愁杀人。
胡雏绿眼吹玉笛，吴歌白纻飞梁尘。
丈夫相见且为乐，槌牛挝鼓会众宾。
我从此去钓东海，得鱼笑寄情相亲。

　　李白话音刚刚落地，张旭的笔尖也正好提起，他将手中的毛笔放下，带着醉意对酒家说："我们二人珠联璧合，写满了两大张白纸。这两大张白纸价值连城，暂时存放在你的店中，我们还要前来喝酒，你不得再收取酒钱了。"

　　"小的知道，小的欢迎。"酒家高兴得嘴都合不拢来了，张旭说什么，他便应什么，一直点头哈腰地将他们送出了酒楼门口。

在溧阳，李白和张旭一起会朋友，聚雄杰，喝酒吟诗，欢乐了几天。待张旭走后，李白才怅然若失地离去。

对于他俩的这次相聚，后人颇有一些微词。

有人点评说："李太白当王室多难、海宇横溃之日，饮酒吟诗，不过豪侠使气、狂醉于花月之间耳。社稷苍生，曾不系其心膂。其视杜少陵之忧国忧民，岂同年语哉！"

郭沫若也曾批评李白：天宝十五年（756）的三月，李白在溧阳酒楼和草书名家张旭相遇，他们在酒楼"槌牛挝鼓会众宾"，歌舞作乐。尽管"秦人半作燕地囚，胡马翻衔洛阳草"，是国难严重的时候，而他和张旭却是忘乎其性。歌中李白把张旭比为张良，将自己比为韩信，说他俩是"有策不敢犯龙鳞，窜身南国避胡尘"。但这种逃避却是万万不能使人谅解了。他李白即使不能西向长安，也应该留在中原联结有志之士和人民大众一道抗敌。可他不但"窜身南国"，还要胡乱享乐，自鸣得意。这李白实在是糊涂透顶了！

也许郭沫若批评得在理，那时，张旭和李白可能都已老糊涂了，实在不该在国难当头的时候步入酒楼喝酒。

但再一想，李白酒后所作的《猛虎行》一诗，并无一句寻欢作乐的轻狂之词，而且字字句句沉甸甸的，描述出他当时的心情，确如所述的那般："溧阳酒楼三月春，杨花茫茫愁杀人。"

李白在战乱之时，不像杜甫，不像高适，不像其他许多的著名文人那样，勇于西行北上，跟随朝廷前去抗敌，固然应该受到指责。但因为战乱，便要李白、张旭等人从此戒酒，不许他们再步入酒楼，那恐怕也是做不到的。

肃宗在抗敌第一线做皇帝，想必，他也不会因为叛乱未平而断了歌舞升平的帝王生活，不会因朝廷流亡在外而从此滴酒不沾。据说，战乱中为朝廷立下汗马功劳的郭子仪，后来即使一面抗敌，一面还在长安城内的官府里养了十院家妓。

世人公认，杜甫在战乱中表现不错。至德二年（757）的春天，即李白与张旭于溧阳纵酒的第二年春天，杜甫被困于陷落后的长安，也曾和朋友们一起去曲江池边踏春。不过，后人都说杜甫前往曲江池边，为的是在昔日的游乐场所伤今忆旧。因为，他作有《哀江头》一诗，诗中伤感道：

290

"少陵野老吞声哭，春日潜行曲江曲。……人生有情泪沾臆，江水江花岂终极？黄昏胡骑尘满城，欲往城南望城北。"杜甫困在长安，心却时时刻刻向着北面的肃宗朝廷。有了这一点，在此期间，杜甫喝不喝酒，是否与朋友们欢聚过，已经不是重要的事情了。

而李白与张旭喝酒，也没有忘记表达他对动荡中的大唐社稷的担忧，他在《猛虎行》中道出自己心中的悲苦："肠断非关陇头水，泪下不为雍门琴。"可是，人们并没因此而原谅了李白的饮酒寻欢，就连喜欢李白的郭沫若，也说对此"万万不能使人谅解了"。

对李白，人们总是爱憎分明。这与李白鲜明的个人品性直接有关。李白的一生，为人做事，写诗作赋，个人性情十分突出。在许多方面，他令人喜爱，备受推崇；而在某些方面，他的所作所为又令人不可忍受，因而备受指责。

这一次，李白没有在外久留。张旭一走，他马上离开了溧阳，返回宣城。宗夫人对李白的表现很是满意。

2

两个月之后，李白和宗夫人仍不见武谔将孩子们接来，夫妻二人焦急万分。

尽管武谔临行之前曾经十分坚定地发誓，保证孩子们不会有事，他说，四个月以后他若没回来，要出事也由他武谔担着，绝不会殃及李白家人，李白还是非常地担心。他想让孩子们平安无事，也不愿武谔为了他们而生出事端。李白后悔自己不该多事，突然想把孩子接来身边，他们跟着吴氏不是很好吗？

宗夫人也是忧心忡忡。和李白在外未归时一样，宗夫人每天都要祷告，求请菩萨多多保佑，保佑孩子们，保佑武谔好心人，一路平安。

附近没有佛堂，宗夫人发现，敬亭山背面的山坡上有一个小小的土地庙，庙前常有人烧香磕头。她相信，这个土地庙一定有灵气。自见到这小庙的那天起，宗夫人每隔一两天就要去一趟。她跪拜在小庙前，祈求土地爷赶快出面，助武谔和李白的孩子们早日安全到来。

这一天，宗夫人又去小庙烧香，遇见一位中年男人正坐在土地庙旁歇脚。她见这位男人的腿上放着一条粗布马褡，马褡已经发黑了，马褡的口袋里插着不少的竹签，她知道，这是个走江湖的算卦先生。

宗夫人点了三炷香，朝土地老爷拜了三拜，将香插在石香炉里。然后，她又转向那位一直盯着她看的算命先生，上前问道："先生，能为我占一卦吗？"

算命先生点了点头，说："请问夫人，要问哪方面的事？"

"我想问一个外出之人的平安。"

"是夫人的家里人？"

"他是朋友，"宗夫人说，"答应去任城接我夫君的家人过来团聚，可至今已有四个多月了，他一去不见归来，我想问个平安。"

"好说。"算命先生道，"请夫人净过手，过来抽上一支签，保你从此心中有数。"

宗夫人照算命先生说的，到不远处的山溪边洗干净了手，过来从他的马褡子里抽出一支竹签。算命先生看了，说这是一支空签，上面什么也没写。他提着马褡，用力地摇了摇，请宗夫人再抽一支。哪知，宗夫人又一连两次，每次抽出的都是空签。

算命先生心中暗暗称奇：这布马褡里插着上百支竹签，总共只有这三支空签，全让她给抽了出来。看来，她要问的这个人，路途经历非同一般。

"我这签子从来很灵，"算命先生说，"夫人三次抽了空签，这是上天不肯指点，请夫人恕我无法相告。"

宗夫人心事重重，谢过算命先生，转身下山。她很相信天命，自己抽签算命，通常都很灵验。这次，一连抽了三支空签，也是从未碰到过的事情。想着夫君的孩子和武谔，宗夫人更担心了。她这么担心地走着，快到山下了，忽又听见后面有人叫，回过头一看，是刚才那位算命先生。

"喂——夫人，那位夫人，请你等一等，等一等！"算命先生赶了上来，他手里捧着一只活物。

宗夫人不知他要干什么。

算命先生说："夫人，我又给你占了一卦，你来看。"说着，他把手中的活物放到了地上。

这是一只老山龟，脑袋和四肢全都缩在龟壳里，放在地上，一动也不动。

"我去山溪边，发现它藏在夫人刚才洗过手的地方，"算命先生说，"夫人连抽三支空签，肯定与它有关。夫人，你再摸它一摸，从它的背上，肯定能问出一些东西。"

宗夫人照他说的做了。

算命先生找了一根干松枝，点着火，去燎老山龟的背。眼见着他烧着烧着，老山龟的背上真的慢慢显出了与先前不同的纹路来。算命先生高兴了，他捧起老山龟，在它的背上仔细辨认。

看着算命先生的脸色，宗夫人心里一直悬着。她想知道武谔的消息和孩子们的真实情况，又生怕算命先生的眼睛从龟背上读出不好的事来。

算命先生看着看着，终于再一次不无遗憾地摇了摇头，说："请夫人原谅。这龟背上显出的纹路复杂难辨，我还是一时说不清楚。"

"先生知道多少，请告诉我多少。"宗夫人说。

算命先生左右为难，犹豫着说："从龟甲所显示的征兆来看，夫人要问的这个人，不，也许是他要去接的人，像是在一个地方生了病，病得不重。好像，好像是一种常见的病，过一段时间便可恢复。还有，好像夫人问的这个人与他要接的人不在一处，他们很难会合。不过，这龟甲上又有一条纹路显示出，他们最后好像能走到一起来。"

"他们什么时候能回来？"宗夫人问。

"龟甲上看不清楚。这纹路走着走着就乱了，"算命先生说，"我想，还要些日子。夫人不必着急，你把这只山龟带回去，不会观龟甲的纹路，把它养在家里，'龟'与'归'同音，也是大吉大利的，保你的家人平安。"

听了这些话，宗夫人的心放宽了许多。她身上没有带钱，刚才抽签，算命先生说不要她的钱。这回他给她帮了大忙，她一定要感谢他。

宗夫人取下她的一只银耳环，作为酬劳，递给算命先生，说："谢谢先生尽心，这只山龟，你卖给我好了。"

算命先生也不客气，他接过宗夫人的银耳环，拿在手中打量了一下，收入怀中，又交代说："你把它带回家，要好好喂养，千万不可让它跑掉了。"

宗夫人答应着，用裙围兜着老山龟走了。回到家，她马上找了一只齐腰深的瓦缸，放入几块大石子，又加了些水，将老山龟养在里面。

李白看着宗夫人细心地照料她带回来的老山龟，并不多问。他以为，宗夫人是闲下来没事，捉了生物回来，养着消闲。

几天后，李白坐在宗夫人的对面，他突然发现，宗夫人的左耳垂上少了一只耳环，不禁惊奇地问道："娘子，你的一只耳环哪里去了？"

"你真会管事，"宗夫人摸了摸自己的空耳垂，有些不好意思，半玩笑半认真地说，"我还以为，我这个人丢了，你也不会知道呢。"

"娘子耳垂上少了一只耳环，格外显眼。"李白认真地说，"真的，格外显眼。"

宗夫人不想把占卜算卦的事情告诉李白，便随口说："我去后山烧香，不小心将它掉了，找了好久都没找到。只找到了那只老山龟，所以把它带回来养了。"

"耳环变成了老山龟？"李白总有奇特的想法，他用力一击大腿，断定道，"对啦！那耳环，一定吞进了这只老山龟的肚子里。我去替你看看。"说着，他站起身来就往院子里去。

"哪会有这种事，你别去动它。"宗夫人怕李白真要在老山龟的肚子里寻她的耳环，跟着李白来到了院子里。

老山龟已经不在瓦缸里了。李白没看见它，宗夫人也没找到它。他们在院子里四处寻找，始终不见它的踪影。

李白一口咬定，这只老山龟通灵性，它知道他要来取耳环，事先溜跑了。

宗夫人心中疑虑重重。早起，她还见老山龟缩在瓦缸里的大石子下面，怎么突然就不见了？它要爬出这齐腰深的瓦缸，好像根本不可能。老山龟去了哪里？真的是怕李白来摆弄它吗？果真如此，还算万幸。宗夫人想，怕只怕它兆示着武谔和孩子们的不祥。

人活在世上，总要遇上一些猜不透的谜。宗夫人不想让李白操更多的心，她将这个猜不透的谜留在心里，一直没把老山龟的真实情况告诉李白。

潼关失守、京城陷落的消息传来宣州。不久，赵太守又被新建立的肃宗朝廷调离宣州，临走前来敬亭山与李白告别，并通知李白，敬亭山他不可久住了。

再往哪儿去？李白和宗夫人商量，宗夫人一时拿不定主意。李白想去江南道一带寻找复出的机会，带着宗夫人往东，去溧阳、苏州、杭州等地转了一圈。

眼见着各地乱纷纷的，官府内无人用心做官，市井中更是人心浮动：今天传说叛军攻占了某地，明天又有消息说朝廷军队打了胜仗。李白觉得，就机会而论，战乱时比战乱前更不如了。以前，无论走到哪里，总有不少附会风雅的官吏豪绅，待李白为座上之宾，请他入府饮酒作诗。如今，有这种雅趣的人日渐稀少，他们所到之处简直没有了立足之地。

在城镇中匆匆走过一圈，李白带着宗夫人掉头，从杭州往西南方向行，过天目山、黄山，落脚于庐山。

这一路，令一度对战乱怀有希望的李白再次大失所望。李白伤感地意识到，自己和战乱中的平头百姓没什么两样，"俱飘零落叶，各散洞庭流"。为此，李白不得不嘲弄自己说："苦笑我夸诞，知音安在哉？大盗割鸿沟，如风扫秋叶。吾非济代人，且隐屏风叠。"

可是，隐居在庐山的五老峰下，虽有九叠如屏的险峰峻岭将李白与外界隔离开来，他的心却终不能平静如水。他不可能像宗夫人那样，每天安心地侍佛诵经，早晚以道家气功修身养性。李白心里总惦记着外界，他念念不忘国家战乱之事。在《赠王判官时余隐居庐山屏风叠》一诗的最后，李白写道："中夜天中望，忆君思见君。明朝拂衣去，永与海鸥群。"

坐在五老峰下的李白，仰头遥望空中明月，时刻不忘避难于蜀中的老皇帝。同时，李白又述说出自己的矛盾心理，战乱中，他寻不到机会，只得垂衣袖手，隐居山中。

§

肃宗登基后，郭子仪被召回灵武保驾，李光弼也随之退出河北，入井陉口，回太原守住城防。史思明在河北借叛军攻入长安的声势，大举进攻平原，颜真卿领导的抵抗力量兵力不足，被迫放弃了许多郡城。同时，河南诸郡也大半沦陷。只有张巡、许远率领着军民，坚守睢阳，令叛军久攻不破，阻止了安禄山继续南下侵掠江淮的企图，并使江淮财富得以从江汉二水运至洋川（陕西洋县），转向北陆运至岐州扶风（陕西扶风）和凤州（陕西凤翔）一带，保证了肃宗朝廷的军用民需。

十月，房琯奏本皇上，请求朝廷收复长安、洛阳，以打击叛军日益嚣张的气焰。肃宗接纳了这一建议，即以房琯为招讨使，组织兵力，向西京进军。

房琯是个喜好高谈阔论的人，真正实干经常出错。他任用李揖为司马，刘秩为参谋，将出征大军的事务全部交给了这两个不熟悉军事的书生。第一站，官军在咸阳（陕西咸阳）与叛军相遇，房琯效仿古战法，以两千辆牛车为主阵，骑兵和步兵分列两侧。叛军顺着风势，敲鼓喧闹令牛受惊，再放火焚烧牛车，使官军人畜大乱，将士一次损失四万多人。出征大军大败而归，肃宗气愤不已，本欲问罪于房琯，经多方劝慰，暂且作罢。

与此同时，朝廷大后方江南西道又开始内乱。

玄宗幸蜀途中，曾下诏以皇太子李亨为天下兵马元帅，诸位皇子分镇天下，其中第十六皇子、永王李璘被封为山南东、岭南、黔中和江南西四道节度使，兼任采访使和江陵郡大都督。玄宗的本意在"分镇"二字，因此，他没听高适等人的劝阻，将各地兵权分给了诸王子。

永王李璘从来自视极高，对兄长李亨做皇太子并不服气。七月，他在襄阳听说，皇兄自立为皇上，在灵武登基，便想乘乱，自己拉出一支水师，踩平安禄山叛军的老巢，最终以自己的实力接替父皇的宝座。于是，召集属下，开往江陵，迅速筹备起兵事宜。

江陵是朝廷设在江南西道的交通枢纽，它借长江水运，上连川蜀，下通江淮，还可由襄阳汉水直上关中转陆运，与肃宗朝廷的临时所在地扶风相连。当时，江淮一带上交的租赋全部集中于江陵。

李璘是江陵郡大都督，他一到江陵便下令打开国库，招募兵马，赶造船只。不过半个月，李璘的队伍扩充到数万人，成立了一支威武的水师。

肃宗得到江南的报告，料其弟扩军成立水师另有企图，便急下诏令，命李璘带兵马入归川蜀，前去觐见太上皇。

李璘冷笑道："你乘父皇幸蜀之际，自立为皇上，父皇没有怪罪于你，已是你的幸运。今日，我起兵抗敌，也要受你的限制不成？"他将肃宗的诏令一撕两半，掷于地上。

冬十二月，李璘亲自引舟师顺长江东下。他准备东出长江，从海路北上，直捣幽州，端掉安禄山的大本营后，再自北南下平乱。同时，李璘又派五千兵马前往扬州府广陵郡，以在陆路接应他的水师。

永王的陆路兵马开到苏州吴郡城下，受到吴郡太守兼江南东路采访使李希言的阻拦。永王属下大将浑惟明先以好言相告，请李太守放行。而李希言非让他们说明永王擅自引兵东下的真实意图，还要看皇上的亲笔手谕，才肯让他们通过。浑惟明报告永王。李璘大怒，命浑惟明领兵攻占吴郡，同时下令，命另一名属下大将季广琛偷袭广陵，斩杀官军守将。

永王李璘起兵，大震江淮。

肃宗朝廷也反应强烈，李亨准备立即调集兵马前去征讨。为此，选派朝廷的特命大臣时，肃宗听说，太上皇下诏诸皇子分镇天下，高适曾出面劝阻，便召高适进殿，问他对策。

高适沉着老到，在皇上面前分析了朝廷与叛军形势，胸有成竹地说："陛下，臣以为民心趋向朝廷，李璘在江南作乱，成不了气候。只要朝廷及时处置，李璘不足为虑。"

肃宗听着，连连点头称是。他当即封任高适为淮南节度使，统领广陵属下十二个郡府，兼采访使和扬州大督府长史。同时，肃宗命来瑱为淮南西道节度使，领汝南等五郡；并传旨江东节度使韦陟，令他与高适、来瑱一同对付李璘。

一年多的时间里，高适的官位品秩连升连进，由八品左拾遗提升为三品大臣。高适深感肩负重任，决心"报明主知臣之恩，成微臣许国之节"。

公开与皇兄的朝廷对抗，李璘急于扩大自己的影响，他向四方发出邀请，广泛招揽知名人士加入他的队伍。可是，当时绝大多数人并不赞同李璘的做法。人们普遍认为，皇太子登基理所当然。永王李璘起兵，虽以平叛为旗帜，却又出手先杀官军，造成内乱，这对于大唐王朝无异于雪上添霜，纵有千万条理由，也实属不该。

"永王的身边无须人多，要有影响才好。"原秘书省著作郎韦子春在李璘帐下做幕僚，他向李璘献策说，"臣认识两个人，若能把他们两人请来，朝中内外必定又会为之一震。"

见李璘感兴趣，韦子春继续说："他们一个是'天子呼来不上船'的谪仙人李白；另一个是孔夫子的后人，弱翁孔巢父。请来这两个人，永王

297

幕府之声势足矣。"

李璘早听说过李白和孔巢父，尤其对李白，他很是熟悉。当年，李白二入长安，在大殿之上醉草《吓蛮书》，声震百官，连他父皇都对李白十二分地客气。如此有声望的人，李璘当然愿意请来军中，为他助威。

"你知道他们现在哪里？"李璘问韦子春。

"臣打听过了，"韦子春立即答道，"孔巢父现在徂徕山隐居，前几日，臣已派人去请他了。听说，李白最近和他的夫人为逃避战乱上了庐山。臣想请永王写一封亲笔信，派人送去，好让李白下山。"

李璘点头表示赞同。当下，李璘以第十六皇子奉玄宗之命分镇江南的名义，给李白写了一封邀请信。信中，李璘说，他久仰李白大名，今国难当头，天下大乱之际，劳请李白出山，助他一臂之力。

信写好后，李璘交给韦子春，由韦子春选派一名兵曹参军，带着一小队兵士，前往庐山恭请李白。

这天午后，李白借居的草屋突然有官军叫门。

宗夫人打开门，李白往前面站了，朝官军们问道："请问各位军士，到此可有公干？"

"李白在吗？让他出来，"一个军士粗声粗气地说，"我们贺参军有请。"

贺参军站在后面，他见草屋门里的这位老人气宇不凡，想他就是李白，忙上前客气道："是我们永王有请李白大人。"

"我就是李白，参军请进。"李白边说，边让开身子，请贺参军进屋。

贺参军站着不动，说："在下有军令在身，不便久留。"说着，贺参军掏出永王的亲笔信递给李白，他请李白看后，马上随他们动身。

"参军稍候，容我看明意思，再作答复。"李白接过信说。

看过信，李白兴奋了。他把信递给宗夫人，说："永王李璘请我到他的军中去效力。我早知道，国难当头，英雄必有用武之地。"

宗夫人迅速地浏览了一遍李璘的信，心中生出不少疑问。想了想，宗夫人往李白的前面站了，她用身子挡住李白，对催着李白快些随他们动身的贺参军说："参军不知，我家官人他近日身体不适，不能马上动身。有劳参军回去禀报永王，请永王原谅，李大人暂时不能前去效力。"

"可是，夫人……"

兵曹参军听宗夫人这么说，很是失望。他想辩说几句，又被宗夫人挡了回去："参军不必多言。你也见了，李大人他年有七十，鬓发花白，哪里还能从军？"

"你……"李白不知道宗夫人会这么快就回绝了人家，他心中吃惊，想说什么，没说出来。

宗夫人并不理会李白，她继续对站在门外的参军说："请贺参军回去，多替李大人美言几句。原谅我家官人心有余而力不足，无能从命。"说着，宗夫人关上了木门。

贺参军领着一队兵士吃了闭门羹，生了一肚子的气，不再多说。他们掉转马头，很快便离开了。

草屋里，李白和宗夫人生气："你怎么可以就这么把他们打发走了？你怎么知道我不去？你怎么随便替我做主？我怎么就有七十岁了？唉，你呀，你……"连着问了好多个"怎么"，李白气得无话可说。

宗夫人并不着急，她让李白坐下，倒了一杯热茶，递给他。

"我不要这个！"李白大叫道，"给我拿酒来！"

"你先喝口茶，酒，我马上替你去温。"宗夫人平静地说。

李白接过宗夫人手中的茶碗，仰头，像喝酒一样，将茶水喝得一干二净，说："酒不要温了。你坐下，说清楚你为什么要这么做。"

"你的气消了吗？"宗夫人顺从地坐下来，说，"气不消，我说的，你听不进去。"

"你说，我听着呢。"李白稍稍平静了一些。

宗夫人笑了笑，说："眼下兵荒马乱的，世道不太平，你怎么能轻易相信别人？刚才来的这些官兵，没弄清他们是真是假，你怎么能随便跟着他们走？这是我的理由之一。你说，有没有一点道理？"

李白点了点头，道："有些道理。可我看了永王的信，上面有朝廷封授的大印，不会有假。"

"我也看了，"宗夫人说，"这正是我的第二条理由：谁都知道，如今玄宗做了太上皇，而永王在信中仍称太上皇为皇上。当今皇上是永王的皇兄，我想，永王不称皇兄皇上，其中必有缘故。他请你前去效力，不弄清其中的缘故，我们不可随便行动。"

宗夫人分析得有条有理，李白认同了她不该盲动的想法，憋在心里的怨气也随之烟消云散了。想了想，李白说："娘子说得有理，明日我便下山，先打听一下永王的情况，再作打算。"

第二天，宗夫人和李白一起下山。

夫妻二人四处打听，听到了一些零星的传闻。有人说，李璘自江陵起兵，想要独立于肃宗朝廷，自称为王。也有人说，李璘拉起一支水师，为的是北上对抗叛军。皇太子在北边，永王在南边，他们同时受命于皇上。皇太子称帝，玄宗还未认可，永王起兵抗敌，无可指责。

回到山上，李白和宗夫人细细地琢磨听来的传闻。

李白偏向于后者。他愿意相信玄宗远在川蜀，诏令诸皇子分镇天下，共同抗击叛军的说法。李白认为，在国难当头的时候，玄宗不可能主动退位，皇太子在灵武称帝，一定是他擅自所为。永王受命于父皇，在江南起兵抗敌，不会有错。

宗夫人则认为，肃宗昭告天下，改年号为至德，无论事先太上皇知不知道，事后，一定得到了太上皇的认可。否则，各地官府见不到皇上的玉玺大印，哪会认可肃宗朝廷？由此，永王不服肃宗朝廷，在江南起兵，必然引火烧身。

夫妻二人说来说去，李白觉得，宗夫人说的不是没有道理，可他心中总不愿意完全认同。

过了几天，李璘第二次派人带了他的亲笔信，上山来请李白。李白请来人进屋，坐下来，问了他们一些相关的问题。来人支吾着，始终不做正面回答。宗夫人越听越觉得事情不对，坚决不让李白随他们下山。李白拿不定主意，听了宗夫人的劝告，客气地将来人打发回去了。

永王军中，韦子春派去河南道请孔巢父的人也回来了。和李白一样，孔巢父婉言谢绝了邀请。韦子春心中不快。他想，李白和孔巢父来或是不来，实际上并不重要。重要的是，他们不来，丢了他的脸面。今后，他在永王面前再要说话，难有信誉。这么想，韦子春决心把李白和孔巢父请来军中。他派人再往徂徕山请孔巢父，并交代，这次若孔巢父再不肯来，抓也要把他给抓来。庐山距离近，路上也安全，韦子春请示过永王，自己亲自出马，前往庐山请李白。

见到老朋友，韦子春命随从将带来的参茸补品呈送到李白的面前，自己坐下来，开口便道："太白老弟，永王两次亲笔书信派人前来邀请，你

300

都以年老、身体有病为由推托了。论年龄，老弟比我小了几岁；讲身体，耳闻为虚，眼见为实，我看老弟精神气色俱佳，身体不会有病。你真不该令永王，令朋友我替你担心啊！"

李白被韦子春说得一脸的尴尬，他想解释两句，还没开口，站在一旁的宗夫人已经接过去："民女代夫君谢谢永王爱护，谢谢韦大人的关心。夫君前些日子确实有病，近日在家疗养，精神气色刚刚恢复，请韦大人多多关照。"

韦子春听着宗夫人说话，并不正眼看她，脸上露出对宗夫人不屑一顾的神情。李白体会到，韦子春心里在说：我们男人坐在一起说话，你一个妇道人家站在旁边插哪门子的嘴！这里是你说话的地方吗？

"娘子，韦兄远道而来，你去备些酒菜，我要和他好好喝上两杯。"李白给宗夫人找由头离开，也让韦子春高兴。

宗夫人顺从地走了。

韦子春又开口说："多年不见，太白老弟，你确实变化不小啊。"

"那是自然，"李白说，"岁月如流，人一天天地老啦。"

"我不是说年龄。说年龄，老弟看上去比我要年轻得多。"韦子春笑道，"我说的是，在我的记忆中，你一直是一个自由自在的男人，出门在外，从不以家事为虑。而今，我看老弟已经变成一个忠实的夫君，说话行事要先瞧准家中娘子的眼色喽。不会因为我这弟妹是宗楚客之孙女吧？"说完，韦子春不管李白反应如何，自顾自地放声大笑起来。

李白又是一阵尴尬。他是个潇洒惯了的人，连着被韦子春说红了两次脸，心里有些不快，却又不能怪韦子春。李白觉得，韦子春是直言。自安史之乱李白赶回睢阳家中，直至如今，他逃避祸乱躲入庐山，前前后后没有顺过他的意。在心底深处，李白一直怀有怨气。

这么一想，李白叹了一口气，说："韦兄见笑了。我也是出于无奈。照理说，朝廷不幸，我本当挺身而出，尽臣子忠孝之心才是。可眼下世事纷乱，我是报国无门哪。"

"永王大军正欲挥师北上，抗击安禄山叛军，这不是一个极好的机会吗？"

"他这么做，可曾得到了朝廷的认可？"李白也直话直说，将心中的疑虑端了出来。

"这还用问!"韦子春以轻松的口吻道,"我说老弟为何迟迟不肯出山,原来是听信了外面的流言蜚语。"

"永王攻占苏州、扬州,怕不是传闻吧?"

"那只是自家的小误会。"韦子春说,"你想,永王与皇上同为皇子,他们二人之间即便有些小矛盾,大敌当前,总不至于自相残杀吧?再说,皇上擅自在灵武登基,事后太上皇不得不承认,可太上皇令诸皇子分镇天下的初衷没有变。一旦平了叛乱,太上皇还是会论功行赏的。我相信,作为父皇,太上皇绝不会偏袒哪一位皇子。想当初,太宗李世民不是跟随高祖打天下,立下了汗马功劳,才荣登皇上的宝座吗?我在永王身边,知道永王并没有要做皇上的野心。他拉起一支强大的水师,全是为了朝廷,为李唐社稷着想。那些制造流言的人,不是出自叛军的别有用心,就是来自小肚鸡肠之人的妒忌。老弟是个明白人,千万不可轻信这些不三不四的流言。"

韦子春的话,句句与李白心中想要知道的合拍,李白听得顺耳,自然也就容易认同。

"永王很看重老弟的才华,一直盼着老弟亲自出山,助他一臂之力。"韦子春继续说,"当年,刘备三顾茅庐请出诸葛亮替他出谋划策,如今,永王两次亲笔书信,再次拜托我前来邀请老弟出山,其间的真情实意,你也能体会得到。老弟休怪我直言,你虽才华横溢,可这一生几十年匆匆过去了,什么时候遇到过像永王这样看重你的人?兄弟我劝你不要再多虑,否则,错过了这个极好的机会,再要后悔,怕是来不及了。你想,我们已是五十多六十岁的人了,来日不多,没有时间再让我们左盼右顾,自己耽误自己的大好时光了!"

韦子春一番肺腑之言,深深地打动了李白。为人办事顾虑重重,从来不是李白的性格。更何况,长久以来,李白的一颗报国之心只是藏在心中,没有任何表露的机会。李白打定主意,这次一定要随韦子春下山。他想:无论如何,永王起兵平乱不会有错,他看得起我,我没有理由再拒绝他。

"韦兄说得在理,"李白说,"你一路辛苦,在我这儿休息几天,我和你一起下山。"

"你答应出山啦?"

"下去看看，总不能让韦兄白跑一趟。"

"好，既然老弟主意已定，我们立即动身。"韦子春兴奋地说，"永王军中有很多的事情等着我们去做呢。"

"内人正在准备酒菜，再忙，韦兄也要和我喝过酒再走。"李白说。他想留些时间和宗夫人商量。

韦子春看出了李白的意思，笑道："我们从容一些也好，今晚我住在老弟这里，明晨，你我一同动身。只是……"韦子春说到这里，收住后半句话，半玩笑半认真道，"我喜欢直来直去地说话，老弟不会生我的气吧？"

"有话，韦兄只管说。"李白不以为然。

"我担心，夜里老弟听了弟妹的缠绵细语，明日天亮又舍不得走了。"韦子春说完，又哈哈大笑起来。

"韦兄小看人了，"李白认真道，"我李白从来不是那种离不开娘子的人。"

"玩笑，玩笑，"韦子春收住笑，同样认真地说，"大丈夫一言既出，驷马难追。明晨，我们一准动身。"

晚饭，宗夫人没和他们一起吃。她上好酒菜，自己在厨房里草草地扒了几口饭，就回卧房休息了。宗夫人不喜欢韦子春的阴气，她知道韦子春来的目的在游说李白下山，投奔李璘。担心李白架不住韦子春的游说攻势，宗夫人躺在床上一直睡不着觉，她想等李白喝过酒进来，再好好地劝说李白，千万不可轻信韦子春的话。

李白和韦子春喝酒，一直喝到半夜。

外面鸡叫头遍了，李白才半醒半醉地走进了卧房。屋里，桌上的油灯半明半暗，灯油已经不多了，灯芯不住地晃动。宗夫人的衣裙全搭在床边的椅子上，靠床头的帐帘放了下来，另一边仍挂在帐帘钩上。李白带着醉意笑了笑，他明白，这是娘子给他留的门。

一口吹黑了快要熄灭的油灯，李白站在床边迅速地脱去衣服，带着一股冷气，钻进了热乎乎的被子。

"娘子，你睡着了？"李白在宗夫人耳边小声地问，嘴里满是酒气。

"天都快亮了，你怎么不和那个韦子春喝他个通宵？"宗夫人责怪丈夫，声音十分清醒。

"你没睡？"

"等你呢。想睡，睡不着。"宗夫人贴在丈夫怀里说，"你呀，一喝酒，什么都忘了。"

李白想着天亮就要和韦子春动身下山，这一去，不知什么时候才能再与娘子团聚。他心中一激动，热血沸腾，用力地搂住了宗夫人。

"你干什么？"宗夫人想推开他，"酒后不可行事，这会伤了身子。"

李白不吭声，照旧动。宗夫人仍不配合，她使劲用手支撑着，想和丈夫隔开一点，结果无济于事。宗夫人有点着急了："你别这样，别这样，我等了一晚上，有话对你说。"

李白仍然不吭声，动作越来越激烈。他觉得，自己好像在新婚之夜，怀里的娘子不住地挣脱，越发刺激了他的激情，他翻身跃起，想象着自己变成一匹驰骋于辽阔草原的骏马，精力充沛得令他自己都无法相信了。结婚以来，李白和宗夫人感情很好，夫妻生活也十分和谐，但年纪毕竟大了，每次，李白都或多或少抱有精力不足的遗憾。

宗夫人曾经想过要给李白生一个孩子，每行房事，她都认认真真地对待，尽可能让自己和李白同样达到完美。她以为，只有这样，才能生一个健全的孩子。但不知为什么，她一直没怀上。此时，宗夫人又感到了夫君心底涌起的波澜，有一阵，她也被激动了。可她心里有话要说，等到天亮，怕没有时间说了。想到韦子春还没走，宗夫人的激动平息下来，她再次用力，想从夫君的身下挣脱出来。

处于亢奋之中的李白也突然感觉到娘子的冷漠，他收住动作，躺下喘了好一会儿粗气，小声问道："你怎么啦？"

"你问我，我还要问你呢。"宗夫人点了一下夫君的前额，像是在对孩子说话，"你喝醉了酒，钻进被子便发酒疯，谁受得住你。"

李白笑了，他很满意娘子的情趣，再次搂住她，又想继续来。

"别再闹了，我真的有话对你说。"宗夫人说得很认真。她感觉到夫君在等着她说话，便朝李白赤裸的前胸靠了靠，然后说，"我的话你都记住，千万别听信韦子春的。李璘那里，你不能去。"

"为什么？"李白从嘴里挤出三个字，显然很生硬。

"为什么？不是早说清楚了吗？怎么，韦子春一来，你又动摇了？"宗夫人脸靠在夫君的胸前，反问道。

李白将身体移开了一点点。下山的事情，他本想早晨起来再说。李白心里很清楚，娘子肯定会反对。可是，这一回，他已想好了，不听娘子的，是好是坏，去了再说。

听李白没有声响，宗夫人支起身子，急切地问："你真的要下山？"

"我和韦子春已经说好了，天亮后，起床就动身。"

"你——"宗夫人一着急从床上翻身坐了起来，忽又觉得态度过激，披上衣服，又下床点亮了油灯，再坐回被子里，看着满头白发的夫君，缓和了语气，说，"你不年轻了，心怎么还总是在外面收不回来呢？下山对你若有好处，我绝对不会拦你的。这可是明摆着的，李璘他与朝廷对抗，你若是掺和进去，有百害而无一利，你为什么还是偏偏要去？"

"不管你怎么说，我的主意已定，这回一定要去！"李白以没有商量的口气道。

宗夫人反复地劝说，李白听不进去。无论宗夫人怎么说，他只有一句话："这一回，我一定要去。"

油灯里的油哧哧哧地烧完了，被烧黑的细灯捻忽然一歪，斜向一边，弱小的火苗很快变蓝了，最后又倔强地忽闪了几下，终于熄灭了。屋外，鸡已叫过三遍，天也渐渐地放亮了。

李白一个翻身下床，穿好衣服，准备上路。宗夫人仍坐在床上不动，她伸手拉住李白的衣袍，轻声问道："夫君，你真的铁了心，一定要下山？"

李白再次点了点头。他以为，尽管宗夫人不同意他去，但她还是会像以前一样，急急忙忙地下床来，替他做早餐，收拾出门要带的衣物，然后，好好地送他上路。

可是，这一次，宗夫人没有这么做。她松开拉住夫君的手，心里一阵阵地发紧。宗夫人觉得气闷得厉害，她脱了衣服，重新躺在了床上，脸面朝着墙，只管自顾自地生气，听任李白在房子里转悠。

"老弟，起来没有？天不早啦！"房门外，传来了韦子春的声音。

李白犹豫着走到床前，轻轻地碰了碰宗夫人披散开来的头发。他想说什么，却什么也没说，只是叹了一口气，提上自己收拾的小包，转身往屋外走。

"等等，"宗夫人的心软了，她翻身从床上坐了起来，急着穿衣服，边

305

穿边说，"你一定要去，也要吃了早饭再走。"

"来不及了，"李白走到门口，回头对娘子说，"你不必送我。自己好好保重，我大功告成，自会回来。"

李白走出草屋，韦子春和他的属下早已准备停当，牵着马匹等在门外。见李白出来，一个军士上前，把手中的缰绳递给李白。

韦子春翻身跨上马，对李白大声地吆喝道："老弟，我们走，下山去！"

李白利落地跨上马鞍，他举手扬鞭，正要打马前行，宗夫人追了出来："夫君……"

"弟妹，休要拉你夫君的后腿。他是去建功立业，永王绝不会亏待于他。"韦子春朝宗夫人阴笑了两声，一紧缰绳，骑马先往前去了。

军士们等着李白先行，再跟着走。李白骑在马上，当着军士们的面，不好对妻子说什么，他只丢下一句话："里屋桌子上，我放了一首刚写的诗，你回去看。"说完，李白头也不回，跟着韦子春朝山下走去。

宗夫人再也忍不住了。她扭转头，奔回卧房，扑向床头，伏在木枕上。带着余温的木枕上满是夫君的气息，宗夫人放声大哭起来。

李白已经走远了，他听不见妻子悲伤的哭声。

清晨，庐山五老峰苏醒了。五个石头老人舒展开蜷缩了一夜的身体，挺直了腰板，精神抖擞地迎接着冉冉升起的一轮红日。老松树林里，成群结队的小鸟儿飞来飞去，叽叽喳喳欢快地叫着、唱着，开始了它们忙碌的生活。刚刚拉开序幕的一天，是冬季里难得的一个阳光灿烂的日子。

太阳慢慢升起。阳光穿过树林，照到了茅草屋的房檐、窗台和两扇敞开的木门，然后，又将金黄色的光芒曲里拐弯地折射进卧房。

卧房里通明透亮。宗夫人独自趴在床头哭着哭着，渐渐地睡着了。醒来，她想起了李白所说的留在桌上的那首诗，又翻身下床，奔到桌前。

天蒙蒙亮时，李白写好的诗稿平铺在小木桌上——《别内赴征三首》，这是李白临行前特意写给妻子的诗。含着泪水，宗夫人一字一句读着夫君给她留下的话：

> 王命三征去未还，明朝离别出吴关。
> 白玉高楼看不见，相思须上望夫山。

出门妻子强牵衣，问我西行几日归。
归时倘佩黄金印，莫见苏秦不下机。

翡翠为楼金作梯，谁人独宿倚门啼？
夜坐寒灯连晓月，行行泪尽楚关西。

读着李白极富情感的诗句，宗夫人的眼泪止不住地往下流。她后悔了，后悔自己早晨不该赌气不理夫君。

早晨，因为赌气，她不和他说话，他也没和她说话。赌气有什么用？他还是走了，而且是带着遗憾走的。李白没有怪她，他体谅她的心情，可她始终不能明白他的追求。宗夫人把李白留给她的诗句紧紧地贴在胸前，在心里反复地默念着一句话："老天爷，请你保佑我的李白，让他平平安安地去，让他平平安安地回……"

4

至德二年（757）正月，李白随韦子春下了庐山，来到江州寻阳（江西九江）。永王李璘正率领水师驻扎在这里。

当天，李璘在水师楼船上召见了李白。

李璘对李白很客气，他让李白和他并肩面对面地坐着谈话，却没有给李白封授官职。李璘说，这一二日，孔巢父也会从山里赶来，加入他的队伍。等孔巢父来了，他要专门为李白和孔巢父举办一次盛大的水上宴会，表示他对他们两人的热烈欢迎。

听说老朋友孔巢父马上就到，李白心里很高兴。一来，他们朋友十多年没见面了，再次会面值得一庆；二来，孔巢父是极有见识的政治家，他也来投奔永王，足以证明自己的选择没有错。李白盼着孔巢父早日到来。

三天后，孔巢父没来。第四天、第五天，仍不见孔巢父的踪影。李白问韦子春。

韦子春做出惊讶的样子，对李白说："他也要来？恐怕没那么容易。听说，孔巢父隐居在徂徕山上，眼下，河南道大半被安禄山占去，这一路关卡林立，他想来也来不了。"

对韦子春的话，李白半信半疑。他搞不清楚，是永王弄错了，还是韦子春有意不讲实情。在永王的军营里住了几天，李白处处感觉到，这里的气氛很紧张，将士们对官军防得很严。时常可听见人们议论战事，但讲的大多不是与叛军作战，而是对付朝廷的守军。李白不愿接受这些事实，他只愿相信永王与朝廷一致、起兵抗击叛军的说法。

"老弟，你准备一下，"韦子春看出了李白心中的疑虑，可他并不在乎，只说他想说的话，"今晚，永王要专门为你设宴接风。到时候，老弟你露上两手，让同僚们见识见识。"

韦子春走后，李白向幕府的其他同僚打听，才知道孔巢父真的不来了。

一个同僚悄悄地告诉李白，永王两次派人去请孔巢父，第一次没请来，第二次，孔巢父仍不肯来，派去的人强押着孔巢父上路，走到汴州遇上了叛军，孔巢父乘乱逃走了。昨天，第二次派去请孔巢父的人已经归来，永王好发了一顿脾气，骂手下无能，养的全是一群废物。同僚和李白开玩笑说："好在你来了，可以给我们大家撑些面子。要不，孔巢父不肯来，你也不肯来，那我们还怎么做人？"李白听了这些恭维他的玩笑话，心里很不是滋味。

黄昏，永王在楼船摆宴，替李白接风。

楼船停泊在与长江相连的彭蠡湖（鄱阳湖）岸边，湖水宁静如镜，楼船张灯结彩。船上三层楼阁，悬挂着三对六个一串的大红灯笼，表示水师旗开得胜，六六大顺。船头船尾和船的四周，每隔六尺远树有一杆龙虎旗：赤红色的军旗上，两条蛟龙相倚，腾云驾雾；杏黄色的战旗上，分别绣有熊罴虎豹，威武勇猛，这是天子玄宗给他的皇子们置制的建军旗帜。永王命人自制了许多，并将紫红色的虎旗改为杏黄色，蛟龙旗还让它是赤红色。杏黄象征着皇家，而它又不是龙旗，可以说永王代表天子，却不能说他想做天子。永王要的就是这个模棱两可的效应。

战鼓擂响，礼炮轰鸣，楼船酒宴正式开始了。永王请李白和他坐在一起，他们畅饮美酒，观看英姿勃勃的水师舞蹈，欣赏歌妓舞妓们的轻音乐舞，身边还有美若天仙的女子相伴，嬉笑欢情，所有的人间烦恼都被抛在了脑后。

李白被战鼓激动了，被水师的士气鼓舞了。

永王的殷勤，美女的媚情，再加上无休无止的觥筹交错，李白很快醉昏了头。他陶醉在做帝王谋士、宰相的美梦之中，陶醉在衣锦还乡的幻象之中，陶醉在永王水师的楼船宴席上。可李白觉得，他十分地清醒，十二分地明智。李白惊喜地发现，他终于有了真实的今天，还会有完美的明天。

酒宴席上，李白接连不断地作诗。他讴歌永王，他为韦子春作诗，他向水军幕府的同僚们赠诗。席间，李白还高挽起袖袍，拔出腰中的宝剑，走下楼台，在船头的甲板上亲自表演了一段娴熟的剑舞。正如李白自己所道："诗因鼓吹发，酒为剑歌雄。对舞青楼妓，双鬟白玉童。行云且莫去，留醉楚王宫。"

这个难忘的夜晚，李白过得好不痛快，好不潇洒，好不风流倜傥。很久以来，他没有过这样的生活了。

后来，李白的诗集中收录了他为李璘写的《永王东巡歌十一首》。诗中，李白吟唱道：

> 永王正月东出师，天子遥分龙虎旗。
> 楼船一举风波静，江汉翻为雁鹜池。
>
> 三川北虏乱如麻，四海南奔似永嘉。
> 但用东山谢安石，为君谈笑静胡沙。

李白说，永王受命于天子父皇，起兵于长江、汉水流域，水师楼船所到之处，顿时风平浪静，江汉水域变作雁池，重现汉梁孝王的宫室苑囿。

李白把安史之乱比作西晋时期的永嘉之乱。当时，刘曜攻陷都城洛阳，俘获怀帝，入宫烧杀掠抢，四海之内大乱，唯有长江以南还大致平安，难民们纷纷逃避江南。李白想象，他正好比东山谢安石，永王用他为军中谋士，他可像谢安石一样，在谈笑之间退敌百万。

李白高度评价永王水师的纪律严明，赞颂永王起兵镇压安史之乱的重要作用。他吟唱道：

雷鼓嘈嘈喧武昌，云旗猎猎过寻阳。
秋毫不犯三吴悦，春日遥看五色光。

龙盘虎踞帝王州，帝子金陵访古丘。
春风试暖昭阳殿，明月还过鸤鹊楼。

二帝巡游俱未回，五陵松柏使人哀。
诸侯不救河南地，更喜贤王远道来。

丹阳北固是吴关，画出楼台云水间。
千岩烽火连沧海，两岸旌旗绕碧山。

王出三江按五湖，楼船跨海次扬都。
战舰森森罗虎士，征帆一一引龙驹。

李白以谋士的眼光，分析安史之乱的局势。

李白说，玄宗、肃宗二帝，一位临幸川蜀，一位远在灵武即位，他们无法返回长安；可悲五位先帝的陵寝留在了京都远郊，无人守护。原有的朝廷大将救不了河南危机，洛阳、长安两京陷落于叛军之手，幸喜有帝王之后、贤良的永王前来救助。

永王在江南，拥有三江五湖（三江，有说是长江、汉江和赣江；五湖：有说是太湖、洮湖、鄱阳湖、青草湖和洞庭湖）。他指挥威武之师水陆并进，入扬州，进金陵，所到之处春风吹暖，明月高照。

永王的平乱大军就要由海路北上，去摧毁胡人的巢穴了。长安洛阳回归，收复社稷失地近在眼前。

李白继续吟唱：

长风挂席势难回，海动山倾古月摧。
君看帝子浮江日，何似龙骧出峡来？

祖龙浮海不成桥，汉武寻阳空射蛟。
我王楼舰轻秦汉，却似文皇欲渡辽。

帝宠贤王入楚关，扫清江汉始应还。

初从云梦开朱邸，更取金陵作小山。

试借君王玉马鞭，指挥戎虏坐琼筵。

南风一扫胡尘静，西入长安到日边。

李白作下《永王东巡歌十一首》，当时一定十分得意。可是，他很快为此付出了沉痛的代价，在他生命的最后几年里，为自己的这次选择，备受肉体和精神的折磨。

同时代的人大多认为，李白公然加入李璘幕府，与朝廷分庭抗礼，癫狂至极，罪不可恕。后人也跟着谴责李白，说他的这一行为不是忠臣所为。有人嘲笑说，李白在永王水师丢尽了脸面，丧失了人格，还大言不惭地自比"东山谢安石"。

唯有老杜哀怜李白。

李白即将离世的前一年，即上元二年（761），杜甫在蜀中听说了许多关于李白的传言，他叹惜朋友落入了如此窘迫的人生境地，以《不见》为题，遥赠李白诗一首。

开头两句，杜甫叹曰："不见李生久，佯狂殊可哀。世人皆欲杀，吾意独怜才。"杜甫认定，李白这样的诗人，世间少有。杀了他，着实可惜矣！留下他，任其"敏捷诗千首，飘零酒一杯"，世间总还留有一位诗人！杜甫如是说。

好朋友杜甫并没为李白的失足而辩解，他只是爱怜李白的才华。听说李白误上贼船，作为朋友，杜甫为之痛惜，为之惋惜。

分手十多年，杜甫没再见过李白。他不见李白，却能断定，李白仍不服输，仍在抗争。他情深意长地劝李白说："匡山读书处，头白好归来。"杜甫呼唤李白："你归来吧，回归匡山，回归你少年时代读书和生活过的故乡，这里是你最好的去处。在匡山，你可以读书，可以作诗，可以安度晚年。"

杜甫的这首诗，李白没有见到。若是李白见到了，不知作何感想。

寻出李白离世之前写下的诗作《笑歌行》，郭沫若替李白回答了老杜。

郭沫若说：杜甫关于李白的诗《不见》，"最出人意外的是'佯狂'（装疯）两个字。估计，当时是有人造李白的谣言，说李白发了疯，杜甫为他辩解，说为'佯狂'。但从李白的诗文和行为看，并看不出李白本人有过什么'佯狂'的痕迹。说他'佯狂'，李白曾在诗里斥为世人的误会。《笑歌行》末尾有这样几句：'笑矣乎，笑矣乎！宁武子，朱买臣，叩角行歌背负薪。今日逢君君不识，岂得不如佯狂人'"。

郭沫若认为，李白的这几句诗从正面回答了造谣者、附和者对他的攻击。他不是"狂"，也并非"佯狂"，而是被他们这些"不识"他李白的人误认为"狂"，或是误解为"佯狂"。

实际上，李白并不在乎别人说他"狂"，或说他"佯狂"，他曾直言不讳地称自己为"狂人"，他说："我本楚狂人，凤歌笑孔丘。"李白从来自傲十足，充满了自信。任别人去说，我行我素，恐怕这也是"世人皆欲杀"的由头之一。

5

再说高适、来瑱领命前往江南平复内乱。他们从扶风出发，直下南面的洋川，乘船由汉水至襄阳，再由襄阳赶往安陆，与等候在那里的韦陟会合，已是至德二年（757）的正月。

也许正是永王替李白接风的时候，高适、来瑱和韦陟，三位朝廷特命大臣在安陆歃血为盟。他们设坛发誓：三个人携手并肩，同好恶无异志，共除凶慝；若违背盟约，有辱朝廷，甘愿"坠命亡族"。

安陆本属李璘的势力范围。高适他们来了以后，在这里设坛祭天地，拜祖宗，大造舆论，鼓动民心效忠朝廷，很快煽起了民众对李璘大敌当前制造内乱行为的不满。

趁势，高适他们又广泛地发放传单，动员民众给自己在李璘水师中效力的亲朋好友写信，说服他们弃暗投明，反叛李璘，回归朝廷正宗。为着立功，很多人写信投书，还有不少的人干脆亲自前往扬州、金陵、寻阳等地，劝说和拉回自家的亲人。李璘水师受到了强大的心理攻势的冲击。

许大郎在安陆，自强占了叔父的田产之后，逐渐地成为地方上的豪绅大户。李璘势力强大时，许大郎积极地站在李璘一边。现在见高适他们代表的朝廷正宗权力势不可当，他又想站出来，好好地表现一下自己。正好，有从寻阳投诚回来的人说，李白也在李璘帐下。许大郎如获至宝，跑去拜见高适，主动提出，李白曾是他们许家的上门女婿，他一定想办法把李白叫回来，不许他再寄生于反臣帐下，为虎作伥。

高适早听李白说过许大郎的为人。他不喜欢许大郎说到李白时，脸上压抑不住的那种幸灾乐祸的表情。作为朋友，高适也不愿意李白与叛臣为伍。为避免来瑱和韦陟的误会，高适没有亲自给李白去信，他想用许大郎去说服李白，早日离开永王水师。

许大郎果真去了寻阳。见到李白，他居高临下，大讲肃宗朝廷平复李璘的决心，渲染高适等朝廷命臣如何如何威风。许大郎指责李白道：“你这辈子白念了书，腹中的经文全叫狗吃了！居然与朝廷对抗！我们许家世代忠良，不幸有了你这不孝之徒。知趣的你赶快收拾了，去你该去的地方。”

李白对许大郎的一派胡言乱语嗤之以鼻。他把许大郎赶了出去，临出门，还对许大郎道：“这次原谅了你的胡闹，我们两家的旧账，以后再算。”

自讨没趣，许大郎回到安陆，在高适面前大骂李白。他编造了不少的瞎话，形容李白如何如何看轻朝廷，还说李白辱骂了高适。随后，许大郎道：“这个家伙鬼迷了心窍，他决心要与朝廷对抗到底，高大人万万不可轻饶了他。”

二月，高适他们发起的心理攻势越来越大。李璘手下的三员大将，季广琛、浑惟明和冯季康分别收到了朝廷的劝降书，允诺他们在规定的时间内反降，一切罪过既往不咎，还可以让他们官居原位。到了这个时候，李璘军中已是人心浮动，逃亡的将士与日俱增。三员大将都清楚地意识到，他们的城池建筑在沙丘之上，足下的沙土正在溃崩，眼见着大势已去，再不识时务，必将自食其果。于是，没有互相通报，三员大将同时决定叛离永王。

季广琛将属下众将召集在一起，对他们说：“我们随永王起兵，不合天意，谋略无法实现。如今，朝廷大军压境，我们不如在与官军交锋之前早做打算，另图大业。否则，送了自家性命是小，落得逆臣罪名令家族后世不幸，永世不得翻身，哪有脸面去见祖宗先人？”众将被季广琛说得落泪不止，只请将军替他们做主。季广琛道："我等散去，愿意回家的，领了军饷自己回去孝敬父母；愿意留下来的，跟着我去广陵投奔官军，效力于朝廷，负罪立功。"

季广琛在扬州广陵郡投诚，浑惟明奔润州江宁，冯季康则逃往广陵郡属白沙州（江苏仪征）。

李璘率领水师已从寻阳开到润州丹阳（江苏镇江），一个时辰之内，得知属下三员大将纷纷叛离。紧接着，又收到朝廷官军的战书，高适、来瑱和韦陟各率一路大军，由北面广陵、西面江宁、西面偏北方向的白沙州，陆路水路三面夹击而来，两三天之内就可到达丹阳城下。

败局已定，李璘心中恐慌不安。想着此次皇兄绝不会轻饶于他，父皇也救不了他的命，天黑之前，李璘弃水师楼船而不顾，私下带着几个亲信随从逃出丹阳，奔往东南方向的晋陵（江苏常州）。不想，晋陵守备已不认这个太上皇任命的江南西道节度使了，他紧闭城门，不许李璘进去。李璘无奈，只好转向往西南，回奔鄱阳。谁知鄱阳也已被官军收降。

走投无路，李璘在江南各地东躲西藏，最终未能躲过朝廷官军布下的天罗地网。二月底，皇子李璘被朝廷命官皇甫侁猎杀于野外。在这之前，李璘的儿子襄阳王已死于溃兵之手。

永王一跑，他的水师楼船不战自垮，丹阳的幕僚宾佐也似惊弓之鸟，顷刻之间星散而去。

李白在李璘的幕府之中，虽然享有"侍笔黄金台，传觞青玉案"的优厚待遇，虽然他依旧一百个不愿相信李璘反叛朝廷，但他对李璘起兵的意图，也多少有了一些察觉。许大郎到寻阳来找他之前，李白就有了辞请回山的想法。许大郎一来，李白被他的蛮横激怒，又与理智较上了劲儿。李白不相信，自己这一生就干不出一番大事业来！说心里话，他也不愿意马上回庐山，去向妻子低头认错。硬着头皮，李白跟着永王水师从寻阳一直开往丹阳。

丹阳不战而败，同僚四散奔命，李白也趁夜混入人群，惊慌失措地向南逃奔。

跑到下半夜，同路奔命的人越跑越少，待到天明，荒郊野岭的小路上，只剩下了李白一个人。

天又下起了蒙蒙细雨。

江南的春天，这种雨总是绵延不断。它细细的，缓缓的，弥漫于天地之间，过不了多久，便会把你的头发、衣服从外到里全都润湿，直至让你从头到脚滴落水珠，让你变成一只落汤鸡。

跑了一夜，李白又饿又累，身上的衣袍早从里向外汗得湿漉漉的。淋着细雨，他刚才热乎乎的体温，很快又变得冰凉冰凉，忍不住浑身战栗起来。

李白狼狈地躲在一棵大树下，他看着灰蒙蒙的天际，一种大鹏落难于草丛，从此无法振翅的凄凉隐隐地侵蚀着他的身心。李白想，他盲从永王，不过三两个月，志向未遂，却落得身败名裂，跳进黄河也洗不清强加于他身上的罪名了。

四野空旷，李白却是难进难退。他后悔了，后悔当初不该不听妻子的劝告。如今，落得如此田地，他还能向谁去诉说？还有谁会相信他李白内心的真实想法？在《南奔书怀》一诗的最后一句，李白不由得嗟叹道："拔剑击前柱，悲歌难重论。"

李白还有一首词，题为《菩萨蛮》，很能表现他此时的心境。词中，李白凄苦地感叹道：

平林漠漠烟如织，寒山一带伤心碧。
暝色入高楼，有人楼上愁。
玉阶空伫立，宿鸟归飞急。
何处是归程，长亭更短亭。

李白沿着脚下长长的山路，走过一座又一座的路亭，四月初，他回到了寻阳。还在郊外，李白就被拿着画像四处搜捕李璘随从逃犯的官军认了出来。兵士们根本不盘问，蜂拥而上，将李白捕了，打入寻阳大牢。

坐在阴冷潮湿散发着腐臭味的大狱里，李白每天吃的是霉米就盐菜疙瘩，喝的是破瓦罐里的脏水，睡觉与蚊子、臭虫、跳蚤、老鼠为伴，可他并没为自己落入狱中而过分地伤感。相反，李白有了一种随遇而安的感觉。他觉得，几十天来，自己东奔西逃，没有安身之地，被捕入狱，无论狱中如何，无论将来如何，眼下，总算有了一块落脚的地方。

开始的时候，李白很少想自己，他常常替逃窜在外的永王担心。李白想着人的命运，始终不能明白，李亨和李璘同为皇子，命运为何差别如此之大。皇太子像一棵大树，茂盛昌荣，做了天子，而永王却单薄瘦弱，不如一株春来秋去的小草。草木业可同生，皇子却不得共存。李白在狱中作诗《树中草》，替永王李璘悲叹。诗曰：

> 鸟衔野田草，误入枯桑里。
> 客土植危根，逢春犹不死。
> 草木虽无情，因依尚可生。
> 如何同枝叶，各自有枯荣。

　　李白走后，宗夫人独自住在五老峰下，每天如坐针毡，度日如年。她为李白担心，自然十分关注永王水师的去向，隔几天，宗夫人必要下山，打听一次外面的事态。

　　听说李璘水师溃败于丹阳，宗夫人心急如焚。她在山上从早到晚地烧香求佛，请菩萨保佑李白早日平安归来，可是，三个多月过去了，一直不见李白的踪影。

　　李白还活在世间，他一定落难在外，无法归来。这么想，宗夫人下山，花钱请人替她四处打听李白的下落。

　　不久，有人打听到李白在寻阳狱中。他以这条消息，上山向宗夫人讨赏钱。宗夫人重谢过他，马上替李白收拾了几件换洗衣物，一个人上路，前往寻阳监狱探夫。

　　从庐山去寻阳，走山路，过吴章岭，可以缩短两天的行程。但吴章岭之路，是著名的险道。岭上乱石飞渡，山路险峻狭窄，白天夜晚，常有巨石从天而降，野兽都很少在此处出没。宗夫人望夫心切，顾不得什么害怕不害怕了，她选了这条危险的山路，登上吴章岭。还好，乱石没往她头上砸，让她顺利地通过了。

　　来到寻阳，宗夫人申请探监。狱吏说，李白是要犯，没有太守的批文，任何人不得探视。宗夫人只好入府门，求情于太守。她三番五次苦苦哀求，好不容易以妇人对夫君之真情感动了太守，太守批准她入监探视一次。

　　走进黑咕隆咚的大牢，宗夫人一时什么也看不见。她站在牢狱的木栏前，睁大了眼睛，想快点看见李白。

外面的铁门响了，送进来一道微弱的光线。缩坐在墙角边的李白，看见一个乡村老太走了进来。她手挽着小布包，颤颤巍巍地立在狱牢前不动。李白没想到是自己的娘子来看他了，他觉得眼前的这个老婆婆身影有一些眼熟，但他根本想不到她就是宗夫人！

"你来看谁?"李白冷冷地问。

宗夫人渐渐地适应了大牢里的一片黑暗，她看见了她熟悉的身影蜷缩在墙角边。她还没来得及开口，便听见了夫君冷冷的问话。

"我，我……你……"

一时间，本来想好见到丈夫一定不哭的宗夫人，百感交集，她忍不住自己的泪水，伤心得泣不成声。

"娘子!"李白拖着浮肿得软弱无力的双腿，一步一步地挪到牢栏前，坐在地上，有些惊喜地问，"真的是你吗? 娘子，你知道我在狱中?"

宗夫人收住哭泣，责怪李白道："入了狱，你怎么不早些给我带信来?"

李白长叹一声，道："知道了，只能让你伤心。我是死罪，谁也救不了我。"

"别说丧气话。"宗夫人竭力平静下来，把带来的衣物送进牢栏，鼓励李白说，"你在里面好好地活着，我在外面想办法，一定救你。"

李白连连摇头，道："没办法啦。我悔不该当初不听娘子的劝告，误上贼船。如今定下叛臣之罪，谁能救得了我?"

"你算什么。"宗夫人道，"听说，李璘手下的三员大将，不但没治罪，还都做了高官。你误入李璘水师才两三个月，一没做官，二没做任何对不住朝廷的事情，为什么不可以原谅? 你放心，我一定想办法救你。"

李白不说话。

"你是有影响的人，朝廷不会把你当一般人对待。"宗夫人又说，"朝廷里，你不是认识很多的人吗? 布包里我给你放了笔墨纸张，你多写些上书，托人带出去，让他们知道你的真实情况。总有人会同情你的境地，出面救你。我还听说，高适做了淮南道节度使，我准备去扬州找他，求他替你说话。"

李白麻木的心，被宗夫人说动了。他答应自己上书，请朋友替他向朝廷陈清他的冤情。想着高适曾托许大郎来寻阳劝他离开李璘，他讨厌许大郎，没给高适面子，李白担心高适会对他抱有偏见。他把这事告诉宗夫人，劝她不要去扬州。

"我非去不可。"宗夫人说，"高适若是不肯帮朋友的忙，我会去找令狐兰。他们夫妻感情很好，我求兰姐帮忙，兰姐肯定会说服高适。"

想到令狐兰，李白心中一亮。他相信，知道他的处境，令狐兰不会不救他。

"娘子，有件事，我早想告诉你，可每次话到嘴边又总是缩了回去。"李白犹豫着，终于准备把他与令狐兰以前的关系告诉宗夫人，"高适他夫人，我、我们早认识，我们……"

"过去的事，夫君不必再说，"宗夫人打断了李白结结巴巴的话语，"我心中有数。夫君现在只管好好保重自己，出狱后，还有好时光等着我们夫妻呢。"

李白哭了。宗夫人也伤心地哭了。他们夫妻二人隔着牢栏，抱头痛哭了一场。

宗夫人到了寻阳一趟，用钱上下打点了狱吏，李白在狱中的日子比先前好过了一些。隔一两日，狱吏会给他送些酒菜进来，钱由李白加倍付给。有特别要好的朋友要看李白，狱吏也能私下里通融，放他们进来，与李白见上一面。

有了酒，又不断地知道了一些外面的情况，李白看到了自己的希望。他在狱中作诗作赋上书，呼吁朝廷的有权之人替他李白洗清罪名。

李白声称：安禄山作乱，他本避于庐山，不幸被永王胁迫，入水师幕府。在永王水师，他只以反叛军为己任，并未参与对抗朝廷之事。如今，他"珍禽在罗网，微命苦犹丝"，托请大人为他陈冤。

崔涣在朝廷里做宰相。李白并不认识他，但听说崔涣是蜀中人士，做宰相是因为玄宗幸蜀，崔涣出蜀远道相迎，博得了太上皇的欢心。又听说，肃宗派崔涣做江淮宣谕选补使，专门掌管宣谕王命及平反狱讼等要事。李白便以同乡的名义，不厌其烦地上书崔涣。

不久，有一位姓张的秀才慕名入寻阳监狱探视李白。他对李白说，他在家中想出了制服安禄山叛军的良策，准备去广陵谒见高适。李白想，宗夫人此时也在广陵。他托请张秀才方便的话，代他转达对高适的问候，并作诗《送张秀才谒高中丞》，诗中，他赞颂高适道："高公镇淮海，谈笑却妖氛。"他伤感自己说："我无燕霜感，玉石俱烧焚。但洒一行泪，临歧竟何云。"

6

高适等人平定了永王之乱，为肃宗朝廷除去了一桩心头之患。肃宗十分满意，制敕嘉奖他们，并令高适镇守广陵，为朝廷下一步的重大行动筹备军需。与此同时，朝廷对安禄山叛军的战争也出现了重大转机。

至德二年（757）正月，安禄山眼疾加重，导致双目失明，身上又长出了许多的无名毒疮，疼痛难忍。住在洛阳深宫里，安禄山性情异常暴躁，对身边的人，无论宰相大臣，还是宦官婢女，稍不如意，就大发雷霆，用鞭子木棒进行毒打。

幽州起兵前，安禄山新纳的爱妾段氏生下了儿子安庆恩。段氏见安禄山身体一天不如一天，想保住自己的地位，暗地里鼓弄安禄山立自己不满三岁的小儿为大燕皇位继承人。

安庆绪知道了这一消息，十分担心。他是安禄山身边的大儿子，没有太子的名分，却兵权在握，自认为理所当然该继承皇位。想着夜长梦多，安庆绪动了杀父之心。

安禄山身边有一个宦官，名叫李猪儿。小的时候，李猪儿被人带去见安禄山，那人告诉安禄山，李猪儿两个脚板心上也长有两粒黑痣，算命先生说，李猪儿的命和安禄山十分相近，同为"猪身龙首"的化身。安禄山当场验证，果真所言不虚。又听他名叫李猪儿，与朝廷宗室"李"字结缘，而"猪"字又多少与他相像，安禄山容不得这个克星，下令阉了李猪儿，留在身边侍候他终身。

被净身时，十岁的李猪儿忍着痛，咬紧牙关，在心中暗暗发誓：找机会一定要报仇雪恨。一眨眼，十六年过去了，李猪儿一直在安禄山身边，他成了安禄山的贴身宦官。安禄山很信任他，也最喜欢用鞭子木棍打他。安庆绪找到李猪儿，和他如此这般地商量，李猪儿一口答应下来。

夜晚，李猪儿找了一个借口打发走了其他侍从。安庆绪领着几个大臣，手持兵器躲进了安禄山寝宫的大帐后面。听见安禄山鼾声大作，李猪儿操起准备好的磨得锋利的杀猪刀，毫不犹豫地走到帐前，他一手轻盈地撩开帐门，一手将杀猪刀猛力刺入，然后，顺势向下一拉，剖开了安禄山肥厚的肚皮。安禄山睡梦中瞪圆了眼睛，杀猪一样地惨叫了一声，抽搐着双腿，很快便毙命了。

杀了安禄山，安庆绪继承伪朝国号，在洛阳正式登基。消息传出，远在河北的史思明心中不服。叛军内部开始分化。

肃宗抓住时机，调兵马元帅广平王李俶（肃宗的长子）、副元帅郭子仪率兵十五万，并借回纥兵四千余人，在凤翔结集，准备收复两京。

四月，高适知道朝廷将有大的行动，长安会战在所难免，便以公事为名，带着几个随从，微服从襄阳走汉水，潜回长安乡下，把躲在农家的令狐兰不声不响地接来广陵。

与高适分别不到一年，令狐兰在长安乡下也饱受了战乱的折磨。

安禄山叛军横扫长安，对乡间农户也不放过，常有突然的搜捕行动。一旦抓住朝廷官员及家眷一律格杀勿论，藏匿他们的农家百姓也会一同治以死罪。因此，只要叛军一来，令狐兰就和房东出逃，东藏西躲，山里山外，露天食宿，白天黑夜都不得安神。

事也凑巧，年过五十的令狐兰偏偏在这个时候有了身孕。和高适成婚十多年，令狐兰一直没有怀孕。她以为这与她年轻时，母亲给她服中药有关。那些中药彻底地破坏了自己的生育能力，令狐兰总这么想。她觉得自己对不起高适，总盼着会有奇迹出现，让她怀上高适的孩子。但她万万没有想到，这个奇迹竟会发生，而且发生在高适从潼关狼狈逃回的那一天。

那一天，形势紧迫，他们夫妻匆匆见面，亲热不已。接着，就是收拾衣物，锁上家门，被夫君送来乡间，与夫君分手。

那一天的一瞬间，在令狐兰的身体内深深地扎下了根。开始，她以为是自己病了，不思茶饭，呕吐不止。房东将她看成三十多不到四十的女人，马上连声向她道喜，说她是有身孕了。令狐兰不相信，但她那苗条柔软的腰肢一天天地在加粗变圆，肚子渐渐地大了起来。四个多月时，令狐兰兴奋地感觉到了小生命的一缩一动。她仔细地爱护着胎儿，无论自己怎么辛苦，都努力坚持着，她想把孩子平安地生下来。

不想，怀胎七个月，一天半夜又跑兵，房东怕令狐兰跑不动，向村里的富贵人家说情，请他们的马车做好事，顺便捎上令狐兰。可是，令狐兰上车不久，跑在前面的辕马失蹄，马倒车翻，栽入深沟，把令狐兰摔出去好几丈远，她两眼一黑昏死了过去……

第二天，天亮前，令狐兰在野地里生下了一个骨瘦如柴的男婴。这是至德二年（757）的正月，天气寒冷，北风呼啸。

瘦弱的男婴来到世间，依偎在母亲仅存一丝丝热气的怀抱里，就像小猫崽子一样。他拼着命细细地哭叫了两声，便很快地离开了人世。令狐兰的身心经不住这么剧烈的打击，一病不起，险些也随男婴而去。好在有房东的精心照料，她才得以死里逃生。

高适来接令狐兰，听说不足月的孩子已不幸去世，看见妻子病卧在床，心中十分难过。房东出自好心，劝说令狐兰再休养一段，至少再有一个月，等身体完全恢复了元气，才能出门。可高适有官职在身，不能久等，令狐兰也坚决随夫同行。无奈，高适只能带妻子上路。

路上，虽说有高适的仔细呵护，令狐兰毕竟大病未愈，架不住车马船行的辛苦，来到广陵，她又大病了一场，直到初夏，还是不能单独下床。

六月初，宗夫人为救李白到了广陵。她先去扬州大督府找高适，衙役说高长史外出巡视，不在督府。宗夫人打听了高适的府第，直接去找令狐兰。

婢女将宗夫人引到令狐兰的床榻前，令狐兰强撑着身子坐起来，请宗夫人坐在她的床边。两姐妹几年不见，各自有各自的辛酸苦辣，突然面对面地坐着，一时竟无从说起。

"珏妹，谢谢你来看我，"令狐兰靠坐在床上，先开口抱歉道，"都怪我不好，离开睢阳，没和你道别，也没完成珏妹你托付给我的事。"

"快别说见外的话，"宗夫人看着令狐兰满面的病容，知道她病得不轻。想着战乱之中，四处生灵涂炭，她们姐妹能再次见面，已是很不容易的事情了，宗夫人鼻子一酸，眼眶红了，她心疼地问，"兰姐，你怎么病成这样？"

令狐兰苦笑了笑，说："人总是要病的，我没什么。你们还好吗？"

"我们……李白他……"宗夫人想到李白蹲在大狱里，心如刀绞，忍不住哭出声来。

"珏妹，珏妹，有话你慢慢说。别哭，哭坏了身子，不是什么也干不成了吗？"

令狐兰极力开导宗夫人。其实，她也在陪着宗夫人掉泪。她不知道宗夫人为何如此伤心，但已经察觉到，宗夫人或是李白有了什么麻烦。急于知道详情，令狐兰使自己镇定下来。她让婢女给宗夫人端来洗脸水，泡来热茶，劝宗夫人洗过脸，喝下热茶，平复了情绪，慢慢地和她说话。

宗夫人哭过一场，心里好受了一些，她犹豫着，想说明来意："兰姐，你有病在身，我本不该再来给你添麻烦。可我现在，我现在实在是被逼得走投无路了。朝廷里，我，我没有其他朋友，只能来求兰姐帮忙。"

"珏妹，你相信我，"令狐兰认为宗夫人犹豫着不肯直说，是因为几年前她的失信，她向宗夫人解释说，"我们姐妹不分彼此，我很愿意替珏妹做些事情。"

宗夫人摇了摇头，说："不是我，是李白。他被关在寻阳监狱了。"

"李白，李白他……"令狐兰大吃一惊。她的脑海里立刻浮现出三十多年以前在成都李白被关进大牢的情景，她急切地问，"李白他为了什么？"

以前在睢阳，和令狐兰在一起，谈论各自的夫君，宗夫人总是直呼高适的名字，可令狐兰从来不直呼李白的名字。说到李白，令狐兰总是小心翼翼，不是说"你的那一位"，就是称"你家老爷"。这会儿，令狐兰听说李白入狱，心中着急，一时难以控制自己的情感，在宗夫人面前直呼李白。

宗夫人敏感地意识到了令狐兰这点细微的变化，但此时她已顾不得其他，只想快些救出李白，她说："你家老爷全知道，这事也和他有直接的关系。"

令狐兰又吃了一惊。她不相信他的高适会把李白送进监狱，但又不能不相信宗夫人所说的话：李白正在监狱里，而且，肯定与高适有关。令狐兰想不到其中的缘故，禁不住又急切地问："高适他……他为什么？"

"不能全怪你家老爷……可也不能加罪于李白。他绝不会反朝廷，他是无辜的……"宗夫人语无伦次地说着，突然发现，令狐兰的双唇已经变得惨白，脸上已经毫无血色，额上冒出了一层冷汗。

"兰姐，你不舒服？快躺下，我扶你。"宗夫人扶着令狐兰躺下，摸着令狐兰冰冷的手背，难过得不再说话了。

"珏妹，你告诉我，"令狐兰的声音很小很小，她已经没有力气说话，

"李白，高适，他们……他们到底是怎么啦？"

"兰姐，你有病，我不该来打扰你。"

"你告诉我，全告诉我，我才能放心。"令狐兰坚持说。

宗夫人只好把李白入永王水师，高适让许大郎去劝说李白，直到李白入狱，前前后后的事情，一一讲给令狐兰听了，末了，她说："我知道，高大人现在不管寻阳，可他是朝廷平定永王之乱的特派大臣，平反其中的冤案，他应该有权过问。我想请他看在朋友的分儿上，向朝廷替李白陈清冤屈。"

高适官场中的事情，令狐兰从来不过问。但事关李白的性命，令狐兰不能不管。她强打着精神，对宗夫人说："他出去了，不在家。你在这儿住几天，等他回来，我让他一定随你同去寻阳，救李白出狱。"

想了想，令狐兰又说："要不，我现在就和你一起去找高适，等他回来，怕误了大事。"说着，令狐兰撑着起身，她颤抖着想要下床，双腿落地，却怎么也站不稳。

"兰姐，你病了，不能起来。"宗夫人扶住差点儿摔倒的令狐兰，让她重新躺回床上，同时责怪自己说，"唉，我是让这事给急昏头了，明明知道你有病，还给你添忧愁。"

"这不怪你，怪我的身体不好。"令狐兰躺在被子里，底气不足地继续说着，"你住在这里，不要着急。我叫人去找高适，让他快些回来。"

当天夜里，令狐兰开始发高烧。宗夫人守在她床前，一连熬了好几个夜晚，不见她有好转。

高适还没回来。宗夫人替令狐兰着急，又为关在寻阳大牢里的李白担心，整日里坐立不安。

第四天早起，令狐兰的烧退了一些。派去给高适送信的家丁回来了，他带来了高适的口信，说是："长史大人正忙着给朝廷筹集粮棉军需，事关重大，一时抽不得身。长史大人请夫人自己多多保重，待他筹集军需之事稍有眉目，即刻赶回府上。"

宗夫人知道一时等不到高适，又见令狐兰似乎有些好转，便和令狐兰商量，想先回寻阳去。

"也好，李白在狱中需要人照顾，"令狐兰和宗夫人想的一样，"珏妹，你先回去。等高适回来，我一定让他想办法救李白出狱。"

"兰姐，高大人不在家，你要自己爱惜自己才好。"宗夫人动情地说，"李白的事，让你添了许多的忧愁。我走后，你不可过分担忧，李白有我照顾，你放心养好自己的身体。以后，我们还有机会见面。"

令狐兰不知道她是否还能见到李白。这些天，她高烧昏睡，眼前总是出现三十多年前李白年轻时的模样，她也很年轻，两个人在巴山蜀水间相伴。

年轻时的记忆，令狐兰永远难忘。宗夫人要走了，她要回到李白身边去。病中的令狐兰顾不得多想，她让婢女从衣箱底下取来一个小包，打开，拿出一只手镯，伤感地说："这手镯是我从川蜀老家带出来的，有一只放在李白那里了，珏妹，你把这只带回去，让它们团圆吧。"

宗夫人接过这只普普通通的手镯，感到异常的沉重。她什么也没说，只是轻轻地点了点头。

十多天后，高适赶回家。令狐兰高烧时起时落，郎中已经无能为力了。

听见夫君的声音，令狐兰立刻从昏睡中醒来，她动了动烧得通红的有些干裂的嘴唇，想说什么，没说出来。

高适坐在床头，把手伸进被子里，握住娘子发凉的小手，心中酸楚，喉头哽噎着，一时也说不出一句话来。

令狐兰闭了一会儿眼睛，努力稳住自己的心情，又睁开眼睛定了定神，对站在高适身后的婢女，尽力大声地说："端羚羊角汤来……"

高适听清楚了，他见婢女仍站着不动，有些生气道："快些！给夫人端羚羊角汤来！"

婢女应声跑了出去，很快便端来了一小盖碗羚羊角汤。令狐兰慢慢地喝下去，半个时辰过去后，终于出了一身大汗，脸上的潮红也褪了下去，她面色雪白更显出一双乌黑乌黑的眼睛。

"娘子，你好些了？"高适有些兴奋地问。

令狐兰点了点头，为着让高适宽心，她做出轻松的样子，很自然地笑了笑。

前些天，令狐兰高烧不退，郎中开了羚羊角，让婢女们熬汤给她喝。只要一喝下羚羊角汤，令狐兰必定出一身大汗，把被褥全都汗湿，烧也就跟着退了下去。令狐兰觉得，每每这时，她那被烧得昏昏的头脑也就跟着清醒了许多。但这样的时间很短很短，体温马上又会上来，她很快又会再次回到持续高烧的昏睡之中。这十多天来，她都是这样，郎中已多次郑重交代，再不可随便喝羚羊角汤。病人的身体已极度虚弱，如此用药，弄得不好，病人会突然虚脱而死亡。

这会儿，令狐兰喝下羚羊角汤，烧退了，脑子也清醒了。可她觉得，自己的身子、胳膊和双腿，软弱无力，它们不再是血肉之躯，而是一团解体了的随风飘散的棉絮。令狐兰使尽全身的力气，想用精神牵住它们，她让高适再紧一点再紧一点抓住她的手，她让夫君帮助她，别让它们散开了。

高适明白她的心思，紧紧地握住她的小手。看着他的漂亮的青春永不流逝的娘子，高适心里阵阵作痛："不会走的，谁都不会走开。前些日子，我出去是有特殊情况，朝廷急需粮棉，我不去不行。现在回来了，我不会再走了。我每天在家陪你。"

"你要去，你一定要去，"令狐兰气力不足，小声而又着急地说，"你一定要去救李白。"

"李白？"高适心中一愣，惊奇地看着自己的娘子。

令狐兰也看着他，她的眼神里满是期望。

"家里有客人来过？"高适转头问。

"回老爷，"站在他身后的婢女恭敬地答道，"老爷不在的时候，夫人病着，府上来过一位老太太。"

"是宗珏，她来求你救李白，"令狐兰用了很大的气力说，"夫君，你一定要救他，一定……"

高适这才明白是怎么回事，难怪娘子派人去催他回来。他在外面觉得很异常，令狐兰从不这么做，她从来体贴和支持他，有难处，她总是自己默默地承受了。

李白被捕入狱，高适早已知道。他虽然为朋友难过，但也觉得，这是李白自己的选择。高适认为，朋友有难自己当然应该帮助。但是，在大是大非问题上，他不能让步。李白明明知道永王擅自用兵的企图，还要助纣为虐。李白是社会名流，他的这种行为，造成了极其恶劣的影响。更何况，他曾让许大郎去劝说李白，李白不听，继续我行我素。他应该对自己的行为负责，高适想，李白犯下的罪过，他在国难当头之时所造成的恶劣影响，被打入大牢，并不为过。这些话，高适不愿意对令狐兰说，他知道，讲给令狐兰听，她接受不了，还会加重她的病。所以，高适一直没把李白的事情告诉令狐兰。

令狐兰的体内又燃起了火焰，火越烧越旺，她的脸被烧成枣红色，喉咙里直往外冒烟。高适喂了她很多水，仍旧解不了她的渴。令狐兰觉得自己的身体，像一团轻飘飘的棉絮，如果不随风儿飘去，很快就会被火焰吞噬。

高适伸手抚摸着娘子红扑扑的脸庞。令狐兰把夫君的手紧紧地压在枕头上。她深情地看着她的高适，用满怀期望的语气说："夫君，我知道，我知道你，你一定会救李白，李白……"

话还没说完，令狐兰已经松开了自己全部的精气神，她想让自己的身体化作雪白雪白的飞絮，随风飘散空中……

以后的几天，令狐兰高烧不止，人始终处于昏睡之中。高适反反复复地呼唤，她顶多微微地睁睁眼睛，用干裂的双唇送给夫君一个淡得无痕的微笑。

她已经无力再说话了。

那天晚上，高适守在令狐兰床前，实在困了。他已经几天几夜没上床睡过觉了。试试娘子的鼻息，高适觉得，她睡得还较平稳，便握着娘子的小手，伏在她的被头上睡着了。

这一觉，高适睡得很沉，睡得很香，他忘掉了周围的一切。睡眠中，天渐渐地亮了。高适突然觉得，他握着的娘子的小手冰凉冰凉的，凉得出奇。他从睡眠中惊醒，猛然发现，娘子已经离他而去。

高适悲恸欲绝，他一下昏倒在令狐兰床前……

八年后，高适也走完了他的人生历程。离世之前，他回眸一生，总觉得自己与娘子有着某种不解之缘。

四十二岁上，高适与令狐兰结为夫妻，不久，他便有了官运，跨入了朝廷的大门，虽然只是个小小的县尉。安史之乱，高适在官场中的业绩达到了顶峰，可正在这时，娘子撒手人间，离他而去，第二年，即乾元元年（758），高适便遭小人陷害被贬官职，架空为太子少詹事，其间，他任过彭州刺史，业绩平平。乾元二年（759）至广德元年（763），高适入蜀为官，他在令狐兰的家乡一干四年，又有上乘的表现。

在蜀中，高适与杜甫再次相遇。当时杜甫被困于蜀，不得入朝参政，又难归故乡，生活穷极潦倒，全靠高适和另一位做官的朋友严武支助。高适非常同情杜甫，曾两次寄予杜甫诗篇。在《人日寄杜二拾遗》一诗中，高适言道：

> 人日题诗寄草堂，遥怜故人思故乡。
> 柳条弄色不忍见，梅花满枝空断肠！
> 身在远蕃无所预，心怀百忧复千虑。
> 今年人日空相忆，明年人日知何处？
> 一卧东山三十春，岂知书剑老风尘。
> 龙钟还忝二千石，愧尔东西南北人！

六十二岁上，高适调回京城，做了闲散朝官。第二年，他便与世长辞。死后，代宗赠高适礼部尚书衔，谥字为"忠"。后人则因高适是盛唐诗人中少有的高官，称他为"诗人之达者"。这一称谓，与高适的字"达夫"二字十分相称。

离世前，不知高适是否想到他对令狐兰的唯一的一件憾事：他没救李白！

李白比高适早去世两年。可从年纪上看，两个人基本相当：李白活了六十二岁，高适活了六十三年。两个人都是诗人，且是很有影响的诗人。可是，在高适的诗中，找不到李白的名字；李白的诗集里，也只有一首《送张秀才谒高中丞》。相比之下，李白对高适比较宽容，不管怎么说，他赞颂过高适；而高适对李白却太不宽容了。李白的官运不如高适，认命的话，可能与他的字有关，李太白，太白了……

7

李白对世间的朋友看得很透彻，他曾经说："好我者恤我，不好我者何忍临危而相济？"在狱中，李白盯住了崔涣这个他以前不认识的人，反复上书。李白相信，崔涣会相济于他。

崔涣接二连三地收到李白的上书诗文，不知如何是好。离开凤翔赴江淮监察平反狱讼之前，崔涣拿着李白的上书诗文，去找德高望重的兵马副元帅郭子仪商量。

郭子仪看过李白的诗文，沉思了片刻，道："人才难得，何不为我所用？"

"郭大将军所言正是。"崔涣高兴地说，"我在想，李白才思敏捷，是当朝少有的大诗人。以反叛罪治他于死地，不如利用他才华，昌盛我朝。李璘之所以纳他入幕府，并非看重他的谋略，而是借重他的名望。李白承认他被胁迫，误入歧途，已经足矣。我看让他戴罪立功，将大长我朝之威望。"

"崔大人目光远大，"郭子仪说，"此次崔大人赴江淮，李白之事，全仗崔大人秉公处置了。"

崔涣听出了郭子仪的言外之意，他想了想，说："免李白死罪，朝中阻力确实很大。我想，一不做二不休，先去江淮放李白出狱，给他在官府内寻个位置，让他建些业绩，立功在先，免罪在后，别人便无话可说了。"

"老夫在朝中自会尽力相助，"郭子仪见崔涣说得痛快，索性也是直来直去，"不怕众人皆曰当杀，找机会，老夫一定当面奏明皇上，请明主网开一面，免李白死罪。"

"有郭大将军支持，我就敢为了。"崔涣松了一口气，和郭子仪一同大笑起来。

当然，崔涣并不知道，李白曾救过郭子仪。即使李白无半点才华，恩人落难，郭子仪也会全力相救。

听说李白入狱，郭子仪马上开始行动，他一直寻找机会，面奏皇上，赦免李白。只是，郭子仪暗自奇怪，狱中的李白为何不直接给他写信？好在崔涣主动上门找他商量，又给他提供了一条搭救李白的便捷之路。朝廷派去的江淮宣谕补使愿意救李白，如果再有皇上的特赦，李白的性命便可以放心了。

崔涣来到江淮，将李白之事托付给好朋友宋若思，他又和宋若思一起，特意宴请寻阳太守。

席间，崔涣对寻阳太守说：李白年老体弱，继续关押，只怕等不到审判便会病死在狱中。果真如此，自然也就无法达到"治罪一人，教育万千"的真正目的。崔涣向寻阳太守建议，先将李白放出大牢，交给宋若思去监管。

寻阳太守喝了酒，而且是宰相大人的酒，心中已觉荣幸万分，对宰相大人的谆谆教导当然是言听计从了。回去后，他马上提出李白，移交给了宋若思。

宋若思是初唐时期诗人宋之问的内侄。他的父亲宋之悌生前曾是李白的好友。也许由于受父亲的影响，宋若思喜欢李白的文笔，读过不少李白的诗文。来宣州之前，他曾在朝廷里做御史中丞。永王之乱平定之后，他作为江南西道采访使，又兼任了宣城太守。宰相请他照管李白，他毫不犹豫地答应了。

待到宗夫人赶回寻阳，李白已不在寻阳狱中。她向狱吏反复打听，狱吏们皆称不知去向。狱吏们的这个回答，一时急坏了宗夫人。

冷静下来，宗夫人分析，高适要救李白，不会这么快。李白若是被判有罪，送去服刑，狱吏们不会不知道。很可能是李白的上书起了作用，有人暗中搭救，才会不让狱吏们知道他的下落和去向。这么一想，宗夫人跑遍了整个寻阳以及周围的所有县郡，暗中四处打探寻访。可是，她跑了两个多月，仍未打听到一点消息。

无奈，宗夫人只好先回庐山。她还抱有一线希望，希望李白会给她来信。尽管她也深深知道，李白这人出门在外从来没有捎信的习惯，但她还是这样想，也许这次会例外！

李白被送到宣城，入了宋若思的幕府。

宋若思对李白十分客气，他以李白为幕府第一笔杆，走到哪里带到哪里。宋若思还诚恳地告诉李白，只管好好效力就是，自己和崔涣大人准备为他彻底洗雪冤屈。李白自然很受感动，自然竭尽自己的全力替宋若思书写公文上表。

李白感激宋若思，特作诗谢他搭救之恩，还为他祭九江作赋，后人收入李白全集，题为《为宋中丞祭九江文》。李白所写的这篇祭文，受到郭沫若高度评价，他说：李白仅仅用"一百七十五个字"，就"把长江的气魄、时局的艰危、战士的振奋，表现得颇有力量"。可以肯定，当时，宋若思也十分满意。

于是，宋若思又让李白为他起草一份上书，作为他替李白昭雪的上表。

李白欣喜若狂，他很快以宋若思的口吻写下了一份沉冤表。后来，这份沉冤表被称作《为宋中丞自荐表》。李白想象宋若思为了替他洗冤昭雪，不会怜惜自己的尊严，他在上表中替宋若思这样说：

> 臣某闻，天地闭而贤人隐，云雷屯而君子用。臣伏见前翰林供奉李白，年五十有七。天宝初……名动京师。上皇闻而悦之，召入禁掖，既润色于鸿业，或间草于王言……臣所管李白，实审无辜。怀经济之才，抗巢、由之节，文可以变风俗，学可以究天人，一命不沾，四海称屈。伏惟陛下大明广运，至道无偏，收其希世之英，以为清朝之宝……特请拜一京官，献可替否，以光朝列……

宋若思看过李白的宏论，吃惊不小：李白有才，众人皆知。可像他这样夸耀自己，视自己为"希世之英""清朝之宝"的人，却是少有。他称自己"文可以变风俗，学可以究天人"，已是狂人大话，竟然还说，他未能在朝中做官，四海皆为他称屈叫冤，还说，他若立于朝中之列，便可光耀朝廷。

"此人不可重用，不可重用，"宋若思连连摇头，自言自语，"他已是人皆曰杀的罪臣，仍在此自鸣得意。若有朝一日，他真有飞黄腾达之时，不知会做出何等狂态！"

八月，崔涣因受人攻击被免去宰相之职，放为余杭太守。宋若思也就压下了李白的这份沉冤上表，再不提为李白洗冤之事。

渐渐地，李白感觉到了宋若思的变化，他为世人不理解他而感到深深的遗憾。李白想，天下风云不定，世间人心难测，正如《淮南子·说林》中所言：杨子见歧途之路而哭，因为歧途可以南可以北；墨子见素丝而泣，因为素丝可以黄可以黑。万事万物皆如此，更何况人心反复多变呢？

对宋若思有了看法，李白不愿意再留在他的幕府之中。宋若思提醒李白，他现在仍是朝廷尚未定罪的犯人，不可随意自由行动。李白无奈只好称病，整日整日地睡在床上。

宋若思对李白也是无奈，他想把李白送回寻阳，可真要送李白重入大牢，又怕对不住朋友。左右为难，宋若思选了个折中的办法，他把李白送到宿松（安徽宿松）去养病。说是养病，实际上，宋若思是把他自己对李白的监管权转交给了他的好友，宿松县令闾丘生。

唐代，宿松属淮南道舒州管辖，而寻阳、宣州属江南西道，但宿松地理靠近寻阳，从寻阳去宿松，比去宣城近得多。宋若思送李白到宿松养病，想得非常细致。

来到宿松，李白真的不知道自己是真有病还是假有病。说他有病吧，他每天能吃能喝，尤其是喝起酒来不要命，没有人会相信他是个染上了疾病的人；说他没病吧，在别人的眼睛里，他年老体衰，无精打采，每日神情萎靡不振，好像真的从里到外，从头到脚，都有了不可医治的疾病。

县令闾丘生倒不管李白有病没病，给李白找了一处单住，隔些日子看看他。只要他待着不外出，能吃能喝的，县令认为就是好事。

李白心里很痛苦，他又不禁想起了家人，想起了宗夫人："她独自去扬州该回来了。回到寻阳，见不到我，会不会以为我……"李白这时突然想到，宗夫人会因为不知他的去向而着急，他要马上给她捎个信去。

提起笔来，李白写下一行大字，他对宗夫人说："夫卧病宿松，四邻旷野，十分寂寞。"写到这里，李白不知再写什么。他走到门边，拉开木门，朝外望去。

屋外，秋凉月冷，一股旋风扫地而过，卷起数片枯叶飞转，瞬间又弃枯叶而去。李白心中涌出了诗句。他关好木门，回到桌前，将油灯稍稍拨亮一点，给宗夫人写了两首诗。

一首《三五七言》，李白道：

秋风清，秋月明。

落叶聚还散，寒鸦栖复惊。

相思相见知何日，此时此夜难为情。

《三五七言》是丈夫对妻子的思念。再有一首《独漉篇》，李白向宗夫人述说他心中的苦闷和不为人看重的大鹏之志。他自己罪名缠身，还在念念不忘为国雪耻。

李白曰：

独漉水中泥，水浊不见月。

不见月尚可，水深行人没。

越鸟从南来，胡雁亦北度。

我欲弯弓向天射，惜其中道失归路。

落叶别树，飘零随风。

客无所托，悲与此同。

罗帷舒卷，似有人开。

明月直入，无心可猜。

雄剑挂壁，时时龙鸣。

不断犀象，绣涩苔生。

国耻未雪，何由成名？

神鹰梦泽，不顾鸱鸢。

为君一击，鹏抟九天。

宗夫人回到庐山，一直盼不到李白的消息，正当她不思茶饭，想再次下山寻找之时，意外地收到了李白的家书。

家书是宿松县令派人送来的。自制的纸信袋里，装有李白的一行大字和两首诗作，宗夫人看后，又伤心地痛哭了一场。她本来是一个特别坚强的女人，可这些日子，为了李白，眼睛已哭得又红又肿，看东西也觉得模模糊糊，好像蒙着一层迷雾。

想着李白有病在身，此刻又备受精神折磨，宗夫人还是立即动身，她想把李白接回庐山。当然，她也做了准备，打算在宿松陪伴李白。下山前，她带上了所有她能带上的东西。

来到宿松，再见李白，宗夫人才弄清楚，李白仍是朝廷罪犯，只是因了朋友照顾，让他暂时住在外面，有一个稍好的环境而已。

李白的罪名无人洗刷，他还是没有人身自由，不能随她同回庐山。宗夫人心想，她跑扬州的那一趟算是白辛苦了，令狐兰对她下的保证也根本没有办法兑现。事情已经很清楚，高适不会救李白。宗夫人只好敷衍李白，说她去扬州没找到高适，也没找到令狐兰。令狐兰托她带的手镯，也由她替李白收藏了起来。

332

九月，肃宗下令收复两京。借来的回纥军向肃宗提条件。肃宗答应，只要攻下两京，城中的女人财物全任回纥军取走。

二十七日，以广平王李俶和郭子仪为首的官军十五万人马，加上回纥兵四千，在长安西与叛军十万人展开激战。官军两面夹击，一次砍叛军六万首级，叛军大败，放弃长安东逃。

二十八日，官军进入长安。同时进城的回纥军立即动手抢掠财物，被李俶和郭子仪劝止。他们恳请回纥军待收复洛阳后，再痛痛快快地取古都财物。回纥军有所收敛，没有更多地破坏长安。

三天后，官军和回纥军乘胜东进，前往收复洛阳。在陕郡，官军与拦截的叛军交战，郭子仪从正面进攻失利。再战，回纥骑兵绕袭叛军后侧，郭子仪乘机率部出击，砍杀叛军数万人，叛军惨败。安庆绪听到消息，迅速逃离了洛阳。

十月十八日，官军和回纥军开进洛阳。入城，回纥军即放肆地奸淫妇女，抢劫财物。东都稍有姿色的女子无一幸免，洛阳宫中的古玩财物被洗劫一空。

朝廷没有谴责回纥军的野蛮行径。他们为朝廷治乱立了大功，肃宗朝廷认为，他们想要的女人和财物是应该得到的报酬。

收复两京，是大唐王朝平定安史之乱的转折点。至此，流亡朝廷班师回朝，肃宗入主长安皇宫。

十二月初，肃宗以最隆重的礼仪，迎回了七十二岁的太上皇。去年六月，作为皇上，玄宗遗弃京城出逃；一年半后，他以太上皇身份，被恭恭敬敬地迎回了长安。

从川蜀回长安，玄宗重温逃亡之路。走过马嵬坡，他的泪珠滚落下来，他既为自己的退位而伤感，也为杨玉环的惨死而悲哀。他想，重回兴庆宫，案前已没了大唐玉玺，身边已失去可意的女人，太上皇将过的日子一定十分的寂寞凄凉。他不想再回兴庆宫。可是，儿子请他回去，他是太上皇，只能住在太上皇应该住的那个地方。

皇宫迎回二圣，接下来是惩治叛臣。太上皇要求肃宗严惩投降过安禄山的大小官员。肃宗除了想救张说的三个儿子，对其他人当然毫不手软，连同永王之乱的胁从，他也要一并严厉处置。

这天早朝，肃宗突然拿下了大臣皇甫侁。朝臣们面面相觑，不知皇上为了何故。

皇甫侁被反剪了双手，也是丈二的和尚，摸不着头脑。他不知自己犯了什么罪，朝着肃宗大声喊冤："冤枉啊，陛下，臣对朝廷忠心耿耿，不曾有过……"

"住嘴！"肃宗大喝一声，道，"你犯有杀头之罪，还自鸣得意！朕问你，你在江南找到永王李璘，为何不将他送去川蜀？你擅自杀害朕的兄弟，难道是朕命你所为？"

皇甫侁听肃宗这么说话，吓得全身发抖，一下跪倒在大殿之上，连声道："微臣该死，微臣该死，求陛下念微臣……"

"你自知死罪就好。"肃宗又一次打断了皇甫侁的话，"朕怜你无知，本无伤害皇子之意，饶你一条性命。免去所有官职，流放岭南。"

皇甫侁被左右拖了下去。

郭子仪立于朝臣前列，认为这是替李白说情的机会。他向前迈出一步，道："陛下圣明。大唐有宽厚为怀的圣明之主，社稷必将昌盛，天下百姓必将同享明主之恩。"

"郭大将军，你想为皇甫侁说情？"肃宗问。

"臣以为，陛下对他的处置无可挑剔。"郭子仪沉稳地说，"只是，臣由永王李璘想到了另一个人。永王本是有罪之人，陛下重手足之情，不宣其罪，为四海而颂德。臣想，还有一个人，陛下也会恕他无罪。"

"他是谁？"

"回陛下，这个人就是前翰林大学士，为太上皇所看重的诗人李白。"郭子仪有意在"太上皇"三个字上加重了语气。

肃宗当然知道李白。他不喜欢李白的人品，对李白的诗歌倒也还爱读。想了想，肃宗问："李白现在何处？"

"听说被关押在寻阳大狱。"郭子仪说，"臣恳请陛下念李白才华过人，赦他无罪。"

听郭子仪这么说，有不少大臣站出来，反对他的请求。

郭子仪与他们针锋相对，一一反驳，最后，郭子仪说："陛下，臣愿以臣的官职替李白担保，李白绝不会反对朝廷。他入永王水师，只是误入歧途。陛下恕他无罪，他今后必将为大唐社稷增添光彩。"

考虑到平定安史之乱，郭子仪还大有用场，肃宗给了他很大的面子。肃宗在大殿上亲自宣旨：免前翰林学士李白死罪，流放夜郎。

至德三年（758）正月，皇上的圣旨到了寻阳。寻阳太守立即派人前往宿松，押解李白回寻阳，遵旨将他遣送夜郎（贵州正安县西北）。

李白听到流放的消息，心里没有太大的震动，他明白，这是朝廷对他的最轻微的惩处了。宗夫人受不了这个打击，她两眼一黑，病倒在床上。

离开宿松的前一天，宗璟赶到了。他收到姐姐的书信，专程从金陵赶来，准备想办法帮助李白。可是，当他赶到时，大局已经定盘了，皇上已经下了圣旨，任何人都不能再行更改，李白必须流放夜郎。

二月，肃宗改年号为乾元。五十八岁的李白开始了他的流放生涯。

宗璟代替病中的姐姐为李白送行。从寻阳起程，他一直把姐夫送到江夏，送过岳州，又送到江陵。沿长江逆流而上，再往前过峡州（湖北宜昌），就要告别楚中天地，进入险峻的巴山蜀水了。李白感叹："鸟去天路长，人愁春光短。"他劝内弟就此止步，前面艰险的道路，任他自己去走。

分手时，宗璟反复叮嘱姐夫一路自己多加保重，无论遇上什么困难都要咬紧牙关坚持。宗璟坚定地告诉李白，自己和姐姐在洪州（江西南昌）等他。姐夫回来，千万一定先到洪州。洪州府豫章郡太守和他是朋友，他打算在洪州谋一职位，把家从金陵迁到洪州，陪姐姐一起等李白。

李白感谢内弟对他的关心，有《窜夜郎于乌江留别宗十六璟》一首，李白说："……我非东床人，令姊忝齐眉。……惭君湍波苦，千里远从之。白帝晓猿断，黄牛过客迟。遥瞻明月峡，西去益相思。"

与宗璟分手，李白在江陵一带徘徊，滞留了很长时间。从这里去夜郎，走陆路，翻山越岭可至；走水路，逆长江西上，直到渝州（重庆），再转陆路南下，也可到夜郎。相比之下，水路比陆路好走，但路程远，花的时间也可能多。李白出川蜀告别家乡三十多年，再未入蜀，他想走水路过渝州，顺便绕路回家乡看看。两个狱吏通情达理，一口答应了李白的请求。

冬十月，朝廷册封广平王李俶为皇太子，改名为李豫。肃宗大赦天下，以示庆贺。

年底，大赦名单送至江陵，李白不在其列。失望的李白只得乘船西去，继续他的流放之路。

船在江中缓缓逆行，浪头啪啪地击打在船头，一次又一次，扬起高高的冰冷的水花。江面越行越窄，阻力越走越大。李白立于船头，观望两岸景色，他找不回来二十五岁出蜀时的那种感觉。

那时，李白同样站立船头，他放眼迎来楚中天地，只觉得天高任鸟飞，只觉得海阔凭鱼跃，只觉得整个浩浩寰宇任由大鹏自由展翅。

可是，此时，大鹏的姿影虽然依旧留在李白的心中，但他感受到的却是巴山蜀水的艰险。江岸，两面群山峻岭，层层叠叠，扑面而来，给人以沉重的压抑之感。船向上行，山岭依旧，水路也似乎迂回不前了，白天黑夜，人好像只能在这狭窄的天地间转悠。

李白有《上三峡》诗歌一首纪实，他道：

> 巫山夹青天，巴水流若兹。
> 巴水忽可尽，青天无到时。
> 三朝上黄牛，三暮行太迟。
> 三朝又三暮，不觉鬓成丝。

岸边的石山上，有一位精力旺盛的年轻人拉直了嗓子，正在喊着他们家乡的歌谣："朝发黄牛，暮宿黄牛，三朝三暮，黄牛如故。"

唱者无心，听者有意。李白觉得，年轻人是在与他对和。李白相信，年轻人只是唱唱而已。年轻人绝对体会不全"三朝三暮，黄牛如故"的深刻含义。年轻人没有"三朝又三暮，不觉鬓成丝"的人生体验。这么想，李白有一种酸涩的感觉。

第二年开春，李白才走到白帝城。他要求在白帝城歇息几日，狱吏也痛快地随他所愿。

乾元二年（759）二月，出现了一次月全食。

安史之乱的形势再次转入严峻。

肃宗下令，命郭子仪等九名节度使，同时开往邺城（河南卫辉），围

336

剿盘踞在那里自称为帝的安庆绪。为了防止郭子仪、李光弼的权力过大，这次进攻不封主帅，任九节度使各自为战。松散的官军攻城无力，安庆绪求援于史思明。史思明发兵十三万，星夜南下邺城救援。

在邺城北面的安阳河旁边，官军六十万摆开阵势，准备与史思明决一死战。史思明先出五万精兵，李光弼等四位节度使迎战。郭子仪率军处于二线，他正欲下令全线出击，突然，天空狂风大作，扬起阵阵飞沙走石，大树也被连根拔出，一时间世界天昏地暗，人近在咫尺都无法辨认。两边的兵马惊慌失措，官军向南，叛军向北，潮水一般迅速溃散。这一仗，官军损失惨重，精良的战马大多跑散，十多万件铠甲兵器被兵士遗弃于战场。

史思明虽未取胜，但他士气很盛。入城，史思明诱杀了安庆绪，吞并了安氏兵马，返回范阳。不久，史思明在幽州称帝，自称为大燕皇帝，改年号为顺天。

人祸未除，天灾又至。冬春时节，关内久旱无雨，种下的庄稼，秧苗几乎全部死光。

朝中议论纷纷，都以天宝末年出现过月半食、日半食的天象为例，担心朝廷又有大难。肃宗也为此忧心忡忡。有大臣提议，请明主赦免罪犯，以仁慈之心感动上天，降雨消灾。肃宗毫不迟疑，立即颁旨：大赦天下。朝廷向各州郡颁布了《以春令减降囚徒赦》，明令各地官府衙门："流罪以下，一切放免。"

三月，朝廷的赦令传至夔州属县巫山（四川巫山），李白正在白帝城与巫山太守一同喝酒。这位太守是李白诗词的崇拜者，李白来后，他仍以李白为翰林大学士，每日好酒好菜招待他。

看过朝廷大赦令，巫山太守立即把好消息报告给李白。李白更是兴奋异常，他站起身来，马上就要下河上船，返回下游。太守反复相劝，好不容易让李白答应，在白帝城再住最后一个晚上。

这一夜，李白通宵未能成眠。第二天，天还未亮，他便悄悄地离开了客店，甩掉了跟了他一路的狱吏，等不及说好一定要来给他送行的巫山太守，三步两脚地来到江边。

登上临时雇来的小船，李白站到船头，高声唤船家开船。

"好——嘞——"船家笑着答应道，一篙将小船撑向江心。顺水的小

337

船箭一样穿行。

这一路，李白吟出了上乘佳作——《早发白帝城》。

这首七绝，四句二十八个字，将李白当时的神采飞扬栩栩如生地传于后世，令后人与李白同享兴奋，令后人对李白的天才神韵赞不绝口，佩服之至。

李白激情振奋道：

> 朝辞白帝彩云间，千里江陵一日还。
> 两岸猿声啼不尽，轻舟已过万重山。

也许，李白过于激动，激动得他无法自控，到了江陵，他大病一场。

李白奇怪，为什么他前后两次出蜀，路过江陵，都要与病打交道？三十多年前，他心爱的白马病死在江陵。英年早逝的好朋友吴指南，也是病在江陵。李白觉得，江陵对他是一个考验。从这里，他可能腾飞，也可能沉沦。尽管李白已经五十九岁了，可他坚持认为，江陵又一次给了他机遇，他大难不死，应该从这里重新起步。

这场大病，打消了李白迅速回家与家人团聚的初衷。病好后，他没回洪州。

李白逗留于江陵、江夏、岳州和洞庭湖区，他请江夏太守韦良宰向朝廷推荐自己，盼望朝廷能重新录用他。可是，和以前一样，韦良宰的推荐表送去京城后，依旧久久不见回音。于是，李白又南下长沙郡、衡阳郡和零陵郡，转悠了一年多近两年的时间。他在各地转悠，同时也为自己寻找着机会。

这期间，李白作了许多诗篇。表面上看，被流放赦免的李白更加玩世不恭了。他四处游山玩水，常对朋友们说："人生且行乐，何必纽与珪。"李白说，他只要及时行乐，不必佩丝绦，像诸侯们那样手执玉板。玩够了，李白又说，他想归山隐居了。他道："所愿归东山，寸心于此足。"

实际上，尝够了人生苦果的李白，并没有放弃他的追求。他睡在被子里，游在梦乡中，总念念不忘国家社稷与长安朝廷的天子皇上。他在诗中也不时表露，他"中夜四五叹，常为大国忧"；他"日夕听猿愁，怀贤盈梦想"；他"西忆故人不可见，东风吹梦到长安"；他"记得长安还欲笑，不知何处是西天"……

年逾六十的李白依旧怀有远大的政治抱负，同时，他又爱玩爱乐，还时时羡慕隐居深山的逍遥自在的生活。

9

乾元三年闰三月，为了进一步地消灾避祸，朝廷将年号改为上元，称作上元元年（760）。

肃宗身边的宦官李辅国权力很大。皇上在灵武时，李辅国就在皇上身边做值勤侍奉，肃宗的所有诏书和命令，都要从他手上经过。班师回朝后，李辅国的权力更大了，朝廷的制书和敕旨，不经过他的签名盖章，是不能执行的。

有了这样的地位，李辅国很怕别人动摇。他首先把矛头指向太上皇。他以兴庆宫围墙低矮，太上皇常与外人接触，恐太上皇会做出不利于皇上的事为名，私下诱骗太上皇移居西内（大明宫）。同时，李辅国又将高力士流配巫州（湖南黔阳），勒令陈玄礼退休，使太上皇与外界完全隔绝。

升任刑部尚书的颜真卿率手下百官上表，请问太上皇的生活起居。李辅国认为颜真卿是有意与他为难，便奏请皇上，将颜真卿贬为蓬州（四川仪陇）长史。

太上皇独自住在西内，看着身边贴心的随从被李辅国一个一个地整走，他心情沉闷，开始不吃荤腥，接着又不吃五谷，想让自己进入道家辟谷状态。

寂寞中，太上皇时常想起杨贵妃。他自责杨贵妃死后，没有替她举行葬礼。太上皇向肃宗提出，要按朝廷的礼仪改葬杨贵妃。肃宗最初答应了，可李辅国还有礼部侍郎李揆等人坚决反对。他们认为，杨贵妃的死是与杨国忠"结蕃叛国"联系在一起的，按朝廷的礼仪改葬杨贵妃，就等于为杨国忠平反。那岂不是自我否定得到肃宗支持的马嵬坡事件吗？由此，肃宗拒绝了太上皇的请求。太上皇无奈，只得悄悄地派了身边的一个宦官，去马嵬驿站私下为杨贵妃改葬。宦官替杨贵妃迁坟修墓后，回来向太上皇报告，贵妃娘娘的尸体已经腐烂，只有贵妃娘娘佩挂的一只香囊仍完好无缺，他把它带了回来。接过宦官献上的香囊，太上皇依稀闻到了往昔

339

飘来的一丝香气。他凄泣惋惜不止，找来一个画师，命他绘了一张贵妃的画像，放在别殿，又将香囊深情地挂在画像的旁边，自己每日对它说话："百岁光阴，宛如转毂。悲乐疾苦，横夭相续。盛衰荣悴，俱为不足。忆昔宫中，尔颜类玉。助内躬蚕，倾输素服。有是德美，独无五福。生平雅容，清缣半幅。"

万念俱灰，太上皇的嘴角唇边每天还挂着一首七绝。据《明皇杂录》中记，这首诗便是他赐金放还的李太白所作，题为《傀儡吟》。太上皇借题发挥，每日咏叹道：

> 刻木牵丝作老翁，鸡皮鹤发与真同。
> 须臾弄罢浑无事，还似人生一梦中。

而此时，李太白正在江夏韦冰的府上潇洒自在地当家庭教师。

韦冰是李白的故交，当时做南陵县令，家安在江夏，常从南陵回江夏探亲。韦冰的儿子韦渠牟年仅十一岁，极有作诗天赋。李白从零陵郡漫游回来，借住在韦冰府上，韦冰请他指点儿子作诗。经李白指点，韦渠牟大有长进。后来，他官至太常卿。以官而论，韦渠牟比他的父亲和一任师长李白都有出息。

这期间，李白与韦冰乘船出游，幸遇被贬出京城，绕道来江夏的颜真卿。颜真卿也正在乘船游玩，李白和韦冰一同上前拜访。李白诗《寄韦南陵冰余江上乘兴访之遇寻颜尚书笑有此赠》，记载了他俩的这次巧遇。

上元元年（760），初秋，李白收到宗璟托人捎来的口信，说是宗夫人病重，请他速归洪州豫章。

李白急忙赶去豫章。见到宗夫人，李白发现，五十来岁的娘子真的已经成了老太太。她大病初愈，满头白发，一脸苍白，正瘪着嘴坐在小院子里晒太阳。

"娘子，我回来了。"李白激动地迎着宗夫人走过去。

宗夫人反应有些迟钝，她迎着阳光，抬起头，眯着双眼，朝李白看了好半天，才开口问道："你是夫君？从流放地夜郎回来啦？"

"是，我是李白，你的病好些了？"李白心里难受，他蹲在宗夫人的身

340

边，伸手想抚摸娘子的白发。

哪知，宗夫人把头向后一仰，敏捷地躲过了李白伸过来的手，说出一句他听了极为陌生心寒的话："头发脏，别碰它。"

"我回来了，你不高兴?"李白不解地问。

"高兴，高兴，"宗夫人念念叨叨地说，"李白不回来我不高兴，李白回来我高兴，只要李白不再被流放，不再去夜郎了，李白去哪里，我都高兴。"

李白心里更难过了，他不知道自己的夫人竟然病得这么厉害。他茫然地站起身子，一时不知如何是好。

"姐夫回来了!"宗璟正好从外面进来，他见李白站在院子里，很是高兴，忙让李白进家坐，又走到姐姐的身边，蹲下来，和气地说，"姐姐，姐夫回来了，你没认出来?"

宗夫人再次迎着阳光，眯着双眼，朝李白看了好一会儿。她满是皱纹的脸上渐渐绽开了一道苍老的笑容。这笑容，李白看了，觉得很凄凉；宗璟看着，却认为姐姐对他的话抱有怀疑。

宗璟告诉李白，他走后，姐姐一直有病。她的性格变了很多，说不定什么时候，人就犯糊涂。好多次，她错把家里来的客人认作李白，非不让人家出门去。

"你看，姐夫真的回来了，你又让姐夫空站在院子里。"宗璟扶起姐姐，对她说，"姐姐，我们和姐夫一起进家去。"

李白可怜娘子，他也走过去扶她。

宗夫人愣愣地和李白对视着。她看着站在自己面前的李白，看着，看着，突然扑在他的怀中，号啕大哭起来。

李白回来后，宗夫人的身体逐渐好起来，她不再犯糊涂，每天替李白安排生活，精心细致，井井有条。只是，她的性格脾气变得比先前古怪了，而且没有办法恢复。

对李白，宗夫人一切都能容忍。除了李白，她什么都看不惯，见什么烦什么。

宗璟的孩子们本来都很喜欢大姑，可现在，大姑从早到晚，有事没事地挑他们的毛病，他们全都对她生出了厌恶感，远远地避开她。宗璟的妻子也因此和他姐姐有了隔阂。她早想和宗夫人分开单独去住，可宗璟不同意，他说，姐姐身体不好，姐夫不在家，他们必须照顾她。李白回来后，宗璟的妻子有了分开的理由，她对丈夫说："你姐姐肯定也愿意分开，她对我们眼不见心不烦。对大家都有好处的事情，你为什么坚持不做？"宗璟没办法，只好向李白解释清楚，在外面另找了一处小院，把自己的家搬了出去。

李白原以为，家里安静了，宗夫人的脾气性格会好一些。谁知，没有了被她嫌弃的人，她的性子反倒更加古怪了。她开始烦桌子，烦椅子，烦所有家什摆设，把它们放在哪里，她都看不顺眼，成天把几件有限的家什搬来搬去。

小院子里种着几株秋菊，花开得很漂亮。宗夫人嫌它们开得太艳，不让给花浇水，还非要摘光它们的叶子，让菊花们孤零零地开放。她整治菊花，直到菊花的花瓣干枯了，花心开始萎缩了，才改变对它们的态度。她说，开始凋谢的花朵，是最好看的花朵。为此，宗夫人和李白争得面红耳赤。

李白真的生气了，他说："你的性格不要这么古怪好不好？你连不会说话的菊花、没有生命的桌椅板凳都看不顺眼，这么下去，你还怎么生活？"

宗夫人不再吭声了。她低下头，想自己的心事。宗夫人心里明白，尘世间的生活她确实无法再过下去了，她早想出家，归隐佛门。可真要这么做，她又有些舍不得李白。

"我再不出家，既是折磨自己，也在折磨别人。不能再拖累李白了。"宗夫人想好后，对李白说："夫君，你送我去庐山，好不好？"

李白不明白，在豫章住得好好的，娘子为何突然要去庐山？山上生活很不方便，不适合身体有病的人居住。他不同意宗夫人的要求。

"这件事，我想了很久了，你不要怪我。这对你只有好处，不会有坏处。我一定要去庐山，我要出家。"宗夫人一字一句，说得非常清楚，看得出来，此时此刻的她是十分清醒的。

李白无言以对。他知道，和他一样，娘子主意已定，很难让她改变。

李白和宗璟商量。开始，宗璟不同意，他想说服姐姐。但无论他怎么劝说，宗夫人要么不说话，要么开口说话只说一句："求你成全我，我要出家。"

家人只好成全她。宗璟的妻子为她忙了整整一冬，替她备足了上山需要的生活用品。第二年春末，李白送宗夫人上庐山。

　　一上山，宗夫人就一心扑向了佛门。李白陪着娘子，在他们原来住过的五老峰下的茅草屋里住了一些日子。

　　宗夫人对李白的存在，好像并不在乎了。每天，她不是早起去远处的佛庙里坐堂，就是坐在茅草屋里的佛像前念经。她手上的佛珠不停地轮回转动，嘴里不住地念着佛经，常常连饭都顾不上吃。李白也只能陪着她饿肚子。

　　又过了些日子，李白准备下山了。他不放心宗夫人。早听说宰相李林甫有个女儿弃富贵入道门，在庐山修道，号李腾空。下山前，李白找到她，拜托她关照宗夫人。腾空道士答应了。腾空道士住的地方，离宗夫人的住处不远，正在屏风叠之北。

　　佛家与道门虽不同宗，追求出世向往超俗却是非常一致的。有了腾空道士的照应，李白放心了。他为李腾空作诗二首，题为《送内寻庐山女道士李腾空》。

　　巧的是，宗夫人和李腾空，两个女人同为相门之后，且宗夫人之祖宗楚客，李腾空之父李林甫，都是历史上有名的奸相。他们的后人又同样看破红尘，先后自愿出家，献身于佛门道教。

　　李白要走了。宗夫人坐在佛像前，不停地转动着手中的佛珠。

　　“我走了，你在山上要好好地照顾自己。”李白说。他拿出一册自己的诗集，放在宗夫人身边的桌子上，然后，转身准备出门。

　　“我要给你一样东西。”宗夫人说。她的语气平平，好像没有什么情感变化。

　　李白等在门口。宗夫人起身，进了里屋。不一会儿，她拿着一样用绢巾包好的物品出来，递给李白说：“这是兰姐让我转交给你的。我替你保存几年了。”

　　李白接过来，打开绢巾，里面包着的是一只手镯。这只手镯和李白放在怀里的那只一样，显然，它们就是一对。

　　“我去扬州找高适，兰姐正病着，她让我把它转交给你。”宗夫人说，“现在，物归原主。绢巾是我的，你要的话，也是可以留下的。”

　　李白久久地看着那铺在自己掌中的绢巾。水红色的绢巾上，绣着两颗紧贴着的红心，手镯放在上面，恰好把这两颗红心完完全全地圈在了正中。

过去所有的苦涩酸甜一齐涌上李白的心头，在与宗夫人分别之际，他不知如何解释才好。

宗夫人已经回到桌边，端正地坐在佛像前，和往日一样，半合着双眼，转动起了手中的佛珠。她的神情告诉李白："什么都不必再说了。你赶快走，去干你想干的事情吧。时间不多了。"

李白也不想多说了，他把绢巾和手镯一同握在自己的手心，猛地转身出了家门。

宗夫人默默地数着佛珠，奇怪再无李白的声响。她慢慢地睁开眼睛，眼前已经空无一人。

草屋的大门敞开着，通往林中的小道，宗夫人看得清清楚楚，小道上，也是空无一人。

四周的一切空荡荡的，宗夫人忽然觉得她被世人遗弃了，她突然失去了所有的一切。她反悔了，发了疯似的冲向门外。她想立即去追回被她放走了的夫君。

李白早已走远了。他已走得无影无踪。

宗夫人呆呆地站在林中小道上，茫然四顾，不知所措。恍惚间，她似乎想起了什么，又转身拖着沉重的步子，踉跄地走回茅草屋。进屋，她的眼前一亮，桌子上真放有李白的诗集，她不顾一切地扑了过去。

宗夫人将夫君留下来的诗集紧紧地贴在自己的怀里，她觉得自己所有的感情又重新有了深远的寄托。

李白在这本诗集的前面用正楷抄录着三首诗。其中两首，是他写给宗夫人的；另有一首，是他以宗夫人的口吻写给自己的。这三首诗，是在安史之乱以前，李白游秋浦时所作。诗写好后，没寄出去，一直存放在李白身边。这次，李白与夫人分别，又实在没有什么可留，只能特意为娘子抄录了一册自选的诗集。他把这三首诗工工整整地抄在前面，作为他对娘子的怀念。

第一首，《秋浦寄内》，李白对娘子说：

> 我今寻阳去，辞家千里余。
> 结荷见水宿，却寄大雷书。

虽不同辛苦，怆离各自居。
我自入秋浦，三年北信疏。
红颜愁落尽，白发不能除。
有客自梁苑，手携五色鱼。
开鱼得锦字，归问我何如？
江山虽道阻，意合不为殊。

第二首，李白《自代内赠》，他完全理解宗夫人对他的思念之情，代娘子诉说道：

宝刀截流水，无有断绝时。
妾意逐君行，缠绵亦如之。
别来门前草，秋巷春转碧。
扫尽更还生，萋萋满行迹。
鸣凤始相得，雄惊雌各飞。
游云落何山？一往不见归。
……

再有一首，李白《秋浦感主人归燕寄内》，倾诉了自己对娘子的依恋之情。他说：

胡燕别主人，双双语前檐。
三飞四回顾，欲去复相瞻。
岂不恋华屋，终然谢珠帘。
我不及此鸟，远行岁已淹。
寄书道中叹，泪下不能缄。

默诵着夫君的道白，宗夫人同样"泪下不能缄"。

有了这册诗集，就和李白在身边一样，甚至比李白在身边还强，哭够了，宗夫人想。当着面，李白对她很少有缠绵之语，诗中，他竟变得如此善解人意，情意绵绵。

李白的诗集里，写给夫人、写给他心爱的女人的诗，为数不多。相比之下，李白写给宗夫人的诗算是最多的；其次，轮到给他生了两个孩子的许夫人；再有，就是玉真公主。对令狐兰，李白没写一个字。令狐兰不识字，她不要求李白写诗，只愿留在李白的心里，永远伴随他。

10

上元二年（761）初夏，李白下了庐山，过寻阳，身随脚动，毫无目的，又来到了宣城。

宋若思已调离宣城。李白听说，年初，朝廷封任李璘手下的叛将浙江西道节度使季广琛兼任宣州刺史。

李白以为，他与季广琛曾同舟共济过一段时间，他到了宣城，季广琛不会不理。可李白没想到，季广琛最忌讳的，正是原李璘手下的人来找他。他怕引起朝廷的怀疑，对所有曾与永王有过关联的人，一概拒之门外。

李白被宣州府门人拦在大门外，气得双手发颤。他一时不知去哪里才好，心里直骂季广琛势利小人。

恰好，季广琛手下的副使刘世敏外出办事归来。他走过府门，听说门口站着的这位白发老者是诗人李白，连忙翻身下马，朝李白客气道："李翰林，恕晚辈刘世敏来迟了一步。"

李白见这刘世敏身材魁梧，一身武官打扮，知道必是季广琛手下的一员战将。李白不想理他，扭头准备离去。

刘世敏上前拦住李白，道："晚辈从来仰慕李翰林的才华，敬请翰林赏脸。"

"你有何事？"李白问。

刘世敏笑了笑，说："晚辈听说李翰林在此，只想与翰林喝上一杯，别无他求。"

李白也笑了，他喜欢刘世敏的爽快。一老一少走进一酒家坐下，刘世敏要了上好的酒菜，款待李白。喝着酒，李白从刘世敏那里，知道了不少有关朝廷和局势的消息。

前年，朝廷九节度使与史思明混战于邺城城下，双方仓皇退出后，郭

346

子仪退守洛阳。接受教训，肃宗封郭子仪为东畿等道的元帅。可到了去年，朝廷里有小人攻击郭子仪，肃宗听信小人谗言，免去了郭子仪的军职，调他回京城，派李光弼接替了郭子仪的职务。

年初，李光弼与史思明在邙山（河南洛阳北）交战，官军大败。三月，史思明再入洛阳。不想，在洛阳，史思明步安禄山后尘，走上了同一条死亡之路。史思明的儿子史朝义，为争夺王位继承权，纠合史思明身边的宿卫将，一起将史思明砍死，自己登基，做了伪皇帝。

朝廷想借这个机会，重新夺回洛阳。肃宗封李光弼为太尉，兼侍中，统领河南、淮南、山南东、荆南、浙东等八道节度使，镇守临淮（安徽泗县）。

"看样子，离朝廷与叛军决战的时间不远了，"刘世敏说，"安禄山、史思明先后被谋杀，平定安史之乱，不会再要多长时间了。"

李白听得连连点头。他想的是，安史之乱至今已有六个年头了，自己未能立功，反倒风风雨雨走了许多的弯路。如今，正临大决战之际，他一定不能再错过了机会。李白把自己的想法讲给刘世敏听了。

"难得前辈仍有如此壮心，"刘世敏说，"时机要看准了才好行动。李翰林不妨先在宣城住下，我会替你多方打听，有合适的机会，我一定告知前辈。"

"以前，我来宣城，一直住在敬亭山。"

"前辈想去敬亭山？当然可以，我送你去。"刘世敏听出了李白的意思，爽快地说。

李白谢绝了刘世敏的好意，他说，请刘世敏借他一匹脚力，他自己便可去了。刘世敏当即回州府，找来一匹退役的老马，送给李白。

四年前，李白从寻阳监狱被移送宋若思幕府时，曾向宋若思提出，想住在敬亭山，或是去敬亭山看看。李白一直想着他的孩子和武谔。他总觉得，武谔会把平阳和伯禽安全地接来。可宋若思说，李白是被监管之人，不便四处走动。他专门派人去敬亭山，替李白找武谔。回来的人说，那里并没有一个什么叫作武谔的门人。李白也就失望了。

这次，李白从庐山下来，先没想好要往哪儿去，冥冥之中，像是有一股不可抗拒的力量牵引着，他很自然地又来到了宣城。李白想，武谔和孩子们一定在敬亭山等着他。他骑上刘世敏送给他的老马，朝敬亭山赶去。

武谔果然回到了敬亭山。

　　六年前，武谔主动去任城接李白的家人，路上，遇官军征兵，不由分说将他抓进了军营。他在军营里苦熬了大半年，于至德二年（757）逃出来，赶往任城。找到李白的家人，武谔说明来意。开头，吴氏与平阳都不大信任他。武谔急得声泪俱下，说是都怨他自己，不幸在军营中遗失了李老爷的书信。他完不成李老爷之托，回去无颜再见李老爷，不如一死了之。说着，武谔便准备一头撞死在酒楼之下。吴氏和平阳将他拦住，相信了他。可她们说，伯禽娶亲不久，媳妇已有了身孕，外面兵荒马乱的，就此上路怕有危险。她们请武谔住下等些时日，待伯禽媳妇生过孩子，再和他一起去宣州不迟。年底，伯禽媳妇生下了一个女孩，满月后，武谔即催着他们上路。他说，离开敬亭山已近两年时间，怕李老爷他们担心。

　　听说李白已有了新夫人，吴氏不打算跟着去。平阳已年近三十，她没出嫁，和吴氏一起积下了钱，先给十八九岁的伯禽娶了一房媳妇。吴氏不肯离开任城，平阳也放弃了和父亲团聚的念头。她想念父亲，也舍不得把吴氏一个人丢在任城。这些年来，他们姐弟二人与吴氏相依为命，有了很深的感情。平阳决心留下来陪吴氏。伯禽和媳妇带着刚满月的女孩，随武谔一起上路，赶往敬亭山。

　　他们来到敬亭山，已是乾元元年（758）。这时，李白正在流放的途中。

　　住在敬亭山，伯禽一家没有生活来源。武谔重新谋回了替州府看守院落的职位，大家靠着武谔微薄的俸禄维持生活。这年秋天，伯禽媳妇又生下了一个女孩。眼见着五口人的生活再维持不下去了，伯禽离开敬亭山，去扬州寻找出路。武谔留下伯禽媳妇和两个孩子，坚持让她们在敬亭山等着李白。他相信，李老爷一定会回来。

　　李白来到敬亭山，见到武谔，见到他不认识的伯禽媳妇，见到两个小孙女，心情激动。虽然平阳没来，伯禽不在，李白还是有全家团聚的感觉，他把一个四岁一个三岁的两个小孙女，看作是当年的平阳和伯禽。很多时候，李白觉得，两个小孙女比她们的父亲伯禽更可爱。

　　伯禽小时候，李白常常外出，回到家，儿子对他总是怯生生的，不愿和他亲近。而这两个小孙女，见到爷爷，天然地亲近。她们每天缠在李白的身边，请爷爷讲故事，跟着爷爷念诗歌唱民谣，家里充满了快乐的气氛。

伯禽媳妇老实忠厚，不爱多说话。她对公公很尊敬，主动担起了对李白生活起居的照顾。每隔一段时间，在外面做盐官的伯禽会托人捎回来一些钱，再加上武谔的支助，家里的生活基本能维持。这样的生活虽不富裕，却也有着那么一种相互依存的亲情和友爱。

在敬亭山，李白又一次体验到了家庭生活的温暖，他每天忙着和小孙女玩耍，没去管外面发生的事情。

这一年余下来的日子，朝廷没有来得及对叛军发动大反攻。过了年，太上皇长久积郁成疾，病倒在西内。跟着，皇上也病了。长安皇宫笼罩着阴影。

四月初五，太上皇病逝。他活了七十八岁，是中国历史上少有的高寿皇帝之一。临终前，太上皇想着李唐社稷在他手中从治到乱，对自己晚年的行为和决策，反躬自问，后悔不及。他留下遗嘱：朕"常俱有悔，以羞先灵"。

太上皇病逝十三天，肃宗也紧随其父离世，终年五十二岁。去世前，肃宗改年号为宝应。两天后，皇太子李豫正式登基，史称唐代宗。

半个月之内，太上皇与皇上相继病逝，皇太子迅速继位，引起了朝野一片恐慌。很多人怀疑是李辅国使坏，还有人担心叛军趁乱，大举反攻，危及朝廷。

听到这震撼人心的消息，刘世敏赶到了敬亭山。李白也被震惊了，他首先想到的是朝廷的安危。

"听说，李辅国很嚣张，他要求代宗封他为宰相。代宗没答应，只称他为尚父。"刘世敏说，"看样子，李辅国想乘机乱国还不成气候。"

"外患呢，叛军那边有何动作？"李白问。

"史朝义镇不住属下，叛军内部一直在分裂。"刘世敏分析道，"两皇去世前，我就听说，李光弼副元帅已在淮南集结了大军，做好了反攻的准备，只因皇上有病，未做出最后的决断。现在，年轻的皇上登基，他一定想做出些成绩来。我看，反攻不会再往后拖了。"

送走刘世敏，李白想，这正是立功报国的好机会。他决定马上出发，从宣城直接北上，过金陵，去临淮投奔李光弼。

公公要外出，媳妇不敢多言。

武谔听李白夜里常常咳嗽，担心他的身体，好意劝阻道："老爷，您年纪这么大了，前去从军，身体怕受不住。那年，我被抓去军营……"

"受不受得住，我心中有数。"李白打断了武谔的话。

李白想，武谔怎么能和他相比。虽说他已经年老体弱，即使他已经变成了一把钝刀，甩出去，也可用作一割的。参加李光弼的幕府，他不直接与叛军交战，给李光弼出个点子，拿个主意，为朝廷振兴军威，绝对没有问题。姜总是老的辣，这么想，李白对自己充满信心。

李白摘下了久挂在墙壁上的宝剑，仔细地擦去剑上的灰尘。这把水心剑，跟了他一辈子，李白对它很有感情。

两个小孙女见爷爷摆弄着兵器，好奇地围在李白的腿边。大孙女迟疑地伸出小手，想在剑身上摸一摸，手伸了出来，又赶忙缩回去。她怕锋利的剑刃割破了她的小手。

李白哈哈大笑起来。他拉过孙女的手："来来来，摸摸它。不要怕，爷爷摸了一辈子，手从来没被它割破过。它呀，它可是特别爱憎分明，绝不会伤自己人，只会杀坏人。"

两个小孙女壮着胆子，轻轻地摸了一下宝剑。她们非常羡慕爷爷。在两个小孙女的眼里，她们的爷爷十分高大，很像故事里的壮士。

做好了出行前的准备，李白马上出发。

这一天，天色已经近黄昏了，李白骑上刘世敏送给他的老马，挂着宝剑，带着他的酒葫芦，离开了敬亭山。

八百多年后，西班牙作家塞万提斯在穷困潦倒的日子里，写活了一个文学人物——堂吉诃德。塞万提斯这么写道：骑士堂吉诃德，戴着一顶古旧的头盔，举着盾牌和长枪，骑着骨瘦如柴的老马，在一个炎热的夏季的早上，悄悄地离开了家……

塞万提斯没有想到，在十分遥远的古老的东方，有一位了不起的诗人，也曾经有过那么一段与堂吉诃德类似的生活。

作家的想象是丰富的。而现实中，往往有比作家的想象更为离奇的故事发生。这些故事若发生在真实的生活中，人们不能不相信。可是一旦把它们写进小说，搬上荧屏，变成戏剧表演，人们便常常付之一笑。

渡过溧水，李白觉得有些累了，他下马坐在路边休息。无意间，他发现，对面的那座小山坡上，有一座石碑。李白过去一看，他简直不相信自己的眼睛。

竟是好朋友王炎的墓地。

竖立的麻石墓碑上刻有"王炎"二字，旁边横卧的大青石刻有死者的墓志铭。墓志铭居然这样写道——诗人李白赠逝者：噫吁嚱，危乎高哉！蜀道之难，难于上青天……这分明是多年以前与王炎在长安分手，他送给王炎的《蜀道难》，李白不能不相信，眼前这座不大的坟墓，正是王炎的长眠之地。

王炎在长安与李白分手，独自走蜀道，入川蜀，李白再没有过他的消息。墓碑上斑斑点点的苔藓清清楚楚地告诉李白，王炎安葬在这里，已经有些年月了。

立在朋友的墓前，李白不由得悲从中来，他含着泪水道："楚国一老人，来嗟龚胜亡。有言不可道，雪泣忆兰芳。"吟罢，又取下酒葫芦，将酒浇在墓碑上，再用手一点一点地抠去麻石上长出的苔藓。抠罢，仍觉不尽意，又连作哭王炎诗三首。作罢，还是不尽意，又作一首《行路难》，然后，以草书抄录下来，摆放在横卧的大青石上。

李白感叹道：

> 有耳莫洗颍川水，有口莫食首阳蕨。
> 含光混世贵无名，何用孤高比云月。
> 吾观自古贤达人，功成不退皆殒身：
> 子胥既弃吴江上，屈原终投湘水滨，
> 陆机雄才岂自保，李斯税驾苦不早，
> 华亭鹤唳讵可闻，上蔡苍鹰何足道。
> 君不见吴中张翰称达生，秋风忽忆江东行。
> 且乐生前一杯酒，何须身后千载名。

也许是伤心过度，李白离开王炎的墓地后，骑在马上，越走越觉得全身乏力。

过了金陵，李白继续往北赶路，没走两天，终于大病发作，倒在路边，再也不能往前走了。

好心人发现了路边的李白，他们找来马车，把他护送到了金陵。

金陵，李白有不少的朋友。李白诗中记载，他投奔李光弼，半道病还金陵，润州刺史崔侍御对他很关心。

崔侍御为李白安排了住处，替他找来郎中看病。郎中诊断，李白染上的是"腐胁疾"，不可根治，只能稳住，以求延缓生命的结束。"腐胁疾"就是脓胸穿孔，或称脓胸症。它化脓于肺部与胸壁之间，而后向体外腐烂穿孔，继而引起高热不退。这么重的病，当时肯定是治不好的。

李白也自知病难治好，但他想得更多的是，自己"半道谢病还，无因东南征"。留别润州崔侍御时，李白无可奈何地说："天夺壮士心，长吁别吴京。"

李白病重于金陵，正遇当涂（安徽当涂）县令李阳冰因公事到了金陵。

李阳冰，字少温，善词章，尤以小篆传世名。史书记载，张旭之后，颜真卿书法当属第一，而颜真卿书碑必以李阳冰篆书题其额，由此亦可清楚见出李阳冰的篆书了得。李白与李阳冰相识已久，按照李氏族谱排辈，李阳冰长李白一辈。因此，李白称他为从叔。

见到病入膏肓的李白，李阳冰很是为他难过。待李白的病情稍微稳定一些，李阳冰便邀李白随他一起去他的当涂养病。李白立刻接受了从叔的这次好意邀请。

当涂是李白一生中走过的最多的地方之一。李白喜爱那里的山水。

当涂有天门山。这天门山守在长江两岸，南北夹江对峙，远远望去，宛若一对蛾眉。所以，人们又把天门山叫作"蛾眉山"。它使李白想起了故乡的那些山山水水，想起了挺立在川蜀的清秀无比的峨眉山。

当涂有青山。青山南麓有谢朓做宣城太守时建造的故宅。李白一生中，对谢安、谢灵运和谢朓都是十分推崇的。李白崇敬谢安石，是因为这位东晋宰相心中自有雄兵百万。李白仰慕谢灵运，尤其看重被后人称作小谢的谢朓，是因为南北朝以后，小谢的诗文最为清丽。每次，李白来当涂，都要游青山，都要拜访谢公宅。

当涂还有龙山，它与青山隔河相望。据说，龙山藏有龙脉，是一处稀有的吉祥之地。

李阳冰将病中的李白安排住在龙山脚下，又派人去宣城敬亭山，接来了李白的儿媳和孙女。

转眼，又是冬季，屋外雨雪不断。

两个小孙女不能外出，便总是围在爷爷的床前，她们还想如先前一样，让爷爷给她们讲故事。但李白已经没有了力气，他躺在床上高烧不止，浑身疼痛得难以忍受。

小孙女站在李白的床前，"爷爷、爷爷"地叫个不停，李白只能勉强地睁开十分沉重的眼皮，无声地看着这两个调皮可爱的小丫头。他的眼睛模模糊糊，常看出许许多多的重影，将两个小孙女看成四个，看成八个，看成无数的许许多多，全都围站在他的床前。

爷爷不说话，两个小孙女就伸出小手，摸摸爷爷满头的白发，拽拽爷爷的花白胡子，还要玩一玩爷爷乱得无序的两条长眉毛。李白感受着稚嫩的小手在他的头上划来划去，病痛好像也变得似乎可以忍受了。

媳妇怕孩子吵了爷爷，总想把孩子叫到一边。可是，她又奇怪地发现，只要有小孙女站在床边，公公即使紧闭双眼，也像是睡得挺安稳。两个小孙女离开不久，公公就会抽紧眉头，露出烦躁不安的神色，有时还会呻吟起来，高一声，低一声，无休无止。媳妇猜想，病中的公公也许愿意小孙女围在他的床前，她也就不再去多管了。

这一天，一直病重的李白觉得身上轻松了一些，他让媳妇扶他坐起来，在他的背上垫好被子。

两个小孙女一见爷爷坐起来了，连忙跑过去，争着说："讲故事，讲故事，爷爷给我们讲故事。"

李白笑了笑："故事，爷爷是讲不了啦。"想了想，他又说，"爷爷教你们念歌谣吧。"

大孙女马上抢着说："爷爷，教我！先教我！"

小孙女也不示弱，她的嗓子比姐姐还尖："爷爷，教我！不教姐姐！"

"你们不要抢，也不要争，两个人，我一人教一首。"李白对大孙女说，"我教你《笑歌行》。"他又对小孙女说，"你学《悲歌行》，好不好？"

小孙女才四岁，她还分不清"笑"与"悲"。姐姐学她也学，她也就非常满意了。听见爷爷问，她一个劲儿地点着头。

李白慢慢地闭上眼睛，稍稍地想了一会儿，然后一句一句念道："笑矣乎，笑矣乎，君不见曲如钩，古人知尔封公侯。"

大孙女便跟着念："笑矣乎，笑矣乎，君不见曲如钩，古人知尔封公侯。"

"君不见直如弦，古人知尔死道边。"

"君不见直如弦，古人知尔死道边。"

"爷爷，爷爷！教我！教我啊！"小孙女在一旁急了。

"好，你也跟我念，"李白摸了摸小孙女又柔又细的黄头发，"悲来乎，悲来乎，主人有酒且莫斟，听我一曲悲来吟。"

小孙女也一字不落地跟着他哼起《悲歌行》："悲来乎，悲来乎，主人有酒且莫斟，听我一曲悲来吟。"

"悲来不吟还不笑，天下无人知我心。"

"悲来不吟还不笑，天下无人知我心。"

李白一字一句地耐心地教着两个孙女，直到她俩把他的两首新作学会为止。

两个小女孩哪里知道，这两首可以拍着小手蹦蹦跳跳唱着玩的朗朗上口的歌谣，是爷爷临终对人生的讥讽：

"君爱身后名，我爱眼前酒。饮酒眼前乐，虚名何处有？男儿穷通当有时，曲腰向君君不知。猛虎不看机上肉，洪炉不铸囊中锥。"

教会了两个小孙女，李白也累了，他想躺下来休息，李阳冰从外面走了进来。

"今天感觉好一些？"李阳冰见李白坐了起来，关心地问。他每隔一两天就要来一次。最近这些天，他每次来探望，李白都在高热昏睡之中。

"觉得好一些，"李白叹了一口气，又说，"我这病，难好啦。"

"静下心来，慢慢养着，会好的。"李阳冰坐下来，很有信心地安慰李白。

李白无奈地摇了摇头，道："你来得正好。我有事拜托。"说着，费力地从枕边拿出几册诗稿来，一一交给李阳冰，"这是我作的诗，请从叔替我保存吧。我……我已经无力整理了。我走后，烦请从叔替我整理，收成集子……"

说着这些话，李白很伤感，他轻轻地合上自己的眼睛，不让泪珠滚落下来。可是，热泪已经滚落腮边……

李阳冰心里难受极了。他侧过脸，用衣袖擦拭着自己的泪水，很久说不出一句话来。

李白也不再说话。他斜靠在身后的垫被上，任泪水从腮边滚落下去，像是睡着了。

坐在李白的床前，李阳冰悲痛地翻看着李白托交给他的诗稿。

开篇，一首《临路歌》，墨迹新鲜，字却歪斜，显然是李白最近所作：

> 大鹏飞兮振八裔，中天摧兮力不济。
>
> 余风激兮万世，游扶桑兮挂石袂。
>
> 后人得之传此，仲尼亡兮谁为出涕？

第二天，天亮了，外面的雨雪也停了。

晌午过后，难得一见的太阳终于射出了几道微弱的光芒。

天，虽然仍是阴沉沉的，却好像快要转晴了。

媳妇见公公一上午睡在床上一动不动，她心想应该叫醒公公，告诉他，天晴了。

走到公公的床前，她惊呆了。她的手一下捂住了已经张开的嘴巴，不让自己叫出声来……

夜里，李白已经悄悄地过世。他僵硬地躺在床上，满脸都是沧桑。

屋外，响亮地传来了两个小孙女的歌声。她们一边拍着小手，一边很有节奏地唱着爷爷教的歌谣：

"笑矣乎，笑矣乎，君不见沧浪老人歌一曲，还道沧浪濯吾足。"

"悲来乎，悲来乎，天虽长，地虽久，金玉满堂应不守。富贵百年能几何？死生一度人皆有。孤猿坐啼坟上月，且须一尽杯中酒。悲来乎，悲来乎……"

这是宝应元年（762）冬十一月。李白来到世间，度过了六十二个春秋。

李白去世后两个多月，广德元年（763）春正月，历时七年又三个月的安史之乱终于被平定。

代宗整顿朝纲，在全国范围内搜罗俊逸，大量起用有识之士。不知是谁在皇上面前举荐了李白，代宗开恩，拜李白为左拾遗。

朝廷的敕命送到当涂，李白已过世半年多了，敕命只能祭放在墓前。

山风不近情理，吹走了这一纸空文。

355

这一纸空文，李白盼了一辈子！这一纸空文，应验了李白年轻时曾经写下的一句诗："当荣君不采，飘落欲何依？"那是开元十八年（730）。那一年，李白三十岁。

民间，人们舍不得李白。关于他的死，有着各种各样的传说。

有人说，李太白在当涂醉酒泛舟，误认江中月为天上月，他俯身捉月，不幸溺水而亡。这个传说，很像是李白一生的写照。李白一生都很天真，他一生都好像总在忙于水中捞月。

还有人说，李太白捉月溺水是真，溺水身亡是假。谪仙人入水，是为了骑鲸升天。李太白不会死，他骑着巨鲸成仙去了。这个传说，也很像是李白一生的写照。李白从来超凡出世，年轻时，他称自己为大鹏；去世前，他依旧将自己比作大鹏。

郭沫若说：李白"自负之心至死不变"。可谁又敢说，李白不是大鹏呢？他的诗歌被后人传诵了一千多年，仍将世世代代地传诵下去……

图书在版编目（CIP）数据

临路歌 / 曾月郁，周实著. -- 北京：中国文史出
版社，2023.1

（李白三部曲 三）

ISBN 978-7-5205-3187-0

Ⅰ. ①临… Ⅱ. ①曾… ②周… Ⅲ. ①长篇历史小说
-中国-当代 Ⅳ. ①I247.5

中国版本图书馆 CIP 数据核字（2021）第 187215 号

责任编辑：薛未未

出版发行：中国文史出版社

社　　址：北京市海淀区西八里庄路 69 号院　邮编：100142

电　　话：010-81136606　81136602　81136603（发行部）

传　　真：010-81136655

印　　装：北京新华印刷有限公司

经　　销：全国新华书店

开　　本：720×1020　1/16

印　　张：23　　　　字数：365 千字

版　　次：2023 年 1 月第 1 版

印　　次：2023 年 1 月第 1 次印刷

定　　价：69.80 元